AUX COLONIES

SINGULARITÉS
PHYSIOLOGIQUES ET PASSIONNELLES

OBSERVÉES DURANT TRENTE ANNÉES DE SÉJOUR

DANS LES COLONIES FRANÇAISES

Cochinchine, Tonkin et Cambodge — Guyane et Martinique
Sénégal et Rivières du Sud
Nouvelle-Calédonie, Nouvelles Hébrides et Tahiti

Par le Docteur Jacobus

PARIS
ISIDORE LISEUX, ÉDITEUR
25, RUE BONAPARTE

1893

L'AMOUR
AUX COLONIES

ÉDITION UNIQUE

à trois cent trente exemplaires

N⁰ *160*

AVIS

L'AMOUR
AUX COLONIES

SINGULARITÉS
PHYSIOLOGIQUES ET PASSIONNELLES

OBSERVÉES DURANT TRENTE ANNÉES DE SÉJOUR
DANS LES COLONIES FRANÇAISES

Cochinchine, Tonkin et Cambodge — Guyane et Martinique
Sénégal et Rivières du Sud
Nouvelle-Calédonie, Nouvelles-Hébrides et Tahiti

Par le Docteur Jacobus X...

PARIS
ISIDORE LISEUX, ÉDITEUR
25, RUE BONAPARTE
1893

PRÉFACE

’AI passé vingt-huit années de ma vie au milieu des peuples les plus divers, dans les cinq parties du Monde. Grâce aux soins que ma profession me permettait de donner aux indigènes et à l'étude de leurs langues, j'ai pu gagner leur confiance et voir de très près leurs mœurs, genre de vie, habitudes, etc... Ma spécialité des maladies des organes génitaux-urinaires m'a permis d'étudier sur le vif, et de recueillir de nombreuses et précieuses confidences.

Je ne me suis pas contenté d'observer les effets des passions humaines : il m'a paru indispensable de remonter à leurs causes morales, et d'en faire l'étude psychologique.

Tout en suivant, à l'Étranger, la route scientifique tracée par le maître Tardieu, je n'ai pas

cherché à refaire sa remarquable Étude Médico-
Légale sur les Attentats aux Mœurs. J'ai placé
la question sur un terrain plus vaste. Avec
Moreau (de Tours), j'admets un sixième sens,
le *Sens Génésique,* dont il a démontré psycho-
logiquement l'existence, en prouvant que ses
fonctions spéciales étaient distinctes des autres
sens. C'est l'étude philosophico-médicale de ce
sixième sens que j'ai eue en vue dans ce travail,
ainsi que l'examen des perturbations qu'il subit
sous l'influence non seulement du tempérament et de la constitution des diverses races,
mais aussi des mœurs et des superstitions religieuses.

Ce n'est donc pas ici un ouvrage obscène,
mais un document psychologique pour l'histoire générale de l'Amour dans la race humaine,
une pierre apportée à ce vaste édifice à peine
en construction. A côté de l'étude médico-
légale pure, j'ai dû entrer à fond dans la recherche et l'examen philosophique des causes
premières.

J'ai vu tout ce que je raconte, car rien ne
m'a arrêté dans ce que je crois être la vérité. Ce
que je n'ai pas vu, je le tiens de témoins ocu-

laires dignes de créance. J'ai sondé chez mes clients le fond souvent bourbeux du cœur humain, et, fort de ma conscience, je l'ai éclairé avec le flambeau de la Philosophie. On peut me croire.

Je n'écris que pour le petit nombre des gens studieux, chercheurs de l'immuable vérité, à qui je l'offre ici sans voiles, dépouillée des oripeaux conventionnels. Je puis de la sorte révéler hardiment ce qu'il aurait été impossible d'écrire dans un récit ordinaire de voyage, qui peut et doit être mis entre les mains de tous.

J'ai cherché, d'ailleurs, et je crois avoir réussi à me faire comprendre sans sortir des bornes de la décence, par l'emploi le plus scrupuleux du langage médical.

DOCTEUR JACOBUS X...

Paris, Avril 1893.

S

L'AMOUR

AUX

COLONIES

PREMIÈRE PARTIE

ASIE

COCHINCHINE — TONKIN — CAMBODGE

CHAPITRE PREMIER

La Cochinchine il y a trente ans. — Quelques mots sur le Saïgon primitif. — Races Asiatiques habitant la Cochinchine, autres que la race Annamite. — Hindous dits Malabars. — Cambodgiens. — Malais. — Moïs. — Caractères anthropologiques des Moïs. — Chams. — Tagals de Manille. — La ville Chinoise de Cho-lon. — La race Chinoise. — Métiers et professions. — Diversité des caractères anthropologiques du Chinois. — Minhuongs. — Quelques mots sur les mœurs et coutumes du Chinois en Cochinchine. — Le Théâtre Chinois.

a Cochinchine il y a trente ans. — La Cochinchine fut ma première colonie, et j'en ai conservé les impressions d'un jeune éphèbe pour sa première maîtresse.

A peine sorti des cours de la Faculté, en 186. , j'obtins d'être envoyé en Cochinchine, comme Médecin auxiliaire au service de la Marine. Je passe rapidement sur les incidents variés d'un voyage de plus de deux mois (le Canal de Suez n'était pas encore percé), pour entrer en plein dans l'étude des mœurs et coutumes des diverses races habitant la Cochinchine à l'époque dont je parle. Un séjour non interrompu de cinq années dans cette colonie, que je devais revoir vingt-cinq ans plus tard, me permet de garantir la maturité de mes observations.

Quelques mots sur le Saïgon primitif. — L'impression produite par le Saïgon de cette époque est bien celle décrite par Pallu de la Barrière, deux ans seulement après la conquête de 1861, car, jusqu'à la prise du camp retranché de Ki-hoa, l'occupation de Saïgon ne pouvait avoir qu'un caractère provisoire :

« Le voyageur qui arrive à Saïgon aperçoit, sur la rive droite du fleuve, une sorte de rue dont les côtés sont interrompus, de distance en distance, par de grands espaces vides. Les maisons, en bois pour la plupart, sont recouvertes de feuilles de palmier nain, d'autres, en petit nombre, sont en pierre. Leurs toits, de tuiles rouges, égayent et rassurent un peu le regard. Ensuite, c'est le toit recourbé d'une pagode ; un hangar hors d'aplomb qui sert de marché, et dont le toit semble toujours prêt à glisser sur la droite. Sur le second plan, des groupes de palmiers *arac* s'harmonisent bien avec le sol de l'Inde ; le reste de la végétation manque de caractère. Des milliers de barques se pressent sur le bord du fleuve et forment une petite ville flottante. Il n'y a plus ensuite grand chose à voir à Saïgon, si ce n'est, peut-être, le long de l'arroyo Chinois, des maisons assez propres et en pierre, dont quelques-unes sont anciennes, dans les massifs d'aréquiers ; plus loin, sur les hauteurs, l'habitation du Commandant Français, celle du Colonel Espagnol, le camp des Lettrés, et c'est tout ou à peu près. »

J'ai donné telle quelle cette description de Saïgon, à l'époque où la Cochinchine était dans son enfance. Nous le retrouverons bien changé un quart de siècle après.

Avant d'étudier la race Annamite, jetons un rapide coup d'œil sur les autres races Asiatiques habitant ce pays.

Races Asiatiques habitant la Cochinchine, autres que la race Annamite. — Ces diverses races sont représentées en plus ou moins grand nombre à Saïgon. D'ailleurs, cinq années de voyages continuels dans l'intérieur du pays m'ont donné l'occasion de les étudier toutes d'assez près. Réservons une mention spéciale à la race Chinoise, qui a la prééminence sur toutes les autres races étrangères, en nombre et en importance.

Hindous dits Malabars. — On trouve à Saïgon un certain nombre de natifs de l'Inde, désignés sous le nom générique de *Malabars*, le lieu habituel de leur provenance étant la côte de Malabar, Madras, Pondichéry, Bombay, etc. Les uns sont catholiques, d'autres Brahmanistes, mais la plupart sont Mahométans. Ils élèvent des bestiaux, conduisent les voitures, font les charrois et tiennent de petits magasins de détail, ou se font changeurs de piastres.

Les Mahométans ont construit une belle mosquée; après le *Ramadan*, ils célèbrent leur *Beïram* et font par la ville une grande procession nocturne; ils promènent, à la clarté de milliers de torches, un char immense.

Les remarques anthropologiques que je ferai plus loin sur les Indous coolies de la Guyane, s'appliquent à leurs congénères de Saïgon, et j'y renvoie le lecteur. Mais les Malabars de la Cochinchine sont plus grands et plus robustes, et leur type est beaucoup plus beau. Les uns ont amené de l'Inde des femmes; les autres ont

pris des épouses Annamites, dont ils ont des enfants
métis d'un assez vilain type.

Cambodgiens. — La race Cambodgienne faisant plus
loin l'objet d'une étude spéciale, je n'en parlerai point
ici.

Malais. — Les Malais sont descendus du Cambodge,
où ils avaient émigré de la presqu'île de Malacca. Ils
sont en général sobres, patients et avares; ils font le
métier de prêteur sur gages à des taux très élevés. Ils
forment des villages séparés et s'allient rarement avec la
race Annamite. Les Malais sont Mahométans et fidèles à
leur foi. Beaucoup d'entre eux se livrent au commerce
d'échange des produits du Cambodge contre ceux de la
Cochinchine, et forment entre eux des associations analogues à celles des Chinois. En fait d'industrie, ils ne fabriquent guère que de la bijouterie.

Ils ont pour costume un pagne, un gilet droit, un
veston en toile et un turban. Les hommes ont les cheveux coupés très ras, les femmes, embellies d'un *langouti*,
portent aussi une longue robe et les cheveux à la mode
Annamite.

Sous le rapport de la forme, couleur et conformation
des organes génitaux des deux sexes, le Malais se rapproche beaucoup de l'Annamite, quoique incontestablement plus viril.

Moïs. — J'ai pu voir de près les Moïs de l'arrondissement de Baria, où ils possèdent plusieurs villages. On
remarque leurs habitations, donnant chacune asile à une
vingtaine d'individus, groupées par trois ou quatre, élevées sur des poteaux de quatre à cinq mètres de hauteur, sortes de grandes cages rectangulaires tressées en
bambous, avec un toit en chaume. Le mobilier rudimentaire comporte des foyers en argile cuite et des claies
pour contenir les provisions.

Les hommes s'habillent avec un carré d'étoffe sur les parties génitales, et les jeunes femmes se couvrent les seins avec un carré d'étoffe pendu au cou. Les deux sexes ont les oreilles percées et portent des anneaux. Leur langue diffère complètement de la langue Annamite.

Cette race, très différente de la race Annamite, a un esprit de famille fort remarquable et une rare tendresse pour les enfants. Les jeunes gens se marient après leur puberté, sans cérémonie et sans contrat écrit. Cependant, le Moï a le respect des coutumes, et ne peut répudier sa femme pour en prendre une autre sans être dans l'obligation de nourrir la première femme et ses enfants.

Les mœurs de ce peuple sont très pures. Les adultères sont très rares, et les vices que nous trouverons chez les Annamites, presque inconnus. Le Moï pratique avec sa femme le coït selon la loi de nature, sans artifice d'aucune sorte. A ce point de vue, l'Annamite a peut-être le droit de l'appeler sauvage, lui qui est un des peuples les plus corrompus du monde civilisé.

La religion des Moïs est des plus rudimentaires, et se borne généralement au culte des morts.

Caractères anthropologiques des Moïs. — On peut ranger cette race parmi les plus petites du globe, avant les Lapons, d'après le docteur Neis. « La teinte de leur peau, » dit cet auteur, « est plus foncée que celle des Annamites. Le système pileux, peu développé, l'est cependant plus que chez la race jaune ; les cheveux, toujours noirs, sont ondulés et parfois frisés ; la barbe, parfois très fournie aux lèvres et au menton, manque sur les joues.

» Le crâne est dolichocéphale, légèrement scaphocéphale, la face est prognathe, le front étroit, les pommettes peu saillantes ; les paupières, bien fendues, sont horizontales et non obliques comme celles de la race jaune. Le

nez est très épaté, la bouche largement fendue, les dents
grandes et bien plantées, rougies par le bétel.

» Les muscles sont peu développés, et ne font pas
saillie sous la peau. Les seins de la femme, de grosseur
moyenne, sont coniques; ils se flétrissent rapidement,
mais sans s'allonger comme le sein des Négresses. Ils ont
les attaches fines, le pied est long, et les orteils écartés
comme chez tous les peuples qui marchent pieds nus. »

J'ai donné *in-extenso* ces caractères, mais il y manque
celui des organes génitaux. J'ignore pour quels motifs les
anthropologistes ont jusqu'ici négligé à peu près entièrement de noter, chez les diverses races humaines, les varia-
tions de forme et de couleur de l'organe génital, pour
moi le plus important de tous les organes, puisqu'il
assure la continuité de la race. J'aurai plus d'une fois à
revenir sur les conséquences que je déduis de cet examen
fait avec beaucoup de scrupule.

Chez le Moï, la couleur de la peau des organes génitaux, et particulièrement du scrotum, est plus foncée
que chez l'Annamite. Il en est de même de la couleur
des muqueuses des lèvres, du gland et du vagin qui
sont moins claires, mais d'un ton différent tirant
davantage sur le rouge assombri. Le Moï a le pénis et
les testicules plus gros que l'Annamite, quoique la
taille du premier soit inférieure à celle du second. La
vulve et le vagin de la femme Moï sont plus développés
que chez la femme Annamite. Le pubis est ombragé,
dans les deux sexes, par un poil frisé, assez abondant, de
couleur très noire

Aucun des Moïs qu'il m'a été permis d'observer ne
portait les traces de la masturbation ni d'habitudes contre
nature. C'est là une des grandes différences de la race
Moï avec la race Annamite.

Il n'existe aucun point de contact commun entre les

deux races. L'Annamite, plus civilisé, regarde avec mépris le sauvage Moï et ne s'allie pas avec lui. Le nombre des Moïs était en décroissance sensible au moment de mon arrivée en Cochinchine, et cette race s'éteindra comme toute race inférieure en présence d'un peuple plus avancé.

Chams. — On prétend que les Chams sont d'origine Malaise, et on les fait provenir du débris de l'ancien royaume du Ciampa, qui a été conquis anciennement par les Annamites. On en rencontre quelques tribus errantes aux confins de la colonie, vers Tay-Ninh et Chandoc. C'est un peuple qui fuit la civilisation. Ce que j'ai dit des Malais s'applique aux Chams.

Tagals de Manille. — A l'époque de mon premier séjour, il restait encore en Cochinchine des Tagals de Manille, provenant du corps expéditionnaire Espagnol. Ils étaient surtout chasseurs de bêtes fauves, et quelquefois *saïs* et cochers. C'est une race hardie et sobre. Comme costume, ils avaient adopté un pantalon blanc, avec une chemise par dessus à pans flottants. Uni à la femme Annamite, le Tagal a fait souche d'une race métis trop peu nombreuse.

La ville de Cho-lon. — A cinq ou six kilomètres de Saïgon, on trouve la ville Chinoise de Cho-lon, bâtie il y a un siècle par des Chinois émigrés et qui offre tout à fait l'aspect d'une ville du sud de la Chine.

Un de mes anciens amis, Luro, inspecteur des affaires indigènes à Cho-lon, où je l'ai connu intimement, en fait ainsi la description imagée : « Dans l'intérieur de Cho-lon sont les magasins des détaillants, tenus par des Chinois, si le commerce est important ; par des femmes Annamites, s'il s'agit de petit commerce. L'étalage est habilement fait. Grainetier, marchand de comestibles, restaurateur, pharmacien, tailleur, cordonnier, orfèvre, quincaillier, marchand de coffrets, pâtissier, etc., chacun a son nom sur la porte, en beaux caractères Chinois artistement peints en noir, en rouge, en bleu, en or, suivant la fortune ou le caprice du maître de l'établissement. Les chalands entrent, sortent ; c'est un mouvement continuel. Le soir, les boutiques restent ouvertes ; les rues, éclairées par la municipalité (aujourd'hui au gaz), sont en outre illuminées par des lanternes Vénitiennes, aux formes et aux couleurs les plus variées et les plus gracieuses, qui portent en lettres transparentes l'enseigne du marchand. »

La race Chinoise. — Il y avait en 186., tant à Saïgon qu'à Cho-lon, plus de trente mille Chinois, et autant dans l'intérieur du pays. Le Chinois est le Juif de l'Extrême-Orient ; il tient dans ses mains à peu près tout le haut et le petit commerce. Il est habile, âpre au gain, mais se contente d'un petit bénéfice. Le négociant Européen est obligé de passer par son intermédiaire.

Métiers et professions diverses du Chinois. — A côté de l'Annamite, le Chinois a l'air d'un cousin-germain plus fort et plus robuste. L'air de famille est indéniable, malgré la différence radicale du chignon Annamite et de la queue Chinoise. La ressemblance des deux races est surtout remarquable chez le prolétaire Chinois (dit *bambou*) qui, moyennant quelques sapèques, fait le métier de portefaix, à peine vêtu d'un mauvais pantalon tombant jusqu'aux genoux et dont le torse nu, brûlé par le soleil, a pris des teintes aussi foncées que celles du cultivateur Annamite.

Au-dessus de cette caste infime, vient celle des restaurateurs ambulants et des cuisiniers pour Européens, qui jouissent, je dois l'avouer, d'une réputation méritée.

On trouve encore, parmi les Chinois, des *boys* qui

font le service dans les cafés et restaurants Européens. Ils sont généralement d'une propreté remarquable.

Le Chinois est aussi tenancier des maisons de jeux et de prostitution. Il est jardinier et fait venir (avec les déjections humaines) toutes sortes de légumes d'Europe, dans des jardins tout autour de Saïgon. Aussi ne peut-on sortir de la ville pour se promener, avant le coucher du soleil, sans être saisi à la gorge par une abominable odeur de poudrette. Par contre, on mange pendant huit mois des salades et des légumes qui sont aussi bon marché qu'à la Halle de Paris.

Diversité des caractères anthropologiques du Chinois. — Le Chinois de Canton (généralement riche) est presque aussi blanc de peau qu'un Français du Midi. La peau a chez lui une teinte analogue à la couleur du thé léger. Les muqueuses sont d'un rouge carmin assez vif, mitigé par une pointe d'ocre. C'est surtout la couleur des muqueuses du gland et de la vulve qui présente cette teinte. Il est impossible de la confondre avec celle des hommes de couleur, produits du croisement du Nègre et du Blanc, chez qui la teinte brune des muqueuses du Nègre domine et constitue le dernier des caractères anthropologiques.

A l'extrémité opposée de l'échelle des races Chinoises, on trouve le Chinois du Sud (le Fokienois ou l'originaire d'Haïnam), qui a la peau couleur pain d'épices jaune foncé, et dont les muqueuses sont d'un rouge jaunâtre, couleur presque terre de Sienne assombrie par une pointe de sépia.

Quant à la grosseur et à la conformation des organes génitaux, il m'a semblé que le Chinois du Nord était presque semblable à un Européen. Le prépuce est peu développé et recouvre imparfaitement le gland à l'état de repos.

Le Chinois du Sud paraît, comme mâle, moins vigoureux que le Chinois du Nord, mais il reste encore bien supérieur à la moyenne de la race Annamite. Il présente également le caractère du prépuce peu développé; et le gland, à moitié recouvert à l'état de flaccidité, sort très facilement et complètement en érection. J'ai vu très peu de cas de phimosis, si communs, au contraire, dans les races Européennes.

Le pubis est saillant et garni de poils noirs peu frisés, assez épais chez le Cantonais. Les testicules, chez les Chinois, m'ont paru un peu plus petits que ceux des Européens, mais la différence n'est pas très sensible.

Quelle que soit sa provenance et sa position sociale, le Chinois présente un caractère commun, la lubricité, et une grande fécondité avec les races Asiatiques auxquelles il s'allie. C'est par là qu'il est redoutable colonisateur en temps de paix.

Minhuongs. — On nomme ainsi les enfants nés des relations des Chinois avec les femmes Annamites ; ils sont plus blancs, plus élégants de formes que les indigènes. Parmi eux on rencontre souvent de ravissantes figures de bambins avant l'âge de la puberté. Le Minhuong est aussi intelligent et actif que son père, aussi résistant que sa mère. Il reçoit du père le type Chinois, et *il garde les mœurs, la religion et le costume* du Célestial. Ceci est important à considérer. Son teint est plus clair et sa force musculaire très supérieure à celle de l'Annamite pur.

Comme géniteur, la forme, la couleur et les dimensions de son appareil de reproduction sont à peu près celles du Chinois, avec une teinte un peu plus assombrie de la peau et des muqueuses.

A Cho-lon, les Minhuongs ont conservé toutes les habitudes, mœurs et coutumes de leurs pères, et rien ne saurait donner une idée plus vraie des villes Chinoises que Cho-lon.

Le Théâtre Chinois. — Les rôles de femmes y sont tenus par des jeunes gens que l'on y destine dès l'enfance. Ils prennent à tel point les manières, la démarche et le timbre de voix de la femme Chinoise, que l'on pourrait presque s'y tromper. Ils vont même plus loin : ils jouent le rôle de femme au naturel. Nous en reparlerons au chapitre de la perversion des mœurs dans la race Chinoise.

Le théâtre Chinois joue des tragi-comédies, héroïco-mélodramatiques, où l'on voit apparaître des héroïnes, des rois, des ministres, des généraux avec leurs armées, des bouffons, des dragons, des tigres, des génies protecteurs. On s'y livre à des combats terribles au milieu de détonations formidables de pétards. Il y a aussi des vaudevilles qui sont, comme licence, autant au-dessus de ceux du Palais-Royal, que ceux-ci le sont au-dessus des *moralités* de Berquin. La liberté des descriptions et des scènes réalistes est poussée à l'extrème. J'avoue y avoir passé quelques bonnes soirées, quand un Chinois complaisant voulait me narrer le sujet et la marche de la pièce.

Pour leurs grandes fêtes de famille, les riches Chinois (comme aussi les riches Annamites), engagent une troupe louée exprès, et font construire devant leur demeure une salle en bambou dans laquelle ils donnent, pendant trois jours au moins, le spectable gratis à leurs amis. C'est surtout dans ces représentations que l'on exhibe, selon le goût de l'amphytrion, le répertoire le plus salé.

CHAPITRE II

Origines de la race Annamite dite *Giao-Chi*. — Caractères anthropologiques de cette race. — Organes génitaux des Annamites. — Leur petitesse. — L'enfant, base de comparaison pour la partie médicale de cette étude. — La petite fille Annamite et sa défloration précoce. — La femme pubère. — L'appareil génital de l'adulte — Métis Franco-Annamites.

rigines de la race Annamite dite Giao-Chi. — D'après le savant Père Le Grand de la Liraye, l'ancienneté des Annamites date presque d'aussi loin que celle de la nation Chinoise elle-même. « Deux mille deux cent quatre-vingt-cinq ans avant Jésus-Christ, *soit moins d'un siècle* après le déluge, il est fait mention des Giao-Chi, race autochtone qui habitait la limite sud de l'Empire Chinois, et qui devint la souche de la nation Annamite adulte. Elle fit partie primitivement de l'Empire Chinois, et ne se rendit indépendante qu'en 1428, par le massacre général des Chinois. L'Annam a tout pris à la Chine : langue, éducation, littérature, religion, législation, médecine, arts. Aussi donne-t-il droit d'aînesse et de bourgeoisie à tous les Chinois qui viennent commercer en Indo-Chine. » L'Annamite n'est donc pas un sauvage : il est au contraire plus anciennement civilisé que l'Européen ; aussi possède-t-il une collection de vices formidables, qu'il cache aux yeux d'un observateur inattentif, mais que l'on finit par reconnaître, pour peu qu'on veuille l'étudier sérieusement de près.

Caractères anthropologiques de la race — L'Annamite est donc un rameau séparé de la race jaune Chinoise. Il est petit, nerveux, mais d'une apparence faible, souvent maigre et peu musclé. Les membres inférieurs sont souvent arqués, par suite de l'habitude des mères de porter les enfants à califourchon sur la hanche. La démarche est disgracieuse, et il porte souvent les pieds en dehors ; le gros orteil est très séparé des autres doigts, et presque opposable. Aussi un Annamite, tout comme un singe, ramasse à terre une pièce de monnaie, ou tient le gouvernail de sa barque avec les orteils. Le bassin est peu développé, le buste long et maigre, la poitrine saillante et bien faite. Les mains sont longues et étroites, avec les phalanges des doigts noueuses. Il a peu de vigueur dans les muscles : un blanc rosserait une dizaine d'Annamites à coups de poings; mais ils sont très résistants à la fatigue, et endurent impunément l'ardeur d'un des climats les plus malsains du globe.

Le crâne est arrondi, brachycéphale. Le visage forme un ovale très accentué, presque un losange. Le front est bas, l'œil oblique, relevé sur le bord externe, les paupières longues, couvrant des prunelles noires. La vue de l'Annamite est excellente. Les joues remontent vers les tempes ; le nez est presque aussi épaté que celui du Nègre, très large à la racine, mais les lèvres sont cependant moins épaisses. La bouche est moyenne, et le menton court, les oreilles sont grandes et détachées.

Les dents seraient superbes, si l'usage de les laquer au vernis noir, et la bave sanguinolente du bétel, ne rendait pas affreuse la bouche de la plus belle Annamite. Cependant on s'y fait à la longue.

L'angle facial moyen pour les deux sexes est de 77 degrés. La barbe pousse très tard, vers trente ans, courte, dure et raide comme des crins de cheval, et seulement sur les lèvres et le menton. Les cheveux, noirs et longs, sont très gros; ils ressemblent absolument à une queue de cheval et tombent souvent au-dessous des reins. Les hommes la portent comme les femmes et, comme elles, se coiffent en chignon relevé derrière la tête. La peau est épaisse; suivant la caste, sa couleur varie depuis l'acajou et le teint feuille-morte du paysan brûlé par le soleil, jusqu'à la couleur de cire jaune pâle, chez le mandarin, qui ne sort qu'avec un parasol énorme, signe de sa puissance.

Si la femme Annamite, ou *Congaï*, déplaît par sa face plate et sa bouche noire à salive rouge, il faut reconnaître qu'elle a un corps bien fait et bien proportionné. Une fois qu'on est habitué à la forme de leur visage, on en trouve souvent qui ont de jolis traits. Les mains et les pieds sont excessivement petits, avec des attaches d'une grande finesse.

Les Annamites des deux sexes se développent lentement et un jeune homme de vingt ans paraît n'en avoir pas plus de quinze; si ce n'était les oreilles imperforées, on prendrait très souvent un garçon de quinze à vingt ans pour une fille non encore formée, et la douceur de la voix augmente l'illusion. Passé vingt ans, les traits de l'homme grossissent et deviennent durs.

Chez la fille pubère, le sein est hémisphérique et très régulier; il ne se développe guère qu'à partir de dix-sept ans; il reste longtemps petit et ferme, mais, à la gestation et pendant l'allaitement, il prend un volume considérable et devient mou, tout en se tenant encore horizontal. Le bout en est généralement brun. C'est à vingt et un ans qu'a lieu d'ordinaire la première parturition. Les femmes sont très fécondes et l'on trouve souvent des familles de six à dix et même douze enfants, la demi-douzaine étant la moyenne. Il y a cependant peu de jumeaux. Cette fécondité est remarquable, étant donné l'exiguïté de l'appareil génital des deux sexes.

Vers quarante ans, arrive l'âge de la ménopause. La race Annamite vieillit vite ; à cinquante ans, un homme est tout blanc de barbe et cassé par l'âge ; cependant il y a, comme en Europe, des octogénaires et même, dit-on, des centenaires. J'avoue que je n'en ai point vu.

Organes génitaux de la race Annamite. — Leur petitesse. — Un fait me frappa dès que je pus examiner de près les organes génitaux des Annamites : c'est leur petitesse réellement remarquable, en rapport complet, du reste, avec la faiblesse de leur corps et la débilité de leurs muscles. A ce point de vue spécial, les Annamites doivent occuper la dernière place parmi toutes les races que nous étudierons, et si nous pourrons appeler les Nègres d'Afrique des *hommes-étalons*, il sera logique d'appeler les Annamites des *hommes-singes*. Ils méritent cette appellation à double titre, le singe étant, de tous les animaux, celui dont l'organe génital est le plus petit, proportionnellement à la grosseur du corps. Le singe est également le seul des animaux qui se masturbe de propos délibéré, point de contact avec la race humaine. Or l'Annamite, un vieux civilisé, est aussi lubrique que le singe.

Enfants Annamites. — Commençons par l'étude de l'appareil génital dans l'enfance, ce qui peut se faire sans blesser les mœurs, garçons et fillettes allant complètement nus jusqu'à l'âge de douze ans. Avant cet âge, la verge du petit garçon est à peine de la grosseur de son petit doigt, et le doigt d'un enfant Annamite n'est pas gros. La puberté n'arrive guère avant quatorze ou quinze ans, aussi tard qu'en Europe. A cet âge, la verge est de la grosseur de l'index d'un Européen. Le développement complet des organes génitaux n'a guère lieu

qu'à l'âge de vingt ans, et quelquefois plus tard. Le prépuce du petit Annamite est de longueur moyenne et ne
forme pas un bourrelet saillant en avant du gland, caractère que nous constaterons chez la race Nègre d'Afrique.
Mais l'anneau préputial est généralement étroit. Les manœuvres masturbatrices, auxquelles se livrent presque
tous les pubères à partir de quatorze ou quinze ans,
agrandissent cet anneau et permettent la libre sortie du
gland.

La petite fille a la vulve placée très haut, plus haut
même qu'elle ne l'est chez la petite Française. A la nubilité, qui n'arrive guère avant quinze ou seize ans (l'âge
moyen est de seize ans), il ne se produit pas de grands
changements dans l'aspect des parties.

La petite fille Annamite et sa défloration précoce.
— Sur toutes les petites filles de moins de dix ans, j'ai
constaté la présence de l'hymen. Après dix ans, l'hymen
complet manquait souvent, mais les organes génito-uri-
naires présentaient alors des traces certaines de défloration,
beaucoup moins caractéristiques toutefois que celles
constatées par Tardieu sur les petites filles victimes
d'attentats à la pudeur *sans violences, mais longtemps répétés.* Dans ce cas, généralement, l'hymen n'était pas
détruit ; il était simplement aminci, rétracté, ayant la
forme d'un simple anneau entourant l'entrée du vagin,
qui laissait pénétrer sans douleur l'extrémité de l'index
graissé.

J'attribue tout simplement ce fait, à ce que les petites
filles Annamites sont déflorées, après dix ans, par les
petits garçons avec qui elles jouent, et répètent ensemble
les leçons que leurs parents leur apprennent inconsciemment, par suite de la promiscuité forcée de la famille
dans une petite case en paille, où tout le monde vit en
commun, et dont de simples compartiments en clayon-

nage à hauteur d'homme forment la séparation des pièces.

D'ailleurs, il existe un dicton Annamite d'une crudité cynique, que j'ai retrouvé au Tonkin : « *Pour qu'une fille soit encore pucelle à dix ans, il faut qu'elle n'ait ni frères ni père.* »

La femme Annamite pubère. — A la puberté, les organes prennent leur développement, et une fille est nubile à seize ans. Le pubis se recouvre de quelques poils qui sont soigneusement épilés, mais l'ensemble de l'appareil génital est moins développé que chez la Française. La vulve et le vagin sont sensiblement plus étroits et surtout moins profonds.

Chez la femme ou fille pubère, les muqueuses vulvaire et vaginale sont généralement le siège de cette affection désagréable, désignée sous le nom de *flueurs blanches*, et qui contribue, par le relâchement qu'elle amène dans les tissus, à la dilatation des organes. Aussi, malgré la disproportion, le coït entre une jeune Annamite et un Européen adulte s'opère sans trop de douleur, généralement pour la première. Il est à remarquer que la Congaï, déjà femme faite, a toujours le clitoris fort peu développé, ainsi que les petites lèvres qui dépassent rarement les grandes.

Chez les prostituées des maisons publiques qui ont de fréquents rapports avec les Européens, l'entrée de la vulve et du vagin est fortement agrandie. Cependant, en général, celui-ci reste placé très haut, et la profondeur moyenne du conduit vaginal ne dépasse pas huit à dix centimètres. Il en résulte que les pénis d'une longueur supérieure à la moyenne occasionnent quelquefois une inflammation de l'utérus, par le choc répété du gland contre le museau de tanche. J'ai soigné, pour cette affection, plusieurs femmes qui m'ont avoué la devoir à cette cause.

L'appareil génital de l'adulte. — Il est rationnel de trouver, chez l'adulte Annamite, une gracilité du pénis en rapport avec les faibles dimensions de l'appareil féminin. Chez le pubère de quinze à vingt ans, quelques poils apparaissent sur le pubis autour de la verge. Les testicules, excessivement petits jusqu'à quinze ans, grossissent peu à peu ; mais à vingt ans, l'Annamite n'est guère plus formé qu'un Européen de quinze à seize, et son développement complet n'a lieu qu'à vingt-cinq ans.

A sa croissance complète, le pénis a une dimension moyenne de dix à onze centimètres (en complète érection), sur trois centimètres de diamètre. On en trouve de douze à treize sur trois à trois et demi, mais peu atteignent quinze centimètres sur quatre. Ce sont des dimensions extrordinaires chez l'Annamite ; une seule fois j'ai vu un pénis de dix-huit centimètres, mais c'était chez un métis Franco-Annamite.

En général, les testicules de l'Annamite de race pure sont de la grosseur d'un œuf de pigeon. Le pubis porte quelques poils raides et touffus, comme les poils qui poussent à leur menton après la trentaine.

Métis Franco-Annamites. — Il y a eu fort peu de mélange des deux races, sinon au point de vue du coït, tout au moins à celui du produit. C'est, d'ailleurs, un fait à remarquer. La race blanche, très prolifique avec la femme noire, l'est beaucoup moins avec la femme jaune. Je ne me charge pas d'en donner la cause, je me contente de signaler le fait. C'est dommage, car le métis Franco-Annamite se rapproche physiquement de l'Européen. La peau est presque blanche, les épaules sont plus carrées, les muscles sont plus développés, surtout l'appareil génital. Cependant le facies conserve la marque indélébile de la race jaune, par l'épatement du nez et l'obliquité des yeux.

Au point de vue moral, le métis est un véritable Annamite, aussi joueur, voleur et menteur que l'indigène. Celui chez qui j'ai signalé plus haut les dimensions particulières de l'appareil génital, et qui était, m'a-t-on assuré, le fils d'un officier du Corps expéditionnaire, avait reçu une certaine éducation, et son père lui avait laissé, en quittant la Colonie, des moyens assurés d'existence. Les femmes, le baquan et l'opium en vinrent bientôt à bout et il finit misérablement.

CHAPITRE III

Rôle de la femme dans la société Annamite. — Mariage. — Age légal. — Droits et devoirs de la femme Annamite. — Son caractère. — Adultère. — Sa répression. — Mariages de la main gauche. — Règlementation et prohibitions du mariage. — Sa dissolution ; Répudiation. — Les sept cas du divorce. — Accouchements. — Amour de la progéniture.

a femme dans la société Annamite. — Mariage. — Age légal. — Quoique la femme Annamite ne soit nubile que vers seize à dix-sept ans, comme je l'ai dit, elle peut cependant, d'après le *Le-Ky* ou Livre des Rites, se marier après quatorze ans, et l'homme à seize. Tout mariage conclu avant ces âges est nul et non avenu.

Les mariages se font par l'intermédiare des *maï-dongs*, agents matrimoniaux, qui abouchent les deux familles et règlent toutes les questions d'intérêt entre les époux. Mais la femme n'apporte point de dot, c'est le fiancé, au contraire, qui paie les présents de noces, apporte à la communauté la fortune en rizières et bestiaux, et souvent même doit verser une somme d'argent à la famille de sa femme.

En retour, on lui donne généreusement un pot à tabac et une boîte à bétel et à cigarettes : il n'y a pas compensation.

Les fiançailles sont d'une simplicité pastorale : les futurs époux, mis en présence, s'offrent réciproquement et mâchent ensemble la noix de bétel.

Droits et devoirs de la femme Annamite. — La coutume donne à la femme Annamite, quoiqu'elle soit payée par son mari, des droits que n'a pas la Française. En réalité, comme elle est plus intelligente et plus laborieuse que l'homme, c'est elle qui dirige à peu près tout. Elle travaille constamment, garde la boutique, va au marché, décortique le riz, égrène le coton, soigne la basse-cour, tisse les étoffes, repique le riz au soleil comme l'homme, fait la cuisine et conduit la barque dans les familles de mariniers.

Caractère de la femme Annamite. — C'est la forte tête de l'association conjugale, mais elle est menteuse et dissimulée comme le mari, joueuse et gourmande. Aussi lascive que l'homme, elle le trompe quand elle le peut, si elle y trouve plaisir ou agrément. Je ferai plus loin le portrait de la femme Annamite mariée de la main gauche à un Européen, qui joue toujours le rôle de Georges Dandin.

Adultère. — Sa répression. — La femme Annamite ne vit pas renfermée comme la Chinoise, et ne connaît pas le supplice des petits pieds. Elle a donc toutes facilités pour faire pousser du bois sur la tête de celui à qui, le jour de ses noces, elle a promis fidélité. A Saïgon et dans les villages environnants, les mœurs sont faciles, et l'amateur du beau sexe jaune aux dents noires peut faire son choix. Dans l'intérieur, je n'ai pas trouvé beaucoup plus de retenue vis-à-vis de l'étranger, surtout s'il est généreux et discret. La loi, cependant, punit l'adultère de peines sévères. Comme le Code pénal Français (avant la loi sur le Divorce), il admet une excuse légale pour l'homicide commis par le mari sur la femme et son complice, en cas de flagrant délit. Je ne l'ai jamais vu appliquer pendant mes cinq ans de séjour. En outre, le Code Annamite renferme l'article suivant : « *La femme adultère* *recevra quatre-vingt-dix coups de rotin sur les fesses, et son mari pourra ensuite la marier à un autre, ou la vendre à son gré, ou la garder chez lui.* » Si nos Européennes voyaient en perspective ces quatre-vingt-dix coups de rotin sur leurs blanches rotondités postérieures, il y aurait peut-être moins de maris trompés.

Le Code Annamite dit encore : « *Les garçons de magasin qui commettent un adultère avec l'épouse de leur patron seront assimilés aux serviteurs ou esclaves, et seront punis de la strangulation.* » Ce bon Code n'y va pas de main morte. Un autre article est spécial aux femmes acariâtres : « *Toute femme légitime qui frappe et insulte son mari sera punie de cent coups de rotin, et pourra être répudiée.* » Il en coûte donc un peu moins cher à la femme Annamite de cocufier son époux, que de le griffer ou de lui dire des vérités désagréables.

Mariages de la main gauche. — A côté de l'union légale, consacrée par la cérémonie du mariage, l'Annamite a le droit de prendre des concubines, tant qu'il veut, sans aucune formalité, et cependant les enfants qu'il a de ces unions ont les mêmes droits que les enfants de l'épouse légitime. Il n'y a donc pas, en Cochinchine, d'enfants naturels ou adultérins, comme chez nous.

Amour de la progéniture. — Les femmes Annamites aiment beaucoup leurs enfants et leur prodiguent de grandes marques de tendresse. Elles les embrassent en les serrant contre leur poitrine et les baisent en les reniflant, comme on aspire une bonne odeur.

L'avortement est très rare. Les enfants sont élevés sans maillot et têtent jusqu'à trois ou quatre ans pour les garçons, et plus encore pour les filles. Quand le bambin Annamite marche seul, on le laisse courir en liberté

au soleil, tout nu ou à peu près, se rouler dans la pous-
sière ou se plonger dans la vase. Jusqu'à dix ou
douze ans, il est porteur d'un gros ventre qui fait con-
traste avec ses membres grêles. Après douze ans, on lui
donne un mauvais pantalon et un paletot déchiré, débris
de la défroque paternelle, et alors il travaille, garde les
troupeaux de buffles, aide les parents à cultiver la rizière,
et à conduire les sampans ou jonques. Filles et garçons
polissonnent presque en liberté, et le résultat ne se fait
pas attendre. Aussi, après dix ans, un pucelage Annamite
est-il une rareté.

CHAPITRE IV

Passions Annamites autres que l'amour. — Le jeu. — La
Congaï et l'Européen. — Les tripots Chinois. — Le baquan et
les maisons de jeu à Saïgon. — La passion de l'opium. — Doses
habituelles du fumeur d'opium. — Comment on fume l'opium.
— Résistance de la constitution humaine à l'effet continu de
l'opium. — Bons effets de l'usage modéré de l'opium. — Nature
du plaisir causé par l'opium.

'AI déjà dit que l'Annamite avait la passion du
jeu; il a cela de commun avec le Chinois.
Le coolie et l'homme du peuple jouent leur
salaire journalier et jusqu'à leurs misérables
vêtements. La Congaï est encore plus acharnée que
l'homme, lorsque sa position sociale ne l'oblige pas à un
travail régulier qui l'absorbe. Dans les maisons de prostitution, ces dames, en attendant la pratique, se
livrent à d'interminables parties tout en fumant leurs
cigarettes.

L'Européen qui a une Congaï comme maîtresse,
apprend à ses dépens qu'elle a, comme les autres, la passion
du jeu. Souvent, un jour de fête, la jeune personne,
vêtue de ses plus belles robes en soie (trois ou quatre
l'une sur l'autre), sans oublier les boucles d'oreilles,
colliers et bracelets en or et en ambre, sort pour aller
passer l'après-midi chez des amies et connaissances. Au
milieu de la nuit, voici qu'elle rentre, affolée, tête nue,
cheveux épars, le visage et les bras égratignés et déchirés.
Ses belles robes sont remplacées par des haillons sordides.

Ses bijoux ont disparu. Elle raconte, au milieu d'un déluge de pleurs et de lamentations criardes, qu'elle vient d'être assaillie, à son retour, par une bande de voleurs qui ont voulu lui faire subir les derniers outrages et l'ont dépouillée entièrement.

L'Européen console la belle affligée et va porter plainte à la police. On lui apprend, quelques jours après, que la prétendue victime était allée jouer au baquan dans un tripot clandestin, où elle a tout perdu jusqu'à sa dernière chemise. Et alors l'infortuné *Pha-lan-za* (c'est la prononciation Annamite du mot *Français*) calcule mentalement que c'est pour lui une perte sèche de cent quatre-vingts à deux cents piastres; il entrevoit avec terreur, à bref délai, l'achat qu'il lui faudra faire de robes neuves et de bijoux. Furieux, il administrera peut-être, en rentrant, une volée de rotin à la coupable et la mettra à la porte. Le plus souvent, il paie pour avoir la paix, jusqu'à ce que cette comédie recommence.

Le baquan, d'origine Chinoise, est un jeu qui, en Cochinchine, remplace la roulette de Monaco. Sur une table, et même sur le sol, dans les tripots de bas étage, est étendue une natte; sur cette natte est posée une petite table carrée en bois, avec les quatre chiffres 1, 2, 3 et 4, en Chinois et en Français, placés chacun au milieu de chaque côté de la planchette. On place les mises sur un des numéros et l'on peut stipuler certaines conventions spéciales à l'aide d'un petit carton, rouge ou jaune, en caractères Chinois, que l'on pose sur sa mise. Quand le jeu est fait, le croupier, qui a devant lui un petit tas de sapèques Chinoises en cuivre jaune, englobe un certain nombre dans une petite tasse à thé sans queue qu'il pose sur ce tas, et ramène la tasse au milieu de la table en l'éloignant du tas. Ayant ainsi séparé le nombre de sapèques qui doit décider du coup, il enlève la tasse.

Un autre croupier, ou un amateur important (c'est son droit, s'il le réclame) muni d'une longue baguette en bois, compte les jetons quatre par quatre et les réintègre dans le tas au fur et à mesure. C'est le moment de l'émotion, et pendant ce temps le payeur, troisième croupier, commence un chant monotone : c'est le chant du gain ou de la perte ; il reste à la fin une, deux, trois ou quatre sapèques. Le gagnant gagne alors trois fois sa mise, ce qui donne au banquier quatre chances de gain contre trois de perte.

Cela dure des heures et des heures ; c'est aussi passionnant que la roulette. Le croupier Chinois est si habile, que si l'on a mis un pari important sur un numéro avant l'isolement de la tasse, on peut gager, presque à coup sûr, que le numéro du gros parieur ne sortira pas.

J'ai connu des Européens qui allaient passer tous les soirs des heures entières dans les baquans de Saïgon et de Cho-lon, et qui y perdaient souvent des centaines de piastres. Quelquefois un riche amateur Annamite ou Chinois prend la banque à son compte ; mais il doit partager ses gains avec le véritable banquier.

On coudoie le monde le plus mélangé dans ces établissements. On y trouve surtout le *boy* qui va jouer l'argent volé au maître, et le cuisinier qui dépense, sur un coup de hasard, l'argent de la popotte, sans parler d'autres individus de mœurs inavouables, qui viennent y tendre l'hameçon de leur immonde commerce.

La passion de l'Opium. — Mais la passion la plus terrible est celle de l'opium, à laquelle l'Européen n'échappera pas lui-même, car j'en puis parler pertinemment par expérience personnelle. Dès leur arrivée en Cochinchine, les Français trouvèrent l'habitude de l'opium déjà introduite par les Chinois.

Le premier gouverneur de la Colonie fit de sa vente

un monopole affermé dès 1861. Ce monopole resta,
pendant vingt ans, aux mains des Chinois, qui en
tirèrent un bénéfice considérable ; depuis, il a été mis
en régie.

Il paraît que le kilogramme d'opium brut, qui coûte
à la régie vingt francs d'achat au gouvernement Anglais, revient au consommateur à deux cent cinquante
francs environ. C'est un vice cher.

Doses habituelles du fumeur d'Opium. — Un taël
de trente-sept grammes et demi coûte deux piastres et
donne en moyenne cent pipes, avec un préparateur bien
exercé. C'est donc un prix moyen de neuf à onze centimes
par pipe, selon le cours de la piastre qui varie de quatre
francs cinquante à cinq francs cinquante centimes. Pour
que l'opium produise un certain effet, il faut au débutant
une dizaine de pipes ; au-dessous, on ne ressent que peu
de chose ; au-dessus, on risque l'intoxication. J'ai connu
cependant un Européen (alcoolique, il est vrai) que cinq
ou six pipes avaient plongé dans une torpeur qui dura
quarante-huit heures.

Au bout de quelques semaines le fumeur débutant
arrive déjà à vingt pipes par jour, fumées en deux fois,
une heure après chaque repas, ce qui favorise la digestion
tout comme un cigare de premier choix. Si le fumeur se
bornait à ce chiffre, il n'y aurait aucun danger. Malheureusement, on augmente chaque jour d'une ou deux
pipes et l'on arrive vite à trente. C'est déjà une dépense
de près de mille francs par an ; mais les endurcis dépassent vite ce nombre, et arrivent à cinquante et soixante
pipes par jour.

Nature du plaisir procuré par l'Opium. — Dès la
première pipe, on éprouve dans l'estomac une sensation
de chaleur douce, de velouté agréable tout le temps que
l'on absorbe la fumée. Cette sensation se renouvelle à

chaque pipe, et quand on en a fumé de dix à quinze
ou vingt, selon le degré d'habitude, on se sent le cœur
plus heureux, l'esprit plus allègre. Les préoccupations
morales et les douleurs physiques (surtout les névralgies)
s'évanouissent. Le corps est comme allégé. On dirait que
l'air qui vous entoure est plus pur; on éprouve du bonheur à le respirer. Cet effet est d'autant plus marqué que
l'air, lourd et saturé d'humidité dans la saison des pluies,
fatigue les poumons; car, pendant cette saison, il donne
la sensation de la buée dense et tiède d'une salle de bains
chauds.

On se complaît dans une sorte de paresse voluptueuse, dans un état physique absolument analogue à
celui d'un convalescent affaibli qui respire les effluves
d'un radieux soleil printanier. Les idées particulières à
chaque individu suivent leur cours; le cerveau enfante
des idées nouvelles qui se présentent en foule et, à ce
moment, on peut se livrer facilement à un travail intel-
lectuel au-dessus de la moyenne.

CHAPITRE V

'amour chez l'Annamite. — L'amour, dans
la race Annamite, est avant tout et par des-
sus tout, un contact de muqueuses fort généralement malpropres. Il n'y a pas de peuple
au monde qui présente autant de dangers de contamina-
tion physique que celui-là.

Le mariage est pour l'Annamite (et en cela il ressemble
fort à notre civilisé moderne) une question d'affaire
commerciale et de procréation d'une descendance plutôt
que d'amour sentimental. De son côté, la femme n'a
pas en général pour son mari une affection bien grande;
elle reporte son amour sur ses enfants. Ses mœurs sont
assez relâchées; le tout, pour la femme Annamite, est
de ne pas se faire prendre, et, comme elle est plus intelligente que son mari, on peut s'en rapporter à elle pour
mettre un épais bandeau sur les yeux du crédule époux.

Formes de coït les plus usitées. — Le lit, dans l'habitation Annamite, est une simple claie de bambous
entrelacés, recouverte d'une mauvaise natte. Ce lit est
peu propice aux relations sexuelles dans la forme clas-

sique (homme sur la femme). Aussi, le troupier Français qui va voir une femme dans les maisons de prostitution et qui frotte ses genoux contre les nœuds et rugosités du clayonnage, appelle cela « aller au bambou ». Par extension, ce terme désigne également la maison de prostitution Annamite.

L'Annamite emploie rarement cette position classique. Celle qui lui est la plus habituelle est la *position latérale*, l'homme et la femme couchés l'un en face de l'autre sur le flanc, ont leurs jambes allongées et appliquées directement. Une fois la connexion faite, la femme serre son amant avec ses cuisses. Cette position ne peut se prendre qu'entre gens maigres et sans ventre rondelet, ce qui est le cas général de la race.

Il arrive souvent aussi que la femme croise, avec l'une de ses cuisses, la cuisse de l'homme pour faciliter l'introduction. La femme Annamite connaît également le coït *more canino*, position qu'elle prend pour parer à l'imperfection d'un membre viril trop petit ou trop court. Quand la Congaï possède un ventre saillant et développé, ce qui est rare, ou bien si elle est enceinte, ce qui est commun, la copulation se fait alors la femme à genoux, appuyée en avant sur le bord du lit, l'homme accroupi sur elle. D'autres fois, le mari s'allonge sur le dos, comme celui des *Contes* de Boccace, et la femme se met sur lui à califourchon, mais en lui tournant le dos, de manière que le poids de son corps soit supporté par son postérieur appuyé sur le ventre du mari.

Il y a, dans ces deux positions, une préoccupation évidente de ne pas blesser le fruit, et bien des ménages Européens devraient prendre, en pareil cas, de semblables précautions.

L'Annamite pratique généralement l'amour dans le vase naturel avec sa femme, malgré la lasciveté naturelle aux deux sexes. Mais quand la Congaï tombe entre les mains d'un Européen débauché, elle apprend vite de lui tous les secrets de l'oreiller; élève docile et complaisante, elle n'a pas longtemps besoin des leçons du maître.

Maisons de prostitution Asiatiques. — Ici, comme dans tout pays civilisé, il y en a pour tous les goûts et à tous les prix : depuis le bambou Annamite jusqu'à l'horizontale en chambre, la protégée et la maîtresse d'un riche Asiatique, qui condescend à vous accorder ses faveurs, mais jamais gratis.

Si la courtisane Européenne a été longtemps une rareté dans la Colonie, jamais, même pendant la période de la conquête, on n'a manqué de femmes indigènes. Ici, comme ailleurs, la femme et la fille du vaincu sont devenues la proie du vainqueur.

Nous divisons en trois catégories bien distinctes les maisons de prostitution Asiatiques.

Le Bambou Annamite. — Appliquons-lui ce terme de *bambou,* que lui ont donné nos troupiers. Là, point de luxe : une paillotte ouverte à tous venants, la claie, et, dessus, une natte, quelques escabeaux ; des lampes à huile de coco répandent une odeur fétide.

Ce n'est pas qu'on n'y rencontre que de vieilles prostituées; bien au contraire. On y trouve souvent des fillettes à peine nubiles de seize à dix-sept ans, livrées par leurs matrones ou vendues par leurs parents. L'âge moyen des pensionnaires ne dépasse guère vingt ans. Le costume de ces dames est le costume Annamite de la basse classe : vêtement de coton. Mais toujours un collier d'argent et des boucles d'oreilles en ambre, achetées avec les premiers gains.

Quand elle débute, la fille de bambou ne sait pas un

mot de Français et ne connaît rien des secrets de Vénus.
Soyez tranquille, elle se forme vite; elle vous gazouille
des amabilités et vous fait ses propositions dans un
sabir ultra érotique, car elle est à bonne école. Elle ne
fait cependant pas fortune, aussi longtemps qu'elle reste
dans l'établissement, car elle est exploitée outre mesure
par le tenancier de la maison. Les tarifs du bambou sont
peu élevés : cela varie de un franc à une demi-piastre.
Moyennant une piastre, on a droit à partager le lit de la
belle pour la fin de la nuit.

Il faut avouer que, pour les amateurs nouveaux venus
dans la Colonie, la Congaï n'est pas séduisante. Il y a
d'abord cette bave sanguinolente produite par le bétel et
l'horrible aspect des dents laquées de noir. C'est cependant un signe de beauté chez elle, ainsi que le pubis
glabre qui contribue aussi à rebuter l'Européen. La Congaï méprise la femme Européenne, en disant qu'elle a
des dents de chien et du poil à sa nature, comme les
bêtes. J'ai entendu faire souvent cette remarque par
les indigènes. Un second motif de répulsion, c'est l'odeur
sui generis de la Congaï, mélange odieux du fumet de
l'huile de coco rance, de la sueur et de la crasse d'un vêtement qu'on ne lave jamais de peur de l'user; cette
odeur vous saisit à la gorge et dompte les appétits vénériens les plus robustes. On est longtemps à s'y faire; il
faut un certain courage; mais enfin on s'y habitue, surtout lorsqu'on a la chance de tomber sur une fillette
assez bien faite de corps et dont les dents ne sont pas
encore laquées.

**Dangers de l'amour Annamite. — Gonorrhée et
syphilis.** — Passe encore si la Congaï se contentait d'être
répugnante. Malgré les visites médicales les plus sérieuses,
la sécurité de l'amour avec elle est loin d'être complète.
D'abord, les flueurs blanches sont chez elle presque la

règle, et elle donne à ses adorateurs des gonorrhées d'une grande ténacité, surtout quand l'Européen est affaibli par le climat. La syphilis est également très commune dans cette race. Il n'entre pas dans le cadre de ce travail de faire l'étiologie de cette maladie. Je constate simplement qu'elle a dans ce pays de profondes racines, et le manque d'un traitement rationnel en a étendu les ravages.

On peut se rendre compte des dangers de cette maladie en Cochinchine, car la statistique a démontré que, pendant les vingt premières années de l'occupation, elle fournissait à elle seule la moitié des invalidations des hôpitaux, autant que la fièvre paludéenne, le choléra, la dysenterie, l'hépatite et la diarrhée spécifique de Cochinchine.

Pour finir avec la pensionnaire du bambou Annamite : si elle est gentille et intelligente, une fois qu'elle a appris à se faire comprendre dans le sabir polyglotte, qu'elle a acquis quelques petits talents d'un genre particulier, et mis de côté quelques piastres, elle quitte la maison. A point nommé, il se trouve un épouseur qui l'installe dans un des villages autour de Saïgon, et ce peu sympathique personnage devient alors son exploiteur. Le couple masque d'ordinaire son véritable métier sous les dehors d'un petit commerce de fruits et denrées diverses.

Le matin, la femme part pour le marché de Saïgon ; mais, au lieu de rentrer de bonne heure chez elle, comme une honnête marchande, elle s'en va exploiter, à domicile, l'Européen à l'heure de la sieste. Nous la verrons tout à l'heure à l'œuvre.

Le lupanar Chinois. — Les premières femmes publiques Chinoises vinrent de Singapour vers 1866 ou 1867. L'établissement Chinois, à qui l'on peut donner le nom de *lupanar*, est plus propre que le bambou Annamite.

Voici comment on achalande la pratique. Au rez-de-chaussée, devant la porte et sous l'abri de la véranda, ces dames se tiennent assises, entourant leur *mama*, la tenancière du lupanar. A l'entrée, se trouve une sorte de salon public, où les clients, assis sur des canapés en rotin ou en bambous, viennent faire leur cour et leur choix, en présence de la gravure coloriée du Bouddha Chinois femelle (la déesse de la Reproduction, représentée sous la forme d'une énorme femme, aux puissantes mamelles), devant laquelle brûle constamment une lampe pieuse.

Le choix fait, on accède au premier étage par une véritable échelle de meunier, sur le derrière de la maison. Au premier, s'étend une série de lits Chinois presque aussi larges que longs, enveloppés pudiquement dans une moustiquaire de couleur sombre qui abrite sous ses plis nos amants d'une heure.

L'amateur d'opium y trouve toujours une pipe et des opératrices pour la préparer, plusieurs de ces dames ayant reçu une instruction *ad hoc*. Cependant, peu d'entre elles fument, sauf quelquefois la *mama*.

La prostituée Chinoise. — Elle provient, le plus généralement, de la Chine méridionale. Sa taille est petite; elle est souvent grassouillette, à peau presque jaune, couleur de thé clair. Elle a les seins plus arrondis et les muscles des cuisses et des jambes plus développés que la Congaï. Son pubis est soigneusement épilé. La vulve et le vagin ont des dimensions un peu plus grandes que chez la Congaï. Mais ce qui la différencie de celle-ci, c'est que la Chinoise est fort propre de corps. Elle se lave en entier tous les jours, et ses vêtements blancs ou à teintes claires sont très soignés. La Chinoise ne sent

pas mauvais comme l'Annamite. Si nous ajoutons qu'elle
ne chique pas le bétel, et qu'elle a de belles dents blanches,
fort soigneusement entretenues, on reconnaîtra avec
nous que la courtisane Chinoise s'éloigne moins que la
Congaï de la femme d'Europe.

Malheureusement pour les amateurs de voluptés pi-
mentées, elle présente un immense défaut : sa frigidité.
Elle accomplit machinalement le coït, comme une opération commerciale qui lui rapportera une piastre, et c'est
tout.

La grande préoccupation de la Chinoise, avant tout,
c'est de ne pas déranger l'édifice soigneusement élaboré
de sa chevelure, qu'elle fait arranger seulement une fois
par mois par l'artiste capillaire Chinois. Qu'on se figure
un énorme chignon en forme de coque, agrémenté de
tire-bouchons et de nœuds à grand renfort de cosmétiques
et de pommades, affectant les formes les plus bizarres.
On conçoit que ce ne serait pas faire acte de galanterie
que de décoiffer une Chinoise. Quand elle se couche,
elle place son chignon sur un petit banc évidé.

Ne demandez à la Chinoise aucun raffinement de
volupté : elle en est incapable. Elle se couche, et vous
accepte passivement. Elle n'en sait pas davantage. Au
besoin, elle consentira à suivre l'Européen dans sa demeure, pourvu qu'en sus du prix tarifé de trois piastres,
on lui offre le fiacre aller et retour, car ses petits pieds
déformés lui rendent la marche pénible. A ce propos, on
prétend, et je crois l'avoir lu dans un récit de voyage,
que la compression du pied de la Chinoise a pour but
de développer le muscle constricteur de la vulve et du
vagin. J'avoue que je n'ai que rarement rencontré cette
spécialité vaginale. Elle dépend plutôt, à mon avis, de
l'état d'obésité de la femme, et il n'est pas besoin d'aller
en Chine pour atteindre ce résultat. Toutes les femmes

Européennes un peu tortes de corps, dont le bassin et
les cuisses sont largement développés, même les vieilles
prostituées, sont généralement plus étroites que les
femmes maigres et petites. Brantôme avait déjà fait cette
remarque.

Maisons de prostitution de Cho-lon. — Si les maisons Chinoises de Saïgon sont à l'usage des Européens,
en revanche, les établissements de ce genre, à Cho-lon,
sont à peu près exclusivement réservés aux Chinois.
Sous ce rapport-là, ceux-ci ressemblent beaucoup à certaines maisons de « société » en Europe. Il faut montrer
patte blanche pour y entrer, et vous n'y êtes admis
qu'avec un Chinois familier de l'établissement.

Tout comme en France, il y a des salons luxueux
avec des divans, des canapés, des glaces, des tableaux
peints sur verre. Ces dames, richement vêtues, viennent
vous rendre visite au salon. Il y a la même phrase sacramentelle : « *Toutes ces dames au salon !* » en Chinois,
bien entendu. On vous servira sur commande un plantureux repas à la Chinoise, dont la soupe aux nids
d'hirondelles, le tripang, la confiture de gingembre et
de genseng forment la base, avec toutes sortes de plats
fortement épicés. On entend les accords d'une musique
Chinoise, dont les exécutants sont placés dans une pièce
voisine, pour ne pas gêner les amoureux ; ils jouent des
airs mélancoliques et langoureux, qui ont, à ce qu'il
paraît, la propriété de donner aux Chinois des pensées
érotiques. Ces dames s'humanisent ; elles prennent des
poses plastiques pour émoustiller les sens des vieux
banquiers Chinois, quand ils sont difficiles à émouvoir.
Cependant elles ne sont guère plus expertes dans l'art
de Vénus que leurs rivales de Saïgon.

Procédés des vieux débauchés Chinois. — Je n'ai
point vu ce que je vais décrire : je le tiens d'un ami

Chinois, B***, le fermier général de l'opium, qui m'avait plusieurs fois facilité l'entrée de ces maisons. Je ne pense pas qu'il ait voulu se jouer de ma crédulité, et voici ce qu'il m'a raconté bien des fois :

Quand les sens des vieux Chinois sont trop blasés pour que les excitations naturelles aient le pouvoir de tirer de leur torpeur leurs organes génitaux engourdis, ils ont recours au procédé suivant :

Le vieux Céladon se fait accompagner par un domestique ou robuste coolie, qui se livre en sa présence au coït, puis se retire. En France, les spectateurs de ce genre d'opération sont généralement invisibles pour l'exécutant. A Cho-lon, on ne connaît pas de pareilles délicatesses, et l'amateur assiste à la scène dont il suit avec intérêt toutes les phases. Une fois que l'agent s'est retiré, bien et dûment rémunéré, il ne reste plus en présence que le vieux débauché et la femme, restée mollement étendue sur le champ de bataille. Alors notre homme s'approche et, avide, recueille *in bucca sua* la libation qui découle *e vulva fœminæ*.

Cet usage, paraît-il, est très répandu. Je n'ai pas l'intention de discuter ici l'étrangeté de ce caprice érotique : je constate un trait de mœurs.

Le lupanar Japonais. — Les lupanars Japonais sont situés dans les mêmes rues que les lupanars Chinois, souvent même tout à côté. Mais la fille Japonaise ne guette pas le client devant la porte. La maison est tranquille, et personne ne fait chapelle au balcon de la véranda. Il n'y a même pas réception au rez-de-chaussée : il faut monter au premier étage, où l'on se trouve en dedans du balcon fermé par des stores ou des jalousies.

Caractères physiques de la Japonaise. — Elle est plus forte, plus massive que la Chinoise et l'Annamite, avec des extrémités moins fines ; les pieds ne sont jamais déformés et elle porte toujours des sandales ou babouches sans talon, à la mode des Turques ; la peau est plus blanche ; l'aspect général du corps est celui de la Chinoise, mais le pubis n'est pas toujours épilé. Dans ce cas, il est couvert d'un poil frisé noir peu fourni. Les muqueuses de la vulve et du vagin sont plus claires que chez la Chinoise et surtout que chez l'Annamite. Le ton général, rouge jaunâtre, est presque celui d'une Espagnole. Il en est de même pour la dimension des parties génitales, sensiblement plus développées que chez l'Annamite. Le sein est aussi plus arrondi.

La coiffure est moins compliquée que celle de la Chinoise et ressemble beaucoup à celle des Espagnoles. Les cheveux sont toujours relevés sur le front et tordus par derrière en un chignon traversé par un peigne en écaille. Mais, comme chez ses deux autres sœurs Asiatiques, le cheveu est aussi raide et dur que le crin de la queue d'un cheval. La couleur en est d'un beau noir bleuâtre, sur lequel se détache admirablement une fleur rouge ou blanche.

La Japonaise aime beaucoup la parfumerie Européenne et s'inonde d'*ylang-ylang*, d'eau de Cologne, etc., etc.

Elle se lave le corps à grande eau tous les jours et fait ses ablutions avant et après le coït, tout comme une prostituée Européenne. L'Annamite dédaigne ce soin hygiénique, car elle craint l'eau comme les chats.

Malgré son nez un peu épaté (moins toutefois que celui de l'Annamite), la Japonaise fait un certain effet à côté de la Congaï, et même de la Chinoise. On peut dire d'elle que c'est une agréable laide. Elle est plus complaisante que la Chinoise pour ce qui concerne l'acte génital, mais elle n'a pas la lasciveté de la Congaï bien stylée par un *Pha-lan-za* expérimenté.

De toutes les femmes de l'Extrême-Orient, c'est la Japonaise qui se rapproche le plus, par l'ensemble de ses qualités physiques et morales, de la Française : elle est très gaie et se plaît beaucoup à causer et à rire avec ceux qui peuvent comprendre son petit jargon international.

Nous ne lui trouvons qu'un défaut : c'est de se farder abominablement avec du blanc de céruse et du vermillon Chinois, de sorte qu'il est dangereux de baiser une Japonaise sur les joues, à la mode Européenne.

Du reste, la Japonaise, la Chinoise et l'Annamite, rameaux sortis d'une même souche, présentent toutes ce caractère commun, de ne pas appliquer le baiser avec la bouche, mais avec le nez, en reniflant.

Si le Lecteur est curieux de connaître les tarifs de ces prêtresses de Vénus, nous lui dirons qu'elles sont les plus chères de toutes. Elles demandent deux piastres pour une heure de flirtation intime, et six piastres pour une nuit entière, tandis qu'à ce dernier taux on aurait une demi-douzaine des pauvres filles du bambou Annamite. Celles-ci n'osent jamais se montrer en plein jour, hors du lupanar, tandis que la Japonaise, suivie d'une camarade, prend souvent un *zidore* (voiture découverte) et va faire une petite promenade. On la rencontre souvent devant la cage des tigres ou à la cahute de l'orang-outang, au Jardin Botanique.

La belle de jour Annamite. — Celle-ci est le véritable fléau de l'Européen célibataire. Elle s'introduit chez vous entre midi et une heure. Les officiers ou fonctionnaires qui rentrent du mess ou du restaurant, rencontrent sur leur route, dans les rues un peu écartées du centre,

6

des groupes de femmes stationnant devant la table du restaurateur ambulant, ou assises à l'ombre d'un arbre. Il n'est pas nécessaire de se mettre en frais de conversation avec elle ; un geste, un signe, un coup d'œil suffit, et vous avez beau passer rapidement en voiture, vous ne tarderez pas à être suivi jusqu'à domicile.

La femme qui opère en ville sort généralement du bambou, et, tout comme la marmite de Belleville, elle est exploitée par un souteneur qui la protège contre les agents de police. Ceux-ci sont indigènes, car à ces heures chaudes de la journée, il y aurait du danger pour un agent Français à circuler dans la rue ; et ils se laissent facilement gagner par un petit cadeau. Ils ferment les yeux.

Une fois chez vous, la belle de jour se targue de ses connaissances en matière érotique : « *Moi bon putain, moi bocou conaîte Pha-lan-ça.* » Elle n'est pas froissée que l'Européen, rebuté par son horrible odeur, lui propose la Sodomie. Elle va même au devant de l'offre, et si cela n'agrée point encore, d'horizontale elle se transforme en agenouillée ; il n'est point de pratiques obscènes qu'on ne puisse en obtenir. C'est une simple question de tarif. C'est même par là qu'elle débute en vous indiquant à l'avance le prix qu'elle demande pour tel ou tel genre de volupté.

Plaignons sincèrement le malheureux qui, se fiant à l'exhibition d'une carte de visite médicale (empruntée le plus souvent à une femme du bambou), sacrifie à la Vénus naturelle. Si ce n'est la syphilis, tout au moins la gonorrhée lui apprendra que les roses blanches Annamites ont des épines.

Une fois qu'elle sera venue chez vous, la belle de jour cherchera à y revenir, et vous aurez beau la consigner à la porte, elle trouvera moyen de dépister les *boys* et ordonnances. Si un jour, après un bon déjeuner, vous êtes plongé dans une profonde sieste, vous n'entendrez pas les pas furtifs de la belle au pied léger. Elle a remarqué le clou où vous accrochez votre montre, le tiroir dans lequel vous mettez votre porte-monnaie. Le tout est enlevé prestement et vous ne revoyez jamais votre montre en or, vendue le jour même, à vil prix, à l'orfèvre-bijoutier Chinois, qui donne en échange une paire de mauvaises boucles d'oreilles.

La maîtresse Annamite de l'Européen. — On conçoit que l'Européen, dégoûté du bambou et des belles de jour, soit désireux d'avoir une femme pour son usage personnel. S'il aime les primeurs, il pourra acheter à ses parents, pour une vingtaine de piastres, une petite fille de quinze à seize ans, prise parmi celles dont le sort aurait été généralement d'échouer au bambou.

Il aura le désagrément d'avoir à former une petite créature ne sachant rien. Il a, il est vrai, l'illusion de posséder une vierge, mais nous savons que cet article est rare sur la place. Les frères et cousins ont passé par là. Et puis il y a toutes sortes d'ennuis, surtout quand on est dans l'intérieur. Outre la dot à donner aux parents, il y a, ce qui est plus sérieux, le trousseau complet à fournir à la mariée, car on vous la livre à peine couverte d'une mauvaise chemise sale en coton jadis blanc.

Si vous êtes officier ou fonctionnaire, un *ông-quan*, votre femme doit porter le costume assorti à votre rang, et il faut acheter le costume complet d'une femme aisée, qui comporte des chemises blanches, bleues, noires, en soie, des pantalons bleus, rouges ou verts, un vaste chapeau rond avec sa jugulaire en soie et des souliers Chinois vernis. Coût : trente piastres. Ce n'est pas tout. Il faut deux bracelets, un en or et un en argent, deux boutons d'oreilles en or, un collier en argent et un en ambre, un

bracelet de jambe en argent et une bague en or. Coût :
de cent vingt à cent trente piastres. C'est donc, au bas
mot, une somme de cent cinquante piastres d'achats, et,
avec la dot et les dépenses de la noce, on atteint vite le
chiffre de deux cents piastres, soit mille francs. Or, on
fait toutes ces dépenses pour ne posséder qu'une pseudo-
pucelle, et une sorte de petite niaise qui n'est bonne qu'à
manger, boire et dormir, en attendant qu'elle se laisse
voler et dépouiller de tout, la première fois qu'elle ira
au baquan.

Les gens bien avisés préfèrent prendre la succession
d'un ami ou collègue qui quitte la colonie. Ils ont ainsi
une femme dressée, nippée et comprenant un peu le
Français. Mais, que vous la preniez novice ou formée,
vous n'avez jamais qu'une épouse dont la fidélité est en
rapport avec sa moralité. Elle feindra la vertu vis-à-vis
de vos amis et connaissances Européens. Elle viendra
même faire, auprès de vous, étalage des refus qu'elle a
fait essuyer à ceux qui ont tenté de la séduire. Mais elle
se dédommage amplement avec les Annamites malins,
toujours prêts à rire aux dépens du *Pha-lan-za*. Un beau
jour, le fonctionnaire ou l'officier qui croit posséder une
perle de vertu, et qui n'est pas au courant de la conduite
de sa maîtresse, recueille les fruits amers des complai-
sances qu'elle a pour les autres.

Le boy garde du corps. — Le seul moyen, pour un
Européen, d'empêcher sa maîtresse Annamite de courir
avec le premier galant venu, consiste à lui donner comme
garde du corps son propre *boy* Annamite. Celui-ci joue
le rôle du chien du jardinier et fait bonne sentinelle ;
mais, mieux avisé que le chien, il prend sa part, ce qui
forme un ménage à trois.

J'avoue que ce moyen manque de moralité, mais c'est
le seul qui donne quelque sécurité au point de vue des

maladies vénériennes, car il est facile de contrôler la santé du *boy* : de plus, tout en écartant jalousement les autres concurrents, il travaille pour le compte de son maître. On peut donc appeler ce procédé la *précaution utile*.

CHAPITRE VI

E Chinois, non satisfait de la volupté natu-
relle du coït simple, a cherché à l'accroître
par des artifices nombreux et divers.

Le hérisson Chinois. — En première
ligne, citons le *hérisson Chinois*. C'est une couronne de
plumes fines et douces insérées solidement par leur
queue, avec un fil d'argent, tout autour d'un anneau de
même métal, de dimensions variables, suffisamment
grand pour laisser passer à travers le gland non en érection et assez petit pour être arrêté par la couronne du
gland en érection. Cet engin augmente sensiblement les
dimensions du pénis, et l'on comprend que la friction
des barbes de plume sur les muqueuses du vagin procure
des sensations d'une nature particulière. Elles sont tellement énervantes, que les médecins Chinois interdisent
l'emploi du hérisson aux femmes enceintes; mais elles
s'en servent souvent pour avorter.

La boule masturbatrice. — Un autre appareil, pour

le plaisir des dames Chinoises, consiste en une boule allongée, ou plutôt une sorte d'œuf en argent ou en ivoire
de la grosseur d'un petit œuf de poule, presque aussi
large que long. Cet œuf se dévisse pour recevoir une
certaine quantité de mercure ; il est revissé après cette
opération et soigneusement graissé. La femme se l'introduit
dans le vagin et s'allonge dans un de ces fauteuils à bas-
cule, que les Anglais nomment *rocking-chair*, auquel on
imprime un mouvement d'escarpolette d'avant en arrière. Dans ces mouvements, le déplacement alternatif du
mercure vers l'un ou l'autre bout de l'œuf le fait glisser
dans le vagin et produit une masturbation d'un genre
spécial. Ajoutons que le gros bout par lequel on l'introduit est hémisphérique. L'autre bout, plus allongé,
favorise la sortie de l'appareil quand la femme se lève.

J'ai eu longtemps en ma possession un de ces œufs,
qui m'avait été donné par un marchand Chinois de Cho-
lon.

Le violon anal. — Dans la maison de prostitution
masculine, dont je donne plus loin la description, j'ai vu
un appareil spécial dont jusqu'à présent je n'ai rencontré
aucune mention. Je ne l'ai pas retrouvé à mon retour en
Cochinchine, et je regrette de ne pas en avoir acheté autrefois un échantillon. Je crois que fort peu d'Européens
ont été à même de connaître son existence, et j'avoue
que j'ai eu quelques difficultés à me le faire montrer.

C'est un engin de forme ovoïdale très allongé, de douze
centimètres de long, dont l'avant est terminé par une
demi-sphère de sept à huit millimètres de rayon. Le plus
grand diamètre est d'un peu moins de quatre centimètres, et le plus petit moitié du premier. L'arrière, cylindrique et d'un diamètre de deux centimètres environ, est
ouvert, avec un rebord évasé comme le pavillon d'une
trompette d'enfant. Cet engin est creux, en argent, très

mince mais suffisamment rigide, et ce n'est pas autre chose qu'un violon. En effet, une corde métallique, analogue à une corde de piano, est fixée dans l'intérieur, à l'avant, et ressort de près d'un mètre à l'extérieur. Elle est terminée par une poignée.

Voici le mode d'emploi de cet instrument bizarre. L'engin, graissé, est introduit délicatement et avec précaution, le grand diamètre en long, dans l'anus du mélomane érotique, jusqu'à ce qu'il soit arrêté par le pavillon. On lui fait ensuite décrire doucement un quart de révolution, et alors le grand diamètre vient se placer en travers de l'orifice anal qui est vertical, et se trouve ainsi fixé. Le mélomane se met à quatre pattes sur un lit, la tête appuyée contre un oreiller. L'exécutant, alors, tend la corde, en la tirant doucement par la poignée, avec la main gauche, et, quand elle est tendue, promène de la main droite un archet métallique sur ce violon extravagant.

J'ai vu l'appareil, mais je n'ai jamais pu le voir fonctionner. On m'a affirmé, de la manière la plus positive, que cette symphonie Chinoise procurait des sensations physiologiques, et certainement l'érection, chez les vieux débauchés blasés et usés.

Les Chinois font seuls usage des appareils ci-dessus décrits.

Artifices pour empêcher la fécondation. — Les dames Romaines aimaient le coït avec des eunuques sans testicules, mais pourvus d'un pénis, afin de se procurer le plaisir avec la certitude de n'avoir aucun fruit. Pour obtenir le même résultat, les Européennes emploient l'éponge préparée, mise à l'avance au fond du vagin, qui reçoit le sperme et que l'on retire ensuite à l'aide d'un petit cordonnet fixé à l'éponge. Les Chinoises et les Japonaises des maisons de prostitution emploient plus simplement des rondelles en papier de soie huilé, qu'elles introduisent dans le vagin pour coiffer le museau de tanche. Le préservatif en baudruche ou caoutchouc, si commun en Europe, est absolument inconnu en Orient. Quoique une femme d'esprit (1) l'ait défini « toile d'araignée contre le danger, et cuirasse contre le plaisir », nous croyons que son emploi, généralisé en Cochinchine, aurait préservé bien des Européens du danger de la syphilis, si commune, comme on l'a vu.

Aphrodisiaques internes. — Influence de la nourriture sur la lasciveté des Annamites. — Les Chinois et les Annamites connaissent, comme tous les Orientaux, les propriétés de la cantharide, et s'en servent dans les électuaires, où elle entre en composition avec du miel, du safran et de la cannelle, de la noix muscade, du clou de girofle et du poivre.

Il est à remarquer que, si la race Annamite est aussi lascive, malgré un appareil génital de faible dimension, on peut l'attribuer en partie au mode de nourriture. C'est d'abord un peuple ichthyophage, et qui consomme beaucoup de sel. Les sauces comme le *nuoc-mam*, contiennent à la fois du phosphore et du sel. On sait que ce sont là deux puissants aphrodisiaques. L'ail et l'oignon, qui sont encore des aphrodisiaques, entrent également pour une grande part dans l'alimentation des indigènes.

Les nids de salangane. — Mais l'aphrodisiaque le plus puissant, c'est le fameux potage aux nids de salangane (hirondelle de mer). Cette soupe se sert fortement épicée, et son goût se rapproche beaucoup de celui du potage à la bisque d'écrevisses. Son effet est indiscutable.

(1) Madame de Staël, dit-on.

Comme j'en ai mangé bien souvent à Cho-lon, j'ai pu en faire l'épreuve.

On sait que le nid de l'hirondelle de mer est fabriqué avec une sorte de fucus comestible dont les feuilles sont agglutinées avec du frai de poisson, et le frai du poisson est éminemment riche en phosphore. Le phosphore possède une action très énergique, car il augmente à la fois les désirs vénériens et les érections. Il n'a qu'un défaut : c'est de provoquer de graves intoxications quand son emploi est exagéré.

Ce danger n'est pas à craindre avec le nid d'hirondelle de mer, qui coûte horriblement cher et qui ne se sert que sur la table des richards. L'Annamite peu fortuné remplace le nid de salangane par le *nuoc-mam*, essence de poisson pourri, que l'on prépare par un procédé analogue à celui de l'huile de foie de morue, dont il a un peu le goût et qui renferme beaucoup de phosphore. L'ail, le piment surtout, venant à la rescousse, on conçoit que les Annamites soient aussi lascifs et qu'ils aient beaucoup d'enfants.

Confitures de gingembre. — La racine de gen-seng. — On vend beaucoup, en Cochinchine, une sorte de confiture Chinoise, ou plutôt un fruit confit de gingembre, pour favoriser la digestion tout en excitant aussi le sens génital. On fait également usage de racine de *gen-seng*, qui est un excitant général.

Le tripang, ou biche de mer. — C'est une *holothurie* de la grosseur et de la forme d'un boudin noir. On la pêche en Océanie, sur les rochers, à marée basse, et on l'emballe dans des barils, après l'avoir fait sécher au soleil. La tonne du produit bien préparé et de bonne qualité se vend jusqu'à deux mille cinq cents francs. Il paraît que le tripang possède des vertus aphrodisiaques, mais je n'ai jamais eu le courage d'en goûter.

L'Annamite pauvre se contente, après le repas, d'avaler trois ou quatre grains de poivre blanc de Poulo-Condore.

Le poivre cubèbe et sa double indication. — L'infusion de feuilles de poivre cubèbe est également très usitée. Elle remplit la double indication d'exciter le sens génital et de le rafraîchir après un coït prolongé, traitement préventif contre la gonorrhée. On emploie également un électuaire de poudre de cubèbe mélangé avec du miel.

L'effet excitant du cubèbe sur les organes génitaux n'est pas signalé par les thérapeutistes Européens. Je n'en ai trouvé mention que dans Mantegazza, qui assigne au poivre cubèbe le deuxième rang dans la nomenclature des substances aphrodisiaques. D'après une expérience personnelle, le cubèbe mérite bien le rang qui lui est assigné.

Aphrodisiaques externes. — Les Chinois connaissant parfaitement le remède employé par la vieille Œnothée, quand elle essaye de guérir l'impuissance d'Encolpe par l'emploi d'un phallus en cuir, enduit d'un mélange de poivre et d'orties pilés délayés dans de l'huile. Les phallus Chinois, au lieu d'être en cuir, sont en gomme résine élastique, et ils sont enduits d'une huile renfermant une substance qui m'a paru être un mélange de poivre, de curcuma et de safran. Le phallus complète généralement l'action commencée par le potage aux nids de salangane ou le tripang.

Les Annamites font bouillir du piment, du poivre avec une sorte de malvacée, qui donne une décoction mucilagineuse pareille à celle de la graine de lin, et ils en mouillent des emplâtres de farine de riz. Ces emplâtres, appliqués sur les parties génitales des impuissants, produisent un effet analogue à celui du sinapisme de moutarde.

Effet particulier de l'opium sur les organes de la génération. — Terminons ce chapitre par une remarque sur l'effet aphrodisiaque de l'opium.

Dans tous les traités de thérapeutique, l'opium est signalé comme déprimant le sens génital. Delfau, dans son *Manuel des maladies des voies urinaires*, est le seul qui signale l'effet contraire. « C'est à doses relativement élevées et continues que l'action stupéfiante de l'opium atteint les organes génitaux; à petite dose, au contraire, il agit à titre d'excitant. » Voici, d'après mon expérience personnelle, et d'après les aveux de beaucoup de femmes tant Européennes qu'Asiatiques, les effets produits par l'opium à doses modérées, dix à vingt pipes. Sous l'influence des excitations érotiques directes ou simplement mentales, l'érection se produit vite, si l'on veut se livrer au coït. Mais, et ceci n'a encore été signalé par aucun auteur, tandis que le pénis est dans une érection très rigide, ses nerfs et en particulier ceux du gland sont anesthésiés par l'effet de l'opium, et si l'érection est vive, l'éjaculation est au contraire fort retardée et n'a lieu qu'après un long coït. Cet effet anesthésique se produit également sur les nerfs de la vulve, du vagin et du rectum chez la femme, dont la sensation physiologique est retardée. Les muscles constricteurs du vagin, et surtout ceux du rectum, éprouvent une sorte de relâchement. Les manœuvres Sodomitiques s'opèrent plus facilement, et sans douleur, même lorsqu'il existe une forte disproportion des organes. A ce point de vue, j'ai les aveux les plus positifs de beaucoup d'Annamites se livrant à la Sodomie passive. D'ailleurs, Rabuteau a signalé cet état de résolution et d'insensibilité des organes provoqué par l'opium. Si, de son côté, celui qui joue le rôle actif a pris une dose suffisante d'opium, la prolongation du coït favorise la lubricité du passif.

Les effets excitants de l'opium cessent, quand on dépasse quinze à vingt pipes. Dès que l'on atteint vingt-cinq ou trente, les érections sont incomplètes; elles sont nulles au delà de quarante, malgré les excitations directes les plus énergiques; aussi les vieux fumeurs d'opium deviennent-ils généralement impuissants. Chez eux, le pénis est grêle, le gland rapetissé et comme racorni, les muqueuses très pâles; le scrotum est ratatiné, et les testicules finissent par s'atrophier à la longue. Sous ce rapport, l'usage continu et à haute dose de l'opium produit absolument les mêmes effets que l'alcool et le tabac.

CHAPITRE VII

U commencement de ce chapitre et du suivant,
je dirai avec Tardieu, citant Fodéré : « Que
ne puis-je éviter de salir ma plume de l'infâme turpitude des pédérastes ! Comme Fo-
déré, j'ai longtemps hésité à faire entrer dans cette étude
le tableau repoussant de la pédérastie ; mais je ne pouvais
m'empêcher de reconnaître qu'elle en forme le complé-
ment indispensable et, en même temps, la partie la moins
connue. »

Ce que Tardieu et Martineau ont fait pour Paris, ce
pandémonium de tous les vices, je dois le faire pour les
pays exotiques. Il me faut, en effet, compléter ce travail
par l'étude des *aberrations de l'amour dans les Colonies*,
sous peine de ne présenter qu'une œuvre incomplète.

La Prostitution masculine. — L'Extrême-Orient
jouit du triste privilège d'être un des plus puissants foyers
du vice pédérastique.

A l'exception des garçons de magasin et petits employés, les Annamites habitent les villages tout autour
de Saïgon, et il n'y a guère en contact direct et permanent avec l'Européen que les *nays* et les *boys*. *Nay* veut

dire *panier*. Les *nays* sont des enfants de sept à quinze ans qui sont munis de paniers ronds. Ils se trouvent sur les quais, au marché, devant les magasins, et attendent le chaland qui voudra faire une acquisition quelconque. Le *nay* ou *panier* est maigre et chétif; il porte les cheveux longs, pendants derrière la tête. Il pullule à Saïgon. C'est dans les *paniers* que l'on recrute la classe des *boys*.

Ceux-ci ont de quinze à vingt-cinq ans; ils sont essentiellement menteurs, débauchés, joueurs et voleurs. Malheur à l'Européen qui laisse pour une heure la clef sur le tiroir ou l'armoire aux piastres, il est sûr d'être dévalisé. Le *boy* remplit l'office de servant de table ou de valet de chambre, de la façon la plus incomplète. Il est à peu près impossible d'obtenir de lui un travail régulier; car il s'absente une grande partie de la journée et toute la nuit. Il porte, comme costume, un petit veston boutonnant sur le devant, une moresque en coton blanc avec une ceinture en soie rouge pendant sur le devant. A cette ceinture est appendue une petite bourse en soie doublée de peau, et agrémentée de dessins en filigranes de cuivre doré. Un foulard de soie entoure les cheveux roulés du *boy*, qui sont souvent retenus par un peigne en écaille.

Joueurs, voleurs et pédérastes Annamites. — En résumé, le *panier* et le *boy* sont joueurs, voleurs et pédérastes. Sont-ils pédérastes, tout simplement parce que ce métier leur rapporte de quoi satisfaire leurs autres vices? C'est la théorie de certains Annamitophiles, qui ont prétendu que c'était la conquête Européenne qui avait introduit ce vice. Il n'en est rien. L'Annamite est pédéraste, parce qu'il est lascif. C'est une vieille race civilisée, déjà pourrie. Il y a là une tare innée, que l'Européen a trouvée en plein épanouissement et dont quelques-uns (en petit nombre, espérons-le) ont profité.

Le Français qui va aux Antilles, à la Guyane et au Sénégal, n'a pas introduit la Sodomie et la pédérastie dans ces contrées, parce que ces vices sont honnis des Indigènes de ces pays. Le même Français, arrivé en Cochinchine, a pu devenir Sodomite ou pédéraste, parce qu'il a trouvé, sans avoir la peine de les chercher, des femmes et des enfants qui lui en ont offert l'occasion. Il faut détruire cette opinion, répétée inconsciemment par plusieurs voyageurs, que les soldats du Corps expéditionnaire avaient pris, dans la campagne de Chine, des habitudes anti-physiques, et qu'ils les ont apportées en Cochinchine, où, depuis, elles se sont implantées. Ces voyageurs oublient que le Chinois est venu en Cochinchine plusieurs siècles avant nous, et qu'il a eu largement le temps d'en vicier les mœurs.

Il ne faut même pas accuser le Chinois, car l'Annamite est aussi pourri moralement, si ce n'est plus, et ce n'est pas peu dire. *Nays* et *boys* sont une marchandise vivante, qui s'offre d'elle-même.

Le *nay*, c'est la petite fille impubère qui vous offre des fleurs sur les boulevards de Paris, et dont les parents spéculent sur la débauche des blasés et des pervertis. Au lieu d'une petite fille, c'est un jeune garçon. Il n'a pas de fleurs, et son gagne-pain est un *panier*. Pour un *taï-an* (dix centimes), il mettra vos achats dans ce panier et vous suivra docilement chez vous.

Une fois rendu à domicile, s'il flaire un amateur de dépravations, il n'attend pas longtemps avant de vous faire ses offres de services : « *Captain* » (tout le monde était capitaine en 186.), *moa bocou conaite chouchou banane,* » et si le client a l'air d'hésiter, « *moa conaite l'ablic.* » Cela, c'est du *sabir*. *Chouchou* veut dire manger (prononcez *tchoutchou*). La banane est le fruit bien connu du Tropique, dont la forme ressemble à celle du

pénis affligé d'un phimosis complet; *ablic* est la corruption d'un mot Annamite signifiant l'acte Sodomitique,
et ce mot est aussi cyniquement cru et expressif que le
verbe français vulgaire qui lui correspond. Il existait
avant notre arrivée, tandis que l'équivalent du mot *pudeur* n'existe pas dans la langue Annamite. C'est une
double preuve linguistique.

En réponse, le *nay* ne récolte généralement qu'un bon
coup de pied dans le bas des reins : alors, il s'en va sans
rien dire. Dans le cas de l'acceptation, il sait que l'heure
propice est l'heure de la sieste, après le coup de canon de
midi.

Effectivement, vers midi et quart, une ombre discrète
se glisse furtivement dans la chambre du pédéraste.
Comme la belle de jour, le *nay* trouve le moyen de pénétrer, sans être vu de personne, dans une maison où souvent habitent ensemble plusieurs Européens.

Si le *nay*, enfant impubère, généralement sale et de-
goûtant, lui déplaît, l'Européen dépravé a, le soir, la
ressource du *boy*. Celui-ci a de seize à vingt ans; c'est un
ancien *nay* élevé à la dignité de *boy*. Le *boy* opère le soir,
après neuf heures et avant minuit, en sortant de la maison de son maître. Il n'est pas insensible à l'attrait du gain
facile d'une piastre, qui lui permettra de tenter la fortune
au baquan. Remarquons à ce sujet que, par suite de la
valeur relative de l'argent, il y a trente ans une piastre
valait, en Cochinchine, un louis en France.

Si le *boy* porte souvent un joli costume en soie, un
foulard dans les cheveux et une ceinture de couleur rouge
ou bleu d'azur, il est aussi sale de corps que le *nay*. Les
soins les plus vulgaires de propreté lui sont inconnus.
Jamais, comme le Chinois, d'ablution générale; pas un
seau d'eau versé sur la tête dans un pays où la plus basse
température est de vingt-cinq degrés le jour et la nuit :

8

c'est à peine si on peut obtenir de lui de se laver les mains avant de servir à table. L'Annamite, aussi lascif que le singe, a, comme lui, horreur de l'eau.

Procédés pédérastiques. — Le *nay* et le *boy* sont généralement, pour employer le mot de Tardieu, « pompeurs de dard ». Il ne faut pas croire que ce dépravé Asiatique éprouve une répugnance quelconque dans l'accomplissement de cette turpitude. Il en a bien moins que la belle de jour, qui se livre aux mêmes opérations. Que l'Européen soit allongé dans un long fauteuil à bras ou couché sur son lit, le *boy*, agenouillé ou accroupi, *inguina osculatur, sugit, emissumque semen in bucca recipit, usque ad ultimam guttam.*

Quoique par préférence pompeur de dard, le *nay* ou le *boy* accepte cependant, mais sans enthousiasme, l'acte Sodomitique. Ce n'est pas une cause morale qui l'arrête, il est au-dessus des préjugés. C'est tout simplement la disproportion de l'anus d'un garçonnet de dix à douze ans, avec le pénis d'un Européen adulte, car deux *nays* ne font aucune difficulté de commettre cet acte entre eux.

Quand le *nay* atteint seize ans, et qu'il s'est formé peu à peu à ce métier, il ne fait plus alors aucune difficulté, car c'est devenu chez lui une habitude morbide. Il recherche alors les occasions avec autant de plaisir qu'une femme recherche le coït. Ce goût dépravé devient chez lui un besoin impérieux. Je dirai plus : il m'a été donné de connaître quelques Européens, chez qui ce goût passif s'était développé, et qui poussaient l'aberration, jusqu'à se livrer aux caresses libidineuses de leurs *boys*. On m'excusera de ne pas insister sur cette question et de me contenter de l'effleurer en passant.

Le Chinois pédéraste. — J'ai dit que les Chinois sont *boys* de restaurants et cuisiniers. Comme *boy* de maison, le Chinois coûte beaucoup plus cher qu'un Annamite, mais il offre l'inappréciable avantage d'une très grande propreté. Le Chinois s'ablutionne le corps à grande eau matin et soir, en se versant deux ou trois grands seaux d'eau sur la tête. Il porte des vêtements généralement très propres, et, au lieu de marcher pieds nus, est chaussé de souliers à semelle épaisse. Il ne répand pas l'odeur caractéristique du *boy* Annamite.

Il arrive à Saïgon vers l'âge de dix ou douze ans, fait d'abord le métier de *boy*, puis de cuisinier, et prend alors femme. Avant d'en arriver là, il participe à la prostitution masculine de Saïgon, mais d'une manière plus discrète. Le soir, on trouve des *boys* Chinois sortant de chez leur maître, qui font concurrence aux *boys* Annamites. Mais, généralement, la succion buccale lui répugne autant qu'elle plaît à l'autre; il se contente du coït anal, actif ou passif.

Non seulement le *boy* Chinois, mais encore les employés des maisons de commerce, tailleurs, cordonniers, etc., se livrent également à la prostitution. Il est bien rare qu'un Chinois de cette catégorie sociale, quand il se trouve seul avec un Européen dépravé, refuse de se prêter à ses caprices. Il le fait, non pas tant pour le bénéfice qu'il peut en retirer, que pour le plaisir qu'il éprouve; seulement, si l'Européen a eu affaire à un marchand de bibelots, venu chez lui pour lui offrir sa marchandise, il est obligé de lui faire quelques achats, et, par la suite, ces achats se renouvelleront souvent.

Un Européen de mes amis recevait, tous les matins vers dix heures, de jeunes marchands Chinois qui venaient assiéger la porte de son logement, contigu au mien. Jamais ils n'entraient deux ensemble; celui qui arrivait après l'autre se tenait discrètement à la porte de la rue, à l'ombre d'un arbre, attendant son tour. Je finis

par connaître un jour le secret de cette comédie de
mœurs.

Un de ces jeunes marchands Chinois, que j'eus l'occasion de soigner, me fit en retour, et comme par reconnaissance, des révélations bien curieuses sur les mœurs
contre nature de l'immense majorité de ses compatriotes
appartenant à la même catégorie sociale. Chaque patron
dispose à sa guise, et selon son goût, de ses employés et
apprentis. Ceux-ci forment entre eux des liaisons amoureuses, et les Oreste et Pylade ne sont pas rares dans la
gent à longue queue. Il y a généralement alternance de
rôles entre eux, chacun étant tour à tour mari et femme.
Plus tard, avec l'âge, la perversion allant toujours en s'ac-
centuant, lorsque les forces génitales baissent et qu'ils
sont devenus patrons à leur tour, le rôle entièrement
passif seul leur convient. De goût éclectique, le Chinois
recherche l'Européen atteint du même vice.

Le magasin du Chinois Ach***. — En 186., un des
plus riches marchands de bibelots, le Chinois Ach***,
devenu plus tard un des plus importants Chinois de Saïgon, avait une réputation universelle sur la place. On
allait en foule prendre le soir chez lui d'excellent thé.
Bien entendu, ses clients ne s'en vantaient qu'à huis clos
et entre eux, car Ach*** était trop compromettant.
Malgré la tolérance des mœurs de l'époque, il suffisait
d'aller faire quelques achats dans son magasin pour être
suspecté d'avoir part à ses faveurs lubriques. Les loustics
Saïgonnais définissaient ce genre d'opération « labourer
la terre jaune. » Je donne le terme pour ce qu'il vaut.
On trouvait chez Ach*** un assortiment complet de
phallus Chinois et Japonais et des albums coloriés de
l'Arétin Chinois.

Vingt-cinq ans après, j'ai retrouvé Ach***, riche et bien
considéré par ses compatriotes, gros, gras et bien portant.

Son petit commerce du début lui avait porté chance et il avait réussi !

Maison de prostitution masculine à Cho-lon. — Il me reste à parler d'un établissement de Cho-lon que fort peu d'Européens ont connu, et dont la police Française a toujours (c'est plus que probable) ignoré l'existence. Cet établissement n'était autre qu'une maison de prostitution masculine.

Elle était clandestine, car jamais l'autorité n'aurait accordé l'ouverture d'un pareil lieu d'infamie : aussi ce temple de l'amour Chinois était-il d'accès difficile. Toutes les précautions étaient prises pour dépister la police Française. La maison, en effet, était située dans un faubourg extérieur de Cho-lon. Rien, en apparence, ne distinguait cet établissement interlope d'une maison honnête. Située au fond d'une cour, il fallait y être introduit par un des habitués, et sans mon ami B***, le fermier-général de l'opium, il m'aurait été impossible d'y entrer.

La maison, à première vue, ne présentait rien d'anormal et n'était autre chose qu'un dépôt de marchandises Chinoises. Elle avait pour unique habitant un vieux Chinois, garde-magasin, et sa digne compagne. En temps ordinaire, personne autre ne s'y trouvait. Mais les clients et les pensionnaires en connaissaient le chemin, car c'était une vraie maison de rendez-vous nocturnes, qui ne se peuplait que vers minuit. A la sortie du théâtre Chinois, les acteurs femmes venaient y rejoindre leurs protecteurs.

De l'autre côté de la maison, au bout d'un jardin enclos de grands murs, se trouvait un beau pavillon richement décoré et garni d'un superbe mobilier Chinois. On y trouvait une bonne provision d'appareils à fumer l'opium, car, chez le Chinois, l'opium est la base et le moteur de toutes les débauches voluptueuses.

Au lieu de jeunes filles, c'étaient des éphèbes de douze à vingt ans, richement habillés de costumes en soie de couleur tendre, qui faisaient le service et remplissaient le rôle de Ganymède. Des compartiments analogues aux boxes de chevaux et contenant des lits au lieu d'un râtelier, permettaient aux couples amoureux de s'isoler. Je dis « couples », mais je fais remarquer que la règle fameuse des Jésuites, qui défendent à leurs élèves de n'être jamais moins de trois ensemble, recevait là une singulière application. Il m'est impossible de donner même un aperçu des scènes de lubricité extraordinaires qui se passaient dans ces compartiments, à moins d'entrer dans les détails érotiques du Marquis de Sade ; aussi je m'arrête.

Je ne puis cependant passer sous silence un mode excentrique de *lusus amoris*. Les acteurs Chinois, tenant les rôles de femmes, venaient dans leurs costumes pour jouer le rôle d'une fiancée pudique, craignant de perdre sa virginité, raffinement de haut goût. En présence d'une société de vieillards peu austères, les scènes de la première nuit de noces se déroulaient sans vergogne. Mais, rien de nouveau sous le soleil, dit le proverbe : Pétrone et Suétone nous en ont conté bien davantage. Les Chinois de Cho-lon ne font que répéter l'histoire de l'empereur Néron et de son mariage avec l'eunuque Sporus.

CHAPITRE VIII

Étude des déformations buccales, vulvaires et anales produites par la prostitution masculine et féminine sur la race Annamite. — Confirmation des théories de Tardieu et de Martineau. — La vulve chez l'impubère et la femme Annamites ; signes de la défloration dans la race Annamite. — Rareté de l'infundibulum vulvaire chez les impubères déflorées par de jeunes garçons. — Signes particuliers des habitudes de succion buccale. — La Sodomie et la pédérastie. — Signes de la Sodomie passive récente. — La blennorrhagie anale. — Signes de la Sodomie passive invétérée. — Signes de la pédérastie active chez l'Annamite et le Chinois. — Signes de la pédérastie active et passive chez l'Européen en Cochinchine.

es notes qui m'ont permis de rédiger ce chapitre remontent à mon premier séjour, à une époque où Tardieu et son continuateur Martineau n'avaient pas encore étudié à fond cette partie de la science médico-légale. J'ai la satisfaction intime de constater ici, qu'en presque tous les points mes observations confirment les théories de ces deux savants médecins.

Je vais passer successivement en revue les déformations vulvaires, buccales et anales, produites sur les deux sexes par la défloration, les manœuvres masturbatrices, le Saphisme et la Sodomie dans la race Annamite.

La vulve chez l'impubère et la femme Annamite. — J'ai déjà signalé, en parlant de la petite fille Annamite, la fréquence de l'usure de l'hymen après dix ans, et fait remarquer que l'aspect des organes de la génération ne diffère pas notablement, après cet âge, de ceux de la femme pubère après seize ou dix-sept ans. Je reviens de nouveau sur cette question, et pour mieux la faire comprendre au lecteur, je donne ,d'après Martineau, la différence essentielle que doivent présenter les organes de la génération chez la petite fille et la pubère dans la race Française :

« Chez la petite fille, la direction de la vulve est remarquable ; elle est verticale et l'ouverture en est cachée par les grandes et les petites lèvres. La vulve regarde directement en avant ; elle est entr'ouverte à sa partie supérieure. En écartant un peu les lèvres, on voit immédiatement le clitoris et le méat urinaire ; à la partie inférieure la vulve est fermée.

» Chez la jeune fille pubère, et surtout chez la femme, après plusieurs tentatives de coït, la disposition est tout autre. La vulve est alors dirigée de haut en bas et d'avant en arrière. L'écartement des lèvres est faible à la partie supérieure, il est plus prononcé en bas, de sorte que, chez la femme pubère, le clitoris et le méat urinaire sont recouverts et cachés par les grandes lèvres. Ces dispositions sont importantes à retenir pour l'étude des déformations vulvaires. »

Signes de la défloration chez l'impubère et la pubère Annamite. — Le nombre des petites filles déflorées soumises à mon examen médical, me permet d'affirmer que chez elles la vulve continue à regarder directement en avant, mais elle est davantage ouverte par le bas.

Chez la fille ou femme pubère déflorée de bonne heure, la vulve continue à regarder encore en avant ; l'écartement inférieur est bien plus marqué, mais les grandes et petites lèvres sont bien moins accentuées que chez l'Européenne et cachent rarement le clitoris et le méat urinaire. La vulve est également moins dirigée de haut en bas et d'avant en arrière. Cette direction moins inclinée de la vulve et du vagin de l'Annamite limite sensiblement la longueur totale de l'appareil, le plus raccourci, sans doute, de toutes les races humaines (sauf peut-être les Lapons?), et qui est en rapport direct avec la gracilité du pénis du mâle.

Le clitoris, d'après Martineau, a chez la Française une longueur ordinaire de trois centimètres, et plus considérable dans quelques cas. Le clitoris, correspondant chez la femme au pénis, doit avoir une grosseur proportionnée, et l'on ne sera pas surpris d'apprendre que, chez la femme Annamite, sa dimension moyenne est à peine de deux centimètres.

J'ai dit également que les Annamites aimaient les pubis glabres, et qu'ils comparaient à des bêtes sauvages les femmes Européennes dont le pubis possède généralement une toison plus ou moins fournie. On obtient l'épilation du pubis de la femme en le frottant avec une pommade contenant de la chaux et de l'orpiment (sulfure d'arsenic.)

J'ai fort peu (pour ne pas dire presque point) constaté sur la femme Annamite les signes indiqués par Martineau, dénotant les marques de la masturbation ou du Saphisme buccal. Ce n'est d'ailleurs qu'une résultante de la facilité que la fille ou la femme trouve à satisfaire ses désirs naturels; d'ailleurs, la fréquence si grande des flueurs blanches doit contribuer à la limitation de ce vice spécial. Je ne l'ai constaté que deux fois, et encore sur des maîtresses d'Européens.

L'infundibulum vulvaire n'existe pas chez les petites filles qui se livrent aux jeunes garçons de leur race. Il ne se trouve que quand ces enfants ont des coïts répétés avec l'Européen. Quoique celui-ci ne cueille qu'un bouton de rose déjà flétri, la disproportion des organes rend les premières approches difficiles, et il se forme à la longue un infundibulum quelquefois profond. La loi posée par Martineau se vérifie mathématiquement pour ainsi dire :

« La production des déformations-vulvaires dues à la défloration, dans un coït, est basée sur ce principe : tant qu'il existe un rapport absolu entre le volume des organes sexuels, l'acte physiologique s'accomplit facilement, il ne survient pas de déformations vulvaires. Mais dès que le volume ou les dimensions des organes sexuels diffèrent chez l'un ou l'autre sexe, dès qu'il y a disproportion entre les organes génitaux, le coït s'accomplit avec une difficulté plus ou moins grande et les déformations vulvaires surviennent. Cette disproportion peut exister dans l'un et l'autre sexe, soit du côté de l'homme, le pénis étant volumineux, soit du côté de la femme, l'orifice vulvo-vaginal étant rétréci par la résistance normale, par la tonicité physiologique du muscle constricteur de la vulve, ou par le fait de la résistance exagérée de l'hymen. »

Le professeur Tardieu donne la description typique des déformations vulvaires produites par la défloration. Cette description ne s'applique qu'aux impubères Annamites, ayant un commerce habituel avec les Européens ; je ne puis que la répéter ici : « Dans ces circonstances, les grandes lèvres sont épaissies, écartées à la partie inférieure, ce qui est le contraire de ce que l'on doit observer. Les petites lèvres sont en outre allongées au point de dépasser les grandes, comme si elles avaient subi des tiraillements répétés. Le clitoris est rouge, saillant, en demi-érection ; il est en partie découvert. Ce n'est pas tout : l'étroitesse des parties et la résistance de l'arcade osseuse sous-pubienne, s'opposant à l'introduction complète du membre viril et à la destruction de la membrane hymen, de nouvelles déformations s'établissent. La membrane hymen se trouve refoulée en arrière et un peu en haut ; en même temps il y a un refoulement de toutes les parties qui constituent la vulve. Il en résulte la formation, aux dépens du canal vulvaire, d'une sorte d'infundibulum plus ou moins large, plus ou moins profond, capable de recevoir l'extrémité du pénis et très analogue à celui qui a été indiqué pour l'anus dans le coït anal. »

De tous ces caractères, j'ai peu souvent remarqué ceux relatifs aux petites lèvres et au clitoris ; mais l'infundibulum n'a jamais fait défaut.

Signes particuliers des habitudes de succion buccale. — Tardieu signale une conformation particulière que peut offrir la bouche de certains individus adonnés aux pratiques de la succion buccale : « J'ai noté de la manière la plus positive chez deux d'entre eux, » dit-il, « une bouche de travers, des dents très courtes, des lèvres épaisses, renversées, déformées, complètement en rapport avec l'usage infâme auquel elles servaient. » J'ajouterai que, chez presque toutes les femmes et *nays* se livrant à de pareilles pratiques, les lèvres m'ont paru généralement épaisses et déformées, surtout chez les jeunes *nays*.

J'ai bien souvent rencontré des plaques muqueuses, des ulcérations et des cicatrices de chancre aux lèvres et à la langue de ces malheureuses victimes de la débauche. Une fois contaminées, elles répandaient à leur tour le virus syphilitique, par une sordide loi de réciprocité qu'il était bien difficile d'empêcher.

Sodomie et pédérastie. — D'après Martineau, la Sodomie est le terme général employé pour désigner les actes contre nature, sans distinction du sexe des individus entre lesquels s'établissent ces rapports.

La pédérastie (amour des jeunes gens) consiste dans

les rapports contre nature qui s'établissent d'homme à homme. Aussi a-t-on pu établir une pédérastie passive et une pédérastie active.

Les déformations anales produites par le coït contre nature, sont les mêmes chez la femme que chez le *nay* et le *boy*, à part quelques différences insignifiantes. Je me bornerai donc à les étudier chez le *nay* et le *boy*, où elles se montrent bien plus fréquemment que chez la femme.

Signes de la Sodomie passive récente. — On a déjà vu que le *nay* ou *panier* est un éphèbe de huit à quinze ans. Après cet âge, il monte en grade et devient *boy*, mais tant qu'il est *nay*, il est généralement impubère. On conçoit aisément que ces petits misérables ont affaire à des agents actifs qui ne brillent ni par la délicatesse, ni par la douceur des manières, et qui assouvissent brutalement leur passion libidineuse sans s'occuper des désordres qui en seront la conséquence.

J'ai assez souvent trouvé chez ces malheureux *nays* les signes d'attentats commis presque par la violence, étant donné qu'un impubère âgé au plus de quatorze à quinze ans, frêle et débile, est incapable d'opposer une résistance sérieuse aux manœuvres Sodomitiques brutales d'un Européen ou Asiatique adulte.

Pour ne pas allonger outre mesure ce travail, je ne donnerai pas d'observations médicales, car je ne ferais que répéter ce que Tardieu et Martineau ont dit avant moi. Je renvoie à leurs travaux et me contente ici de discuter leur opinion.

Voyons d'abord celle de Tardieu :

« L'attentat récent a des caractères trop tranchés pour qu'il soit possible de les méconnaître. Les signes des attentats récents sont plus ou moins marqués, suivant le degré de violence employée, le volume des parties, la jeunesse de la victime et l'absence d'habitudes vicieuses antérieures. Ils varient, selon ces circonstances, depuis la rougeur, l'excoriation, l'ardeur douloureuse de l'anus, la difficulté de la marche, jusqu'aux fissures dites rhagades, aux déchirures profondes, à l'extravasation du sang et à l'inflammation de la membrane muqueuse et du tissu cellulaire sous-jacent. Cette inflammation peut être plus ou moins étendue, plus ou moins prolongée : mais si l'examen n'a lieu que quelques jours après l'attentat, on ne trouvera, le plus souvent, que de la démangeaison et une coloration de l'anus dues aux modifications qu'a éprouvées le sang épanché. »

Les caractères indiqués par Martineau sont plus explicites. Il signale, ce que ne fait pas Tardieu, qu'il peut se produire « des abcès, des fistules. Quelquefois une sérosité sanguinolente et purulente baigne la région anale : celle-ci est douloureuse. La douleur est continue ou passagère ; elle se montre surtout au moment de la défécation ; la femme (ou l'homme) éprouve alors une cuisson très vive qui, parfois, est extrêmement violente. D'autres fois, la douleur survient après la défécation ; elle persiste plusieurs heures.

» L'examen de la région fait constater les signes suivants : par le toucher, on trouve que l'orifice anal est légèrement dilaté. En même temps l'anus est refoulé en haut. Le sphincter, qui n'a pas encore perdu sa tonicité, résiste : aussi est-il de même refoulé en haut, d'où il résulte une légère dépression de la région anale, un commencement d'infundibulum portant surtout sur l'anus. »

L'argumentation de Martineau est parfaite. Mais je ferai remarquer que, dans la majorité des cas d'attentats récents, je n'ai pas trouvé d'infundibulum nettement défini ; non point que la disproportion entre l'anus de l'enfant et le pénis de l'adulte ne soit grande, mais parce que le sphincter anal (et aussi le vulvaire dans la race Annamite) possède une tonicité moins grande que dans la race Européenne. Par conséquent, le sphincter se laisse dilater plus facilement.

J'ai toujours trouvé, à l'examen médical, l'anus dilaté, ne donnant pas au doigt pouvant s'y introduire cette impression de constriction que l'on ressent, lorsqu'on veut l'introduire dans l'anus d'un sujet non sodomisé.

Chez la femme, l'infundibulum anal est plus fréquent et plus prononcé que chez le *nay*, et cela pour une bonne raison : d'abord, les muscles fessiers sont plus développés que chez le *nay ;* le sphincter a également plus de tonicité. Le *nay* se livre très jeune généralement, tandis que la femme est déjà âgée quand elle s'adonne à la Sodomie plutôt par raison économique, au point de vue du salaire, que par goût naturel. Il en résulte que le sphincter ayant une tonicité bien plus grande, le coït anal est plus difficile, ce qui est la cause de la production d'un infundibulum.

Chez le *boy*, généralement pédéraste depuis longues années, on ne trouve plus que les signes de la Sodomie invétérée.

Tous les Sodomites, hommes et femmes, lubrifient l'anus, pour rendre le coït plus facile, à l'aide de corps gras mélangés avec le suc épaissi d'une malvacée que l'on fait bouillir dans une petite quantité d'eau. Cette malvacée jouit de propriétés émollientes.

La blennorrhagie anale.— Les cas de blennorrhagie anale, très rares en Europe, puisque Tardieu et Martineau ne les ont constatés chacun qu'une fois, le sont beaucoup moins en Cochinchine. Ils ont lieu quand le *nay* est la victime d'un *boy* qui a contracté cette affection avec une femme, ce qui est le cas de la majorité des adultes. Cependant, je dois dire que je l'ai constatée une fois chez un jeune Allemand, employé d'une grande maison de commerce, qui avait été infecté probablement par un *boy*, car il ne voulut jamais nous avouer la vérité, et nous raconta une histoire à dormir debout.

J'obtins la guérison par l'emploi du cubèbe à l'intérieur, et des injections rectales avec sa propre urine recueillie dans un verre et employée tiède avec l'aide d'un irrigateur.

Signes de la Sodomie passive invétérée. — Voici, d'après Tardieu, les signes qu'elle présente : « Les signes caractéristiques de la pédérastie passive, que nous allons passer successivement en revue, sont *le développement excessif des fesses, la déformation infundibuliforme de l'anus, le relâchement du sphincter, l'effacement des plis, les crêtes et caroncules du pourtour de l'anus, la dilatation extrême de l'orifice anal, l'incontinence des matières, les ulcérations, les rhagades, les hémorrhoïdes, les fistules, la blennorrhagie rectale, la syphilis, les corps étrangers introduits dans l'anus.* L'énumération de ces différents signes ne peut donner aucune idée de leur valeur ; il est absolument nécessaire de les établir isolément et dans toutes leurs particularités essentielles. »

L'argumentation de Tardieu ayant été discutée à fond par Martineau, il me paraît plus logique de nous reporter à l'ouvrage de ce dernier, et de signaler à notre tour les différences que nous avons cru remarquer sur la valeur relative de ces signes divers.

J'écarte d'abord le signe du développement excessi des fesses, qui n'a aucune valeur dans la race Annamite, et je viens de suite à l'infundibulum anal.

Infundibulum anal. — « Cette déformation a frappé de tout temps les observateurs ; les uns en ont nié la valeur, d'autres l'ont exagérée. Cette divergence d'opinions tient à ce que, dans certains cas, cette déformation existe tandis qu'elle manque dans d'autres. Je vous ai donné les raisons de son existence ou de son absence, en établissant que l'infundibulum anal résultait, d'une part, de la résistance du muscle sphincter, et d'autre part, de la disproportion dans le volume des organes. Toutes les fois, je le répète, que ces conditions existent ou ont existé, vous êtes assuré de constater cette déformation aussi bien chez la femme que chez l'homme.

» La déformation infundibuliforme de l'anus est, je le répète, réelle ; il faut seulement savoir la rechercher, en apprécier la pathogénie. A cet égard, je ne puis mieux faire que rappeler la description si exacte donnée par Tardieu.

» La déformation infundibuliforme de l'anus, dit l'éminent professeur, résulte, d'une part, du refoulement graduel des parties qui sont situées au devant de l'anus, et d'autre part, de la résistance qu'oppose l'extrémité supérieure du sphincter à l'intromission complète de la verge dans le rectum. Le sphincter, en effet, forme au-dessus de l'anus une sorte de canal musculaire contractile, dont la hauteur atteint parfois jusqu'à trois ou quatre centimètres ; de telle sorte que la partie inférieure de l'anneau peut céder et se laisser repousser vers la supérieure qui, résistant davantage, reste au fond d'une sorte d'entonnoir, dont la partie la plus évasée est circonscrite par le rebord des fesses, et dont la portion rétrécie se prolonge à travers l'orifice anal jusqu'au sphincter refoulé, réduit à un simple anneau qui ferme plus ou moins complètement l'entrée de l'intestin.

» Si j'ai réussi à me faire comprendre, on doit voir que l'infundibulum sera plus ou moins large, plus ou moins profond, suivant l'état d'embonpoint ou de maigreur et la saillie plus ou moins prononcée des fesses. »

J'ai rencontré, chez toutes les prostituées Annamites habituées aux procédés Sodomitiques, l'infundibulum si bien décrit par Tardieu, et dans la forme ci-dessus. J'attribue ce fait à l'âge déjà avancé qu'ont ces femmes, quand elles acceptent le coït anal. Mais, au contraire, je ne l'ai pas rencontré souvent chez le *boy* de seize à vingt et vingt-cinq ans, pédéraste endurci qui a débuté jeune dans cette carrière. L'infundibulum classique a disparu pour faire place à une autre forme, tout aussi caractéristique que la première, et qui n'a pas été signalée par Tardieu. C'est à Martineau qu'on en doit la description très claire, et je ne saurais mieux faire que de la reproduire : « En même temps que le refoulement de l'anus en haut, si vous ne constatez pas la présence d'un infundibulum tel que je viens de le décrire, n'allez pas croire qu'il soit absent. Dans bien des cas, en effet, par un examen attentif, par le toucher anal, vous constatez un infundibulum formé, non aux dépens des fesses, mais bien aux dépens de l'anus et du sphincter amoindri, aplati de telle sorte que le doigt, dirigé d'arrière en avant et de bas en haut, a la sensation d'une petite dépression annulaire, en forme de cupule, logeant l'extrémité du doigt explorateur.

» J'appelle toute votre attention sur cet infundibulum formé ainsi aux dépens de l'anus et du sphincter en partie, parce que les auteurs me paraissent en avoir méconnu l'existence. »

C'est généralement sous cette forme spéciale que j'ai rencontré l'infundibulum chez le *nay* de douze à treize ans et surtout chez le *boy*.

Relâchement du sphincter. — Effacement des plis radiés. — Je reprends la citation de Martineau : « Outre cette déformation infundibuliforme, le sphincter est relâché; les plis radiés sont effacés. Ces deux signes sont très importants. En effet, ils ne font jamais défaut dans la Sodomie invétérée. Tardieu, à bon droit, attache avec Zachias, Casper, une grande valeur diagnostique à l'existence de ces deux signes qui, dit-il, se rencontrent alors même que l'infundibulum fait défaut. Pour ma part, j'ai toujours constaté le relâchement du sphincter et l'effacement des plis radiés. On comprend, en effet, que leur existence soit constante dans la Sodomie invétérée. Il n'est pas nécessaire que le coït anal s'accomplisse facilement ou difficilement : il suffit pour les produire que l'acte Sodomitique se répète souvent, fréquemment. Le frottement, le passage de la verge suffit pour dilater l'anus, produire le relâchement du sphincter et l'effacement des plis radiés. La tonicité du muscle constricteur de l'anus se perd peu à peu, le sphincter se relâche insensiblement, les plis s'effacent, le coït anal se pratique ainsi plus facilement.

» En même temps que ces deux phénomènes morbides, si on dilate l'orifice anal avec les doigts, on constate que la muqueuse rectale forme des replis et parfois un bourrelet brillant, épais. Quant aux caroncules, aux excroissances, lésions que les satiriques Latins appelaient *crista, marisca*, je ne les ai jamais rencontrées.

» En même temps que ces déformations et lésions anales, on constate l'amincissement du sphincter, le refoulement de l'anus en haut et la dilatation de l'orifice anal, au point que les malades accusent la sortie involontaire des matières fécales et des gaz intestinaux.

» Par suite de cette dilatation anale, on introduit facilement dans le rectum, un, deux, et même trois doigts. En écartant les fesses on aperçoit un trou plus ou moins béant qui permet d'observer certaines lésions dont la muqueuse peut être atteinte, telles qu'ulcérations, hémorroïdes, fistules à l'anus, etc., etc. Ces lésions, considérées par le docteur Venot (de Bordeaux) comme conséquence de la Sodomie habituelle, ne le sont nullement à mon avis. Ces lésions se montrent tout à fait en dehors de la Sodomie invétérée. Elles peuvent exister avec elle, mais elles n'en sont pas la conséquence. »

On ne saurait décrire plus fidèlement que Martineau les signes de la Sodomie invétérée, et je n'ai que quelques mots à y ajouter. J'ai surtout remarqué, chez les vieux *boys*, une dilatation considérable de l'anus, portée à tel point, que j'introduisais, chez certains, le pouce et les deux premiers doigts de la main jusqu'à la deuxième phalange, et cela facilement et sans douleur, en prenant quelques précautions. Arrivé à ce point de relâchement, le sphincter était incapable de garder les matières fécales. Ayant guéri une fois un de ces malheureux d'un relâchement excessif de l'anus, par l'emploi d'une pommade astringente à base de myrrhe et d'acétate de plomb, mélangée avec de l'onguent populeum, je me créai (sans la chercher) une clientèle, car le *boy*, à peu près guéri, m'avait fait une réputation, que j'étais loin de désirer, parmi les gens du même acabit. On vint de tous côtés à ma clinique spéciale, ce qui me permit, moyennant le don de quelques pots de pommade, d'étudier de près les déformations signalées plus haut et de provoquer des confidences sur les procédés usités par ces pervertis.

Signes de la pédérastie active chez l'Annamite et le Chinois. — Tardieu est le seul auteur qui ait traité ce sujet en détail et d'une manière remarquable. Je résume ici ses conclusions :

« Chez le pédéraste actif, le membre viril est très grêle ou très volumineux; la gracilité est la règle très

générale, la grosseur la très rare exception; mais dans
tous les cas les dimensions sont excessives dans un sens
ou dans l'autre. Dans le pénis grêle, on constate un
amincissement considérable depuis la base jusqu'à l'extrémité très effilée comme un doigt de gant et qui rappelle
tout à fait le *canum more;* cette forme serait la plus ordinaire.

» Dans le pénis très volumineux, ce n'est plus la totalité de l'organe qui subit un amincissement graduel de
la racine à l'extrémité; c'est le gland qui, étranglé à sa
base, s'allonge quelquefois démesurément, de manière à
donner l'idée du museau de certains animaux. De plus,
la verge, dans sa longueur, est tordue sur elle-même, de
telle sorte que le méat urinaire, au lieu de regarder directement en avant et en bas, se dirige obliquement à
droite ou à gauche. Cette torsion et ce changement dans
la direction de l'organe sont quelquefois portés très loin
et paraissent d'autant plus marqués que ses dimensions
sont plus considérables, à tel point que j'ai vu une fois
la face dorsale de la verge tournée complètement à gauche
et le méat devenu transversal. »

Je me contenterai de faire les remarques suivantes. Je
n'ai jamais reconnu chez un Annamite les signes de la
pédérastie passive sans examiner ses organes génitaux,
et sans lui demander ensuite s'il avait des habitudes de
pédérastie active ou de masturbation. La réponse venait
généralement confirmer le diagnostic médical résultant
de l'examen.

Chez les jeunes *nays,* j'ai souvent trouvé les signes
de la masturbation, caractérisés par un gland décalottant
facilement, à la muqueuse rouge, et entrant facilement
en érection au moindre attouchement. Chez le *boy,* au
contraire, la masturbation était l'exception, et la règle

était la caractéristique des signes de la pédérastie active soit des *boys* entre eux, soit même avec certains
Européens.

Mais si le *boy*, moyennant financés et la promesse du
secret, me révélait les turpitudes communes avec le
maître, on conçoit que l'Européen le plus dépravé ne
fasse pas volontiers étalage de son abjection. Messieurs
Y... ou Z... souriaient bien quand on leur parlait de
leur goût pour les jolis *boys* ou pour le Chinois du magasin Ach***, mais on aurait été mal venu à leur in-
sinuer qu'ils pratiquaient l'adage Latin : *par pari re-
fertur*, et qu'entre eux et les *boys* et Chinois, existait
un mutuel échange de bons procédés.

Chez les Asiatiques, j'ai fait les remarques suivantes.
L'organe génital Annamite mâle étant, comme on l'a
vu, remarquable par sa gracilité, on trouvait généralement, chez le *boy* pédéraste actif, la verge conique, semblable à celle du chien, signalée par Tardieu. Chez
quelques-uns seulement, plus spécialement adonnés à
la masturbation, on trouvait la forme du gland en
massue.

L'organe génital du Chinois étant plus développé et
se rapprochant davantage de la dimension de l'organe
génital de l'Européen, présentait moins souvent cette
forme, mais plutôt, au contraire, la torsion latérale
du pénis et l'élongation du gland à partir de la couronne.

**Signes de la pédérastie active et passive chez l'Eu-
ropéen.** — Les signes de la pédérastie active chez les
Européens qui ont consenti à se laisser examiner, sont
sensiblement ceux que décrit Tardieu comme exceptionnels. La gracilité était l'exception. Il est vrai, je me hâte
de le dire, que le nombre d'Européens examinés était peu
considérable, et je ne puis pas en déduire une règle géné-

rale. Chez un d'entre eux, M. B***, homme dont la lasciveté et l'inconduite étaient notoires, j'ai trouvé une verge
très développée, capable de satisfaire la femme la plus
exigeante. Ce n'était pas sans un certain étonnement
que je voyais un homme pourvu d'un appareil génital
de cette taille, assouvir sa luxure sur de malheureux enfants impubères. Je ferai une remarque du même genre
au sujet des Arabes pédérastes de la Guyane. J'aurai
également à signaler, chez le pédéraste Européen actif,
la forme en tire-bouchon souvent très prononcée et
l'étranglement du gland par la compression du sphincter
anal.

Signes de la pédérastie passive. — Je n'ai pu les
constater que sur deux Européens seulement, on comprend pourquoi. Le premier était ce jeune Allemand
atteint d'une blennorrhagie anale, que j'avais guéri par
des injections d'une nature spéciale. Il m'avait promis
de me faire constater l'état de son rectum après guérison. Il s'est bien gardé de revenir pour ne pas avouer
la cause plus que probable de sa maladie, évidemment
occasionnée par un coït anal impur.

Le second était un jeune garçon de dix-sept ans,
fils d'un employé d'une des administrations de la Colonie. J'avais fait le voyage avec son père, et des bruits
suspects avaient couru à bord sur la moralité de ce
jeune garçon. Il se présenta un jour chez moi, porteur d'un chancre infectant qui occupait la partie antérieure de l'anus. Celui-ci était très dilaté et admettait
deux doigts. En les écartant, on voyait la muqueuse
anale relâchée, rouge et ulcérée. Les plis radiés avaient
disparu en partie, et le sphincter avait perdu sensiblement de sa tonicité. Cet enfant vicieux prétendait
qu'il avait gagné son mal par la caresse buccale d'une
Congaï, et je ne pus lui faire avouer la vérité. Je pensai,

au contraire, d'après l'examen médical de son anus, qu'il s'était livré (plusieurs fois peut-être) comme patient, et avait gagné son mal avec un pédéraste actif infesté de syphilis.

CHAPITRE IX

a Colonie Européenne. — Il y a trente ans, la Colonie Européenne était peu nombreuse et, à part quelques Anglais et Allemands, et de trop rares négociants Français, se composait en majorité d'officiers de la Marine et des Corps annexes, avec une très faible minorité de fonctionnaires civils.

Il n'y avait pas en tout plus de quatre à cinq cents Européens, en dehors du Corps expéditionnaire. L'existence journalière était d'une monotonie désespérante, ce qui, joint à l'insalubrité du climat, rendait le séjour pénible. Sous cette atmosphère chaude, humide et fréquemment saturée d'électricité, le climat énerve et affaiblit très vite les forces physiques, et cet affaiblissement du corps réagit à son tour sur le moral.

Fort peu de distractions venaient égayer la vie de l'Européen célibataire, car au début, peu de gens amenèrent leur famille dans la Colonie. Par suite, il n'existait aucune de ces réunions qui rendent la vie civilisée à peu près supportable. Je n'appelle pas une réunion agréable, l'obligation où chacun se trouvait de faire de temps en temps apparition aux soirées officielles du Gouvernement, véritable supplice pour l'officier ou le fonctionnaire obligé d'endosser la tunique à épaulettes ou le fameux habit noir. J'ai vu, au premier bal officiel auquel j'ai assisté en 186., l'élément féminin représenté par quatre dames, formant un unique quadrille, et deux cents officiers et fonctionnaires faisant cercle autour. Il n'y avait à Saïgon de distractions nocturnes que pour les amateurs du cercle, du baccara et de l'écarté. Les mélomanes en étaient réduits au théâtre Chinois, le seul à l'époque, car le théâtre Français ne date que de vingt ans après la conquête, et l'on avouera que c'était bien maigre. Il y avait encore la ressource du baquan pour les joueurs endurcis. Les amateurs du beau sexe étaient les plus disgraciés, car l'élément féminin brillait par son absence. On citait deux ou trois dames mariées dont la conduite prêtait fort à la critique, mais en fait de dames du demi-monde, et même du demi-quart de monde, rien, absolument rien.

Les deux premières hétaïres Européennes. — Si mes souvenirs sont fidèles, les deux premières hétaïres Européennes vinrent à Saïgon en 1866 ou 1867. C'étaient deux Moldo-Valaques voisines de la quarantaine, ayant roulé de lupanar en lupanar, d'Alexandrie jusqu'à Saïgon. Embauchées comme dames de comptoir dans une mauvaise brasserie, elles provoquèrent presque une émeute chez la gent masculine, et le soir de leur arrivée, tout le Saïgon célibataire se trouva réuni dans cet établissement où d'habitude on ne voyait pas quatre clients Européens. Un mauvais plaisant eut l'idée saugrenue de mettre ces

dames en tombola, chacune à cent billets d'une piastre.
Une heure après les billets étaient tous placés et la tombola tirée. Je ne sais si les heureux gagnants se trouvèrent
enchantés de leur bonne fortune.

En dehors du café et du cercle, voire même du baquan et du théâtre Chinois, que restait-il donc, en fait
de distractions nocturnes, aux Européens qui n'aimaient
ni à boire ni à jouer, ni même à entendre la musique
enragée des Chinois? Aucun, si ce n'est la fumerie d'o-
pium et la prostitution indigène! A moins d'une force de
caractère exceptionnelle, il était bien difficile de ne pas
glisser sur la pente dangereuse du vice, dans un pays où
le vice vous assiégeait de toutes parts. Dans la journée,
l'Européen était assailli à domicile par les belles de jour,
et, le soir, s'il avait la force de faire une petite promenade
à pied pour gagner un peu de sommeil, toute une nuée
de boys lascifs venait tourner impudemment autour
de lui, et lui offrir d'immondes faveurs.

Il ne faut donc pas s'étonner si les caractères faibles
ne savaient pas conserver leur dignité morale et se laissaient aller à des compromissions honteuses. Je ne me
lasserai pas de le répéter : l'Européen n'a pas importé le
vice de Sodome en Cochinchine. Ce vice est un produit
direct de la civilisation Chinoise, passé dans les mœurs
du peuple Annamite, bien avant la conquête Française.
C'est le vaincu qui a corrompu l'Européen par son contact, et il a fallu pour cela les circonstances atténuantes
du manque presque absolu de l'élément féminin Européen au début de la colonisation.

Causes morales de la Sodomie des Européens. —
Voici les réelles causes de la propagation du vice Sodomitique dans la colonie Européenne. En première ligne,
absence presque complète de la femme blanche. Obligés de
se servir de Congaïs répugnantes et dont la bouche noire, à

la bave sanguinolente, était une douche froide jetée sur l'ardeur génitale, les uns se laissèrent aller aux exercices de la succion buccale usités par ces femmes ; d'autres, plus dépravés, prirent la route de Sodome. D'autres enfin, plus pervertis encore (ou présentant une disposition héréditaire), s'adressèrent aux nays et aux boys qui s'offraient en foule. Cette dernière catégorie était de beaucoup la moins nombreuse, je dois me hâter de le reconnaître.

Tous donnaient, comme excuse de leurs vicieuses habitudes, le manque absolu de sécurité et le danger très grand de la syphilis avec la Congaï. Tout a bien changé depuis, et avant de décrire la vie que mène maintenant l'Européen en Cochinchine, jetons un coup d'œil rapide sur le Saïgon actuel.

Le Saïgon actuel, trente ans après la conquête. — Près d'un quart de siècle après mon premier séjour dans la Colonie, j'y revins pour la deuxième fois, à mon retour du Tonkin. J'ai pu constater ainsi le progrès effectué en trente ans.

D'importants changements se sont opérés dans l'aspect de Saïgon, à tel point que, de toutes les anciennes maisons et cases existant avant mon départ, je n'en reconnus qu'une seule, la grande maison Wang-taï, transformée en Direction des Contributions indirectes. Somptueux Palais du Gouvernement, superbe cathédrale, Hôtel battant neuf des Postes et Télégraphes, Trésor, Palais de Justice monumental, splendide Direction de l'Intérieur, Hôtel du Commandant supérieur, Casernes gigantesques, pourvues de tout le confortable désirable : tout était sorti de terre comme par enchantement avec la seule main-d'œuvre de l'ouvrier Chinois. La ville a doublé d'étendue et, au lieu des petites maisons basses et étroites à toit de tuiles sans plafonds, où logeaient autrefois les officiers et fonctionnaires, on trouve maintenant de belles maisons à étages, avec vérandas sur tout le pourtour.

Au lieu de quelques rares cochers Malabars, introuvables les jours où le besoin s'en faisait sentir, des centaines et des centaines de voitures de tous modèles, depuis l'antique et classique voiture, autrefois conduite par le Malabar (d'où son nom), jusqu'à la calèche à deux chevaux, ou le *zidore*, voiture découverte à un cheval. Tout cela moyennant dix cents (0 fr. 40) la course et vingt cents l'heure, sans pourboire pour le cocher : c'est une habitude louable à signaler. Pour une demi-piastre (2 francs) on peut faire le tour de l'Inspection, de cinq à six heures du soir, ou la nuit après le dîner, quand la température est lourde et accablante. Au milieu de la promenade, on trouve l'établissement du Pré-Catelan, où l'on prend l'apéritif avant le dîner et la bière après. Si le cœur vous en dit, il y a un excellent restaurant et, au premier étage, des cabinets particuliers, permettant le souper fin en joyeuse compagnie. Et les éléments féminins du souper ne manquent pas comme à l'origine.

Augmentation de l'élément féminin en Cochinchine. — Le nombre des femmes Européennes a augmenté dans des proportions énormes. Beaucoup de fonctionnaires qui, au début de l'occupation, étaient célibataires, se sont mariés en France, entre deux séjours, et ont amené leur famille. Les officiers des divers corps de troupe de la Marine ont obtenu l'autorisation de faire suivre la leur.

Chaque famille a chevaux et voitures. C'est une première dépense d'achat de trois à quatre cents piastres, et une dépense mensuelle de douze à quinze piastres pour la nourriture des chevaux et le salaire du cocher. Au départ, on revend le tout (pas le cocher), avec quarante à cinquante pour cent de perte, mais on s'en est servi pendant trois ou quatre ans. On le voit, c'est pour rien.

L'ancien négociant Français qui tenait un bazar a disparu, coulé par le marchand Chinois qui vend les mêmes articles bien meilleur marché, car il les fait venir direcment de France. Mais de nouveaux magasins de toutes sortes se sont créés : fleuristes, modistes, couturières, magasins de nouveautés, de librairie, bijouterie, etc. Il y a de tout, jusqu'à des charcutiers. Au lieu de la mauvaise gargotte tenue par un cosmopolite dont la cuisine vous incendiait le palais, il y a plusieurs hôtels et restaurants superbes. On sent que la Colonie a traversé une période de prospérité et pris un essor considérable.

La vie actuelle de l'Européen. — Après le labeur journalier, si l'Européen veut se distraire le soir, les moyens ne lui font plus défaut.

Il y a d'abord bon nombre de familles Européennes qui reçoivent et offrent du thé à leurs amis. Les soirs de bal au Gouvernement, c'est par centaines que dans l'immense salle des fêtes on compte les dames, et l'on danse de dix heures du soir jusqu'à six heures du matin, malgré la chaleur torride.

Il y a maintenant un théâtre Français bâti au beau milieu de la rue Catinat, coquet et gentil, et où la chaleur se fait moins sentir que dans un grand théâtre de Paris. Pendant une saison, de six mois de durée (d'Octobre à Mars), on joue quatre fois par semaine, et les prix sont très abordables.

La Colonie donne une subvention de cent mille francs par an, ce qui permet d'avoir des artistes sérieux en tous genres, depuis le vaudeville jusqu'au grand opéra. Nous avons entendu *Guillaume Tell*. La troupe féminine est nombreuse, triée sur le volet et comprend, en plus des premier et second sujets, des choristes, voire même des

danseuses. Toutes ces dames aiment à passer une soirée
au Pré-Catelan, et quelques coupes de Champagne frappé
ne les effraient pas.

Il y a, en outre, de nombreux cafés et brasseries, tenus
généralement par des dames ou demoiselles d'humeur peu
farouche. On est loin de l'unique café Français de la Ro-
tonde, dit des Trois-Tétons, tenu par deux beautés sur
le retour.

Dans les six mois de l'année où le théâtre fait relâche,
un orchestre de femmes Autrichiennes joue dans un immense hall en bambou rempli de verdures et de fleurs,
où l'air circule de tous côtés. Il est assidûment fréquenté
par toute la société Européenne.

L'hétaïre Européenne. — Le jour, à la promenade du
Tour d'Inspection, on peut voir plusieurs victorias richement décorées, avec cochers et saïs revêtus de costumes
voyants. Sur les coussins de la voiture se prélassent une
ou deux dames peintes et fardées, habillées à la dernière
mode. C'est la vieille garde de Saïgon, qui fait son tour
du Bois de Boulogne. Le soir, ces dames ont loge au
théâtre et place à la brasserie-concert, où elles sont toujours entourées d'un cercle d'adorateurs. Nous ne sommes
plus en 186., au temps où les deux premières hétaïres
Européennes furent mises en tombola. Il a suffi d'une
vingtaine d'années au plus pour transformer radicalement
la Colonie, ce qui a constitué un progrès immense pour
la morale, comme on va le voir.

**Progrès considérables de la moralité des Euro-
péens en Cochinchine.** — Ceci est un fait qui m'a
frappé à mon retour. Anciennement, l'Européen pédéraste était loin d'être une rareté ; bon nombre de gens, et
des plus huppés encore, avaient cette triste réputation.
Ils n'étaient point pour cela méprisés, ni même mal vus.
On se contentait de les gouailler. Dans les popotes, on

racontait les histoires les plus libidineuses, et l'on en riait.

Les amateurs de prostitution masculine se réunissaient à plusieurs pour aller passer la soirée chez un compère, où l'on fumait l'opium et où l'on trouvait toujours des boys à la porte, attendant la pratique.

Moins d'un quart de siècle après, un changement radical s'est opéré, et ce changement est dû incontestablement à l'introduction de la femme Européenne et à l'augmentation parallèle du nombre des prostituées Chinoises et Japonaises.

Le nombre d'Européens qui avaient la passion de l'opium a également beaucoup diminué. On les compte. Ils ont des maîtresses Annamites dressées à la préparation de la pipe ; dans l'armée, le type de l'officier fumeur d'opium, très fréquent il y a trente ans, a complètement disparu.

Quant à l'Européen pédéraste, il n'existe plus guère qu'à l'état de souvenir. Ceux qui ont conservé cette réputation sont de vieux négociants et fonctionnaires datant de l'ancien régime. Ils sont regardés comme une curiosité par les nouveaux venus. Que parmi ces derniers, il y en ait qui aient un faible pour l'amour Grec, la chose est possible, puisqu'il en existe même en Europe. Mais ils ne forment plus qu'une infime minorité, et, bien loin de se vanter de leur vice, ils le cachent soigneusement. Il leur faut l'ombre et le mystère et, pour ne pas donner l'éveil, ils n'osent même plus introduire nuitamment chez eux le nay et le boy. Autres temps, autres procédés.

La diminution de la prostitution masculine et féminine de l'Indigène n'est qu'apparente. — Il faut reconnaître que la Police de la Colonie a pris les mesures les plus louables pour débarrasser Saïgon de la plaie infectieuse des nays et boys pédérastes. Le séjour

de Saïgon n'est accordé qu'aux Annamites engagés
chez un Européen en vertu d'un livret individuel régulier, donnant le signalement et la photographie. Tout
indigène rencontré sans livret et ne justifiant pas d'un
métier manuel le faisant vivre, est arrêté; s'il est démontré par un examen médical qu'il est Sodomite, on
l'envoie à Poulo-Condore (au pénitencier), par mesure
administrative.

Malheureusement, on a supprimé la mesure de police
obligeant le Chinois ou l'Annamite à ne sortir le soir
qu'avec une lanterne allumée, et l'interdiction de circuler
dans les rues après minuit. Cette suppression a été
réclamée par les Conseillers municipaux indigènes au
nom de la liberté. Aussi le nay n'a plus de panier. Il est
devenu vendeur de bouquets de fleurs naturelles, dont la
culture a pris une grande extension dans la banlieue de
Saïgon. On trouve maintenant le nay en troupe, à la
porte des restaurants, cafés, etc. Il n'est plus seul comme
autrefois, et il a avec lui une petite fille qu'il fait passer
pour sa sœur. Celle-ci tient généralement un paquet de
boutons de rose et vous en offre un avec son sourire le
plus engageant. Vous n'avez, en l'acceptant, qu'à donner
quelques sous, tout en montrant une ou deux piastres.
Cela suffit.

Procédés actuels. — Je tiens le renseignement qui
va suivre d'un de nos compatriotes que j'avais connu
en 186., et que j'ai retrouvé à mon retour. Il était (car
il vient de mourir), amateur de primeurs féminines et
fort connu comme tel sur la place. Voici comment se
fait actuellement le racolage, au nez et à la barbe des
agents de police Européens, les seuls sur qui on puisse
compter comme agents des mœurs.

Le petit garçon s'éloigne, et la petite fille reste à quelques pas sans vous perdre de vue. Quand vous sortez,

elle vous précède ; c'est à vous à la suivre, car elle vous conduit dans une rue latérale écartée où stationne une voiture fermée, dont le cocher est *toujours un Annamite.* Le nay est à côté et fait le guet. Vous entrez dans la voiture avec la petite fille. Le petit garçon s'assied sur le siège à côté du cocher. Une heure de promenade intime coûte une piastre pour les petits malheureux et une demi-piastre pour le cocher. Bien entendu, la promenade a lieu en dehors du Saïgon habité, généralement dans le Jardin Botanique, ouvert nuit et jour, et le cocher vous ramène à domicile si la promenade vous a fatigué.

Si vous désirez une nuit entière, le cocher vous conduit, sur votre demande, dans une case d'un des villages-faubourgs de Saïgon, villages entièrement soustraits à la police Européenne, et ne dépendant que du garde-champêtre communal : les propriétaires de ces cases hospitalières ne sont jamais inquiétés. Vous y trouvez le vivre et le couvert à des prix convenables ; on vous sert du café, du thé, une fumerie d'opium et le personnel pour charger la pipe. Mais gare à votre bourse, car vous aurez de la chance si vous la retrouvez dans votre poche, en vous réveillant, le lendemain matin.

Le boy actuel. — Le boy n'a pas changé de mœurs, mais la crainte des agents de police lui a fait prendre quelques précautions. Il ne se hasarde plus à circuler le soir dans les rues de Saïgon ; il s'est réfugié dans les villages et a établi le centre de ses opérations dans ces cases hospitalières dont je viens de parler, ainsi que dans les tripots clandestins qui, traqués par la police Européenne, ont déserté Saïgon. C'est là que les rares amateurs de sensations dépravées savent le trouver. Cela ne leur coûte que la peine de se faire conduire et ramener en voiture, et ce ne sont pas les indigènes du village qui font attention aux allées et venues de quelques débauchés. Dès

12

l'instant que vous ouvrez généreusement le porte-monnaie, l'Annamite est d'une tolérance illimitée pour les vices des autres. Il comprend à ce point de vue la liberté la plus large.

Le collégien indigène. — Je termine en signalant une dernière catégorie de jeunes amateurs à peu près inconnue dans l'ancienne Cochinchine. Ce sont les élèves du grand collège Français de Saïgon et des écoles Françaises de l'intérieur.

Du temps des mandarins, les jeunes gens qui recevaient une éducation au-dessus de la moyenne pouvaient concourir, par des examens publics, à l'obtention d'emplois de lettrés. Aujourd'hui, après leur avoir donné les éléments d'une bien petite instruction primaire, quand ils savent parler un Français passable, qu'ils écrivent tant bien que mal le Français et l'Annamite en *cog-gnu* (caractères phonétiques), qu'ils possèdent les quatre règles de l'arithmétique, avec quelques bribes d'histoire et de géographie, on les plante là à dix-sept ou dix-huit ans, sans leur offrir la moindre place. Les plus intelligents deviennent interprètes de la justice. Les autres errent sur le pavé à la recherche d'une position sociale, comme Jérôme Paturot. Il faut cependant vivre. Le soir, comme Diogène, mais sans lanterne, ils cherchent un homme. Le manque de lanterne et le changement de costume les différencient seulement de l'ancien boy, et ils manquent de sens moral comme lui ; ils sont capables des mêmes turpitudes.

Ils se promènent dans les quartiers des maisons de prostitution indigènes, prêts à vous servir de cornacs, d'interprètes, d'aides et de compères au besoin. Ils vous vantent la qualité de la marchandise et font connaître vos habitudes et vos caprices, le tout à des prix honnêtes et modérés.

Malheur à l'Européen novice qui se laisse prendre dans leurs filets! On le bombarde de lettres de demandes d'emploi, et, le jour où ils pénètrent chez vous sous un titre quelconque (secrétaire, employé, scribe, etc., etc.), vous ne tarderez pas à être volé. Quelle que soit la cachette où vous mettiez la clef de la caisse, ils la trouveront. Si vous la portez sur vous, prenez garde de ne pas l'oublier dans vos vêtements. Votre boy sera le complice du voleur. Le coup fait, celui-ci ne se sauve pas, il n'est pas aussi naïf. Mais si vous le menacez du commissaire de police, il vous répond que lui aussi portera plainte contre vous, et que vous avez abusé de sa vertu. Le procédé le plus simple pour éviter un esclandre, qui ne rendrait pas au volé l'argent disparu, est de ne rien dire et de mettre le sujet à la porte, car autrement on serait diffamé, et à l'audience du tribunal, un avocat Annamite (il y en a qui ont pris leur diplôme en France) vous vilipenderait de la belle manière.

CHAPITRE X

**on séjour au Tonkin**. — Je n'ai passé au
Tonkin qu'un peu moins de deux années,
bien longtemps après mon retour de Cochinchine. J'ai pu cependant, par suite de
l'expérience acquise dans cette dernière Colonie, mettre
à profit ce court séjour.

Caractères anthropologiques du Tonkinois. — Le
Tonkinois est monté de l'Annam central vers le Nord,
comme le Cochinchinois est descendu de cet Annam,
dans le sud, en Cochinchine. Il a conquis et refoulé
dans les montagnes la race autochtone des Muongs, Xas
ou Quans. Au moment où nous sommes venus au Tonkin, le Chinois descendait du Nord pour le conquérir à
son tour.

Il est donc naturel de trouver à peu près les mêmes
caractères anthropologiques chez ces deux peuples de la
même race, qui diffèrent entre eux aussi peu qu'un Languedocien d'un Aveyronais ou d'un Provençal.

Mes observations, au Tonkin, n'ont fait que confirmer
celles précédemment faites en Cochinchine, ce qui me

permettra de ne signaler ici que les divergences, quand il s'en présentera. J'ai d'ailleurs retrouvé, au Tonkin, un certain nombre d'anciens Inspecteurs militaires de Cochinchine, qui m'ont certifié que la race Tonkinoise présentait les mêmes caractères moraux et avait les mêmes coutumes, habitudes, etc., que la race Cochinchinoise. Elle était d'ailleurs régie par le même gouvernement central de Hué, qui lui appliquait le même code de Gia-Long.

Caractères anthropologiques de la race Tonkinoise. — Le Tonkinois est plus grand, plus robuste que le Cochinchinois, et mieux proportionné ; sa taille est sensiblement plus élevée.

On sent l'influence d'un climat qui possède un hiver où la température descend au-dessous de vingt degrés et n'est que de vingt-quatre au printemps, tandis qu'à Saïgon la température moyenne de ces deux saisons est de vingt-sept degrés, inférieure de deux degrés seulement à la moyenne de l'été. La tête du Tonkinois est moins grosse et la face moins prognathe. Le front est bas, les membres encore grêles, mais la poitrine est plus développée. La peau est un peu plus blanche, mais les muqueuses ont absolument la même couleur. L'appareil génital, dans les deux sexes, est peut-être un peu plus développé, mais la conformation reste la même. En somme, on peut dire que le Tonkinois est le frère aîné de l'Annamite du Sud, un peu plus robuste que lui, tout simplement. La femme Tonkinoise est plus jolie que celle de la Basse-Cochinchine, et on ne rencontre pas d'enfants à gros ventre, comme à Saïgon. Le race est donc incontestablement plus belle.

Muongs. — Les Muongs paraissent représenter la race autochtone. Leurs caractères anthropologiques sont ceux des Moïs de Cochinchine. Mais ils sont plus

forts, plus intelligents, et quoique refoulés comme eux
sur les hauts plateaux boisés, leur nombre, qui est presque de quatre cent mille, leur a permis de résister avec
plus de succès aux Giao-chi. J'en ai vu un certain nombre
de spécimens, dans la région de Ninh-binh, qui sont
policés, divisés en tribus patriarcales comme les anciennes
tribus d'Israël. Dans le haut Fleuve-Rouge, le Muong
est devenu plus sauvage et se rapproche davantage de
son frère dégradé, le Moï de Cochinchine. Le Muong se
livre à la chasse, à l'élève du bétail et à l'exploitation des
forêts.

Il est brave et se sert, à la chasse comme à la guerre,
de petites flèches empoisonnées, lancées par une courte
arbalète qui a une belle portée; avec cette arme, il s'est
défendu contre les mousquets à mèche et les fusils à
pierre des Annamites. Ceux-ci, ne pouvant le détruire,
l'ont asservi et lui font payer l'impôt. D'après le voyageur Villeroi-d'Auges, les Muongs ont de singulières
coutumes funèbres : ils mettent le cadavre dans un tronc
d'arbre et le déposent dans la case du plus proche parent
avant de l'enfouir en terre.

Ce que j'ai dit des caractères anthropologiques des
Moïs, mœurs, etc., se rapportant au Muong issu de la
même race, j'y renvoie le lecteur.

Xas ou Quans. — Ce sont des sauvages dont les ancêtres sont descendus des hauts plateaux du Laos et qui
habitent la partie montagneuse du nord du Tonkin. Ils
parlent une langue spéciale, portent un pagne, un châle
à couleurs vives et une sorte de calotte sur la tête. J'ai
fort peu de renseignements sur cette race, dont je n'ai
vu aucun spécimen.

Le Chinois et son métis au Tonkin. — La race Chinoise au Tonkin est identique à celle qui émigre en Cochinchine, mais elle y est beaucoup plus dense et dans les

régions de Cao-bang, Lang-son et Lao-kay, elle domine. Le Chinois s'unit aux femmes du pays, il impose à sa compagne ses pratiques religieuses, ses mœurs, ses coutumes et jusqu'à la nourriture et l'habillement des fils du Céleste-Empire. Les métis se rencontrent aussi dans les provinces de la côte, et j'en ai vu beaucoup à Hanoï. Ils sont aussi intelligents que les Minhuongs de Cho-lon, mais plus grands et plus vigoureux. Les enfants de Chinois suivent les exemples des pères et dédaignent leurs compatriotes et leurs mères.

Avant notre arrivée, grâce à son nombre et une indéniable supériorité, le Céleste envahissait le pays et le transformait par une conquête lente mais continue. Il est incontestablement l'arbitre du commerce et il impose sa langue. Nous sommes venus arrêter son essor et prendre contact avec une nation de trois ou quatre cent millions d'habitants. L'avenir montrera si la France n'a pas été imprudente en s'étendant jusqu'à la frontière de la Chine.

La piraterie Chinoise. — Le Chinois a toujours considéré le Tonkinois comme un être de race inférieure, taillable et corvéable à merci. Cette vieille civilisation, peut-être la plus ancienne du globe, est restée immuable dans ses habitudes de conquête ; elle opère par le pillage, la ruine et la dévastation du peuple conquis : procédés identiques à ceux des Romains et des peuples de l'Asie occidentale (Perse, Assyrie, etc.), avant l'ère Chrétienne, et des peuples Européens avant l'ère moderne.

Le Chinois est pirate de mer dans le golfe du Tonkin, la côte d'Haïnam, les bouches du Delta et les îles du littoral. Les barrages établis par la population à l'entrée des rivières et des bouches du fleuve n'ont jamais arrêté les jonques Chinoises. Ces pirates opèrent comme les anciens

Normands, qui débarquaient, attaquaient les villages et villes ouvertes, massacraient tous ceux qui leur résistaient et se rembarquaient en emmenant prisonniers les filles nubiles et les jeunes hommes. L'occupation Française n'a pu que mettre des entraves à ces déprédations, sans les arrêter complètement.

Sur terre, les pirates infestent les provinces du Nord et du Nord-Ouest, qu'ils rendent à peu près désertes. Les Pavillons-Noirs, établis avec le vieux chef Luu-Vinh-Phuoc, sur la frontière de Chine, enlèvent les filles des malheureux montagnards, pour les vendre à Lao-kay à des Chinois venus spécialement du Nord exercer ce commerce, et les fils pour les enrôler dans leurs bandes ou pour servir d'otages.

Mœurs, Coutumes, Religion de la race Tonkinoise. — Il y a très peu de différences entre le Tonkinois et l'Annamite de Cochinchine. Le Tonkinois est laborieux, et on rencontre peu de misérables mendiant leur vie. Il est essentiellement laboureur, quoique exerçant certaines professions industrielles, se faisant pêcheur, briquetier, potier, etc. Les femmes travaillent beaucoup et cultivent même la rizière dans la campagne, comme l'homme. Dans les villes, elles font un négoce et tiennent les magasins.

Le costume est à peu près le même qu'en Cochinchine, sauf des souliers et des sandales de paille tressée qu'on porte dans l'hiver. La robe des femmes est un peu plus longue et elles nouent un *kékouan* (écharpe aux vives couleurs) à la taille et au cou.

La case Tonkinoise est l'analogue de la case Annamite; la nourriture est également la même, aussi salée et épicée. Le thé de Chine n'est en usage que pour les jours de fête; en temps ordinaire, on boit une décoction de thé indigène, dit *thé de Hué*.

Les religions sont les mêmes au Tonkin qu'en Annam et Basse-Cochinchine : la religion du Chinois Confucius pour les lettrés ; le Bouddhisme altéré, les superstitions et croyances aux sorciers pour le peuple. Les cérémonies du mariage et de l'enterrement ne présentent aucune différence essentielle.

Caractères moraux de la race Tonkinoise. — Les caractères moraux de cette race ressemblent beaucoup à ceux de l'Annamite du Sud, mais si ce dernier jouit d'un peu de tranquillité sous le régime Français, qui l'a débarrassé du despotisme des Mandarins, le malheureux Tonkinois est pris entre trois maîtres : l'ancien Mandarin de Hué, qui est tout-puissant pour continuer ses exactions, le protectorat Français qui le défend tant bien que mal contre le Mandarin ou le pirate Chinois, et enfin ce dernier qui le vole et le rançonne. Le Français le met à l'amende, le Mandarin fait jouer la *ka-douï* qui fleurit au Tonkin, et le Chinois, brochant sur le tout, incendie sa case et lui coupe la tête s'il fait mine de se défendre.

Aussi, le paysan Tonkinois est-il doux, timide et craintif. Il ne demanderait qu'une chose, la tranquillité, la paix et le droit de labourer sa rizière pour en tirer l'existence quotidienne. Presque sans armes, il lui est impossible de se défendre contre les razzias des pirates et des réguliers Chinois déguisés en pirates, armés de fusils à tir rapide. Son sort est digne d'intérêt.

Formes et perversions de l'amour au Tonkin. — Je ne pourrais que répéter ici ce que j'ai déjà dit pour l'Annamite du Sud, la race étant la même et l'influence de la civilisation Chinoise ayant produit au Tonkin les mêmes effets qu'en Basse-Cochinchine.

Les formes et les perversions de l'amour n'ont pas de différence bien appréciable. Le nay et le boy fleurissent à Hanoï et Haï-phong comme à Saïgon : tous deux

13

aussi impudents, débauchés, joueurs et voleurs. La belle de jour et la prostituée du bambou Tonkinois pratiquent les mêmes procédés qu'en Cochinchine.

La race Tonkinoise aime aussi passionnément que sa congénère du Sud le jeu et l'opium, avec le cortège de débauches que ces deux passions entraînent à leur suite.

Cette race est foncièrement lascive, joueuse, pédéraste et Sodomite. Constatons-le et passons outre.

La Colonie Européenne au Tonkin. — Le nombre d'Européens dépravés qui se sont livrés aux vices de Sodome et à la passion de l'opium, a été sensiblement moindre qu'aux débuts de la colonisation en Cochinchine. Cela tient au développement plus rapide de la colonisation Tonkinoise, qui a fait en moins de dix ans autant de progrès que son aînée en un quart de siècle. Beaucoup sont venus de celle-ci dans la nouvelle conquête Française, sans compter les Anglais et les Américains, attirés par l'appât des mines de charbon et de métaux divers qui n'existent pas en Cochinchine.

La femme blanche s'est implantée très rapidement au Tonkin, dont le climat lui est infiniment plus favorable que celui de la Cochinchine, la température fraîche de l'hiver venant corriger l'effet anémiant des grandes chaleurs de l'été.

Pour toutes ces causes, la Sodomie et la pédérastie n'ont pas eu le temps de jeter des racines bien profondes dans la colonie Européenne, et le nombre d'adorateurs de la Vénus anale a été bien réduit; il le sera de plus en plus à l'avenir.

Ce que je tiens à faire ressortir ici, c'est la différence primordiale qui existe entre la pédérastie de l'Annamite du Nord ou du Sud ainsi que du Chinois, et celle de l'Européen. Elle est un caractère générique de la race Asiatique, lascive et presque sans frein moral; au contraire, dans la race Européenne, elle n'a qu'un caractère particulier, propre à certains individus, véritables fous érotiques, que la grande masse a toujours honnis et conspués comme ils le méritent.

CHAPITRE XI

on séjour au Cambodge. — J'ai habité pendant plusieurs mois au Cambodge en 1866, pendant la guerre civile qui mit aux prises Noro-dom, le roi actuel, soutenu par les Français, et son frère Pra-Kéo-Pha, son compétiteur au trône. Afin de rester dans le cadre de cet ouvrage. et de ne pas allonger outre mesure le volume, je serai très bref, surtout en ce qui concerne les mœurs, cou-

tumes et habitudes qui ne se rapportent pas directement à l'amour.

Le Ciampa, l'ancien royaume des Kmers, fut autrefois très puissant ; il comprenait la Cochinchine entière, une partie de l'empire d'Annam, le royaume actuel du Cambodge, et les provinces de Baltambang et d'Angkor, appartenant au Siam. Ces pays jouissaient anciennement d'une civilisation remarquable, que révèlent encore de superbes monuments, comme cette admirable cité d'Angkor. Aujourd'hui les Cambodgiens, fils dégénérés des anciens Kmers, sont incapables de comprendre les caractères en langue ancienne gravés sur les monuments de leurs aïeux.

Caractères anthropologiques des Cambodgiens (1). — Quand on a pris l'habitude de voir journellement des Annamites, on est tout étonné de trouver le Cambodgien plus grand, car il a la taille moyenne de l'Européen du Midi ; il est mieux proportionné et surtout plus robuste que l'Annamite. Son corps est carré, ses épaules larges ; son système musculaire est bien développé, sans qu'on voie cependant le contour de ses muscles se dessiner en saillie à l'extérieur. Le crâne est allongé, ovoïdal, le front plat ou bombé, les yeux non obliques, mais la paupière supérieure toujours bridée dans l'angle de l'œil, le nez un peu moins épaté que celui de l'Annamite et à narines moins béantes. La bouche est moyenne, les dents sont laquées et gâtées par le bétel. Le menton est rond, fuyant, les oreilles basses et écartées des joues; mais les pommettes sont moins élevées et moins saillantes que dans les races Chinoise et Annamite. Les cheveux sont généralement châtain foncé, au lieu d'être noirs comme chez l'Annamite, et ils sont moins raides que

(1) D'après les docteurs Thorel et Ricard.

chez ce dernier ; ils sont au contraire tantôt plats, tantôt légèrement ondulés. Le Cambodgien a le système pileux très peu développé. Les épaules sont horizontales et larges, la poitrine bombée, les pectoraux saillants, les bras forts. La main et le pied sont très forts, avec des attaches grossières et les doigts osseux et longs, contrairement à l'Annamite et au Chinois. Les mollets sont bien placés, bien développés, et, sous ce rapport, le Cambodgien est le mieux doté des peuples Indo-Chinois.

Le teint est d'un jaune foncé très accentué ; sur les parties découvertes au soleil, telles que le visage, le dos, les mains et les jambes, la peau est plus noire. Cette couleur générale de la peau se rapproche beaucoup de celle du mulâtre, et pour un observateur inexpérimenté, il y aurait une certaine ressemblance physique entre un Cambodgien vigoureux et le croisement des races blanche et noire, si l'examen des organes de la génération ne venait pas montrer la différence essentielle et caractéristique.

Les deux confrères à qui j'ai emprunté la plupart des caractères ci-dessus, n'ont pas fait l'examen de l'organe génital : ma spécialité m'a permis de combler cette lacune.

Organes de la génération du Cambodgien. — Les organes de la génération du Cambodgien sont beaucoup plus développés que chez l'Annamite. Comme forme générale et comme dimension, il y a moins de différence entre un Français et un Cambodgien qu'entre le premier et un Annamite. Si la peau du corps, du scrotum et de la verge a presque la teinte de la peau du mulâtre, la couleur des muqueuses du gland, et de la vulve chez la femme, est presque celle de l'Européen, d'un rouge plus foncé, avec une légère teinte tirant sur le jaune, mais plus vif que la couleur de la même partie chez l'Anna-

mite, qui est plus jaunâtre, et jamais brun rouge sale
comme chez le mulâtre. Le prépuce est normal chez
l'enfant; peu de cas de phimosis chez l'homme. Le pubis
chez les deux sexes est couvert d'un poil assez peu
abondant châtain foncé, et légèrement frisé. La femme
Cambodgienne s'épile le pubis. Ses organes génitaux
sont plus développés que ceux de la femme Annamite.
Par leur aspect général et la position oblique du vagin,
la Cambodgienne se rapproche plus de la Française que
de l'Annamite. La Cambodgienne n'a pas, comme cette
dernière, la fâcheuse infirmité des flueurs blanches. Quelquefois j'ai rencontré le clitoris assez développé, ainsi
que les petites lèvres, mais généralement les dimensions de ces deux parties sont normales.

La syphilis est assez rare au Cambodge, quoiqu'il y
ait quelques maladies de peau. La longévité n'est pas
rare dans la race Cambodgienne : on voit beaucoup d'individus de soixante à quatre-vingts ans, et quelquefois
plus âgés.

En somme, physiquement, le Cambodgien est supérieur à l'Annamite, à qui le chignon donne un aspect
féminin, tandis que la chevelure coupée court et en
brosse du Cambodgien lui donne un aspect plus viril.

**Races étrangères habitant le Cambodge. — Anna-
mites.** — L'Annamite, petit et grêle, est le vainqueur,
et le Cambodgien, grand et vigoureux, le vaincu : il a
été refoulé successivement du Sud au Nord par les
Annamites, dont le nombre atteint près de cent mille au
Cambodge, et qui continuent lentement la conquête
pacifique du pays.

Malais et Chams. — Les Malais sont principalement
installés sur la rive droite de Mékong. Ils sont pareils à
leurs congénères de Cochinchine. Les Chams habitaient
l'ancien Ciampa ; ils sont répartis au Nord et au Nord-

Ouest de notre colonie, du côté de Tay-ninh. C'est un peuple agriculteur et commerçant. Je n'ai pas sur eux de renseignements particuliers.

Chinois. — Ils viennent surtout d'Haïnam et de Fo-Kien. Ils tiennent tout le haut commerce du Cambodge. Les métis qu'ils ont avec les femmes indigènes gardent beaucoup de l'apparence physique des Célestes ; mais inversement à ce qui se passe en Cochinchine et au Tonkin, où ils sont de vrais Chinois, ils ont adopté, au Cambodge, les mœurs et les croyances des Kmers. Ils sont cependant plus laborieux que ces derniers, et se livrent aux travaux des champs qu'ils préfèrent au commerce.

Portugais. — Les Portugais pénétrèrent au Cambodge à peu près vers la même époque qu'à Siam, où ils s'établirent en 1516. Ils ont laissé quelques descendants porteurs d'une kyrielle de noms ronflants, mais dont aucun ne parle la langue Portugaise. Au physique comme au moral, ce sont de vrais Cambodgiens. Le conseiller favori, le factotum du roi Noro–dom est un Da Souza Inigos, etc., descendant de Portugais.

État social du Cambodge. — Décadence de ce pays et de la race Kmer. — Quand nous imposâmes, en 1863, notre protectorat au Cambodge, ce malheureux royaume était pressé entre deux voisins plus puissants, l'Annam et le Siam qui, depuis deux cents ans, se disputaient ses lambeaux et lui arrachaient à tour de rôle ses provinces les plus fertiles. Le Cambodgien actuel est le dernier vestige d'un grand peuple, le peuple Kmer, chez lequel la religion fut toute-puissante, et le gouvernement, une monarchie absolue.

A côté du pouvoir royal et parallèlement, le pouvoir des prêtres Bouddhistes est presque absolument indépendant. Après eux, viennent les Mandarins, qui ne travaillent pas et qui ruinent le pays par leurs exactions et leurs rapines. Au-dessous de tout, le peuple misérable, exploité à outrance. Pas de classe moyenne intermédiaire.

Prérogatives du Roi avant le Protectorat Français. — Le Roi exerçait le pouvoir le plus absolu et le plus illimité, *il était seul gouvernant et seul propriétaire du royaume.* Il nommait à toutes les dignités, ses décrets avaient force de loi ; il fixait la quotité de l'impôt et avait le droit de vie et de mort, le droit de grâce et de revision de tous les jugements.

D'après Aymonier, ancien résident au Cambodge, à qui j'emprunte beaucoup de détails, tout Cambodgien qui croyait avoir à se plaindre d'un déni de justice, pouvait employer le *rong deyka* en se rendant au palais à l'heure de l'audience du Roi et en faisant taper quelques coups sur un tam-tam, par un fonctionnaire à qui on payait quatre ligatures (deux tiers de piastres) par coup. Le Roi envoyait prendre la plainte. Le *sar tuhk* ne coûtait rien. Il suffisait au plaignant de se prosterner sur le passage du Roi et de tenir sa plainte écrite, élevée au-dessus de sa tête, jusqu'à ce que le Roi l'eût fait prendre.

Le Roi est réputé d'origine divine et ajoute à son nom des qualificatifs ronflants : « *descendant des anges et du dieu Vichnou, plein de qualités comme le soleil, seul précieux comme le cristal*, etc., etc. » Aussi ne lui parle-t-on que prosterné à quatre pattes. Personne n'oserait le réveiller, si ce n'est une de ses femmes qui lui touche légèrement le pied. C'est un crime de lèse-majesté que de porter une main profane sur sa personne sacrée ; le résident Moura raconte à ce sujet, qu'en 1874, Noro-dom, ayant été projeté violemment de sa voiture, resta évanoui sur le sol. Aucun des Mandarins, ou serviteurs

14

présents à l'accident dans la cour du palais n'osa le secourir, et ce fut un Européen, arrivé là par hasard, qui porta le roi blessé dans son appartement. La reine d'Espagne, sous la monarchie absolue, jouissait d'un pareil privilège, si c'en est un.

L'abbaïoureach et l'abbareach. — On désigne sous ces noms le roi qui a abdiqué, et le premier prince du sang ou second roi, qui prendra la couronne à la mort du Roi. Vient ensuite la *prea voreachini* ou première princesse du sang. Chacun de ces membres de la famille royale, en vertu des lois et coutumes, avait certaines provinces en apanage et les gouvernait.

Les cinq ministres. — Cinq ministres : le *chauféa*, premier ministre et président du Conseil ; le *ioumreach*, ministre de la justice ; le *veang*, ministre du palais et des finances ; le *chakrey*, ministre de la guerre, et le *kralahom*, ministre de la marine, venaient au-dessous des princes de la famille royale.

Classe des Mandarins. — Chaque ministre a sous sa direction un certain nombre de Mandarins qui forment des Corps séparés.

La classe des Mandarins est beaucoup plus nombreuse qu'il n'en serait besoin pour l'administration du pays. Elle est insatiable ; elle ruine et appauvrit, par ses exactions, le peuple incapable de lui résister.

Le Serment des Mandarins. — Deux fois par an, les Mandarins viennent boire l'eau du serment à Pnom-Penh ; c'est la forme du serment qu'ils prêtent au Roi. A cette occasion, celui-ci leur distribue des cadeaux. Les absents n'ont rien et sont, de plus, condamnés à une amende.

Classe moyenne. — La classe moyenne n'est représentée que par les négociants Chinois et Malais, qui jouissent de certains privilèges.

Hommes libres. — C'est la caste du peuple qui n'a d'autre fortune que sa liberté, quand il n'est pas obligé de l'engager pour dettes. Le peuple ne possède rien, ou à peu près, et supporte toutes les dépenses du Roi. Il est soumis aux Mandarins contre qui il n'a guère de recours. Aussi les hommes du peuple sont-ils obligés de prendre un patron choisi parmi les Mandarins de Pnom-Penh. Cet usage, qu'on nomme *Komlang*, fait songer aux leudes des Germains et des Francs de Clovis.

Plus le Mandarin est puissant et plus le Komlang est efficace, car il y a peu à craindre des poursuites d'un autre mandarin moins puissant que celui qu'on a pour patron. Il est vrai que le Komlang coûte cher, car le quart de l'impôt de capitation revient au Mandarin, qui exige en outre de ses clients une foule de petits services et se fait escorter par eux en public.

Esclavage. — L'esclavage subsiste au Cambodge. Il est alimenté par la chasse à l'homme, qui se fait encore au Laos et sur laquelle le docteur Harmand a donné des détails curieux. Les Cambodgiens achètent des esclaves aux Laotiens.

Les enfants jumeaux et infirmes de naissance, bossus, hermaphrodites, etc., sont de droit les esclaves du Roi. Les enfants des esclaves sont eux-mêmes esclaves, comme dans l'antiquité Grecque et Romaine. Les créanciers non payés deviennent les maîtres de leurs débiteurs insolvables. Ceux-ci peuvent être saisis, ainsi que leurs femmes et leurs enfants. Ils peuvent, il est vrai, se racheter en payant capital et intérêts, ou changer de maître s'ils en trouvent un nouveau qui veuille solder l'ancien.

Enfin, les coupables condamnés pour attentats contre la puissance royale, ou pour rébellion contre l'autorité du Mandarin, deviennent esclaves, ainsi que leur famille.

Le maître a tout pouvoir sur l'esclave, même celui du châtiment corporel, et la loi ne prévoit que le cas de blessures graves ou de mort provoquée par des brutalités trop grandes. Dans ce dernier cas, le maître peut être condamné à mort. Détail étrange : si un maître abuse de sa femme esclave, elle recouvre sa liberté avec une indemnité, à condition qu'elle puisse prouver la violence. Sous certains points, cette coutume se rapproche de la loi Mosaïque.

Habitations. — Les cases Cambodgiennes sont, comme les cases Annamites, des paillottes bâties sur les berges du fleuve, mais sur pilotis. A cause des inondations, le plancher en clayonnage est mobile, et on le monte au fur et à mesure que le fleuve fait sa crue. Les habitants d'une même localité se doivent un secours mutuel contre l'incendie, et contre les voleurs et pirates.

Costume. — Le Cambodgien porte sur le haut du corps une veste courte et étroite fermant à boutons, et se couvre la partie médiane avec un *langouti* qui laisse à nu les jambes à partir du genou. La femme porte un langouti comme l'homme, mais elle revêt une longue robe serrée à la taille et ouverte sur la poitrine. Elle couvre ses seins d'une écharpe de soie ou de coton, selon sa fortune. Les Mandarins portent des vêtements en soie, et leurs femmes se couvrent le buste en enroulant tout autour une longue écharpe de soie de couleur voyante. Au lieu de boucles d'oreilles, la Cambodgienne porte dans l'oreille un petit cylindre en ivoire ou simplement en bois. Tant qu'elle est jeune fille, elle possède une longue chevelure noire ou châtain foncé, mais une fois femme, elle porte, comme l'homme, les cheveux coupés courts, en brosse. Cette habitude, absolument inverse de celle des Annamites, chez qui le chignon est commun aux deux sexes, donne à la Cambodgienne un air dur.

Nourriture. — La nourriture du Cambodgien est analogue à celle de l'Annamite. Le riz, en guise de pain, le porc frais, sec ou salé, des légumes et des fruits forment la base de sa nourriture qui est également très pimentée. L'eau se boit pure après avoir été clarifiée un peu à l'alun. Le thé n'est pas d'un usage aussi général que chez le voisin du Sud. L'eau-de-vie de riz, le *sra*, est bu avec plus de modération par le Cambodgien que par l'Annamite.

L'opium est fumé par les riches. On fume en outre un mélange de chanvre Indien et de tabac nommé *Kanchka*, qui produit un effet analogue à celui de l'opium.

Caractères moraux des Cambodgiens. — Le peuple est doux, très indolent et fort disposé à se distraire. Il aime avec passion les courses de bateaux, qui sont l'objet de forts paris, les parties de balle, de boule, les concours de cerfs-volants ; les combats de courterolles dont ils font battre les mâles jusqu'à s'arracher les pattes, les yeux et la tête; on parie sur les champions, comme les Anglais sur les coqs de combat.

Coutume bizarre à la castration des animaux. — Quand un Cambodgien fait châtrer un buffle ou un taureau domestique, il en fait, d'après Pavie, l'objet d'une certaine solennité. Le maître avertit l'animal en lui parlant ainsi : « Ce n'est point par mon caprice et de ma » propre initiative que tu vas subir cette opération désa- » gréable. C'est l'usage de mes aïeux et tu ne dois pas » m'en vouloir, ni dans cette vie, ni dans les vies » futures. » On prépare des vivres, une bouteille de *sra*, une courge, un coq bien gras et des morceaux de tronc de bananiers dans lesquels sont fixés des noix d'arec, du bétel. Après une invocation au *prah pisnoukar*, le Génie de l'Industrie et du Commerce, l'opérateur châtre l'animal et reçoit comme salaire le *sra*, le coq et la courge.

Bravoure du Cambodgien. — Le Cambodgien est brave et se sert habilement des quelques mauvais fusils sans crosse qu'il possède, ainsi que de longs bâtons en bois dur de deux mètres et demi à trois mètres de longueur, qui sont entre ses mains une arme redoutable. Il ne craint pas la mort. C'est avec ces armes primitives qu'il affrontait, en 1866, nos carabines rayées, et, en 1885-86, le fusil Gras des Français et des Tirailleurs Annamites. S'il est le vaincu de l'Annamite, c'est parce que, quoique plus vigoureux et aussi brave que ce dernier, son organisation militaire était moins perfectionnée.

Chasses de l'éléphant et du rhinocéros. — Les chasseurs Cambodgiens, avec de mauvais fusils à pierre et à mèche, ou même de simples bâtons, chassent l'éléphant, le rhinocéros, les sangliers, les bœufs sauvages, qui pullulent dans les forêts du Cambodge. La chasse de l'éléphant est fort dangereuse, quoique on le tire avec une flèche empoisonnée mise dans un fusil.

« La chasse du rhinocéros est très hardie, raconte M. Moura, ancien résident au Cambodge. Quatre ou cinq chasseurs habiles se réunissent, armés de longs bambous pointus durcis au feu. Ils se rendent sur les lieux où un rhinocéros a été signalé, et, dès qu'ils aperçoivent la bête, ils se dirigent sur elle. Quand le rhinocéros voit les chasseurs à peu de distance de son repaire, et au moment où il ouvre sa large gueule, ceux-ci lui enfoncent profondément dans la gorge les bambous effilés dont ils sont armés. Ceci fait, les chasseurs s'esquivent promptement et grimpent sur les arbres, tandis que l'animal blessé ne tarde pas à tomber, perdant le sang par ses blessures. Quand il est épuisé, les chasseurs l'achèvent. »

On avouera qu'il faut des hommes réellement braves pour attaquer le rhinocéros avec de simples bambous durcis au feu.

Religion. — La religion des Cambodgiens est le Bouddhisme, mais défiguré par de nombreuses superstitions étrangères à la doctrine du fondateur Çakya Mouni, et notamment par le culte des ancêtres, caractère commun à tous les peuples de la Chine et de l'Indo-Chine. Le Brahmanisme a laissé en outre de nombreux vestiges dans la religion Cambodgienne.

Le bonze. — Le bonze se nomme le seigneur prêtre *(luc sang)*. C'est plutôt une fonction qu'une qualité indélébile, comme celle du prêtre dans l'Inde, car, au Cambodge, le bonze peut quitter les ordres après un temps plus ou moins long. L'esclave peut même devenir bonze, et alors il recouvre sa liberté. Les vœux des bonzes n'étant pas perpétuels, les jeunes mandarins qui aspirent aux fonctions publiques et même les princes du sang royal, viennent faire un stage d'un an dans les bonzeries. Le *somdach-Préa-sang-Créach*, au-dessus de la hiérarchie, est un supérieur général des bonzeries ; c'est un très haut personnage, qui va de pair avec le Roi, comme le Pape avec les monarques Européens. Les bonzes sont indépendants des mandarins et ne sont soumis qu'à un Conseil de discipline formé du Roi, du roi qui a abdiqué, du second roi et de la reine mère. On voit, par la composition de ce Conseil, la haute situation du bonze dans la société Cambodgienne.

Vie du bonze. — Il ne se livre à aucun travail manuel et, en dehors des classes de théologie Bouddhiste faites aux postulants et du service religieux, ne s'occupe qu'à la récolte des aumônes. La tête rasée complètement, revêtu de son costume en coton jaune orné de broderies, le pieux fainéant circule dès le point du jour dans les villes et villages jusqu'à midi, mendiant le riz, le poisson, les fruits, le tabac, le bétel, etc., entassant tout cela dans une sacro-sainte marmite en fer-blanc qu'il porte sous le bras. A huit heures et à midi, il mange dans les bonzeries. Mais d'après leur règle, il doit jeûner le soir. Son instruction est médiocre ; entre eux la confession réciproque est obligatoire tous les quinze jours.

Ils ont comme commandements principaux, d'après M. Moura : 1° de ne rien tuer de ce qui a vie, même les poux et les puces ; 2° de ne pas voler ; 3° de ne pas se marier, de ne pas forniquer ; 4° de ne pas mentir ; 5° de jeûner après midi ; 6° de ne pas s'enivrer ; 7° de ne chanter ni danser ; 8° de s'habiller sans luxe ; 9° de ne s'asseoir ni se coucher dans un endroit trop élevé (sic) ; 10° de ne posséder ni or ni argent.

L'éléphant blanc de Noro-dom. — Le Cambodgien, comme le Siamois, a en grande vénération l'éléphant blanc. Les anciens monarques étaient obligés, comme marque de suzeraineté, d'envoyer au Siam ceux qu'on trouvait au Cambodge. Notre protectorat fit disparaître cette coutume. J'ai vu, en 1867, celui que possédait Noro-dom à Pnom-Penh.

On voit que les rois du Cambodge, comme les anciens rois Hébreux, quoique chefs absolus du gouvernement, n'ont aucun pouvoir religieux, et qu'une puissante théocratie se dresse en face d'eux.

Croyances Cambodgiennes. — Les Cambodgiens attachent beaucoup d'importance aux aumônes qu'ils font aux Religieux et entreprennent souvent la construction, à leurs frais, d'une pagode. Ce sont pour eux des mérites pour la vie de l'autre monde, afin d'arriver plus vite à l'anéantissement éternel dans le Nirvana. Ils admettent l'immortalité de l'âme et la métempsycose, sanction de la loi morale. Il y a donc un abîme entre le Cambodgien, croyant et religieux, et l'Annamite, incrédule et matérialiste. Cependant, comme l'Annamite, le Cambodgien croit aux génies, diables ou démons et aux revenants. Ces derniers sont chassés par l'arac (ancien ami mort), protecteur de la famille, auquel on offre un culte et les fleurs du frangipanier. On l'invoque par l'intermédiaire de vieilles sorcières, qui font des incantations et ont des inspirations prophétiques comme la sybille de Cumes.

Fêtes religieuses.— Elles sont très nombreuses chez le Kmer. La principale est le *Chol Chnam*, le premier de l'an, analogue au *Têt* Annamite, que l'on célèbre comme ce dernier, par des sacrifices, des réjouissances publiques. Le religieux et bon croyant Cambodgien y ajoute, en plus, des offrandes aux bonzes. Dans les familles, les enfants offrent l'eau lustrale à leurs parents, comme chez les Romains, et les esclaves lavent le corps de leur maître. Il y a un jour férié à chaque changement de lune nommé le *thngay-sel*, et ceux de la nouvelle et de la pleine lune sont plus solennels.

Les jours de fêtes sont célébrés par des visites aux pagodes et des offrandes aux bonzes. Ceux-ci ne se laissent pas oublier, comme on le voit.

Les bonzes célèbrent en grande pompe, dans leurs pagodes, la pleine lune de Mai, anniversaire de la mort de Bouddha. Les familles offrent à cette occasion des festins auxquels on fait asseoir les bonzes à la place d'honneur.

Enfin, en Février, les bonzes font dans les champs des processions, analogues aux Rogations catholiques, pour attirer la bénédiction du Ciel sur les fruits de la terre. Les laboureurs offrent ensuite des repas plantureux à ces excellents bonzes.

Ceux-ci célèbrent, dans la saison des pluies, une sorte de carême nommé Prasa, en souvenir du repos de Çakya Mouni, qui consacrait cette saison à l'instruction religieuse de ses disciples. Chaque pagode entretient constamment allumé un immense cierge, dit le *Tien-Prasa*, qui a son analogue dans le cierge pascal des églises catholiques.

Fêtes familiales. — Les familles rendent, au commencement du Prasa, les sacrifices aux ancêtres, mais *sans la participation des bonzes.* Outre ce culte des ancêtres, les Kmers rendent hommage aux *Neac-ta* qui, comme les génies des Annamites, sont leurs dieux pénates. Les divinités sont chargées par le dieu *Indra (Prea-lu)* du soin des villages, maisons. On les invoque dans les cas de maladies épidémiques et grandes calamités publiques.

Superstitions. — J'ai déjà dit que le Kmer était très superstitieux. Le médecin, chez lui, d'une ignorance crasse comme médecin, est, par le fait, un sorcier, qui pratique la contre-partie de l'envoûtement, si connu de nos aïeux du Moyen-Age. Le médecin *(cru)*, façonne une statuette en argile et la dépose dans un endroit écarté. Puis il ordonne au démon qui est cause de la maladie, de sortir du corps et d'aller se jeter dans la statuette. Le chat-huant et d'autres oiseaux de nuit sont réputés porter malheur. Le crédule Kmer a foi dans les talismans pour se rendre invulnérable aux balles, faire rater le fusil d'un ennemi, éloigner les revenants. Il y en a même qui ont le pouvoir de faire pousser des ailes et de faire envoler l'heureux possesseur dans le Ciel. On m'a assuré gravement que leur composition était perdue. Mais si on peut se procurer des dents et défenses, voire même du poil de moustache de tigre qui est, à ce qu'il paraît, un poison violent (je n'en ai pas essayé), il est permis de déplorer la perte de la recette du talisman faisant pousser les ailes du bonheur.

Les Kmers croient encore aux augures, aux songes, et vont dormir dans les cimetières sur certaines tombes de morts, pour être inspirés par eux.

Fête des Morts. — Elle a lieu le dernier jour de la lune de Septembre et se nomme le *pchum bên*. On se réunit en masse dans les pagodes, où l'on apporte des quantités de nourriture de toute sorte aux morts qui, ce jour-là, ont reçu de Bouddha l'autorisation de quitter les enfers.

Il y a lieu de remarquer cette croyance aux enfers, commune au Bouddhisme et à beaucoup d'autres religions qui la lui ont empruntée. D'après M. Moura, déjà cité, les morts reviennent invisibles, ce qui se conçoit aisément, et la fête dure trois jours. Le troisième jour, les bonzes congédient ainsi les esprits des anciens en leur disant : « Allez aux pays, aux champs que vous habitez, » aux montagnes, sous les pierres qui vous servent de » résidence. Allez, retournez! Au mois, à la saison, à » l'époque ultérieure, vos fils et petits-fils penseront à » vous, et vous reviendrez alors. »

Fêtes du Cat-sac et Bénédiction des eaux. — Les Kmers célèbrent encore deux fêtes, qui sont probablement des vestiges du Brahmanisme : 1° le *Cat-sac*, tonte du toupet des enfants, entre onze et treize ans, qui fait l'objet de fêtes familiales avec l'assistance et la bénédiction oblitoire du bonze ; 2° la Bénédiction des eaux, qui donne lieu à une longue cérémonie religieuse de la part des bonzes.

Il reste encore au Cambodge la caste spéciale des Bakou, qui prétendent descendre des anciens brahmes, dont ils ont gardé quelques usages. Ils conservent, comme prérogatives, la garde de l'épée royale, portent les cheveux longs et sont dispensés de l'impôt et de la corvée.

Sacrifices humains. — L'affreuse coutume des sacrifices humains, offerts à la Divinité comme victimes expiatoires, s'est perpétuée presque jusqu'à nos jours. On n'y consacre plus que les condamnés à mort ; ils sont exécutés sous l'arbre protecteur de la province, de sorte que l'exécution d'un malfaiteur se convertit en un sacrifice aux génies tutélaires. Cette coutume est analogue à celle de nos ancêtres les Gaulois, qui faisaient exécuter les condamnés à mort quand les druides ordonnaient des sacrifices humains. On sait que nos ancêtres, à défaut de criminels, s'offraient volontairement en pareille circonstance.

Législation et Justice Cambodgiennes. — Le code Cambodgien est très dur pour les malheureux coupables, divisés en cinq classes, et la classe la plus importante des crimes, la première, comprend les attentats contre la sûreté de l'État, du Roi, des bonzes ou des choses du culte. Cela nous reporte à l'édit de Saint Louis, roi de France, ordonnant que les blasphémateurs auront la langue brûlée par un fer rouge.

Pour punir les coupables, il y avait vingt et une manières d'exécution, d'une atrocité épouvantable, parmi lesquelles je cite le feu (comme au Moyen-Age), l'écorchement tout vif, la roue, la livraison aux bêtes, la flagellation, etc., etc., réservés exclusivement aux coupables de la première catégorie.

Pour les quatre autres, c'étaient les chaînes, la prison, l'amende, la confiscation des biens et la peine de l'esclavage pour le coupable et sa famille.

Ce code atroce était appliqué sans aucune espèce d'impartialité, car il renfermait un article par lequel, dans les condamnations pécuniaires, le roi touchait un tiers de l'amende prononcée, le second tiers était accordé aux juges qui fixaient la peine, et le plaignant n'avait droit qu'au dernier tiers.

Causes de la décadence de la race Kmer. — C'est dans le pouvoir absolu du roi, dans le despotisme religieux des bonzes et enfin dans la mauvaise législation, qu'il faut chercher le secret de la décadence de ce fameux royaume de Ciampa; on s'explique ainsi comment il a pu se faire que l'Annamite, moins civilisé que le Kmer, l'a cependant conquis et chassé du sol natal.

M. Jacolliot, dans ses remarquables études sur l'Inde, tire la même conclusion : c'est l'influence d'une religion bigote et qui, de la naissance à la mort, entrave l'homme dans ses liens inextricables, qui a fait de l'Hindou un homme sans patriotisme, et dont le pays est, depuis Alexandre le Grand, la proie de tous les conquérants du monde.

Langue Kmer vulgaire. — La langue Kmer est une langue à tendance monosyllabique qui se parle *recto tono*, et par suite complètement différente du Chinois et de l'Annamite *vario tono*.

L'explorateur Francis Garnier prétendait que dans les tribus sauvages qui existent encore sur les plus hauts sommets des montagnes, on retrouverait les sources mêmes de la langue primitive des autochtones. Ils auraient été conquis, à une époque très reculée, par les Aryens venus de l'Inde, qui avaient imposé le Brahmanisme et formaient eux-mêmes la caste supérieure des Brahmanes.

Langue sacrée. — Ce qui appuierait cette thèse, c'est l'existence d'une langue sacrée qui n'est pas comprise par le peuple, et qui est l'apanage d'un nombre très restreint de prêtres et des grands personnages. Or, le *paly*, de source Aryenne, forme le fond de cette langue sacrée

dont les sentences sont inscrites sur les façades des temples
d'Angkor la Grande, de même que les sculptures immenses
qui couvrent les murailles des temples sont la reproduction des légendes des livres sacrés, des Védas Hindous.

La civilisation au Cambodge est donc venue par l'Inde
et la conquête et la ruine par l'Annam, poussé par la
Chine. Cette conquête de l'ancien royaume de Ciampa
par une nation moins civilisée, nous reporte à la conquête de la civilisation Romaine par les Barbares du Nord
de l'Europe et l'invasion du Midi par le Nord de la
France.

CHAPITRE XII

L'amour, ses formes et ses perversions dans la race Cambodgienne. — Fiançailles. — Le galant fiancé porteur d'eau. — Deux proverbes Kmers. — Le mariage. — Polygamie. — Rang de la première femme. — Adultère, sa répression. — Divorce. — Causes diverses du divorce. — Réconciliation des divorcés. — Adoption. — Mœurs de la femme Kmer. — Vie de la jeune fille. — Le harem du roi Noro-dom. — Corps du ballet royal. — Le chanteur et la musique. — Formes du coït. — Perversions de l'amour chez le Cambodgien.

iançailles. — Les fiançailles précèdent toujours les cérémonies du mariage. On a recours à des entremetteuses (pour le bon motif), qui sondent d'abord les intentions probables de la famille de la jeune fille. On envoie ensuite trois agents matrimoniaux, accompagnés par des parents du candidat à la main de la jeune personne ; ils apportent les cadeaux de fiançailles. La main étant ainsi accordée, le jeune fiancé vient faire son noviciat d'amour, qui consiste dans le prosaïque métier de l'Auvergnat de Paris : *apporter de l'eau et du bois* à la maison. Les *fouchtras* qui s'acquittent chez nous de ce soin, moyennant finances, ne se doutent pas que leur profession est celle du Roméo Kmer, aspirant à la main d'une brune Juliette.

D'après M. Aymonier, au jour fixé, le fiancé se rend chez ses futurs parents et salue d'abord, avant de grimper sur l'échelle de la case où se trouve son bonheur futur ; il resalue encore à la porte, en entrant dans la maison qu'il habitera désormais, pour faire son double stage de service et de cour à sa fiancée, à laquelle il n'a jamais peut-être, jusqu'à présent, adressé la parole. Les mœurs locales, empêchant, en général, la fréquentation des jeunes gens de sexes différents, rendent nécessaire cette sorte de stage, qui permet de faire à sa future une cour ouverte.

Le porteur d'eau, chevalier galant, est aux ordres du père, de la mère et de la fille, qui le font trotter à leur gré : comme compensation, sa future lui prépare sa nourriture, ses chiques de bétel et lui roule ses cigarettes. M. Aymonnier ne dit pas si elle pousse la condescendance jusqu'à les lui allumer. L'intimité s'établit plus ou moins vite : au début, la pudique fiancée n'ose pas sortir de l'intérieur de la case, et elle fait porter au galant les chiques et les cigarettes par une petite sœur ; quand elle les offre elle-même, cet acte est considéré comme un aveu de sympathie.

Par surcroît de précautions, le fiancé couche dans la cuisine et se trouve séparé de la chambre de la fiancée par celle des parents.

Il est cependant, avec la morale et la pudeur, des accommodements, car, lorsque le stage dure trop longtemps, un ou plusieurs bébés peuvent assister à la cérémonie du mariage de leurs procréateurs. Cela arrive surtout dans la classe pauvre, où le mariage est retardé quelquefois d'une ou plusieurs années. Il faut dire aussi que la loi reconnaît la cérémonie des fiançailles comme un demi-mariage, et accorde aux fiancés des droits, en leur imposant aussi des devoirs. Une fois la fille séduite (et ici le mot *séduction* implique l'abandon de la virginité), le fiancé ne peut plus se retirer.

D'autre part, la fille, une fois le fiancé agréé, n'a pas

le droit de se laisser rechercher par d'autres, et en cas d'infidélité constatée, elle est punie absolument comme une femme adultère. Les enfants issus d'une cour trop pressante sont considérés comme légitimes.

Deux proverbes Kmers. — Il y a deux proverbes Kmers, qui donnent la note gaie sur cette cérémonie des fiançailles et la conséquence qu'elle amène généralement. « *Laisser*, » dit le premier, « *une jeune fille seule à côté d'un garçon, c'est faire garder une plantation de cannes à sucre par un éléphant.* » Or, cet animal est aussi friand de cannes à sucre, qu'un gamin de sucres d'orge. « *Ne confie pas les œufs de poule au corbeau.* » Le corbeau passe pour être amateur d'œufs de poule.

La mariage. — Polygamie. — Je ne décrirai pas les cérémonies du mariage, qui sont longues et compliquées.

La polygamie est en usage au Cambodge, mais seulement dans la classe riche des Mandarins, le pauvre homme du peuple en ayant assez avec une seule femme à nourrir. Le code Cambodgien admet trois femmes légitimes, dont la première, considérée comme la plus grande, *thom*, a été demandée et épousée suivant tous les rites traditionnels. La deuxième femme (dite *épouse du milieu*), n'est pas autre chose qu'une maîtresse légale, car on la demande aux parents et on la prend sans l'observation des rites traditionnels. Enfin, la troisième femme est tout simplement une concubine et généralement une jeune esclave achetée à son maître par un richard épris de sa beauté.

Rang de la première femme. — La première femme, par une singulière fiction, est réputée la mère de tous les enfants du commun mari, même quand ils sont nés des autres femmes. En raison de la dépense, on comprend que les Mandarins seuls peuvent se payer le luxe de plusieurs femmes.

16

Adultère, sa répression. — La peine de l'adultère n'est pas très forte, et varie selon le rang de la coupable. Il en coûte beaucoup plus cher d'avoir séduit la femme d'un Mandarin, que celle d'un simple homme du peuple. Le galant s'en tire avec une amende. Quant à la femme, le Kmer a une coutume singulière qui, sous quelques points, nous reporte à nos bons aïeux, *francs raillards et braguettards*. On lui couvre le visage avec un panier, on lui met aux oreilles et au cou des roses rouges symbole dérisoire de sa pudeur, qui ne peut plus rougir maintenant ; puis on la promène à travers les rues en l'obligeant à faire l'aveu de son péché d'amour. Moins la corde et la chemise, c'est l'expiation devant le parvis des cathédrales au Moyen-Age. Ce qui paraît plus sérieux, c'est que la loi Cambodgienne punit des mêmes amendes les galants qui donnent des rendez-vous aux femmes mariées, ou les embrassent, ainsi que les entremetteurs qui favorisent les rendez-vous illicites. Mais la loi Cambodgienne, à qui une simple amende suffit pour punir le larcin d'amour, permet cependant au mari outragé de tuer les coupables en flagrant délit. Toutefois, il est obligé de les tuer tous les deux, car s'il pardonne à la femme seule, ou laisse échapper le galant, il est passible, au profit du Trésor, d'une amende proportionnée à son rang social.

Quand une femme, plus ou moins rossée par son mari, s'enfuit chez ses parents, ceux-ci doivent la ramener au mari au plus tard au bout d'un mois, sous peine d'amende.

Divorce. — Le divorce existe en pays Kmer et, en première cause, on admet le consentement mutuel des deux époux, ce qui est fort logique à mon avis.

Une femme vexée, molestée et battue par son mari, a droit au divorce, surtout si, pendant ce temps, le mari récalcitrant prend une deuxième femme. Le cas est jugé. Si la femme est déboutée de ses prétentions, elle doit réintégrer le domicile conjugal, et le mari a le droit de l'y faire revenir par force. Cependant, si elle ne veut pas y demeurer, le divorce est alors prononcé.

Causes diverses du divorce. — Les autres causes du divorce sont: l'absence prolongée du mari, qui ne revient pas à l'époque qu'il avait fixée. La femme a le droit de demander le divorce, pourvu qu'elle rende, par devant Monsieur le Maire, les présents et biens apportés par le mari.

Si l'homme s'est absenté sans raison, sa femme peut obtenir le divorce après une absence de neuf à onze mois. Ce délai dépend de la distance du lieu où le mari volage s'est réfugié. Mais si celui-ci rentre avant le délai convenu, sa femme doit le recevoir.

Le mari qui s'absente légitimement pour les besoins de son commerce dans une autre localité, et qui néglige de donner de ses nouvelles pendant plus d'un an, s'expose à être divorcé. Ce délai est de trois ans si le mari a fait parvenir de l'argent à sa femme, ou s'il est allé en Chine. Enfin, le délai est de sept ans, si son bateau a été pris par les pirates, ou si l'on apprend qu'il a fait naufrage. Comparons à ce délai celui de cinq ans de la loi Française, qui déclare le décès après ce temps, dans un cas analogue.

Une dernière cause très bizarre et qui, je crois, ne figure dans aucune autre législation, est celle-ci: Quand un Cambodgien, dans un mouvement de fureur, avec une hachette ou un *coupe-coupe* (sorte de coutelas), démolit le domicile conjugal, généralement en paillotte (ce qui n'est pas difficile), et emporte tout ce qui lui appartient au domicile de ses parents, où il va se réfugier, son mariage peut être dissous, lors même que son absence ne durerait que vingt-quatre heures. Dans ce cas, l'épouse garde les présents de noce. Il est curieux de faire un rapprochement entre ces causes diverses et celles du divorce Annamite, ce qui montre qu'il y a entre les deux peuples une divergence morale très grande.

La femme qui a eu des enfants avec un mari qu'elle a quitté pour aller vivre avec un autre homme, est mise à l'amende avec ce second mari, rend tous les biens apportés par le premier, mais reste en possession du second.

Réconciliation des divorcés. — Le fait, pour deux époux divorcés, de se réconcilier en couchant ensemble, entraîne l'annulation du divorce prononcé.

Mentionnons, en passant, que le code Kmer reconnaît le régime de la communauté et celui de la séparation des biens. Il y a, dans ce code, des dispositions assez compliquées pour le partage des biens entre divorcés. Le code sanctionne également le devoir de reconnaissance des enfants envers leurs parents, et défend aux juges de recevoir une plainte d'un fils actionnant ses parents pour un billet souscrit et non payé.

Adoption. — L'adoption est également consacrée par la loi, et elle est assez commune entre gens d'âges dissemblables. Elle donne lieu à une cérémonie qui consiste à faire des offrandes aux Esprits. On considère comme de véritables enfants les adoptés et ils sont chéris autant que les véritables. Quand ils quittent le pays, ils prennent congé des parents d'adoption, qui leur offrent le bétel et l'arac des adieux. Généralement, ils n'oublient par leur famille adoptive, lui écrivent et envoient des présents. Il leur est interdit de se marier avec leurs sœurs de la famille d'adoption, avec laquelle ils n'ont cependant aucun lien réel du sang. Il y a là une restriction morale assez curieuse.

Mœurs de la femme Kmer. — Les mœurs de la femme Kmer sont bien plus pures que celles de la femme Annamite. A part de rares exceptions, les Européens n'ont guère affaire qu'à des prostituées sortant de la classe des Esclaves, dont les maîtres peu scrupuleux tirent bénéfice.

Vie de la jeune fille. — On peut dire que la jeune fille, en pays Kmer, est surveillée comme le lait sur le feu. Sa vie est entièrement cachée aux étrangers Asiatiques, *a fortiori* aux Européens. Quelquefois, on peut apercevoir de loin une jeune Cambodgienne allant à la fontaine, coiffée d'un morceau d'étoffe sur le chignon (la jeune fille porte, avons-nous dit, les cheveux longs); mais dès qu'elle vous voit, elle se précipite dans sa case, où elle s'enfermera jusqu'au départ de l'étranger. On ne les voit paraître en public qu'aux fêtes et dans les pagodes. Par suite de ces mœurs austères, la prostitution de l'enfance, si commune en Cochinchine, est inconnue au Cambodge, et le peuple Kmer a le droit de regarder avec mépris la dépravation précoce de son vainqueur.

On peut dire qu'au Cambodge, les enfants naturels sont chose à peu près inconnue. Cependant le Code contient des dispositions répressives du désordre des mœurs et tient compte aux galants de la résistance ou du consentement de la jeune fille aux actes de luxure. Le viol est puni, très sévèrement, de la chaîne et de la prison. Cette loi Cambodgienne ressemble, sous beaucoup de points, à la loi de Moïse.

Le Harem de Noro-dom. — Le roi Noro-dom a onze femmes légitimes. Celle qui manque à la douzaine est la reine qui occuperait le premier rang et qui, d'après la coutume, doit toujours être une princesse de sang royal; son titre serait *Ac-Kha-Mohé-Sey*.

En revanche, Noro-dom a un nombre illimité de concubines. Ce petit roi, sec et rabougri, a l'apparence aussi débile que ses sujets sont vigoureux et bien plantés; il fait un abus énorme de cognac de première marque, d'opium et de femmes. Il ne peut pas évidemment, comme le sage Salomon, les satisfaire toutes; comme dit la chanson :

> Brûlât-on des plus vives flammes,
> S'il faut contenter six cents femmes,
> Quel que soit le tempérament,
> Ça doit gêner sur le moment.

Ce simple couplet me revient en mémoire, pour avoir été chanté au café-concert à Saïgon en 1889, lors de mon deuxième passage, et pendant une visite de Noro-dom au Gouverneur Général. Le public Européen l'appliqua à Noro-dom et le bissa. Il faut peu de chose pour égayer le Français aux Colonies. L'honneur de pouvoir être admise un jour ou l'autre à partager la couche royale doit suffire à ces dames, car Noro-dom ne plaisante pas sur ses prérogatives de mari couronné.

Le harem royal est renfermé dans une partie spéciale du palais, et ces dames sont fortement et étroitement surveillées; l'on ne peut pénétrer près d'elles qu'avec l'autorisation de Sa Majesté. En 1873, dit-on, Noro-dom fit couper publiquement la tête à deux de ses femmes, soupçonnées d'infidélité, ainsi qu'à leurs complices.

Corps du ballet royal. — Outre ses concubines, le Roi a des chanteuses et des danseuses de théâtre. Toutes jouissent d'un traitement payé en nature et en espèces. Ces dames ont un véritable service de Cour, minutieusement réglé par l'étiquette royale. Généralement, Noro-dom fait venir de Siam ses danseuses et ses concubines, qui arrivent au Cambodge vers treize ou quatorze ans. La danse des bayadères royales est une mimique passionnée plutôt qu'une danse proprement dite. Les sujets des ballets sont toujours empruntés aux épopées Hindoues, aux traditions du Bouddhisme, et représentent des épisodes de la vie de Çakya-Mouni.

J'ai assisté à l'un de ces ballets, qui ont lieu sous un long hangar rectangulaire, dont les côtés, ouverts au milieu d'une cour, permettent au bon peuple d'assister, assis sur son séant, à la représentation royale. Le trône est sur une estrade placée dans un petit bâtiment à l'un des bouts du hangar. A ses pieds, est la musique royale, qui ne manque pas de mélodie pour une oreille Européenne; elle ne l'écorche pas comme l'horrible musique Chinoise. Parmi les instruments, on remarque une sorte d'harmonica à clochettes d'argent et de cuivre argenté, qui donne un son de carillon très agréable.

Les Chanteurs et la Musique. — Il y a aussi des chanteurs, qui viennent de Siam généralement, et dont la voix un peu tremblante est soutenue par la mélodie des instruments à corde, d'une sorte de clarinette-hautbois, d'un son assez agréable, et de l'harmonica à clochettes. De temps en temps, des coups sourds de gros tam-tam, accompagnés de cliquettes en bois à bruit de castagnettes, ponctuent la phrase musicale.

Formes du coït chez le Cambodgien. — J'ai le regret d'avouer au lecteur que je ne puis sur ce point lui donner de détails bien précis, la chasteté générale des femmes et la réserve pudique du Cambodgien m'ayant empêché d'entrer à fond dans la vie intime de ce peuple.

Je puis dire simplement que le coït se pratique sans artifices d'aucune sorte, et selon la position classique, l'homme sur la femme couchée. Le Cambodgien est aussi discret sur ce chapitre que l'Annamite est bavard.

Perversions de l'amour chez le Cambodgien. —

Je dois dire également, à la louange de ce peuple, que, malgré sa décadence, ses mœurs sont restées pures. Il y a des prostituées au Cambodge comme partout, mais elles se livrent selon la loi de nature, ne pratiquent pas, comme leurs voisines du Sud, la succion buccale, et abhorrent les exercices Sodomitiques.

La pédérastie n'a pas, au Cambodge, la place d'honneur qu'elle occupe en Cochinchine. Il y a certainement des pédérastes, ou plutôt des passifs, parmi les petits malheureux sans famille qui errent dans les rues de Pnom-Penh, mais ils constituent des exceptions, et non une règle générale. Quand ils se prêtent, c'est avec répugnance et non pas comme l'Annamite, toujours disposé à jouer le rôle passif ou actif, au choix de l'amateur.

La résultante de tout ceci, c'est que le Français qui vient de Cochinchine en Cambodge, prend une maîtresse indigène, ne trouvant plus la belle de jour, ou le nay et le boy. Nouvelle preuve évidente que nous n'avons pas importé les mœurs inavouables en Cochinchine, puisqu'elles n'existent que peu ou point au Cambodge, le pays limitrophe de notre colonie, et que nous avons retrouvé ces mêmes mœurs au Tonkin, avec la même race que la race Cochinchinoise.

DEUXIÈME PARTIE

AMÉRIQUE

GUYANE — MARTINIQUE

CHAPITRE PREMIER

Séjour passager à la Martinique. — Arrivée à la Guyane. — La Fièvre Jaune et son traitement préventif. — Le Créole blanc de Cayenne. — Le préjugé de la couleur. — Les gens du monde à la Guyane. — Hospitalité des Créoles de Cayenne. — Le patois Créole et sa crudité. — Humeur badine des dames Créoles. — « Lou Tafanari » et « son Patato ». — Les mésaventures d'un chanteur grivois. — Bonnes mœurs et bonté de cœur des dames de Cayenne.

éjour passager à la Martinique. — Après avoir fait en France, dans les ambulances, la campagne de 1870-71, je fus envoyé, peu d'années après cette funeste guerre, à la Guyane.

Arrivé à la Martinique, j'appris que la fièvre jaune venait de se déclarer à la Guyane mise en quarantaine. Les passagers militaires, dont je faisais partie, reçurent l'ordre de débarquer à Fort-de-France. C'est ainsi que j'ai passé près de trois semaines à la Martinique; j'y suis resté encore deux semaines trois ans après, à mon retour de la Guyane.

Ce qui concerne la Martinique fera l'objet d'un chapitre particulier.

Arrivée à la Guyane. — Le nombre des médecins n'étant que strictement suffisant à la Guyane, j'eus la faveur, hors tour, de partir avant les autres passagers militaires, pour renforcer le personnel médical.

La fièvre jaune et son traitement préventif. — C'était la première fois que j'allais me trouver en face de cette redoutable maladie, sur laquelle je me propose de publier un jour des documents inédits. Pour le moment, je me contenterai de dire que, grâce à un traitement préventif mis en pratique huit jours avant mon départ de Fort-de-France, j'ai pu échapper à cinq épidémies meurtrières de fièvre jaune, tant à la Guyane que, plus tard, au Sénégal.

La recette est bien simple, et je la donne ici pour ceux de mes lecteurs qui seraient obligés d'habiter des pays où la fièvre jaune sévit :

On prend, en se mettant à table, à déjeuner et à dîner, d'abord deux, puis trois et jusqu'au total de cinq pilules de Dioscorides, soit quatre par jour la première semaine, six la seconde semaine, etc., et dix la quatrième semaine.

Au bout de la troisième semaine, on prend, concurremment avec l'arsenic, un gramme d'iodure de potassium par jour, que l'on avale dans le café ou le lait du matin.

L'action de ces deux puissants modificateurs de l'économie s'opère sans se contrarier réciproquement. L'arsenic est un médicament à longue échéance, puissant tonique qui relève les forces, favorise le jeu des poumons et donne du jarret. Il n'a qu'un défaut dans les pays tropicaux, c'est de se localiser dans le foie. Et c'est là qu'intervient l'iodure de potassium, qui est un purificateur merveilleux du sang, tout en chassant l'arsenic du foie. Que ce soit l'effet de ce traitement préventif ou d'une idiosyncrasie particulière, j'ai pu affronter le lit des malades, et même faire des autopsies, tout en restant indemne.

A la fin de l'épidémie, comme mon service à l'hôpital (où j'étais chargé de la surveillance de la salle de dissection) me laissait des loisirs l'après-midi, j'acceptai avec plaisir l'offre de M. le docteur B***, ancien médecin de la Marine, de me charger de sa clientèle, pendant son absence. M. B***, atteint d'une maladie de foie, allait passer l'été à Vichy et à Paris. C'était le seul médecin civil de la Colonie, et comme il était mulâtre, sa clientèle se composait presque exclusivement de Nègres et gens de couleur. La proposition m'était trop agréable pour que j'hésitasse une seule minute, car c'était pour moi une occasion précieuse d'étudier de près les mœurs des gens de couleur.

J'ai pu saisir ainsi sur le vif beaucoup de détails intimes, car le médecin, quand il sait s'y prendre, est un confesseur pour ses malades.

Le Créole blanc de Cayenne. — A tout seigneur, tout honneur. Je commence par le Créole blanc de Cayenne, le descendant des anciens colons Français qui vinrent s'établir à la Guyane sous Louis XIV et Louis XV. Le nombre de ces Créoles blancs a diminué progressivement, de sorte qu'on peut dire qu'ils n'existent plus que comme souvenir. L'action dépressive et anémiante du climat de la Guyane sur la *race-blanche pure*, est tellement énergique, qu'au bout de trois ou quatre générations, la sève est complètement épuisée et les mariages entre Créoles blancs deviennent à peu près stériles. Il n'en est plus de même quand intervient l'action revivifiante, au point de vue physiologique, du sang noir. Le Nègre est, en effet, la véritable race humaine créée pour habiter les pays chauds et malsains situés sous l'Équateur. Son mélange avec la race blanche donne à celle-ci la résistance au climat. Le produit du Blanc pur avec une Quarteronne donne le *Misti*, qui n'a par conséquent qu'un huitième de sang noir dans les veines. Cette faible proportion suffit pour le préserver de la plupart des maladies qui assaillent le Blanc. Celui-ci ne peut jamais sortir, au grand soleil, sans casque et parasol, tandis que le Misti circule avec un simple chapeau de paille, sans crainte aucune.

Il tient cette immunité du Nègre, qui peut impunément chauffer sa tête laineuse aux rayons de feu du soleil tropical.

La plupart des familles Créoles de la Guyane ont plus ou moins de sang noir dans les veines. Dans toute la Colonie, on ne pouvait guère citer, en 187., que cinq familles de pure race blanche indemne, par descendance directe ou par alliance indirecte, de tout mélange avec la race Nègre.

Le préjugé de la couleur. — La vraie race blanche étant en nombre si réduit, il en est résulté qu'on ne trouve pas à la Guyane le préjugé de la couleur, si développé aux Antilles. Les Blancs mauvais teint, qui forment la grande majorité des Créoles, soi-disant Blancs, ayant des parents Quarterons et même Mulâtres, ne les traitent pas avec le même orgueil, le même mépris que les Blancs purs des Antilles. Ceux-ci, se sentant assez forts pour se serrer les coudes et faire une sorte de Faubourg Saint-Germain créole, avaient jusqu'en 187. (époque de mon passage) renusé obstinément tout contact avec les gens de couleur.

Les gens du monde à la Guyane. — Au contraire, à la Guyane, Blancs et gens de couleur, officiers et fonctionnaires venus de France, vivent dans la meilleure intelligence, se fréquentant d'après leur position de gens du monde, sans faire la moindre attention à la couleur de la peau.

Les salons du Gouvernement étaient ouverts à tous, et dans les bals on faisait aussi bien danser les filles du millionnaire W***, blanc de France, marié avec une Négresse, que les demoiselles C***, issues d'une des cinq vraies familles blanches du pays.

Le caractère commun et dominant de toutes ces filles pseudo-blanches ou de couleur, c'était le désir d'épouser un homme à teint plus clair. Un officier du Corps de la Marine, ou un fonctionnaire de l'Administration, homme du monde, était le *rara avis*, le véritable merle blanc à dénicher.

Il y a lieu de remarquer que toutes les familles Créoles un peu aisées de la Guyane, s'imposent les plus grands sacrifices pour l'éducation et l'instruction de leurs enfants. Filles et garçons sont élevés en France, de douze à dix-huit ans, dans les meilleurs établissements. Les jeunes filles deviennent en général d'excellentes musiciennes. Elles sont, plus tard, d'excellentes mères de famille, et l'Européen qui les épouse a rarement à le regretter.

Hospitalité des Créoles de Cayenne. — Le Créole de Cayenne a un caractère réellement hospitalier. Quand on a été admis dans une maison, et qu'on n'est pas un ours mal léché, on est en réalité l'ami de la famille, dans le sens strict du mot. Si l'on possède quelques talents de société, chanteur de romances, tapoteur de piano, valseur émerite, etc., on est tout de suite classé en première ligne. Les bons danseurs sont spécialement appréciés. Malgré une température moyenne de trente degrés, les dames Créoles sont infatigables, et dansent une nuit entière, presque sans repos, jusqu'au lever du soleil. Quelques Françaises essayent de soutenir l'honneur du pavillon métropolitain, mais, le lendemain, elles prennent le lit pour deux ou trois jours.

Le patois Créole et sa crudité. — Les dames de la Colonie parlent toutes entre elles le doux patois Créole, qu'il est facile à un Français d'apprendre, car c'est, comme le patois des Antilles, une corruption du langage Français dont on a enlevé les *r* (si chères au Marseillais), et certaines consonnes nasales et gutturales, avec l'adjonction de quelques mots Portugais et du langage des Nègres d'Afrique.

La syntaxe est nulle (comme celle d'une dépêche télégraphique) et en deux mois, trois mois au plus, on peut causer et comprendre, surtout si l'on a le soin de prendre comme professeur une femme de couleur. Si le Latin dans ses mots brave l'honnêteté, le patois Créole partage ce privilège. Les dames Créoles n'ont pas la pudibonderie hypocrite de la fille d'Albion, qui dit toujours la jambe *(leg)* d'un poulet et jamais la cuisse, et qui n'oserait jamais prononcer le mot croupion. Elles aiment, tout au contraire, le petit mot pour rire. Les gens du peuple de couleur ne voient aucun mal (comme nos aïeux du temps de Rabelais) à donner aux choses leur vrai nom. Ils nomment un chat un chat, et le vit un poisson (prononcer *posson*). Ils ont même une expression très pittoresque : quand un Nègre veut uriner, il dit : « *Mo qu'a changé mon posson d'o* (Je vais changer mon poisson d'eau). » Ce n'est pas un petit poisson, que possèdent ces bons Nègres, mais une grosse anguille à tête noire, qui leur vient par héritage de leurs ancêtres de la Terre d'Afrique.

Humeur badine des dames Créoles. — Qu'on me permette seulement deux historiettes croustillantes, qui me serviront à mettre en relief l'humeur badine des dames Créoles. J'obtins un certain succès de rire en racontant, un soir de carnaval, dans une soirée intime chez des dames du meilleur monde, une nouvelle Provençale, travestie en patois Créole. C'est l'histoire du *Tafanari*, racontée tout au long dans l'*Armana Prouvençaou*.

« Lou Tafanari » et « son Patato ». — Voici l'histoire résumée en Français :

Misé Roze, dame de la ville, étant allée visiter sa métairie, en compagnie du fermier, monta sur une ânesse docile. Étaient-ce les effluves du printemps qui firent faire feu des quatre pattes et de la queue à cette ânesse ? On ne sait, mais le résultat fut la chute de Misé Roze, dont le cotillon, se relevant par dessus la tête, étala au grand jour les appas arrondis qu'il couvrait pudiquement. Notre infortunée se relève prestement et regrimpe sur l'ânesse, après lui avoir infligé une correction bien méritée. Le fermier, impassible, n'avait soufflé mot. Dépitée et confuse, la belle, voulant faire diversion, s'adresse en ces termes à son compagnon de route : « *Payzan, as-tu vu* » *mon azilité?* » L'autre répond gravement en Provençal : — « *Noumas aquo l'azilité, naoutrés dian lou tafanari.* » » En patois Créole : « *Ou qu'a di ça azilité, mo qu'a dit ça son patato* » En Français, le *patato*, c'est le *luc* (à rebours).

Les mésaventures d'un chanteur grivois. — Dans ces soirées agréables, où l'on rencontrait toujours les mêmes personnages, j'avais lié connaissance avec un officier, M. B***, gros homme, possesseur d'une voix de stentor, qui chantait la chansonnette comique. Il avait, à l'usage des dames, toute une série de balivernes, comme le *Gros Chat gris*, le *Soulier de Mélanie*, le *Chapeau de la*

Marguerite, etc., la fine fleur du répertoire des cafés-concerts de province.

Par une singulière convention, le jeudi, au lieu de la réunion commune habituelle, les messieurs et les dames formaient deux bandes ayant chacune une réunion particulière.

Dans la réunion des hommes, notre militaire mélomane chantait son répertoire pour Messieurs entièrement tiré du *Panier aux ordures* de Gouffé, commenté, augmenté et embelli. La maison où l'on se réunissait était une peu isolée dans le haut de la ville, et les voisins ne se plaignaient pas; bien loin de là. Comme la chaleur obligeait de tenir les fenêtres ouvertes, ils prenaient leur part de la fête. Une douzaine de polissons des deux sexes, arrêtés dans la rue, écoutaient la voix tonitruante du baryton improvisé, et complétaient gratis une éducation artistique, à la fois morale et musicale. Mais la curiosité naturelle aux filles d'Ève fit que ces dames du monde, qui avaient eu vent de la chose, grillèrent un jour du désir d'entendre ce répertoire spécial qu'elles ne pouvaient écouter dans leurs salons. Elles usèrent du stratagème suivant. Un jeudi soir elles devaient, avaient-elles dit la veille, passer la soirée féminine chez l'une d'elles, dont la maison était située à l'autre bout de la ville. Mais nuitamment, elles se rendirent au contraire dans une maison située presque en face du lieu de réunion des Messieurs. Là, réunies, sans lumière pouvant les trahir, et toutes les fenêtres ouvertes, elles étaient aux premières loges pour entendre le répertoire érotique, sans qu'on pût soupçonner leur présence.

Précisément ce soir-là, l'artiste incompris, se sentant en verve, choisit son répertoire le plus corsé, et les *tiv*, les *enip*, les *luc* et les *noc*, résonnaient comme des coups de tam-tam. Nos friandes n'en perdirent pas un seul mot.

Le lendemain, à la soirée commune aux deux sexes, une des plus aimables et des plus rieuses commères de la veille, excellente musicienne qui retenait les airs à première audition, proposa ses services à M. B*** pour l'accompagner au piano. « J'espère que vous allez varier au-
» jourd'hui votre répertoire. Nous savons de source
» certaine que vous venez de recevoir, par ce dernier
» courrier, tout un lot de chansons nouvelles dont vous
» nous réservez la primeur. Ces dames comptent sur
» votre complaisance pour les distraire. — Mais pardon,
» Madame, vous faites erreur, et je ne sais qui a pu... —
» Bah ! bah ! ne faites pas le modeste. Tenez, voici un
» des airs d'une de vos nouvelles chansons, » et Mᵐᵉ A***
joua sur le piano l'air de la *Clef d'Agnès*. Le monsieur
resta coi. « Vous avez donc oublié les paroles, je vais
» vous les rappeler un peu, » et la dame chanta le premier
couplet :

> Agnès était une jeune innocente ;
> On la marie à grand Jeannot Nigaud.
> La premièr'nuit, la nuit la plus charmante,
> Jeannot ne put......

« Eh bien ! voyons, dites le reste ! »

Stupéfaction de M. B***, qui garde de Conrart le silence prudent. « Si cette chanson ne vous plaît pas, » reprend la dame, « en voici une autre. » Elle joue l'air de la *Dispute entre le Luc et le Noc* :

> Un jour un *luc* plein de fierté,
>   Tint au *noc* ce langage :
> « Φουτραç-tu toujours à mon nez,
>   » Et dans mon voisinage? »

M. B*** regarde la dame avec des yeux effarés et s'esquive précipitamment du salon, accompagné, dans sa fuite, par un éclat de rire général.

Bonnes mœurs et bonté de cœur des dames de Cayenne. — Une pareille liberté de manières ne tourne pas, comme on pourrait le croire, au détriment des mœurs. Sans doute il y a, comme partout, des maris porteurs de bois de cerf et des dames à la cuisse légère. Mais ce sont là des exceptions et non une règle. En général, les dames Créoles gardent la foi conjugale. Ce sont surtout d'excellentes mères de famille. Elles aiment beaucoup leurs enfants. Cet amour de la progéniture est poussé si loin chez elles, que, lorsque leurs maris ont des bâtards avec des filles de couleur ou des Négresses, au lieu de repousser ces enfants, comme on le ferait en France, beaucoup de Guyanaises s'en occupent et leur donnent des secours. A la première communion, on envoie à la fille le voile blanc et le mouchoir, avec le livre de prières ; au garçon le cierge et le ruban du bras. Si le garçon est intelligent, après lui avoir donné un peu d'instruction, on cherche à le caser dans le commerce ou dans l'administration. Si c'est une jolie fille, on l'élève souvent dans la maison, comme parente pauvre, sorte de dame de compagnie.

J'étais un jour en visite chez une des meilleures familles blanches du pays, quand je vis entrer la dame de la maison, tenant dans ses bras un magnifique enfant de couleur, presque blanc. « C'est l'enfant d'une de vos voisines, » Madame, » dis-je. — « *No, Mouché, ça pitit à Mouché S. R.* » (son mari). Je restai abasourdi, regardant la dame. Elle sourit et me montrant sa femme de chambre, une superbe Mulâtresse aux formes opulentes : « *Ça maman là à pitit à Mouché S. R.* » Ainsi la femme légitime promenait dans ses bras l'enfant adultérin du mari. Je me borne à cet exemple, mais je pourrais en citer plusieurs autres.

———————

CHAPITRE II

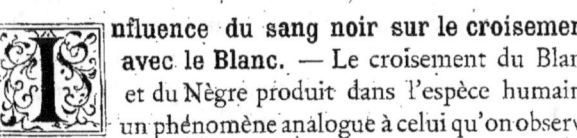 **nfluence du sang noir sur le croisement avec le Blanc.** — Le croisement du Blanc et du Nègre produit dans l'espèce humaine un phénomène analogue à celui qu'on observe dans les races chevalines. Le pur-sang, en s'alliant avec des juments de race indigène inférieure, donne un produit qui participe aux qualités des procréateurs. Moins beau que le père, le demi-sang est très supérieur à la mère, qui lui donne cependant sa rusticité et sa résistance au climat. C'est ce qui explique la disparition à peu près complète, à la Guyane, de la race blanche pure, tandis qu'au contraire la race de couleur a prospéré. Cependant la Guyane a reçu autant de Français, sous Louis XIV et Louis XV, que les Antilles. Le climat en a eu vite raison, témoin l'expédition de Kourou, où quinze mille Alsaciens furent réduits à quelques centaines en peu d'années.

Mistis, Quarterons, Mulâtres et Capres. — Le Mulâtre est le produit direct (neuf cent quatre-vingt-dix-neuf fois sur mille) du Blanc pur et de la Négresse. Ceux qui sont nés d'Européens établis dans le pays, ou de parents Créoles blancs qui peuvent les élever et leur donner les moyens de prospérer, montent vite dans la catégorie des gens du monde. Il y a déjà bon nombre de familles de ce genre. Mais le fruit des relations de la Négresse avec des Européens peu fortunés, de passage dans la Colonie (surnommés *Massogans*), ou même de simples soldats, forment une véritable catégorie de déclassés.

Il faut remarquer que le Mulâtre provient presque toujours du Blanc avec la Négresse ; une fois sur mille seulement de la Blanche avec le Noir. C'est une sélection bien nette et bien franche, dans laquelle la femme représente l'élément inférieur et l'homme le pur-sang. Signalons en passant que les naissances féminines l'emportent de beaucoup sur les naissances masculines. Il n'y a pas, comme au Chili, quatre ou cinq femmes pour un homme, mais il y en a certainement plus de deux.

La Négresse qui met au monde un enfant plus blanc qu'elle, s'impose les plus durs sacrifices pour l'élever ; elle fera tous les métiers et s'usera à la peine pour assurer l'existence de sa progéniture et « *li gain quêque sous maqués* » (sou marqué, monnaie de billon). Mais la vie est si facile, dans un pays où l'on n'a besoin ni de bois ni de charbon pour se chauffer, et où l'on se nourrit de bananes cuites (bacoves), de fruits, de poisson de vase, de cassave et de manioc !

Faire un enfant n'est pas un déshonneur pour une Négresse ou Mulâtresse, surtout si l'enfant vient d'un Blanc. Elle lui donne comme parrain (considéré comme père putatif) celui de tous ses amants dont la position

sociale est la plus élevée. Je ne veux pas dire par là
qu'elle ne soit pas capable de fidélité à l'amant en titre.
Mais cette fidélité n'est que relative. Elle trompera cet
amant avec un homme d'une position supérieure, mais
jamais au-dessous.

Proportion des enfants naturels. — La statistique
prouvait qu'en 187., il naissait soixante enfants naturels
à Cayenne, contre quarante légitimes. J'ignore si cela a
changé. La conséquence de cette large tolérance des
mœurs est que les avortements sont très rares. Quant
aux infanticides après terme, ils sont à peu près inconnus
à la Guyane : une femme qui tuerait son enfant, serait
écharpée par les autres femmes. Depuis un demi-siècle
ce cas ne s'est présenté qu'une fois, et encore la femme
était presque idiote. La réprobation publique fut telle que
la coupable, condamnée à mort, dut être exécutée, de
crainte d'une émeute des femmes du peuple. Le médecin
philosophe ne peut que s'applaudir d'un tel résultat et
déplorer le contraire en France, où, dans les grandes
villes (Paris notamment), l'infanticide est loin d'être une
rareté.

Facilité de mœurs des femmes de couleur. — La
Mulâtresse avec le Blanc fait le Quarteron. C'est dans
cette classe de Quarteronnes (dont l'alliance avec le Blanc
donne le Misti) que l'on trouve les plus belles hétaïres.
Mais, comme les courtisanes de la Grèce, elles n'accordent
pas leurs faveurs au premier venu. Toutes bonnes filles
qu'elles soient, elles exigent un brin de cour, et il faut
faire certains frais pour leur plaire. La peu honorable
institution des maisons de tolérance n'existe pas dans ce
bon pays de la Guyane (pas plus d'ailleurs qu'aux Antilles). L'amour y est libre, mais je me hâte de dire que,
malgré cela, les maladies syphilitiques sont assez rares.

L'amateur a un choix varié de fleurs exotiques, depuis

la Négresse jusqu'à la Misti, presque Blanche. Prenons-les toutes successivement l'une après l'autre.

La Négresse bon teint. — Voyons d'abord celle-ci, qui forme la grande masse de la population féminine, ainsi que la Capresse, produit de la Négresse avec le Mulâtre. Pour lui plaire et devenir son amant, les procédés ne sont ni longs ni compliqués. Il suffit (du moins c'était ainsi il y a vingt ans) de se promener sur la Place des Palmistes après le repas du soir. On se rencontre, on fait un brin de causette, et après quelques phrases banales, si le visage entrevu à la rapide lueur d'une allumette vous plaît, on lance la phrase sacramentelle : « *Ché dou-* » *dou, ou qua oulé coqué avé mo?* » Le mot *coqué* est la corruption du vieux Français *cocher*, c'est-à-dire exprime l'action du coq qui grimpe sur la poule. Vous n'avez qu'à suivre la donzelle dans une chambre d'une maison voisine. Au besoin, les bancs de la Place des Palmistes vous prêteront leur hospitalité gratuite.

La nuit du samedi au dimanche. — Cette facilité de la Négresse ou Capresse permet de jouer un tour assez plaisant aux nouveaux débarqués, peu au courant des mœurs. Ici nous entrons en plein dans l'influence de la religion sur les mœurs. Je dois reconnaître qu'à la Guyane l'autorité du prêtre est prépondérante. La classe de couleur a des sentiments de réelle piété, même les hommes. Les enfants, élevés par les Frères, sont croyants, tout au rebours de nos jeunes ouvriers de France. La Négresse a une foi naïve et sincère. Seulement, elle est dévote à sa manière. Elle se confesse, communie presque chaque dimanche, et, dans la semaine, transgresse avec la plus aimable facilité le précepte du Décalogue :

> Œuvre de chair désireras
> En mariage seulement.

Le prêtre se contente d'endiguer le courant, car il sait que défendre l'amour physique à ces créatures ardentes serait peine perdue.

Le samedi soir est un jour d'absolution pour la messe du dimanche. C'est le jour choisi pour mystifier les nouveaux venus. On les envoie chercher bonne fortune sur la Place des Palmistes. A la demande sacramentelle, une, deux, trois, cinq, vingt femmes répondent : « *Mon* » *ché, mo pas pouvé, mo gain asolution mon pè guyodo* » (le curé), « *mais dimain, fini la messe, mo qué vini ton* » *case.* » Bonnes natures ! après avoir rempli leur devoir envers leur Créateur, elles veulent le rendre à la créature. Enfin, on finit par en rencontrer une qui accepte la proposition. On ne peut s'empêcher alors de lui demander : « *To, pas gaini asolution, alo ?* » — *No,* » répond-elle toute triste, « *pè qu'a pas voulu baillé mo.* »

La Reine des Poignets dorés ; Milady. — J'ai dit que la femme de couleur conserve une fidélité relative. Lorsque la personne qui la recherche flatte sa vanité ou ses intérêts, elle n'hésite pas à donner un coup de canif dans le contrat, si elle croit que le secret lui en sera bien gardé.

Le plus sûr moyen de l'obtenir n'est pas de courir ostensiblement après elle et de l'afficher : on y arrive plus aisément par l'aide d'une entremetteuse. La plus intelligente et la plus achalandée de tout Cayenne était la fameuse Mulâtresse C***, dite *Milady*, qui tenait par la main gauche à une des meilleures familles du pays. Elle était *la Reine des Poignets Dorés*, faction des filles de couleur, rivale des Impériales. Les luttes de ces deux factions rappelaient en petit les luttes des cochers verts et bleus de l'antique Byzance, mais ces compétitions, plus pacifiques, n'ont jamais fait couler le sang. C'est dans les danses que ces dames luttaient de grâce et de brio. Ces danses ressemblent beaucoup à certaines du Sénégal, aussi je ne m'amuserai pas à les décrire.

Quand on était un des clients assidus de *Milady,* et qu'on n'avait pas fait de choix particulier, il suffisait de lui demander une boîte de cigares, blonds, colorés, brun clair ou brun foncé. Elle comprenait, et, à l'heure dite, vous envoyait la boîte apportée par une Quarteronne, Mulâtresse, Capresse ou Négresse. Ah! les bonnes filles de couleur de la Guyane, et comme on pense à elles avec plaisir! Il est temps maintenant de les étudier un peu plus intimement.

La Négresse et son odeur musquée. — Débutons par la Négresse. Dans toutes les races humaines, il y a évidemment des différences individuelles pour la passion génitale. Mais on peut affirmer que la Négresse de la Guyane a le sang chaud et qu'elle désire le mâle. Elle l'accepte avec le plus vif plaisir, fait tout au monde pour lui plaire (surtout si elle a affaire à un *Massogan* (Blanc de France), mais elle n'a pas d'habitudes vicieuses ou dépravées. Elle accomplit l'acte naturel sans aucun des raffinements de nos prostituées des grandes villes, ou de la congaï Annamite. Elle repousse surtout avec horreur l'acte Sodomitique. Elle est propre, on peut dire moralement et physiquement. Elle prend sinon des bains, tout au moins de fréquentes ablutions. La pauvre fille a pour cela d'excellentes raisons. C'est que toute la race Noire, et ceci je le dis une bonne fois pour ne plus avoir à le répéter, a une peau très fine qui transpire abondamment, mais qui répand un fumet *sui generis*, indéfinissable, rappelant un peu l'odeur de musc du crocodile. Cette odeur se dégage également sous l'influence de l'excitation du coït, ce qui gêne les débutants peu familiarisés. Mais on finit par s'y faire : aussi la Négresse use-t-elle abondamment des plus violents parfums d'Europe pour masquer sa propre odeur, et se tient toujours très propre. Dans tous les cas, cette odeur n'est pas répugnante comme celle de la Congaï.

Organes génitaux de la race Nègre. — L'odeur n'est que le péché mignon de la Négresse. Son grand défaut, c'est l'ampleur de sa vulve et de son vagin. Dans toutes les races humaines, il y a une relation étroite et intime entre l'organe génital mâle et l'organe femelle. J'ai déjà eu occasion de le rappeler à propos de la Cochinchinoise : or, de toutes les races humaines, la race Nègre Africaine est celle qui a les organes mâles le plus développés. Je parle du pénis seul, et non des testicules qui sont souvent plus petits que chez la plupart des Européens. Il résulte de cette conformation qu'une Négresse, convenablement embouchée pour un Nègre, est trop vaste pour un Blanc, surtout quand ce dernier est médiocrement *envitaillé*, comme disait Rabelais. Aussi la Négresse, très désireuse par vanité de conserver la faveur d'un Blanc, fait usage de préparations astringentes pour tonifier les muqueuses et resserrer l'entrée de la vulve. La préparation qui m'a paru le plus à la mode, est une macération de noix d'acajou (astringent), de racine de tormentille et de gousses de vanille (comme parfum), dans du tafia blanc. Quelques cuillerées de ce liquide, mélangé avec de l'eau fraîche, forment une lotion à l'aide de laquelle, en la renouvelant fréquemment, elles obtiennent à peu près le résultat désiré.

Particularité physiologique de la couleur du gland chez le Nègre. — Le pénis du Nègre présente une particularité physiologique, ainsi que la muqueuse des lèvres et de la vulve chez la Négresse. La couleur en est aussi noire que le reste de la peau. Il n'en est pas de même chez le Nègre d'Océanie, comme on le verra. Cette particularité est absolument spéciale au Nègre d'Afrique

19

et à ses descendants importés par l'esclavage en Amérique. La muqueuse du gland et du prépuce, chez l'Européen, varie du rose pâle au rouge vif : aussi n'est-ce pas sans un certain sentiment de curiosité que l'on examine pour la première fois l'organe génital d'un Nègre et que l'on constate cette couleur noire uniforme de la peau et de la muqueuse. La vulve de la Négresse est noire à l'entrée, mais devient d'un rouge vif dans le vagin. Il en est de même des lèvres et de la bouche dans les deux sexes. Le pubis est couvert d'un poil peu fourni, court et dur comme des crins de brosse. Quant à la tête, tout le monde sait qu'elle est recouverte d'une toison laineuse. La Négresse de Cayenne se coiffe toujours d'un grand mouchoir de soie bariolée, et le galant serait mal venu s'il le lui enlevait pour lui passer la main dans les cheveux.

L'organe génital du Capre. — Le Capre est le produit de la Négresse avec le Mulâtre. Quoiqu'ils aient un quart de sang blanc, le Capre et la Capresse diffèrent très peu de leurs ascendants noirs. Le Capre surtout est presque un Nègre pour l'organe génital. La peau de la verge et du scrotum est couleur sépia foncée, quand la peau du corps est sépia colorée. La muqueuse du gland est sépia roussâtre. Le pubis a les poils du Nègre.

L'organe génital du Mulâtre. — Le Mulâtre commence à se rapprocher du Blanc. La peau du corps varie du jaune brun-clair à la même teinte plus foncée. Cette teinte se forme avec la sépia, gomme-gutte et vermillon. La peau du scrotum et de la verge est plus foncée que le reste du corps, mais la muqueuse du gland est d'une couleur brun-rouge sale. Le pubis est plus fourni, se rapprochant davantage de l'Européen, mais le poil en est toujours raide et très noir en général ; il y a quelques exceptions. Signalons-en une. J'ai donné des soins médi-

caux à un jeune Mulâtre et à sa sœur, engendrés par un
père roux-carotte. La fille avait les cheveux roux et lisses,
la peau assez claire, parsemée de taches de rousseur, et le
poil du pubis roux foncé, avec les muqueuses des lèvres
et de la vulve rouge sombre. Chez le frère, au contraire,
la peau était moins claire, les cheveux et le poil du pubis
noirs; mais la verge, très développée, avait un gland de
couleur brun foncé avec le scrotum sépia colorée.

Quant à la grosseur, les organes génitaux sont, chez le
Mulâtre, moins développés pour le pénis que chez le
Nègre. Par contre, les testicules sont un peu plus gros.
Il en résulte, comme conséquence logique, que la Mulâ-
tresse est moins largement ouverte de la vulve et du vagin
que la Négresse, tout en l'étant plus que l'Européenne.

Il y a souvent, dans une même famille, de grandes différences entre les enfants du même père blanc avec la
Négresse. Les filles sont, en général, plus claires de peau
que les garçons, plus rouges des muqueuses, et leurs
cheveux sont moins laineux. Le sang blanc prédomine.
C'est le contraire chez le garçon. Ceci est une règle qui
comporte de nombreuses exceptions; quelquefois, par
un singulier phénomène d'atavisme, on trouve des Mistis
plus foncés que leur mère, et qui sont presque des Mu-
âtres. Mais unissez la Capresse au Blanc, ou le Mulâtre à la
Quarteronne, et du mélange, résulteront des croisements
irréguliers dont les caractères physiques se rapprocheront
ou s'éloigneront de la race blanche. Le premier produit a
cinq parties de blanc contre trois de noir; le second a les
mêmes proportions, et cependant on aura deux types
dissemblables.

CHAPITRE III

Formes de l'amour chez la Négresse et la femme de couleur. — La Négresse et sa passion génitale. — Formes du coït. — La Mulâtresse et la Quarteronne. — Leurs passions vives. — Injections astringentes. — Breuvages aphrodisiaques. — L'aubergine enragée. — La Misti. — Perversions de l'amour dans les races Nègres et de couleur. — Répugnance de la Négresse pour les actes Sodomitiques et libidineux. — Amour dépravé du Blanc pour la Négresse.

a Négresse et sa passion génitale. — Formes du coït. — La Négresse est généralement d'une nature passionnée et ne s'amuse pas aux bagatelles de la porte. Je parle plus loin de l'aubergine excitante et des breuvages aphrodisiaques qu'elle fait boire à ses amants pour exciter leur ardeur; mais elle ne connaît pas les raffinements. Elle accomplit l'acte charnel un peu brutalement, et généralement dans la position classique, sur le dos, l'homme entre ses cuisses. On appelle cela, à Cayenne, « compter chevilles-bardeaux », parce que, dans cette position, la femme a les yeux fixés au plafond des maisons, et peut ainsi compter les chevilles des bardeaux ou plaques en bois en forme d'ardoises qui composent la toiture.

Il faut à la Négresse un homme-cheval pour lui faire éprouver la sensation physiologique, et elle le trouve rarement en dehors du mâle de sa race. D'ailleurs, elle a le système nerveux bien moins richement organisé que la Blanche. Ses muqueuses sont plus sèches, surtout celles des organes génitaux. Les flueurs blanches sont aussi rares à la Guyane que communes en Cochinchine. Dans ces conditions, pour obtenir la sensation voluptueuse, la Négresse a besoin d'un congrès lent, que seul peut donner le Noir avec son gros pénis. Je reviendrai, plus en détail, sur cette question, en étudiant les Nègres du Sénégal. L'amour de la Négresse pour le Blanc n'est qu'un amour de tête, qui flatte son orgueil, et non un amour des sens.

Mulâtresses et Quarteronnes. — Leurs passions vives. — Il n'en est déjà plus de même pour les Mulâtresses, dont le système nerveux est plus développé. Elles sont plus lascives que leurs mères noires. Avec elles, on peut se permettre des caresses qui laisseraient la Négresse indifférente, et mettre en pratique les conseils d'Ambroise Paré, sur le déduit d'amour. On peut également pratiquer à fond le *Manuel d'Erotologie classique*, de Forberg. Cependant elle tient de sa mère la répugnance pour l'acte Sodomitique. Quoiqu'elle accepte toutes les caresses amoureuses, manuelles ou buccales, elle a un faible pour l'acte charnel simple. Plus nerveuse, et à sens plus faciles à émoustiller que la Négresse, elle vibre et tressaille. Que de fois ses amants ont pu entendre cette phrase créole, singulier mélange d'érotisme et de religiosité : « *Mouvé, ché doudou, mouvé, mouvé vite ; mo* » *qu'a voé sain Pié, sain Paul et tous sains du Paadis !* » Quant à la Quarteronne qui fait le métier d'hétaïre, elle dame certainement le pion à ses semblables d'Europe, et ce n'est guère qu'à Tahiti que j'ai trouvé sa pareille. Le nombre des Quarteronnes est très faible à la Guyane, proportionnellement à celui des Mulâtresses. Il est, au contraire, plus grand à la Martinique, où les Blancs ont bien rarement affaire à la Négresse. Je parlerai donc un

peu plus loin des Quarteronnes de la Martinique, qui
ne présentent que peu de différences avec celles de la
Guyane.

Injections astringentes. — Les dents, voilà la vraie
beauté de la Négresse et de la femme de couleur. Si la
première en prend peu de soin, il n'en est pas de même
de la seconde. Du matin au soir, on la voit mâcher un
cure-dent, fait avec un morceau de bois de citronnier; un
demi-citron vert, coupé en deux, dont on a enlevé les
graines, constitue la meilleure des brosses à dents. C'est
avec le jus de ce fruit, mêlé avec une décoction d'écorce
de noix d'acajou, de carambole, qu'elles fabriquent une
eau de toilette pour les soins intimes. Est-ce à ce lavage
quotidien, qui rétrécit et tanne la muqueuse, qu'il faut
attribuer le peu de mucosités vaginales qu'elle présente?
C'est assez probable.

La Quarteronne et la Mulâtresse offrent, à la Guyane,
un caractère spécial. Quoique peu jalouses de leur
naturel, dès qu'un Blanc s'est laissé mettre le grappin
dessus par une fille de couleur, on est sûr qu'elle ne le
lâchera pas. Elle l'enchaînera par tous les liens du plaisir.
Les vieilles Négresses leur fabriquent des *piaies*, sortes
de philtres d'amour, destinés à retenir les amants. Ce
sont généralement des breuvages aphrodisiaques dont les
cantharides, le *bois bandé* (quelquefois un peu de phosphore), forment la base, et qui sont d'un usage souvent
dangereux. Quant à la *Misti*, qui n'a plus qu'un huitième
de sang noir, elle est rare à la Guyane, si ce n'est dans
les familles de pseudo-blancs. La différence de couleur
de peau avec une Blanche est presque insensible et les
cheveux sont lisses et longs. La forme du visage, les lèvres
un peu fortes et le sein un peu en poire, dénotent seuls
le sang noir.

Aphrodisiaques des femmes de couleur. — Mulâtresses et Capresses conservent encore, de l'ascendant noir, l'odeur spéciale du Nègre et l'ampleur de l'organe génital. Aussi, quand les astringents ne produisent pas l'effet voulu, si le Massogan veut s'y prêter, on lui propose l'essai d'un remède secret, qui lui fera grossir la verge et lui procurera des sensations plus voluptueuses.

La décoction de bois bandé. — Déjà, pour le mettre souvent en rut, on lui a fait boire, avant de se coucher, une décoction de *bois bandé*. Le nom en indique la propriété. C'est l'écorce d'une sorte de vomiquier, parent de la fausse angusture, qui contient de la brucine et un peu de strychnine. D'après Rabuteau, la brucine a une action spéciale comme excitatrice des muscles érecteurs du pénis et provoque le priapisme.

Cette tisane, prise à doses convenable, donne des érections; à dose trop forte, elle provoque des symptômes d'empoisonnement.

L'aubergine enragée. — Elle est cependant moins dangereuse que le remède *li quà gain go posson*. On prend une aubergine de dimension appropriée. On la fend en long et on creuse dans chaque moitié un canal pour contenir le membre en érection. On fait ensuite une pâte avec de la farine et de l'eau, dans laquelle on a fait bouillir de l'écorce de bois bandé, quelques allumettes phosphoriques (six à douze), deux ou trois petits piments *zozo* et une douzaine de grains de poivre et de clous de girofle, avec une ou deux gousses de vanille pour parfumer le tout. On recouvre la peau de la verge et du gland décalotté avec cette pâte et on enferme le tout dans l'aubergine maintenue en place pendant quelques minutes. Il se produit de suite une phlogose assez intense. On la calme avec un bain tiède d'eau de mauves; puis on frotte la verge avec de la mousse de savon, qu'on laisse sécher. Si l'on fait ces diverses opérations dans la matinée, huit ou dix heures avant le coït, on trouve que la verge a réellement augmenté de volume. Elle est chaude, l'érection presque permanente au moindre attouchement, et le coït procure des sensations âcres. Si l'on dépasse la durée de l'application de l'aubergine, on a du priapisme et de la cystite.

Un jeune lieutenant d'infanterie de Marine, mon voisin, en fit un beau jour l'expérience. C'était un homme blond, à tempérament lymphatique, avec des organes génitaux au-dessous de la moyenne, et de plus, affligé d'un phimosis désagréable. Je fus appelé, un matin, chez lui, et le trouvai au lit, se plaignant vivement d'un priapisme intense ; la verge triplée de volume, rouge et chaude, le gland énorme, en forme de poire renversée, étranglé par le prépuce. Outre cela, le malade se plaignait de la vessie. Je fus obligé de débrider le prépuce et j'arrêtai l'inflammation par un traitement approprié. Le malade jura, mais un peu tard, qu'on ne l'y prendrait plus.

Répugnance de la Négresse pour les actes Sodomitiques et libidineux. — Les Négresses, tout en aimant l'acte du coït, répugnent aux bizarreries et aux dépravations. Un de nos amis, Créole blanc de la Martinique, était grand amateur de Négresses. Mais, à force de courir, ses forces génitales avaient sensiblement diminué. Il m'a avoué bien des fois qu'il ne pouvait pas obtenir des Négresses ou des Capresses les pratiques libidineuses qui lui étaient nécessaires pour le mettre en érection, tandis qu'au contraire, il obtenait plus facilement ces pratiques des Mulâtresses et Quarteronnes, surtout de celles de la Martinique. Une nuit, étant couché avec une petite Négresse de seize à dix-sept ans, il eut l'idée bizarre, son organe génital n'étant pas en état de grâce, de coiffer son membre viril avec un fac-similé creux en caoutchouc noir,

ayant la forme exacte du pénis d'un Nègre. Il voulut opérer avec cet appareil. Fureur de la Négresse, qui lui sauta
aux yeux et sortit de chez lui, en lui disant les plus
grosses injures; elle lui fit sur la place une réputation
telle, qu'il lui fut presque impossible plus tard de recru-
ter de nouvelles conquêtes.

Amour dépravé du Blanc pour la Négresse. — Il
est de fait que le Blanc, que l'odeur marquée de la Négresse attire au lieu de le repousser, est déjà un dépravé
physiologique. J'en ai connu beaucoup. Des officiers, des
fonctionnaires rentrés en France et mariés à de charmantes
jeunes femmes, regrettaient la peau noire et les cheveux
laineux de la fille de Cham. Il est juste d'avouer (pour
employer une expression triviale) que l'on n'est pas volé
au déballage. L'habitude de ne jamais porter de corset,
sous la grande gaule, robe montante à taille sous les
seins, comme celle des dames du Directoire, donne au
corps une souplesse remarquable et laisse à la taille sa
forme naturelle, car la femme n'est pas construite sur
le modèle d'une guêpe. Si les lèvres sont noires, les dents
sont aussi blanches que celles d'un jeune chien, et les
muqueuses de la bouche sont d'un rouge de corail, qui
tranche agréablement sur la teinte noire. L'haleine est
pure. Si le sein de la jeune Négresse est piriforme, son
bout dardé en avant résiste à la pression. La Négresse
est surtout remarquable par un bassin large et un postérieur aussi ample que celui de la Vénus Callipyge. On
sent que la nature a créé une bonne femelle reproduc-
trice. La cuisse est assez fournie, mais la jambe est maigre, avec un mollet de coq, le pied plat et long. Terminons en disant que la peau de la Négresse est toujours
fraîche, ce qui n'est pas sans charmes par les lourdes
chaleurs de la journée.

Les beautés de la femme de couleur. — La Ca-

20

presse est presque une Négresse et son teint brun foncé
est moins agréable, selon l'avis de beaucoup d'amateurs,
que celui de la Négresse franche. La Mulâtresse participe
à la fois des deux ascendants. Sa chevelure est encore
ondulée, quoique plus longue. La peau est souvent d'une
jolie couleur brun doré. Quelquefois son appareil génital
se rapproche davantage de celui de la race blanche, mais
le sein reste piriforme, et le bout en est toujours noir.
Chez la Quarteronne, au contraire, le type noir est déjà
très affaibli; les yeux sont sensuels et langoureux, les
cheveux longs et presque lisses, la peau souvent pas plus
foncée que celle d'une brune du Midi de l'Europe; les
lèvres, d'un rouge carmin sombre, restent un peu fortes.
Le sein est encore sensiblement piriforme, à bout noir,
le bassin et l'arrière-train très développés comme chez sa
grand'mère, la Négresse. Le poil du pubis est presque,
comme chez l'Européenne, brun, châtain-foncé, ou rouge,
quand il y a un ascendant roux dans les mâles. Le clitoris
est normal, la muqueuse de la vulve rouge-carmin,
foncé par une pointe de sépia. La jambe et le pied sont
presque pareils à ceux de l'Européenne.

**Permanence de la marque du sang noir sur les
organes génitaux du mâle.** — Chez la Quarteronne,
la peau est souvent plus claire que chez une brune Européenne du Midi; il en est de même chez le Quarteron.
J'en ai connu de tout blonds, avec des yeux bleus.
Mais il suffit de jeter un coup d'œil sur l'appareil génital
pour reconnaître la marque indélébile du sang noir. La
peau de la verge et celle du scrotum est toujours plus
foncée que celle du reste du corps. La muqueuse du gland
est d'un rouge sombre, plus foncée que le clitoris et la
vulve de la Quarteronne. C'est à cette coloration et au
cercle bleu à la racine des ongles, qu'on reconnaît le
Quarteron, même quand il est blond. Cette double

marque persiste encore, un peu affaiblie, chez le Misti, qui n'a qu'un huitième de sang noir.

Perversions de l'amour dans les races Nègre et de Couleur. — Il ne me reste plus qu'à donner quelques détails sur les perversions de l'amour. Ici je serai bref, ayant fort peu à dire. Les Négresses et Créoles de couleur sont pures ainsi que leurs frères, en ce sens que la pédérastie et la Sodomie, ces deux vices si communs en Extrême-Orient, leur sont à peu près inconnus.

La facilité de se procurer des femmes dans ce bon pays est telle, que ce résultat n'a rien qui doive nous étonner. J'ai cependant donné des soins à un jeune Mulâtre, qui avait contracté une gonorrhée dans un coït antiphysique avec un individu dont il ne voulut jamais indiquer la position sociale.

Un autre cas de mœurs inavouables me fut offert par un négrillon de quinze ans, qui avait accepté les offres impudiques d'un Arabe libéré ; celui-ci, qui tenait un petit débit de tafia et liqueurs, l'avait préalablement grisé en lui offrant de trop abondantes rations d'alcool, puis, à défaut d'argent, s'était payé sur la bête. Par une conséquence naturelle de la trop grande disproportion des parties, il lui avait occasionné une fissure rectale avec une vive inflammation de l'anus. La mère du garçon, une blanchisseuse, vint me raconter la fable que le jeune drôle avait imaginée : il racontait qu'un jeune cabri mâle, en courant après lui, lui avait enfoncé sa corne dans le rectum ! Le jeune drôle était sans doute coutumier du fait, car il avait à l'anus un infundibulum très prononcé et, sur ma menace de ne pas le soigner s'il ne disait pas la vérité, il finit par avouer tout. Le mal céda à un traitement approprié, qui cicatrisa la fissure rectale, mais l'anus de l'enfant resta suffisamment dilaté pour admettre le doigt avec facilité..

Ces deux observations sont les seules que j'aie pu faire sur la race de couleur, pendant un séjour de trois ans ; mais, par contre, l'Hindou, coolie engagé, et l' Arabe sorti du bagne, m'en ont offert bien d'autres.

Je traiterai la question de la défloration des petites Négresses dans l'étude de la race Nègre au Sénégal.

CHAPITRE IV

Paresse du Noir de Cayenne. — Le Noir de Cayenne, en général, répugne aux travaux pénibles de l'agriculture. Celui qui est possesseur d'un lopin de terre y plante quelques bananiers, un peu de manioc et quelques pieds de tabac et de piment. Le poisson de limon forme là base de sa nourriture ; le tafia coûte soixante centimes le litre, au détail. Le Noir a donc peu de besoins, et s'il travaille, ce n'est qu'au placer aurifère, où il gagne des sommes considérables payées en pépites d'or, sans compter celles qu'il dérobe. Il n'est pas rare de voir un Noir descendre à Cayenne avec plusieurs milliers de francs, où il achète d'abord un complet noir avec gibus et cravate blanche, comme un parfait notaire. Il fait la noce tant qu'il a quelques sous, pour reprendre ensuite son travail au placer.

L'engagé Hindou. — Pour cultiver les grandes propriétés, on a eu recours à des engagés Hindous, recrutés avec l'assentiment du Gouvernement Anglais. Pour une faible somme journalière, la nourriture, le costume et le logement, l'Hindou doit cinq ans de travail. En pratique,

il est plus malheureux qu'un esclave à vie, car son maître
cherche à en tirer le plus de travail possible, sans s'occuper de savoir si, au bout de ce temps, les forces du
malheureux ne seront pas épuisées. Mais passons. Je
constate seulement que le recrutement de ces Hindous est
déplorable. On va chercher l'engagé dans la lie des
grandes villes de Calcutta ou de Bénarès : c'est assez dire
qu'il est à peu près impropre à la culture pénible des
champs. Autant j'avais trouvé, en Cochinchine, le Malabar robuste et sain, autant je trouvai la race du coolie
engagé chétive et malsaine, car les maladies syphilitiques
sont très communes parmi ces exilés volontaires.

J'ai pu étudier cette race de près, ayant obtenu de
l'Administration de la Colonie un engagé pour un emploi
de boy. J'eus la chance de mettre la main sur un garçon
le dix-huit ans, aux traits de formes presque Caucasiques,
actif et intelligent, parlant un peu l'Anglais, qui apprit
vite le Français et qui me servit d'interprète auprès de ma
clientèle Hindoue : clientèle gratuite, et pour cause.
C'est ce qui m'a permis de faire de curieuses observations
sur ces malheureux déclassés, généralement de la caste
des parias, car ce sont à peu près les seuls qui consentent
à s'expatrier et à quitter le sol où reposent les ancêtres.

Caractères anthropologiques de l'Hindou. — Ana-
tomiquement, l'Hindou m'a paru se rapprocher de
l'Européen affiné et rabougri des grandes capitales. Ses
traits sont réguliers, le nez droit, les yeux horizontaux
bien ouverts, les lèvres minces, les pieds et les mains
petits et bien faits. La chevelure longue et lisse tombe
souvent jusqu'à la chute des reins. Cependant, la peau
est presque aussi foncée que celle d'un Nègre, mais non
terreuse comme celle-ci; elle a souvent des reflets de
bronze antique. Le sein de la femme est loin d'être piriforme comme celui de la Négresse; sans avoir la forme

hémisphérique de celui des Blanches, il est plutôt ogival, mais petit chez la jeune fille, et ferme. Chez la femme, il grossit beaucoup, sans tomber comme le sein de la Négresse.

L'organe génital de cette race. — Les *Kama Sutra* (1) divisent les hommes en trois classes, d'après les dimensions de leur *lingam* : les lièvres, les taureaux et les étalons. Par rapport au Nègre, type de l'étalon dans la race humaine, l'Hindou est un lièvre, un peu plus fort cependant que l'Annamite qui m'a paru occuper le dernier rang dans l'échelle des grosseurs des organes. Le pénis de l'Hindou est généralement recouvert du prépuce à l'état normal et en érection chez le garçon impubère. Il décalotte en érection seulement chez le pubère de seize à dix-huit ans (âge moyen), grâce probablement aux manœuvres de masturbation. La peau de la verge et du scrotum est d'un beau noir, ou chocolat foncé, comme chez le Capre, mais, détail à signaler, la muqueuse du gland de l'Hindou n'est jamais noire. Elle est d'un rouge plus ou moins assombri, presque vif chez les déclassés des castes supérieures dont la peau est plus claire que celle des parias. Dans l'état habituel, la verge est d'une flaccidité extrême. Elle augmente beaucoup en érection, triple presque de volume et devient aussi dure que celle de l'Européen. La moyenne m'a paru de douze centimètres de long sur trois centimètres de diamètre. Beaucoup sont de huit à dix sur deux et demi. Peu de qua-

---

(1) Les *Kama Sutra* de Vatsyayana : Manuel d'Érotologie Hindoue, rédigé en Sanscrit vers le cinquième siècle de l'ère Chrétienne. Traduit sur la première version Anglaise (Bénarès, 1883) par Isidore Liseux. *Paris, Liseux*, 1885, in-8°. — Seule traduction complète. Il a paru récemment une édition populaire de cet ouvrage, avec des notes ; mais le texte est abrégé des deux tiers.

torze à quinze sur trois et demi, à peu près la moyenne Européenne qui paraît ici un maximum. Les testicules sont ovalaires, de la grosseur d'un œuf de pigeon.

Comparaison de l'organe génital du Nègre avec celui de l'Hindou. — A côté du Nègre de la Guyane, l'Hindou fait triste figure. La verge du premier, dans l'état de flaccidité, mesure de douze à quinze centimètres de long sur trois à quatre de diamètre. En érection, elle ne se gonfle pas proportionnellement ; elle monte seulement de seize à vingt centimètres sur quatre ou cinq de diamètre. Mais cette érection n'est jamais dure comme celle de l'Européen, du Chinois et de l'Hindou. Elle est toujours un peu molle, donnant à la main la sensation d'un tube creux de caoutchouc noir fort élastique. Le testicule du Noir est plus arrondi que celui de l'Hindou.

Une autre différence caractéristique consiste dans la sécrétion des muqueuses. Soit propreté, soit toute autre cause, le smegma sébacé est en plus petite quantité sous le prépuce, chez le Noir. Si la Négresse a peu d'écoulements vulvaires, sous ce rapport la femme Hindoue n'a rien à envier à la Congaï. C'est évidemment là un effet de race, car la nourriture de l'engagé est celle du Noir de la basse classe, sauf le riz qui remplace pour lui le manioc et la cassave.

Les *Kama Sutra* ne donnent pas la dimension du lingam, mais cette omission est réparée par l'*Ananga-Ranga* (1), composé au XVIᵉ siècle de notre ère, tandis que l'ouvrage précédent date du Vᵉ siècle. L'*Ananga-Ranga* donne, pour les dimensions du pénis de l'homme-

---

(1) *Ananga-Ranga*, traité Hindou de l'amour conjugal, rédigé en Sanscrit par l'archi-poète Kalyana Malla (XVIᵉ siècle). Traduit sur la première version Anglaise par Isidore Liseux, *Paris, Liseux*, 1886, petit in-8°.

lièvre, six doigts de longueur ; pour l'homme-taureau
neuf, et pour l'homme-étalon douze. Si l'on veut bien
remarquer que le doigt de l'Hindou, mince et délicat,
n'a pas plus d'un centimètre et demi de largeur, on
trouve que ces trois dimensions correspondent à neuf,
treize et dix-huit centimètres. Il résulte de mes observations personnelles, que la masse des coolies Hindous
doit être rangée parmi les hommes-lièvres, sauf un
petit nombre parmi les hommes-taureaux et un plus
petit nombre encore parmi les hommes-étalons.

Les dimensions en profondeur du *yoni* (vagin) correspondent à celle des hommes de leur classe. Aucun des
deux ouvrages précités n'en donne la largeur ; celle-ci
dépend principalement de l'usage plus ou moins
fréquent que la femme fait de son yoni. Mais, en thèse
générale, la vulve et le vagin de la femme Hindoue sont
bien moins largement ouverts que ceux de la Négresse,
tout en restant un peu au-dessus de la Congaï.

Les quatre sortes de tempéraments de l'Hindoue.
— L'*Ananga-Ranga* classe les femmes en quatre ordres,
d'après leur tempérament. Il est intéressant de constater
que cet excellent ouvrage (auquel nous renvoyons le
lecteur) a devancé à son époque la science médicale
de l'Europe, alors en enfance. Il faut aller jusqu'au
xviiie siècle pour trouver une classification analogue
à celle des Hindous, car les quatre ordres de femmes
correspondent presque exactement à la division des
quatre tempéraments Européens : nerveux, sanguin,
bilieux et lymphatique. Je n'ai guère rencontré, à la
Guyane, que les deux derniers ordres : la *Shankhini*
(femme-conque), et la *Hastini* (femme-éléphant). Les
données anatomiques de l'auteur Hindou sont très
exactes. Il m'a été impossible de vérifier s'il y avait con-
cordance dans les détails moraux.

Manque de moralité et perversions de l'amour dans la race Hindoue. — Il faut remarquer que le coolie est un paria, et le paria, dans l'Inde, n'a aucune moralité, comme Jacolliot l'a si bien fait ressortir. Mal nourrie et mal payée, cette classe de coolies engagés cherche à faire argent de tout, pour se procurer, les hommes du tafia, et les femmes des vêtements convenables et des bijoux. De là une absence complète de moralité chez ces pauvres gens. Le jeune garçon de quinze à vingt ans se livre à la pédérastie, dont les amateurs se trouvent chez les Arabes et Européens libérés du bagne. La femme fait également tous les métiers, comme la prostituée d'Europe, et n'a pas, comme la Négresse, l'horreur du vice Sodomitique. D'ailleurs, les amateurs de ce genre de volupté invoquent pour leur justification (tout comme en Cochinchine au début de l'occupation) le danger que présente le congrès ordinaire. Gonorrhée et syphilis, c'est le lot de ceux qui cultivent le coït naturel avec la femme Hindoue; elle partage ce triste privilège avec la Congaï.

L'homme dépravé peut donc satisfaire ses passions à la Guyane. Si le coït naturel ne lui plaît pas avec la Négresse ou la femme de couleur, il a la femme Hindoue et le garçon Hindou. Mais je fais remarquer ici une différence capitale entre ce dernier et le boy Annamite. Celui-ci éprouve du plaisir à commettre l'acte antiphysique et devient actif, dès qu'on le lui demande; au contraire, l'Hindou est passif, et rien que passif. Il ne cherche, dans aucun cas, à intervertir les rôles. D'ailleurs l'Arabe (ou le Blanc), pédéraste actif, ne le lui permettrait pas: il l'oblige à subir son approche, sans aucune compensation.

Quant aux déformations vulvaires ou anales produites par le coït dans la race Hindoue, elles ressemblent beaucoup à celles que j'ai signalées dans la race Annamite. Ce serait faire double emploi que de les relater ici, et je renvoie le lecteur à ce que j'ai dit plus haut.

J'ai constaté également que les femmes Hindoues connaissent parfaitement les recettes abortives, analogues à celles que donne l'*Ananga-Ranga*, et qu'elles n'hésitent jamais à y recourir pour se débarrasser d'un fruit étranger.

CHAPITRE V

Le Pénitencier et ses habitants.— Les Transportés, anciens forçats.—
Mœurs inavouables des transportés. — Goût inné de l'Arabe pour
la pédérastie. — Un équipage sous les fourches caudines. —
Férocité lubrique des Arabes d'Afrique. — Pédérastie active de
l'Arabe. — La pédérastie est avant tout une question de race. —
Organe de la génération chez l'Arabe.

es Transportés, anciens forçats.— Autre-
fois, on envoyait au bagne, sous le nom de
forçats, les condamnés aux travaux forcés.
Aujourd'hui on les transporte dans les colonies pénales et on les nomme *transportés*. Le bagne
s'appelle *pénitencier :* simple changement d'étiquettes, car
le fond est resté absolument le même.

Aux débuts de la transportation, en 1854, on voulut
renouveler en grand, à la Guyane, les essais de colonie
agricole du temps de Louis XIV et Louis XV, et régénérer
le condamné en le moralisant par le travail. L'essai en
grand échoua. D'après les statistiques médicales, la vie
moyenne du forçat était de vingt mois à peine, dans
la Colonie, et au bout de dix ans, on abandonna la
Guyane pour la Nouvelle-Calédonie.

On continue à y envoyer les condamnés exotiques
(Antilles, Réunion, Inde, etc., même quelques Annamites), pour les crimes de droit commun et l'exil, et
surtout les Arabes qui, à eux seuls, forment le fond de
la population du Pénitencier. On n'envoya plus à la
Guyane que quelques rares condamnés blancs, choisis
dans les ouvriers d'art et les professions de comptable.

Ils forment aujourd'hui une petite minorité, mais, en réalité, ils mènent tout le Pénitencier.

Mœurs inavouables des transportés. — Le forçat, déguisé sous l'étiquette de transporté, a conservé les mœurs inavouables spéciales au bagne. Ces mœurs, d'après certains moralistes, prennent leur source dans la privation de l'élément féminin. Je crois, au contraire, que cette cause n'est que secondaire et que le vice antiphysique prend sa source dans une dépravation héréditaire. C'est une loi d'atavisme, et une véritable maladie mentale, comme la science médicale le démontre maintenant. Dans toutes les réunions d'individualités humaines, les semblables s'attirent, et il se forme des associations particulières entre gens ayant les mêmes goûts et les mêmes mœurs.

Au début de la transportation, bon nombre de forçats prirent femme et se mirent à cultiver les terres données par la libéralité du Gouvernement. De tous les établissements fondés, un seul a survécu, le Pénitencier de Saint-Laurent de Maroni, qui végète grâce aux deniers de la métropole.

Pour que la race blanche puisse prospérer dans un climat aussi malsain, il faut l'apport du sang noir. Or le Nègre, nature bornée, mais foncièrement honnête, a toujours eu un mépris considérable pour le transporté, et la dernière des Négresses ne consentira jamais à s'allier avec un forçat, un esclave du Gouvernement, comme on l'appelle. L'envoi des transportés blancs à la Nouvelle-Calédonie, qui eut pour conséquence la prédominance de l'élément Arabe à la Guyane, accentua le vice pédérastique au lieu de l'atténuer. Je consacrerai un chapitre spécial à la transportation blanche en Nouvelle-Calédonie; aussi, pour le moment, je ne m'occuperai que de la transportation exotique.

Nous connaissons le Nègre de la Guyane ; celui des Antilles en diffère peu. Quant au Nègre du Sénégal, il est excessivement rare au Pénitencier. Nous connaissons également l'Hindou et l'Annamite. Il me reste donc à parler du transporté Arabe.

Goût inné de l'Arabe pour la pédérastie.—L'Arabe est un pédéraste invétéré, même dans son pays où il ne manque pas de femmes cependant. Il met très volontiers en pratique la parabole attribuée au *Coran* : « Un homme, trouvant un jour l'entrée principale de sa maison obstruée par des immondices, prit le parti d'entrer chez lui par la porte de derrière ». J'ignore si cette parabole se trouve réellement dans le *Coran*, mais l'Arabe agit comme si elle y était. Tous les voyageurs moralistes en Arabie et en Tunisie ont signalé ce fait.

Un équipage sous les fourches caudines. — On sait que les tribus Arabes des côtes de l'Algérie et du Maroc prennent de force les malheureux naufragés *roumis*. Un peu avant l'expédition d'Alger, un brick de guerre Français, le *Silène*, fut jeté sur la côte d'Afrique, et tout son équipage passa sous les fourches caudines des Arabes, bon gré, mal gré. Parmi eux se trouvait un jeune officier de marine, qui subit le sort des autres. Un jour, dans un salon de Paris, quelques années après la prise d'Alger, une dame, très libre d'allures et de paroles, plaisantait notre officier, et lui demandait, d'un air moitié figue, moitié raisin, s'il avait été réellement *en... fourché*. « Madame », répond l'interpellé avec sang-froid, « sup-
» posez-vous pour un instant à ma place. Si vous aviez
» devant vous un sabre prêt à vous couper la tête et
» derrière un gros ϋιτ, que feriez-vous ? Moi, j'ai
» reculé, et je pense que vous eussiez agi de même. »

Férocité lubrique des Arabes d'Afrique. — Moins heureux que nos marins sont les infortunés qui tombent entre les mains de ces forcenés. Ils commenceront par vous dépouiller de tout ce que vous possédez, ne vous laissant pas même une chemise; puis, inutile d'insister sur leurs goûts dépravés : si nombreux que soient les Arabes, ils satisferont *tous* sur vous leur brutale et ignoble passion; heureux serez-vous si vous n'avez pas affaire à des fanatiques brutaux, car alors des mutilations horribles vous attendent à la suite de ce premier supplice, et après vous avoir ainsi torturé, ils vous abandonneront, tout nu, encore vivant, aux ardeurs du soleil, lequel se chargera de vous achever (1).

Il est inutile de citer d'autres témoignages. Celui-là suffit. D'ailleurs cet horrible instrument de supplice, nommé le *pal*, a été inventé par les Arabes.

Pédérastie active de l'Arabe. — L'Arabe est à peu près exclusivement pédéraste actif. Les adolescents et jeunes gens qui se prostituent pour de l'argent, en Arabie et dans tous les pays Musulmans, sont d'abord passifs. J'ignore si, plus tard, devenus hommes faits, ils intervertissent les rôles et deviennent actifs. Mais à la Guyane, chez les transportés Arabes, atteints en masse de ce vice, je n'ai jamais rencontré que des actifs. Ils prennent comme passifs, à défaut de femmes voulant se prêter à leurs immondes caprices, des coolies Hindous ou des transportés blancs en cours de peine ou libérés : bien rarement des Nègres, à part quelques enfants dépravés. J'en ai cité plus haut un exemple. Certains Arabes, qui avaient demandé et épousé légalement, devant Monsieur le Maire, une femme du Pénitencier, n'ont jamais voulu lui faire d'enfants et ne se sont jamais servi d'elle que pour le coït anal. Par ailleurs, ces Arabes laissaient la

---

(1) *Dix-huit mille lieues à travers le Monde*, par Jules Desfontaines.

femme libre de gagner sa vie, comme elle l'entendait, à
condition que cela rapportât au mari Musulman. Aussi
l'Administration pénitentiaire, qui jouait dans ces éton-
nants mariages un rôle quelque peu grotesque, avait fini
par refuser à ces bons sectateurs de Mahomet l'autorisation de prendre légalement femme. L'Arabe, par goût et
par besoin, reste donc pédéraste à la Guyane.

**La pédérastie est avant tout une question de
race.** — Chose étrange, l'Arabe pédéraste actif est
pourvu d'un appareil génital qui, comme grosseur et
longueur, rivalise avec celui du Nègre. Il dépasse même
en cela le Nègre de la Guyane, et il n'est surpassé à son
tour que par le Nègre du Sénégal. Mais, tandis que ce
dernier se livre rarement à des actes contre nature, chez
le Sémite Arabe, c'est presque une règle générale. On
comprendrait à la rigueur une cause physique, par
exemple la gracilité du pénis, comme chez l'Annamite,
aussi pédéraste que l'Arabe. Il est certain que le frottement du pénis dans le sphincter, qui jouit, comme on
le sait, d'une grande contractilité, est plus considérable
que dans un vagin dilaté et relâché par la chaleur
du climat, surtout quand il est affecté de flueurs
blanches.

Organe de la génération chez l'Arabe. — Si l'Annamite peut, à la rigueur, présenter une pareille excuse,
l'Arabe ne le peut point. On est donc obligé de convenir
qu'il y a une question de sens moral particulière à
chaque race. Les Arabes que j'ai examinés, et qui, pour
la plupart, étaient justiciables des tribunaux pour viols et
actes Sodomitiques commis sur des enfants de l'un et de
l'autre sexe, dépassaient sensiblement, comme proportion
du membre génital, la bonne moyenne des Nègres. Sur
plusieurs cadavres d'Arabes disséqués à l'amphithéâtre, le
pénis, au lieu d'être rétracté et réduit à un petit volume

comme celui de l'Européen, présentait encore un développement considérable.

Dans l'état habituel, leur verge, au lieu d'être complètement flasque, conserve encore une certaine consistance; elle donne à la main comme la sensation de caoutchouc creux du pénis du Nègre, dont j'ai parlé. Le gland
a une forme normale, bien développée, d'une coloration
brun-rouge sale, plus claire cependant que celle du
Mulâtre, mais moins rouge que celle du Quarteron. Il est
proportionnellement moins gros que le corps du pénis, qui
est renflé un peu en dessous, le diamètre maximum correspondant à la section du prépuce par la circoncision.
Cette partie du pénis est quelquefois en saillie comme
une sorte de bourrelet extérieur. D'après quelques
mesures faites, le pénis Arabe aurait en moyenne, dans
l'érection, dix-huit à dix-neuf centimètres de long sur
quatre à cinq de diamètre, mais cette mesure est dépassée
par des pénis qui ont de vingt à vingt-cinq centimètres
sur cinq à six. L'appareil devient alors une sorte de
pal que seule une Négresse pourrait supporter, qu'une
femme Hindoue de la catégorie dite femme-lièvre re-
pousserait avec terreur, et qui produirait des désordres
sérieux dans le rectum des malheureux qui consentiraient
à en subir les redoutables approches. C'est avec un tel
appareil que l'Arabe recherche le coït anal. Il n'est pas
difficile dans le choix et tout lui est bon, l'âge comme
le sexe. Au bagne, il trouve, dans les autres forçats Noirs
et Hindous, voire même dans les Blancs, écume ou lie
des grandes villes, de quoi satisfaire son abjecte passion.
Une fois libéré, il vit avec sobriété et cherche à gagner
quelques sous en tenant un débit ou un petit magasin de
détail. On le prend encore assez facilement comme
contremaître dans les placers où l'on emploie des Hindous.
Son abstinence des alcools fait de lui un homme pré-

cieux pour garder le magasin à tafia, pendant que sa vigueur physique inspire une crainte salutaire. Ceux qui l'emploient connaissent bien son vice, et ce vice l'amène nécessairement devant les tribunaux quand il a voulu user de violence vis-à-vis d'un engagé récalcitrant non par pudeur, mais par crainte de l'empalement.

CHAPITRE VI

Le Transporté devant la Justice militaire. — Application de la loi
militaire aux Transportés. — Le capitaine B***, président du Conseil de guerre. — Les causes grasses du Conseil. — La chemise
d'Angola. — Les κουιλλες du bœuf. — Le forçat qui viole la
vieille Négresse. — L'Arabe qui a voulu empaler l'Hindou.

**pplication de la loi militaire aux Transportés.** — La loi qui créait la Transportation
à la Guyane, fut complétée par une autre loi,
rendant les transportés justiciables des tribunaux militaires pour tous les crimes et délits du Code
Pénal ordinaire. A part les Commissaires du Gouvernement et Rapporteurs, désignés en France par le Ministre,
le Président et les Juges des deux Conseils de guerre furent
pris parmi les officiers de la garnison de Cayenne. Le
Conseil de Revision fut composé du Colonel commandant militaire, président, du commandant de la Marine,
et du Chef de Bataillon commandant l'infanterie de Marine. Les deux plus anciens capitaines de la garnison de
la Colonie étaient, de droit, les présidents des deux
Conseils de Guerre. On conçoit l'embarras d'un président, appelé par le hasard de l'ancienneté, à appliquer
les cas les plus ardus du Code Pénal, quand aucune étude
spéciale ne l'avait préparé à cette éventualité. Mais, bah!
pour un transporté ex-forçat, on n'y regarde pas de si
près. Un peu plus, un peu moins d'années nouvelles de
transportation, cela importait peu.

Les malheureux transportés avaient une terrible épée de Damoclès suspendue sur leur tête. C'était l'article Draconien de ce Code relatif aux récidives, qui sont le cas normal pour transportés et libérés astreints à la résidence fixe. Des actes passibles seulement de la prison pour des condamnés de droit commun, entraînaient pour les transportés le retour au Pénitencier pour une durée minimum de cinq ans, et la peine maximum de vingt ans de bagne pouvait être portée au double. Ainsi, j'ai vu condamner à mort un faux-monnayeur pour avoir fabriqué une pièce du Pape de cinquante centimes en plomb. Il faut dire que ce transporté avait déjà été condamné à perpétuité pour crime de fausse monnaie. A cause de la récidive, on devait, d'après la loi, lui appliquer la peine supérieure à la perpétuité, c'est-à-dire la peine de mort. Inutile de dire que le transporté ne fut pas exécuté; sa peine fut commuée en cinq ans de double chaîne; mais strictement, selon la lettre du Code, on aurait dû l'exécuter.

Le Capitaine B***, Président du Conseil de Guerre. — Mon ami le capitaine B***, le fameux chanteur grivois, était Président de l'un des deux Conseils. Ce n'était point pour lui une sinécure, car ce Conseil se rassemblait deux fois par semaine, ayant, à chaque séance, trois ou quatre affaires à juger. Il est vrai qu'avec l'ami B*** les affaires ne traînaient point : vingt à trente minutes au plus lui suffisaient. L'avocat de l'accusé, nommé d'office, généralement un sous-officier de la garnison, sachant pertinemment qu'un semblant de plaidoirie ne servirait absolument à rien, se bornait à recommander l'accusé à la clémence du Tribunal : cette clémence se traduisait généralement par le double du maximum, soit quarante ans de travaux forcés. C'était un tarif tout fait. Pour les condamnés aux travaux forcés à perpétuité qui revenaient devant le Conseil, c'était cinq ans de double chaîne, deuxième tarif aussi immuable que le premier. Toujours le sourire aux lèvres en prononçant l'application de la peine, sans doute ce bon capitaine B*** pensait à la petite chansonnette grivoise de la soirée. Mais, c'était surtout dans les questions d'attentats aux mœurs, si communs chez les transportés, que le caractère jovial et grivois du Président se montrait au grand jour. Il les étudiait avec le plus vif intérêt, cherchant à faire ressortir dans les débats le côté croustillant de l'affaire et lançant, en pleine audience, des jeux de mots à dérider un mort. Le public, le bon Pandore qui faisait la police de l'audience, et souvent l'accusé lui même, riaient à se tordre; et cependant la conclusion finale du jugement était toujours les quarante ans ou les cinq ans, selon le cas de l'accusé.

Les causes grasses du Conseil. — Ce brave B*** avertissait ses amis et connaissances quand une cause un peu grasse devait passer au Conseil. Bien entendu, il ne prononçait jamais le huis clos, pour que ses amies les jeunes Mulâtresses et Quarteronnes pussent jouir du spectacle. De taille moyenne, un peu obèse, au visage coloré, encadré par une épaisse barbe noire, éclairé par deux petits yeux lascifs, notre président avait l'air d'un satyre. On pouvait tout dire à l'audience avec lui, et il n'était jamais plus heureux que lorsqu'il avait fait prononcer par un témoin, ou par l'accusé, quelque grosse obscénité. Le *Tribunal comique* de Moinaux se trouvait dépassé de cent coudées. J'avoue que, pour ma part, je suivais avec intérêt les séances extraordinaires de ce tribunal, qui jetait une lumière crue sur les bas-fonds de l'âme humaine. A ce titre, je demande au lecteur la permission de lui mettre sous les yeux le récit de quelques-unes de ces causes, restées célèbres à la Guyane.

La chemise d'Angola S*.** — Une de ces causes croustillantes était relative à la plainte d'une jeune Négresse, Angola S***, qui accusait un libéré de lui avoir volé d'abord une chemise, et ensuite d'avoir voulu se porter sur elle à des attouchements obscènes. La jeune Négresse, âgée de dix-huit ans, blanchisseuse de son état, racontait devant le Conseil, avec la plus vive animation, que le libéré s'était emparé d'une chemise blanche qu'elle avait mise à sécher au soleil en l'étendant sur une palissade. Elle avait couru après lui, lui avait arraché la chemise des mains; mais le libéré, se jetant sur elle, l'avait saisie par le cou, lui avait porté la main sous sa gaule et avait cherché à la renverser pour la violer. Elle lui avait heureusement résisté, grâce à l'appui d'autres Négresses venues à son secours, et avait été quitte pour avoir sa gaule salie par son ordure *(sic)*. En faisant sa déposition, la jeune Angola se livrait à une mimique des plus vives; soit émotion, soit toute autre cause, elle répandait devant le Tribunal un fumet tellement prononcé que les juges furent obligés de se boucher le nez. « Ne vous » agitez pas tant, Mademoiselle, » dit d'une voix sévère le Président B***; « vous nuisez à vos effets oratoires. » Nos oreilles sont ici à votre service, mais, de grâce, » épargnez nos organes olfactifs. » L'accusé avouait qu'il avait bu un coup et qu'il ne se souvenait pas très bien de ce qui s'était passé, qu'il avait peut-être bien soulevé la chemise étendue sur la palissade, mais que, pour le reste, c'était une simple rigolade; qu'il avait peloté la Négresse, mais sans avoir l'intention de la prendre de force, « car la peau noire, ce n'est pas ragoûtant » ajouta-t-il d'un air convaincu. —« Le cas est plus grave que vous » ne croyez, » dit le Président; « dès l'instant que vous » avouez avoir soulevé la chemise d'Angola S*** étendue » sur la palissade, ce n'était pas probablement pour enfiler » des perles, et permettez-moi de vous dire, accusé, que

» faute d'ortolans et de grives, on mange des merles. Et
» ici, pour un merle, c'était un beau merle. » Rire général
de l'assistance, y compris l'accusé. « Rira bien qui rira le
» dernier! » dit sentencieusement le Président; « passons à
» l'audition des témoins. » Les témoins étaient deux vieilles
Négresses qui avaient dégagé Angola, déjà étendue sous
le libéré, et presque sur le point d'être violée. Invitée à
préciser la position, la première des vieilles s'exprime ainsi
sans ménagement. « *Li mouché blanc livé chemise Angola,*
» *li kembé* (tenir) *son co* (corps); *li kembé son posson avé*
» *main, et pi li poussé pou fé entré son patate Angola. Mo*
» *li tiré li. Kembé li par son cuisse, li sale mouché, li craché*
» *son posson son jus su vente* (ventre) *Angola.* — Il était
» temps, » dit le président, « de le retirer; alors vous avez
» vu, témoin, le sperme du libéré jaillir sur les appas de
» cette jeune Angola? — *Mo conai pas, mo dit, jus son posson*
» *craché su vente Angola.* — Vous tenez au jus du pois-
» son ». répond le facétieux B***; « sachez que ce poisson
» ne se cuit jamais pour être mangé, et qu'il se mange
» cru à la sauce blanche. »

L'autre témoin était arrivé juste quand le libéré s'é-
tait relevé de dessus la Négresse, et avait simplement
constaté « *son posson, li du, et li bout rouge comme machine*
» *à chien même.* — Comment avez-vous pu constater, »
dit le Président « s'il était dur ou mou? vous n'y avez
» pas porté la main, et alors vous ne devez pas essayer
» d'égarer la justice par des appréciations purement fan-
» taisistes. » Puis s'adressant à l'accusé. « Vous avez
» commis là un acte que je ne veux pas qualifier. Je sais
» bien que la faim fait sortir le loup du bois, mais ce
» n'était point une raison suffisante pour salir la chemise
» blanche de cette Négresse. » Et le pauvre accusé en
eut pour ses quarante ans de travaux forcés.

Les κουλλες **du bœuf.** — Une autre fois le Conseil

avait à juger un vol commis par un libéré. Cet homme, nommé R***, très intelligent, faisait le commerce des bœufs, et gagnait pas mal d'argent, ce qui excitait un peu la jalousie des gens du pays. Un taureau noir et blanc, de race Sénégalaise, appartenant à un vieux Créole, avait disparu, et on accusait R*** de l'avoir d'abord volé, puis tué et vendu comme *bœuf* sur le marché de Cayenne.

On avait bien trouvé, en faisant des perquisitions dans le parc à bestiaux de R***, une peau noire et blanche ; mais il se défendait avec énergie, donnant comme preuve qu'il avait depuis longtemps un bœuf de cette couleur ; que si, malheureusement pour lui, ce bœuf avait été vendu, il pouvait du moins prouver, par le certificat du vétérinaire du Gouvernement, que c'était bel et bien un bœuf et non un taureau qui avait été vendu. Il ajoutait que son bœuf lui ayant échappé quelques jours auparavant, il avait demandé l'autorisation de le faire poursuivre et tuer à coups de fusil, par un de ses employés. Les témoins, coolies Hindous du Créole, avaient bien vu abattre l'animal et avaient assisté à son dépeçage, mais de loin, par dessus la palissade de l'enclos du parc à bestiaux, et à vingt pas au moins de l'animal, le sieur R*** les ayant empêché d'entrer dans son parc. Celui-ci, soutenu par ses employés, jurait que l'animal était un bœuf. Les coolies, non moins unanimement, déposaient que c'était le taureau de leur patron. Le débat s'éternisait et les Juges étaient perplexes, quand le Président posa alors aux témoins les questions suivantes : « Il est facile de » reconnaître un taureau d'un bœuf. Le premier a des » testicules, le second n'en a pas. Les avez-vous pris et » palpés dans la main, oui ou non ? Non, n'est-ce pas ? » Alors, comment avez-vous pu voir, à vingt pas, si les » bourses de l'animal contenaient ou non des κουλλες? »

Et la conclusion de ce beau dilemme fut l'acquittement de l'accusé.

Le forçat qui viole la vieille Négresse. — Une autre cause grasse nous fut donnée par l'évasion d'un transporté en cours de peine, qui, envoyé en corvée dans la ville pour couper les herbes, se sauva avec son sabre d'abatis, trouva un canot sur le bord de la mer et, traversant la rade de Cayenne, prit pied sur le territoire de Roura. Là, se cachant dans le bois, il pénétrait dans les habitations, aux heures où les hommes et les femmes valides travaillaient aux champs, et, par la terreur de son sabre d'abatis, se faisait remettre des provisions par les vieilles femmes restées dans les cases, puis les violait pour les récompenser de leur hospitalité. Traqué, un beau dimanche, par la population entière, l'évadé, menacé d'être assommé comme un chien, fut pris et ramené au Pénitencier.

C'était un Normand d'une quarantaine d'années, retors et rusé. Les Noirs l'accusaient de prendre les vieilles femmes de force, mais lui se défendait comme un diable, déclarant qu'après avoir reçu la pâtée de ces charitables vieilles, c'était sa manière à lui de payer son écot à ces pauvres vieux troncs, où personne ne mettait plus son aumône ; il ajoutait que, de sa part, c'était un acte de dévouement *(sic)*, et que ce mode de paiement en nature était reçu avec des transports de reconnaissance.

« Mon Dieu, » dit notre jovial Président, « quoique » vous soyez loin d'être un Adonis, la chose est soute- » nable, et votre courage méritoire. Mais il faut que la » déposition de ces dames corrobore votre assertion. »

Le sexe féminin, mis ainsi en cause, était représenté par une grande diablesse de Négresse, d'au moins soixante-cinq ans, longue et maigre comme une haridelle de diligence, avec une tête de vieille jument. Les autres vic-

23

times de l'impudicité du forçat avaient refusé de faire le
voyage de Cayenne et s'étaient fait excuser par certificats
médicaux. L'une d'elles, âgée de soixante-douze ans, était
encore malade de la frayeur et des suites du viol commis
sur elle. Le témoin, interpellé par la phrase sacramentelle :
« Êtes-vous parente ou alliée de l'accusée ? » dressa
l'oreille et s'écria : « *Qui-ça, Mouché, mo paren à canaille-là*
» *voleu, asasin ! ou qu'a voulé ri, Mouché.*—Je vois bien, » dit
le Président, « qu'il n'y a, entre vous et l'accusé, aucun
» lien physique ou moral. Il est Normand et vous êtes
» Guyanaise, son poil est couleur queue de vache en gé-
» sine, vous êtes brune comme la femme de l'Ecclésiaste,
» *nigra*, mais pas du tout *formosa*, je le reconnais. Mais
» c'est une formalité de la Loi, que je suis obligé de
» remplir. — *Fomosa, femalité,* » dit la vieille, « *mo pas*
» *conaïte moune là. Ça pas moune Cayenne, ça moune*
» *Massogan, pas moune Nègue Roua.* »

La Négresse fit ensuite sa déposition, déclarant qu'elle
avait eu peur du grand sabre, et, plutôt que de se voir
couper la tête, elle avait donné volontiers à l'évadé les
quelques vivres qui étaient dans la case, espérant se débarrasser ainsi de lui, mais qu'ensuite, celui-ci s'était jeté
sur elle le sabre à la main, et que, malgré sa résistance, il
avait *abusé son pov co.* — « C'est grave », dit le Président; « après vous avoir menacé de son sabre, l'accusé
» vous a frappé traîtreusement avec son braquemard,
» comme un chevalier du Moyen-Age. Il était digne de
» passer devant une Cour d'amour. Eh bien ! accusé,
» reconnaissez-vous le viol dont le témoin vous accuse ?
» — Pas du tout, mon Président, » répond l'accusé,
« quand j'ai demandé à la vieille de la payer avec cette
» monnaie-là, vu que je n'avais pas d'argent dans ma
» bourse, plate comme une limande, elle a accepté. —
» Je comprends, » dit d'un ton paternel le Président,

« vous aviez la bourse plate, c'est vrai, mais en revanche
» les bourses pleines. Cela faisait compensation. — Oh !
» pas tant que cela, » riposte l'accusé, ancien notaire qui
se piquait de connaissances littéraires, « j'étais fatigué,
» j'avais mal dormi, et malgré ma bonne volonté, vous
» comprenez qu'en présence d'une telle odalisque, si
» elle n'avait pas pris mon υιτ pour le mettre dans son
» vieux tronc, j'aurais été incapable d'y aller. » La Négresse bondit à cet outrage comme un pur-sang sous le
fouet : « *Ou, sale moune, sauvage, voleu, ou qu'a insulté*
» *onnête fame, si ou pas focé mo, jamé consenti à coqué avé*
» *vou. Mo préféré mouri, que touché sale posson massogan.* »
Et la vieille, montrant des griffes de Harpie, allait arracher les yeux de l'ex-tabellion Normand si le bon Pandore ne s'était interposé. « Mais regardez-moi cela »,
dit l'accusé, « comme s'il était possible de prendre
» Madame de force ! une jeune fille, je ne dis pas, mais
» un vieux débris comme celui-là ! Quel remède contre
» l'amour ! Oh ! là, là ! ! ! » Cependant, le bon Président
lui octroya cinq ans de double chaîne.

L'Arabe qui a voulu empaler l'Hindou. — Un
Arabe, contremaître d'un placer, fut accusé d'avoir voulu
prendre de force un jeune coolie Hindou. Un des témoins
était une petite Capresse, infirmière au placer où le fait
s'était passé. Le Président lui pose les questions ci-après :
« Votre nom ? — Virginie Laviolette. — Votre âge ?
» — Seize ans. — Votre profession ? — Infirmière au
» placer Bonne-Nouvelle. — Bien, » dit le Président,
« vous soulagez l'humanité souffrante. Dites-nous, mon
» enfant, tout ce que vous savez. — Moi ? je ne sais rien »,
répond la jolie brunette, « mais on m'a dit que l'Arabe
» Mohammed avait voulu ενκυλερ l'Hindou » *(sic)*. —
» Mademoiselle, cela suffit, » dit le Président ; « je vois que
» la décence de votre langage répond à la modestie de

» votre patronne, qui préféra mourir plutôt que de se
» déshabiller devant un homme, et vous avez, de la vio-
» lette, l'exquise suavité. Vous pouvez vous retirer. » La
petite Mulâtresse ne comprit rien à ces fleurs de rhéto-
rique, mais notre excellent B*** alla (d'après la chronique), lui donner des explications à domicile.

CHAPITRE VII

on séjour à la Martinique. — J'ai expliqué les motifs qui m'avaient retenu, à la Martinique, pendant trois semaines avant d'aller à la Guyane, où j'ai pu séjourner près de trois ans. A mon retour de France, je restai encore une période de quinze jours à la Martinique.

Je n'ai point l'intention d'écrire ici, sur les races blanche, noire et de couleur, une étude analogue à celle de la Guyane. Ce serait me répéter souvent et allonger inutilement ce volume. Je me contenterai donc de signaler brièvement les quelques différences qu'on peut remarquer entre les populations de ces deux pays. Je ferai pour la Martinique ce que j'ai déjà fait pour le Tonkin.

La race blanche dite Créole pure. — Un premier fait frappe d'abord, c'est le nombre plus considérable de Créoles blancs qui ont pu ici faire souche sans l'apport du sang noir. Cela tient à ce que sur les hautes chaînes de montagnes de la Martinique on trouve, à des altitudes de huit cents à mille mètres, un climat réellement tempéré, presque froid l'hiver, où le Créole blanc a pu faire construire des sanatoriums contre la fièvre, l'anémie, l'hépatite, etc. A l'époque de la grande opulence de l'île, les riches Créoles avaient tous des maisons de campagne sur ces hauteurs, où ils venaient passer la saison chaude et retremper leurs forces. La race blanche a pu ainsi lutter contre les intempéries d'un climat moins rude cependant que celui de la Guyane.

Préjugé de la couleur. — Il ne faut donc pas s'étonner de trouver ici (il en était du moins ainsi en 187.,) le préjugé de la couleur, qui n'existe pas à la Guyane. La vraie race Créole blanche a constitué une sorte de Faubourg Saint-Germain complètement fermé à l'élément de couleur. Celui-ci a pu devenir, grâce à l'appui du bulletin de vote du Noir, la caste politique prédominante : la vieille société Créole l'a tenu soigneusement à l'index et lui a fermé ses salons. Le Créole blanc considère le sang-mêlé avec autant de dédain que le noble de vieille roche regarde son valet de chambre, et encore celui-ci ne peut point se targuer, comme le premier, d'avoir des aïeux qui ont acheté et vendu au marché les grands parents des gens de couleur.

La race noire à la Martinique. — Le Nègre et la Nègresse de la Martinique sont plus grands, plus svelte, plus élancés que leurs congénères de la Guyane. J'avais fait cette remarque lors de mon premier passage, et ce fut un vieux Créole blanc de Cayenne qui m'en donna l'explication. Il paraîtrait que les navires négriers, à l'époque de l'esclavage, commençaient par offrir leur marchandise humaine aux Antilles, où l'on prenait naturellement le dessus du panier, comme qualités physiques, et le rebut allait ensuite à la Guyane. Si ce fait est exact, et je n'ai aucune raison de croire le contraire, l'explication de l'infériorité corporelle du Noir Guyanais serait toute naturelle. Il faut également y ajouter l'influence du climat plus débilitant de la Guyane. Le Noir de la Marti-

nique est plus robuste et plus large d'épaules, mais son
visage est plus inquiet. Autant le Guyanais est paisible, soumis, tranquille, fuyant les querelles, autant le Martiniquais,
quoique tout aussi paresseux quant au travail manuel, est
bruyant, insolent et orgueilleux. Dans la rue, il ne vous
cèdera pas le pavé, à moins qu'il ne vous connaisse et
qu'il n'ait besoin de vos services. Les rixes entre militaires et Noirs, très rares à la Guyane, sont au contraire
très communes à la Martinique, et le sang coule souvent.
De mémoire d'homme, je ne crois pas qu'un Noir de
Cayenne ait jamais incendié une maison de propos délibéré. La torche est, au contraire, l'arme du Noir Martiniquais ; elle remplace pour lui la marmite de dynamite
de l'anarchiste. Pendant la guerre de 1870-71, il y eut
des insurrections et des incendies à la Martinique, et les
Noirs incendiaires criaient : « Vive la Prusse ! » On
attribue à la malveillance le terrible incendie qui vient de
détruire tout récemment Fort-de-France.

Caractères moraux de la Martiniquaise. — On
trouve, chez la Négresse de la Martinique, un caractère
analogue à celui de son mâle. Elle est plus vive, plus
laborieuse que la Guyanaise, qui est une *gnan-gnan*
molle, bonne mère de famille, mais trop peu délurée. La
Martiniquaise a beaucoup d'aptitude pour le commerce
et fait argent de tout. Elle travaille comme un homme,
ce que ne fait pas la Guyanaise. Le charbon des grands
bateaux des Transatlantiques est chargé par des centaines
de femmes, qui au son d'un tam-tam enragé, et en chantant à tue-tête, viennent verser leur couffin de charbon
dans les soutes du bâtiment.

La Martiniquaise n'a plus la foi vive et naïve de la
Guyanaise. La Martinique est trop lieu de passage pour
que sa population noire ait pu résister au frottement d'une
civilisation peu dévote. Mais elle est aussi plus dange-

reuse, et il faut se garer d'une Négresse à qui vous auriez causé préjudice. Ce n'est pas une bonne pâte de femme. Elle n'aime pas le Blanc; d'ailleurs le Noir de la Martinique déteste le Blanc, et il nous mettrait à la porte de l'île s'il en avait le pouvoir.

En ce qui concerne l'amour, ses formes et sa perversion chez la race noire, je n'ai rien à ajouter à ce que j'ai écrit à propos de la Guyane. Je me contente de dire que, si le Massogan court après la Négresse à Cayenne, à la Martinique, le *Becqué blanc* (Français de la Métropole) trouve suffisamment de femmes de couleur pour laisser la Négresse de côté.

La race de couleur. — Cette race a pris une extension remarquable depuis un demi-siècle. Elle est devenue assez forte, pour lutter contre la vieille race Créole et lui enlever la prédominance en politique. C'est l'avènement des nouvelles couches, prévu par Gambetta. Les gens de couleur riches font de leurs fils des notaires, des médecins, des avocats, des journalistes, qui occupent toutes les hautes situations politiques du pays. Mais tous ne sont pas riches. Les pauvres de cette race, Quarterons et Mulâtres, se font petits employés de commerce, ou entrent dans une administration. Beaucoup vont tenter la fortune ailleurs. Il paraît que, depuis quelques années, la Guyane est envahie par les Martiniquais, ce qui est vu d'un mauvais œil par la population Guyanaise, plus clairsemée et moins active, et qui sent que les nouveaux venus ont les dents longues et un appétit difficile à satisfaire.

La Mulâtresse. — Quant à la fille de couleur pauvre, elle fait le commerce d'amour sans aucun scrupule. Toutes proportions gardées, il y a plus de Mulâtresses et surtout bien plus de Quarteronnes à la Martinique qu'à Cayenne, et le choix des amateurs est plus grand. Je n'ai pas trouvé de notables différences entre les Mulâtresses de ces deux pays. Toutes les deux aiment bien le Blanc, mais la Martiniquaise est plus hardie, plus intrigante et assure mieux sa domination sur le *Becqué blanc* qui tombe entre ses mains. Elle est plus dépourvue de scrupules et ira chercher ailleurs les cadeaux que son amant lui refuse. Elle est aussi plus lascive que la Guyanaise.

La Quarteronne et ses passions vives. — La Quarteronne Martiniquaise dame certainement le pion à toutes les courtisanes d'Europe, et ce n'est qu'à Tahiti que j'ai trouvé une femme qui l'égalât. Il faut avouer que ce mélange du quart de sang noir donne un produit presque parfait. La forme générale du corps est celle d'une Européenne du Midi, le teint d'un brun mat; le visage est éclairé par de magnifiques yeux de gazelle. Le mollet est très développé et l'arrière-train fortement et lascivement arrondi. Les cheveux sont peut-être quelquefois encore un peu ondulés, quoique souvent châtain-foncé, ou roux-doré. Les lèvres sont fortes. Le sein est encore un peu piriforme. Les poils du pubis sont frisés et assez doux, quelquefois très fournis, et souvent d'une teinte moins foncée que celle des cheveux. Mais les dimensions de la vulve et du vagin s'éloignent de celles d'une Négresse et ne diffèrent pas sensiblement d'une Européenne.

· Les passions de la Quarteronne sont vives, comme celles de ses ascendants Blancs. Elle n'a pas les répugnances de la Négresse, et, moins scrupuleuse que la Mulâtresse, prend son plaisir partout où elle le trouve. C'est une vraie Circé, qui se prêtera à toutes vos fantaisies amoureuses, voire même lubriques. Mais quand un *bon Becqué* est l'amant d'une Quarteronne de la Martinique, celle-ci ne le quitte plus, si elle y tient, et préférera s'expatrier que de le lâcher. D'ailleurs, le Martiniquais est en général aussi voyageur par tempérament que le Guyanais est sédentaire.

24

On prétend que les *Fricatrices* et les *Lesbiennes* ne sont pas rares chez la femme de couleur de la Martinique, mais si j'ai trouvé quelques femmes qui étaient réputées pour posséder ce goût, je ne peux pas en conclure à une habitude générale. « *Dans le doute, abstiens-toi,* » dit le proverbe.

TROISIÈME PARTIE

AFRIQUE

SÉNÉGAL ET RIVIÈRES DU SUD

CHAPITRE PREMIER

Mon envoi au Sénégal. — Arrivée à Saint-Louis. — Impression
générale produite par la côte du Sénégal. — Quelques mots sur
la ville de Saint-Louis. — La ville Noire. — Caractères anthropologiques de la race Yolof. — Beauté de la jeune Négresse. —
Opération du sein chez les nouvelles accouchées.

on envoi au Sénégal. — Peu de temps
après mon retour de la Guyane, je fus en-
voyé au Sénégal, où une terrible épidémie
de fièvre jaune avait désorganisé le personnel médical et nécessité un renfort de médecins,
infirmiers, etc.

Arrivée à Saint-Louis. — Le Transport de l'État
sur lequel j'étais embarqué arriva devant Saint-Louis un

dimanche et défila le long de la côte, pour aller mouiller devant la barre de l'entrée du fleuve.

Impression générale produite par la Côte du Sénégal.— L'Académicien Loti a décrit admirablement l'aspect de la côte du Sénégal et l'impression qu'elle produit sur le voyageur qui vient de France pour la première fois : « En descendant la côte d'Afrique, quand on a dépassé l'extrémité sud du Maroc, on suit, pendant des jours et des nuits, un interminable pays désolé. C'est le Sahara, la grande mer sans eau, que les Maures appellent aussi *Bled el ateach*, le pays de la soif. Les solitudes défilent avec une monotonie triste, les dunes mouvantes, les horizons indéfinis ; et la chaleur augmente d'intensité chaque jour. Et puis enfin apparaît, au-dessus des sables, une vieille cité blanche, plantée de rares palmiers jaunes, c'est Saint-Louis du Sénégal, la capitale de la Sénégambie. Une église, une mosquée, une tour, des maisons à la Mauresque. Tout cela semble dormir sous l'ardent soleil, comme ces villes Portugaises qui florissaient jadis sur la côte du Congo, Saint-Paul et Saint-Philippe-de-Benguela. On s'approche et on s'étonne de voir que cette ville n'est pas bâtie sur la plage, qu'elle n'a même pas de port, pas de communication avec l'extérieur ; la côte, basse et toujours droite, est inhospitalière comme celle du Sahara, et une éternelle ligne de brisants en défend l'abord aux navires. On aperçoit ce que l'on n'avait pas vu du large : d'immenses fourmilières humaines, sur le rivage, des milliers et des milliers de cases de chaume; de huttes lilliputiennes aux toits pointus, où grouille une bizarre population nègre. »

Quelques mots sur la ville de Saint-Louis. — Saint-Louis est à sept lieues de l'embouchure du Sénégal. La ville est bâtie en entier sur une île en forme de losange très allongé, ayant deux kilomètres de long sur un demi-

kilomètre de large. Au centre se trouvent réunis le Gouvernement, l'église et les grandes casernes Rogniat ; un
peu plus au sud, l'Hôpital et, tout au nord, la mosquée.
Tout autour, dans la partie centrale, les rues, percées
dans le sens des axes du losange, sont bordées de maisons en maçonnerie, d'une forme cubique, et généralement à un étage, dont les toits plats sont en terrasse,
nommés *argamasses* dans le pays. Ces argamasses servent
à la réception des eaux pluviales, Saint-Louis n'ayant ni
fontaines ni puits à eau réellement potable. Nulle verdure, si ce n'est quelques palmiers dans quelques coins,
et un rudiment de jardin autour du Palais du Gouvernement, entretenu à grands frais pendant la saison sèche
où une barrique d'eau douce coûte cinq francs.

Le séjour de Saint-Louis est loin d'offrir un aspect
enchanteur, et c'est le véritable antipode du nid ver-
doyant de Cayenne où la végétation est d'une exubérance extraordinaire. Ici du sable jaune-gris et des murs
peints en blanc, dont le rayonnement vous aveugle.
Selon mon habitude, j'allai me loger à la pointe Nord, à
l'extrême limite du quartier Européen, pour me trouver
le plus possible en contact avec la population Noire, dont
les cases et maisons basses (en briques pour les gens
riches) sont reléguées aux deux extrémités de la ville.

La ville Noire. — Dans cette partie de l'île qui forme
la ville Noire, se pressent, agglomérées entre elles, les
cases et huttes des Nègres, ayant la forme de nos ruches
d'abeilles. En les visitant, on en voit d'éventrées, de
renversées, d'incendiées. Aux toitures coniques de celles
qui paraissent habitées, pendent de sales guenilles et des
débris de viande et de poisson. Des négrillons entièrement nus courent çà et là, sur le sable de la rive du
fleuve, éboulée et couverte d'ordures. Quelques vieilles
Négresses, à peine couvertes de misérables lambeaux de

pagne, aux seins pendants, accroupies devant la porte
des cases, fument leur pipe et regardent passer le pro-
meneur. Devant la porte se trouve le mortier à mil,
creusé dans un immense tronc d'arbre, et l'on peut voir
souvent la batteuse de mil portant son enfant à cheval
sur les fesses, manier le lourd pilon. Des négrillons tout
nus, filles et garçons, avec une ceinture de grains de
verroterie enfilés dans une ficelle, vous environnent et
vous poursuivent du refrain monotone : *Toubab, donne-
moi sou.*

Si, des deux pointes de l'île, vous passez sur l'étroite
bande de sable qui s'étend entre la mer et la rive droite
du fleuve, vous tombez sur le village du faubourg de
Guet' N' Dar, relié à la ville par un petit pont sur pilotis.
C'est dans ce faubourg que se tient le marché indigène,
si pittoresquement décrit dans le *Roman d'un Spahi*, de
Loti. Enfin, pour sortir de la ville par l'Est, et aller dans
la grande Ile de Sohr, il faut traverser un immense pont
de bateaux qui a huit cents mètres de long.

Caractères anthropologiques de la race Yolof. —

La ville de Saint-Louis est à peu près entièrement habitée
par la race Yolof ou Oualof. Cependant on peut y
trouver des spécimens de toutes les races Nègres du
Sénégal. Il serait trop long d'entrer dans le détail de
ces diverses races, et en prenant les Yolofs comme
type, il me suffira, par suite, de faire ressortir les principales différences que les autres présentent avec celle-là.

Dès les premiers pas à travers la ville et ses faubourgs
Nègres, le voyageur qui a visité nos colonies d'Amérique, trouve une grande différence entre leurs habitants
et le Nègre d'Afrique. Les Noirs des Antilles et de la
Guyane proviennent d'anciens esclaves importés de tous
les coins de l'Afrique depuis Louis XIII, et libérés en

1848. Le mélange de tous ces peuples divers a fait une race sans caractère original, plus ou moins abâtardie, corrompue par son contact avec le Blanc et par la tare de l'esclavage des grands parents. Il n'en est pas de même au Sénégal. Quoique l'esclavage y subsiste, les diverses races ont conservé leurs caractères particuliers, et rien ne diffère plus par exemple d'un Yolof qu'un Peuhl.

Les Yolofs viennent du Oualo et se sont établis peu à peu dans notre capitale du Sénégal. Mais ils ont conservé les mœurs et coutumes de leurs ancêtres, qui se sont laissés convertir au Mahométisme. C'est pour eux qu'on a élevé une superbe mosquée à la Pointe Nord. Leurs cases s'alignent le long des rues de la ville et sont divisées en groupes séparés par des *tapades* ou claies en roseaux de cinq à six pieds de hauteur. Une cour est toujours réservée devant ces cases. Pendant que la femme travaille dans la maison, l'homme pêche, chasse ou occupe un petit emploi.

La race Yolof est belle ; sa stature est au-dessus de la moyenne de l'Européen. Les bras et les jambes sont longs ; mais, si la cuisse est assez charnue, le mollet est très maigre. Le pied est large et plat, la tête petite. Loti, dans le *Roman d'un Spahi*, dépeint exactement le Yolof en quelques lignes : « Si on s'arrête devant Saint-Louis, on voit bientôt arriver de longues pirogues à éperon, à museau de poisson, à tournure de requin, montées par des hommes noirs qui rament debout. Les piroguiers sont de grands hercules maigres, admirables de formes et de muscles, avec des faces de gorille, avec une persévérance Nègre, une agilité et une force de clowns ; dix fois de suite, ils ont relevé leur pirogue et recommencé le passage ; la sueur et l'eau de mer ruissellent sur leur peau nue, pareille à de l'ébène verni. »

Les enfants vont tout nus jusqu'à la puberté et n'ont d'autre costume qu'une mèche de toison laineuse respectée sur le devant de la tête rasée. A l'époque de la puberté, chez les garçons (vers douze à treize ans généralement), on commence à les couvrir avec le *boubou* bleu ou blanc, sorte de grande chemise en cotonnade très ample, sans manches et sans coutures sur le côté, tombant presque sur les pieds. Les filles sont également habillées à leur nubilité, c'est-à-dire de dix à douze ans au plus tard, avec un pagne qui laisse le buste à nu, et qu'elles remplacent souvent, quand elles sont femmes, par un boubou plus court que celui des hommes.

Beauté de la jeune Négresse. — On peut ainsi suivre, chez les enfants, le développement progressif de la race. Contrairement à certains peuples de l'intérieur de l'Afrique, les Yolofs ne se tatouent point. N'étaient les seins qui se déforment au premier enfant, et la tête avec son nez épaté et ses grosses lèvres, les Négresses sont pour la plupart admirables de formes. Cela se conçoit : ces femmes vivent à l'air; le corps et les membres, non entravés dans leur développement, poussent au grand air comme de robustes plantes ; le buste n'est pas déformé par le corset, cet instrument de torture des femmes civilisées. La Négresse (fille ou femme) ayant à manier plusieurs heures par jour un pilon du poids de huit à dix kilos, cet exercice gymnastique répété donne aux muscles des bras et des épaules un développement considérable. Aussi les Négresses sont-elles très vigoureuses et il ne ferait pas bon pour un *Toubab* (Blanc) de chercher à les violenter. Le sein de la jeune fille nubile qui n'a pas eu d'enfants est piriforme, mais compact, dur et résistant à la main, et les bouts très durs, dirigés horizontalement, pointent sous le boubou. La démarche est souple et gracieuse, et le pagne qui couvre la partie inférieure du corps, drapé avec grâce, ne gêne en rien la légèreté de l'allure. Après le premier enfant, tout change. La beauté des seins et du corps en général se fane vite. Le sein s'allonge, et devient pendant comme une mamelle de chèvre, avec lequel il offre une certaine ressemblance. La cause en est simple et peu connue cependant : en tout cas, je ne l'ai trouvé relatée dans aucun récit de voyage au Sénégal et en Afrique.

Opération du sein chez les nouvelles accouchées. — La Négresse, pour manier le pilon à mil, doit avoir les deux mains libres. C'est pourquoi elle porte son enfant à cheval sur les fesses, maintenu en place par un grand linge qui passe sous les bras de l'enfant et est attaché sous les seins de la femme. Quand l'enfant demande à téter, la mère l'incline sur un côté, passe en même temps sa mamelle sous le bras, et continue ainsi son travail pendant l'allaitement. Le poids du lait serait impuissant à faire tomber le sein d'une jeune femme et l'allonger suffisamment. Cette curieuse déformation provient d'une opération chirurgicale, que les vieilles matrones pratiquent sur les nouvelles accouchées. Cette opération, qui consiste à couper les muscles sous-cutanés qui redressent les seins, à l'aide d'une incision oblique faite avec beaucoup d'habileté, est douloureuse au point de faire crier la patiente. Cependant elle accouche généralement sans un cri et se lève deux heures après pour baigner son enfant. Il est vrai que l'ampleur considérable de son vagin lui rend l'accouchement extrêmement facile, bien plus qu'à la Congaï Annamite, qui reste couchée quarante jours et qui prend de grandes précautions pour éviter une péritonite mortelle. Ce mode de port sur le derrière du corps est commode pour l'enfant, car la Négresse a généralement les fesses très développées, et sur ce double bourrelet arrondi, l'enfant est assis aussi commodément que sur un banc. Mais cela a l'inconvénient de lui arquer fort souvent les jambes et de lui donner la démarche d'un cavalier démonté.

CHAPITRE II

**aces diverses autres que le Yolof. —
Musulmans et Fétichistes.** — Je ne veux
pas entrer à fond dans le détail des caractères
moraux, mœurs, coutumes, etc., de tous les
peuples du Sénégal. Je me bornerai à quelques considérations générales, préférant développer davantage tout ce
qui se rapporte plus spécialement à l'amour. Je donnerai
cependant les caractères anthropologiques et moraux qui
différencient les principales races.

On peut d'abord les classer en deux grandes catégories :
les Musulmans et les Fétichistes. Les Yolofs, les Sérères,
les Toucouleurs, les Peulhs, les Soninkés ou Sarrakholais, sont musulmans ; au contraire, les Bambaras, Malinkés, Mandinghes, Kassonkés sont fétichistes. D'autres
races du Sud de la Sénégambie, telles que les Diobas,
anciennement fétichistes, deviennent progressivement
musulmanes. Avant notre arrivée au Sénégal, les Musulmans étaient en train de conquérir par le sabre les
peuples fétichistes, et c'est la civilisation Française qui
a brisé dans son élan l'expansion du Mahométisme. De

là, la haine que les sectateurs de cette religion nous portent.

Le Toucouleur. — Au-dessus du Oualo, sur la rive gauche du Sénégal, dans le Fouta-Toro et les pays voisins, on trouve le Toucouleur, race excessivement guerrière et pillarde, soldats de l'islamisme. Nous les avons toujours trouvés au premier rang parmi nos adversaires. A leur amour pour la lutte, ils joignent une intelligence très vive, et on en trouve beaucoup dans les cadres des Tirailleurs Indigènes. C'était dans cette race que El Hadj Omar recrutait ses meilleurs soldats, ceux qui lui ont permis de conquérir un grand Empire dans le Soudan ; nous lui en avons enlevé, depuis dix ans, les plus belles provinces.

Les caractères anthropologiques des Toucouleurs diffèrent peu de ceux des Yolofs. Le Toucouleur est plus élancé, mais moins robuste que le Yolof. Il arrive à Saint-Louis avec un simple lambeau de chiffon couvrant sa nudité. Il vit de la charité de ses coreligionnaires et couche sous le premier abri venu, n'ayant ni feu, ni lieu. Il amasse sou par sou tout son gain, jusqu'à ce qu'il ait les vingt francs qui lui sont nécessaires pour l'achat d'un fusil à pierre, qu'on lui délivre avec un petit baril de poudre de traite (du poids de cinq kilos) et une douzaine de pierres à fusil. De plus, il a eu soin de mettre de côté tous les débris de métal qui lui sont tombés sous la main, boutons de portes, morceaux de gros fil de fer, pieds cassés de marmite, etc., tout lui est bon, car avec tout cela le forgeron Nègre fabriquera de grossiers projectiles qui n'ont ni portée, ni précision, mais qui, de près, font des blessures atroces. Beaucoup de soldats Français en ont éprouvé les effets.

Le Peulh. — Il forme une race nombreuse, disséminée entre le Sénégal et le Haut-Niger. D'après le général Faidherbe, les Peulhs seraient originaires de la Basse-Égypte, et descendraient des *Hycsos*, peuple pasteur, chassés par les Pharaons. Ce sont des musulmans fanatiques, dont El Hadj Omar a tiré un grand parti. Comme leurs ancêtres, ils sont nomades, vivant des produits de leurs troupeaux. Le Peulh est bien en effet d'origine Sémitique ; si ses cheveux ne sont pas lisses, du moins ils tombent en tire-bouchons sur ses épaules. La teinte générale de son corps est d'un brun-rougeâtre, et les muqueuses externes du gland et de la vulve presque aussi claires que celles du Mulâtre. Les traits sont réguliers et il n'a pas le nez épaté des autres Nègres. Le Peulh vient rarement à Saint-Louis et ne se trouve presque pas dans les rangs des Tirailleurs Indigènes, auquel je consacre plus loin quelques lignes.

Le Sarrakholais. — Ce peuple est certainement de race Sémitique et son nom est synonyme d'*homme blanc*. Nous empruntons au colonel Frey, qui dirigea en 1885-86 une expédition contre les Sarrakholais, soulevés par le marabout Mahmadou Zamine, la description des caractères anthropologiques de cette race :

« Le visage est ovale, les yeux sont grands, bien dessinés, le nez droit, les lèvres minces. L'origine Sémite se révèle encore dans le port de la tête qui est tenue haute, fière, et dans l'harmonieuse proportion des membres, qui sont bien conformés et de longueur convenable. Si l'on examine la jeune fille de race pure, on est encore frappé davantage de la ressemblance de ses traits avec ceux qui caractérisent la race blanche. Son nez est petit, souvent aquilin, aux narines très mobiles, les yeux sont fendus en amande et surmontés de très longs cils, grands, avec une expression étrange de gazelle effarée ; la bouche correcte, parfois gracieuse, laisse voir des dents petites, bien

rangées et du plus pur émail; sa gorge, son buste sont
admirables de forme; ses membres bien proportionnés,
un peu grêles peut-être; ses attaches fines; avec sa peau
bronzée, rougeâtre plutôt que noire, la jeune Sarrakholaise est un petit être qui ne manque ni de charme ni de
séduction. Toutefois, à la suite des croisements multiples
avec les races Noires, chez un grand nombre de Sarrakholais, les traits se sont degradés, ont dégénéré et ont
emprunté à ces races leurs formes épaissies et grossières.

» Ce qui est demeuré comme un trait caractéristique du
peuple Sarrakholais, c'est une intelligence supérieure à
celle des autres peuples au milieu desquels il vit, une
civilisation plus avancée, une âpreté au gain toute particulière, et surtout un esprit de mercantilisme, une aptitude vraiment extraordinaire pour le commerce, qui ont
fait surnommer les Sarrakholais les *colporteurs de l'Afrique
occidentale*.

» Ces colporteurs Sarrakholais fournissent tous les
Dioulas, qui sont les caravaniers. Leur pacotille se compose d'un peu de sel, de cotonnades, de poudre et de quelques fusils de traite. Ils brocantent et troquent leurs marchandises en voyageant d'une contrée à l'autre, et quand
ils ont acquis quelques gains, ils se font marchands d'esclaves : c'est leur rêve favori. Le Dioula a eu soin, dans
cette prévision, de se munir au départ de quelques fers
habilement forgés, dont il se servira pour soumettre,
réduire les captifs les plus récalcitrants, ceux qui, provenant de prises de guerre, se résignent difficilement à
leur sort misérable, succédant à la condition d'homme
libre et qui, prompts à la révolte et d'une garde difficile,
lui ont été vendus quelquefois pour une poignée de sel.
D'autres Sarrakholais, qui n'ont pas un goût assez vif
pour la pérégrination, emploient d'autres moyens pour
arriver à cette situation tant désirée de chef de case. Dès

l'âge de quinze ans, ils se rendent à Saint-Louis, à nos postes, à nos escales. Là, ils accaparent les emplois indigènes les plus lucratifs, les places les mieux rétribuées, et autant que possible celles qui exigent le travail le moins pénible.

» La presque totalité des matelots indigènes *(laptots)*, qui composent au Sénégal l'armement de nos avisos et des chalands des négociants sont Sarrakholais. Les meilleures places de domestiques, de maîtres d'hôtel, d'employés indigènes de commerce, à Saint-Louis, sont occupés par des Sarrakholais. Sur les seize capitaines de rivière, sorte de pilotes dont la situation est très enviée des indigènes, en raison des avantages de toute sorte qu'elle rapporte, quatorze sont Sarrakholais. En revanche, on ne trouve pas un homme de cette race parmi les spahis, et à plus forte raison, parmi les tirailleurs Sénégalais : le service y est trop dur, la solde trop faible. »

D'après le colonel Frey, le peuple Sarrakholais formait, il y a quelques siècles, un vaste Empire au cœur du Soudan, empire dont les débris sont aujourd'hui épars sur le Continent Africain sous les noms de Soninkés, Markankés et Sarrakholais. On en trouve à la fois sur la rive droite et la rive gauche du Sénégal. Nous avons tenu à donner *in extenso* cette citation, car elle est la réfutation la plus complète du sophisme de la civilisation du Noir du Sénégal par le Blanc.

La civilisation du Blanc est sans action sur le caractère du Noir. — On a vu en 1885-86 la race la plus intelligente, celle des Sarrakholais, en pleine prospérité matérielle, prospérité qu'elle devait en partie à la civilisation Européenne, se lever contre elle comme un seul homme, sur les derrières de la petite colonne Française engagée dans le Haut-Soudan contre Samory. Dans

les rangs des révoltés se trouvaient en première ligne
d'anciens laptots et employés des négociants de Saint-
Louis. D'autre part, cette race connaît l'aversion du
Toubab pour tout ce qui touche à l'esclavage, cette plaie
de l'Afrique, et le Sarrakholais, qui a souvent vécu dans
l'intimité du Blanc, n'hésite pas à se faire marchand
d'esclaves. Le fanatisme musulman est pour beaucoup
dans la haine qu'il éprouve contre le Blanc chrétien.

Je compléterai la description anatomique du Sarrakholais dans le chapitre relatif à l'organe de la génération
dans la race Noire.

Les Kassonkés. — Une autre race d'origine Sémitique, mais plus abâtardie, par son croisement avec le
Noir autochtone, est la race Kassonké. Les Kassonkés, ou Kassonkais, sont de grands et beaux hommes,
aussi forts et aussi robustes que les Yolofs, dont ils se
rapprochent seulement à ce point de vue, car ils sont
paresseux. Ils habitent le Natiogo, le Kasso et le Soyo,
sur la rive gauche du Haut-Sénégal. Le costume des
hommes est assez original : il mérite une description particulière. Comme coiffure, ils ont une sorte de petit
bonnet à deux visières pointues qu'ils portent sur le côté,
comme nos soldats leur képi. Ils ont un pantalon bouf-
fant à la mode des zouaves, mais plus court et plus ample.
Leur costume est complété par un petit boubou tombant
jusqu'à mi-jambes. Ce costume, fabriqué en étoffes du
pays, est teint en jaune ou en brun. Les femmes sont très
jolies, tant qu'elles sont jeunes, mais elles se font, avec
de la teinture d'indigo, des piqûres violettes aux lèvres
et aux gencives.

Le Kassonké est loin d'être brave comme le Sarrakholais. Il est généralement voleur, paresseux et ivrogne.
En sa qualité d'ivrogne, il n'aime pas une religion dont
un des principaux préceptes est l'abstention des liqueurs

fermentées. Il diffère encore en cela du Sarrakholais, rigide observateur de la loi. Sans être brave, il aime pourtant la guerre ou plutôt le pillage, qui en est la conséquence naturelle chez tous ces peuples ; mais s'il rencontre une résistance sérieuse, il fuit sans vergogne aucune. Il vole surtout les femmes et les enfants qui circulent sans défiance autour des villages, pour les vendre comme esclaves. Un indigène adulte, voyageant seul et sans armes, n'est même pas en sûreté, et risque fort d'être appréhendé par deux ou trois malfaiteurs, qui le conduiront bâillonné à un village voisin pour être vendu comme esclave. Mais le Kassonké a le plus grand respect pour le Blanc, qu'il redoute. Il n'a pas, comme le Yolof, le Toucouleur, cette haine sourde et vindicative du Musulman contre le chien de Chrétien, sentiment qui a fait révolter la race Sarrakholaise, en pleine période de paix et de prospérité. Autour de Médine, en plein pays Kassonké, l'islamisme a bien fait quelques adeptes, mais ils sont peu fervents, et cette religion tend plutôt à y décliner. L'école du marabout n'est guère suivie que par les enfants des traitants Yolofs, établi en grand nombre dans ce poste pour le commerce avec le haut fleuve.

La jeune fille Kassonké. — Une fort jolie description de la jeune Kassonké a été faite dans le *Roman d'un Spahi* déjà cité, de Loti :

« Fatou-Gaye se chaussait d'élégantes petites sandales de cuir, maintenues par des lanières qui passaient entre l'orteil et le premier doigt, comme des cothurnes antiques. Elle portait le pagne étriqué et collant que les Égyptiennes du temps de Pharaon léguèrent à la Nubie. Par dessus, elle mettait un boubou, grand carré de mousseline ayant un trou pour passer la tête, et retombant en péplum jusqu'au-dessous du genou. Sa

26

parure se composait de lourds anneaux d'argent, rivés aux poignets et aux chevilles, et puis d'odorants colliers de soumarés.

» Elle était bien jolie, Fatou-Gaye, avec sa haute coiffure sauvage, qui lui donnait un air de divinité Hindoue, parée pour une fête religieuse. Rien de ces faces épatées et lippues de certaines peuplades Africaines qu'on a l'habitude, en France, de considérer comme le modèle générique de la race Noire. Elle avait le type Kassonké très pur : un petit nez droit et fin, avec des narines minces, un peu pincées et très mobiles, une bouche correcte et gracieuse, avec des dents admirables ; et puis, surtout, de grands yeux d'émail bleuâtre, remplis, suivant les moments d'étrangeté grave ou de mystérieuse malice. »

Malinkés et Bambaras. — Les Malinkés et les Bambaras sont des Nègres fétichistes, descendant, d'après le docteur Collomb, de la race Mandinghe, qui aurait pour berceau les bords du Niger. Elle n'a aucun mélange de croisement, et se trouve caractérisée par des lèvres épaisses, un nez très épaté, des cheveux laineux, et un angle facial peu ouvert. On trouve les Malinkés sur les bords du Niger et des affluents supérieurs du Haut-Sénégal, où ils forment la majeure partie de la population.

Les Bambaras sont principalement établis sur la rive droite du Niger. Ils offrent les mêmes caractères anthropologiques que les Malinkés, mais ils sont moins grands, plus trapus ; leur jambe est pourvue d'un mollet plus fortement musclé que celui des autres Noirs. Intelligents, vigoureux et braves, ils sont l'objet de la haine et le but des attaques incessantes des peuples musulmans qui les environnent.

Le Malinké est plus élancé, mais moins robuste et

surtout moins brave que le Bambara. D'après le colonel
Frey, le Malinké, soit par terreur superstitieuse, soit par
poltronnerie, ne voyage pas la nuit, à moins qu'il n'y
soit contraint par les circonstances : car si, le jour, il peut
compter sur son arme, sur son agilité pour braver les
périls, il est exposé, dans l'obscurité profonde, à mille
dangers auxquels il ne pourra pas toujours se dérober.
Dès le coucher du soleil, sa vue éprouve un affaiblissement considérable ; on le dirait frappé de cécité. On
attribue ce fait à la consommation immodérée, par le
Malinké, de l'allo, feuille desséchée du boabab, et à la
faible quantité de sel qu'il consomme.

Le Tirailleur Sénégalais. — Le Tirailleur Sénégalais
est un volontaire qui se recrute, moyennant finances, dans
toutes les populations du Sénégal. On n'est pas difficile
sur la provenance, pourvu que l'homme soit sain et
robuste. J'ai fait le service médical dans un bataillon de
Tirailleurs à Saint-Louis, et le commandant de ce bataillon m'a assuré que les trois quarts des Nègres de
l'intérieur qui venaient s'engager pour trois ans dans les
postes du fleuve, d'où on les envoyait au chef-lieu,
étaient des esclaves achetés à leurs maîtres, qui touchaient
la prime de trois cents francs. Par le fait même de son
engagement, le Tirailleur redevient libre à sa libération du
service militaire.

J'ai pu, par des soins médicaux donnés aux familles de
Tirailleurs, pénétrer dans bien des détails de mœurs.
Le colonel Frey a consacré quelques pages à la description
du modeste Tirailleur Sénégalais, sans lequel il aurait été
impossible de conquérir le Haut-Sénégal et le Soudan.

« Ce corps est formé, « dit-il, » d'éléments empruntés
aux différentes races de la Sénégambie, qu'un œil exercé
distingue à la simple inspection. Le Toucouleur se recon-

naît à sa nature belliqueuse et à son caractère bruyant et vantard ; le Bambara, qui provient le plus souvent de captifs faits sur le Niger, à ses membres robustes, à son tempérament calme ; le Peulh, à ses traits réguliers, à ses jambes grêles et nerveuses et à son extrême agilité ; le Yolof, plus policé que les autres Noirs, à sa nature douce, à ses manières moins rudes.

» Malgré cette diversité de recrutement, les Tirailleurs ont un esprit de corps remarquable. Ce sont de précieux auxiliaires d'une grande intrépidité et pour la plupart d'une réelle bravoure. Le Tirailleur est le véritable soldat de la conquête. Nul mieux que lui n'est apte à faire une marche forcée, à exécuter les coups de main qu'un chef jeune et audacieux peut concevoir et entreprendre. Une fois revêtu de ses grigris (amulettes en cuir) auxquels il n'accorde plus, en réalité, une très grande confiance depuis qu'il a vu tomber sous ses balles nombre de ses ennemis qui en étaient couverts, mais dont il aime néanmoins à se parer en guise d'ornement ; une fois muni de sa peau de bouc, qui contient sa provision de six à sept litres d'eau, de sa besace, qui renferme une poignée de couscous et ses cent vingt cartouches, un chef peut lui demander de marcher vingt heures durant : c'est pour lui un jeu d'enfant. »

Le Tirailleur ne brille pas toujours par une très grande discipline, surtout lorsqu'il se trouve sous les ordres de chefs qui, débarqués de la veille, ignorants de la langue du pays, des mœurs des Indigènes, ne savent pas le commander et le rebutent : de plus, passant chaque année neuf mois sur douze dans la brousse, il faut, pour le conduire, une main ferme, mais aussi une autorité paternelle ; sinon il désertera sans scrupules, avec armes et bagages. Par exemple, le Tirailleur est pillard dans l'âme.

Si l'on n'y veillait, même, il en est qui se feraient volontiers détrousseurs de caravanes. Le Tirailleur est l'objet du mépris des traitants, des gens aisés, et en général, de tout musulman. N'est-il pas un mercenaire à la solde des Blancs, un transfuge, presque un renégat? Lorsqu'il fut question de doter le Sénégal d'une loi qui rendrait le service obligatoire pour les Indigènes, des protestations nombreuses s'élevèrent parmi les Noirs de Saint-Louis : « Nous résisterons à une pareille loi, » s'écrièrent-ils, « dussions-nous nous insurger contre l'autorité Fran- » çaise ».

CHAPITRE III

État social et caractères moraux de la race Nègre en général. —
Chefs et Marabouts. — Hommes libres, griots et forgerons. —
Village griot de Krina. — Esclaves. — La question de l'esclavage.
— Caractères moraux du Noir. — Opinion du Noir sur le Toubab
civilisé. — Le mousqueton de Karamoko. — Coutumes diverses
et superstitions communes aux peuples du Sénégal. — Amulettes musulmanes et grigris fétichistes.

tat social. — Au-dessous de leurs chefs et
marabouts, toutes les races Nègres peuvent
se diviser en trois castes bien tranchées : les
hommes libres, les *griots* et les *esclaves.* Tous
ces peuples ont des chefs, sortes de petits roitelets de
village, qui pressurent leurs sujets tout comme les tyrans
de l'antiquité Grecque. Chez les peuples musulmans, le
grand chef possède à la fois le pouvoir civil et le pouvoir
religieux de grand marabout, comme El Hadj Omar,
Mahmadou Lamine, qui souleva les Sarrakholais, Ab-
doul-Bou-Ba-Kar dans le Fouta-Toro, et tant d'autres.
Ils ont au-dessous d'eux des marabouts ordinaires, prêtres de la religion musulmane, qui combattent pour leur
foi. Ce sont eux qui donnent à leurs soldats des grigris et
amulettes contre les balles, le fer, le feu, etc.

Les hommes libres. — On les divise en plusieurs
catégories. En tête, le guerrier, cultivateur à ses heures.
Au-dessous, la classe des industriels, dont les divers corps
de métier forment des corporations analogues à celles de

nos pères avant 1789. Par une singularité qui rappelle
les castes de l'Inde, on ne peut s'allier qu'entre gens du
même métier, et ce métier est héréditaire : un fils de forgeron restera toute sa vie forgeron, lors même qu'il ne for-
gerait pas. Je ferai remarquer, en passant, qu'une seule
profession en comprend quelquefois bon nombre d'autres.
Ainsi le forgeron est à la fois serrurier, armurier, potier,
et menuisier à ses heures. Il est même orfèvre-bijoutier,
et ses bijoux ne manquent pas d'une certaine élégance
barbare. Il cumule encore avec l'emploi de chirurgien-
sorcier, et c'est lui qui circoncit les petits garçons. Le
métier de tisserand est généralement exercé par des
captifs.

Le griot. — Au même niveau social que le forgeron,
chirurgien, sorcier, on trouve le griot *(Dieli-Ké)*. C'est
le musicien, grand chanteur de louanges de quiconque le
paie, le ménestrel du Moyen-Age. Il joue généralement
d'un instrument qui ressemble étonnamment à la vielle
du Savoyard, et il en tire des mélodies extravagantes.
L'accordéon est aussi en faveur chez lui.

L'homme libre méprise le griot, mais le craint. Il est
plus intelligent que le commun de la population, et il
exploite tout le monde, soit en chantant les louanges des
généreux, soit en faisant chanter et en insultant ceux
dont il a à se plaindre.

Le griot va à la guerre sans fusil, comme le forgeron-
armurier, mais avec un sabre dont il ne se sert pas. Il se contente, pendant le combat, de chanter et d'exciter les
guerriers à bien se battre. Si son parti vient à être
vaincu, il change sans vergogne d'opinion et exalte ser-
vilement le vainqueur, qu'il maudissait avant la bataille.
Certains griots deviennent souvent les conseillers des
plus puissants chefs.

J'ai connu à Saint-Louis et dans l'intérieur quelques

griots de peuples musulmans. Ils n'ont jamais résisté à l'attrait d'un bon verre d'absinthe ou de *sangara* (eau-de-vie de traite), quand on le leur offrait en cachette.

Si le griot chante pendant le combat, le forgeron répare les armes, fabrique les grossières balles en fer forgé, et, après la bataille, chirurgien improvisé, coupe les membres, tranche dans les chairs des blessés et extrait les balles. Pas un Européen ne résisterait aux mutilations, souvent atroces, qui résultent de cette chirurgie peu conservatrice. Je dirai en passant que la femme du forgeron circoncit les jeunes filles, chez les peuplades où cette opération est pratiquée, et, chez les Kassonkés, coiffe les femmes et même les hommes. Pour en revenir aux griots, ils ne s'allient généralement qu'entre eux, et, à leur mort, ne sont pas jugés dignes d'une cérémonie funèbre. On les enterre généralement avec leur instrument dans le tronc d'un arbre creux que l'on bouche ensuite.

Esclaves. — Il y a trois catégories de captifs ou esclaves. La première comprend les *captifs de case*, qui font partie, depuis plusieurs générations, des esclaves de la famille et sont nés dans cette position. Ce sont plutôt des serviteurs à vie que des esclaves proprement dits. On ne les vend que très rarement, et pour des motifs très graves. En fait, ils sont considérés, par la coutume, comme partie intégrante de la famille, comme les affranchis de la Rome antique. La deuxième catégorie est composée du *captif de lougan*, ainsi nommé parce que c'est lui qui a la charge de la culture et des travaux divers. Généralement, on l'a acheté jeune, et il a grandi dans la maison. On tient à lui presque autant qu'au captif de case, et son sort n'est pas trop misérable. Vient ensuite le *captif de traite*. Celui-ci est une véritable marchandise humaine ; à peine nourri, malmené, battu sou-

vent, voyageant de caravane en caravane. Quand il tombe
en route, malade et épuisé, on le laisse crever par terre
comme un chien, et son cadavre devient la proie des
chacals et des hyènes.

Tous les efforts du gouvernement Français tendent à
mettre fin à cet horrible trafic, mais se heurtent contre
la routine et le mauvais vouloir des Nègres eux-mêmes.
J'ai dit que le Sarrakholais, la race la plus intelligente du
Sénégal, fournissait la plus grande partie des Dioulas,
conducteurs de caravanes. Les postes Français ont ordre
d'arrêter les caravanes, mais celles-ci font de longs
détours et savent échapper ainsi à la surveillance. Quand
les habitants d'un village sont mis en captivité, on commence par massacrer tous les mâles au-dessus de quinze
ans, et les vieilles femmes. Le reste est emmené en esclavage et vendu souvent à un prix dérisoire.

La question de l'esclavage. — Cette question de
l'esclavage est la pierre d'achoppement qui empêchera
toujours la civilisation Européenne de s'étendre. On ne
fera jamais comprendre au Noir qu'il n'a pas le droit de
vendre ou d'acheter au marché son semblable, comme
une tête de bétail. Mais entre le Noir fétichiste de l'intérieur de l'Afrique, ou de la côte du Dahomey, qui égorge
son esclave, et le Mahométan, qui le fait travailler dure-
ment, il est vrai, mais qui en a soin comme d'une bête
de labour, la distance est immense.

Nos efforts pour supprimer l'esclavage ne font que
nous aliéner les populations, et si la vente des esclaves
est interdite publiquement, il s'en fait quand même un
trafic presque ouvert dans les peuplades de l'intérieur.
A Saint-Louis même, où se trouve tout l'appareil com-
pliqué de la Justice Française, il existe, malgré tout, des
esclaves ramenés de l'intérieur par les traitants. Ils sont
déguisés sous le nom de domestiques et, en réalité, ce

sont des *serviteurs à vie*. Ce sont les fillettes de cette catégorie qu'on livre impubères aux amateurs de primeurs. Il est évident que les traitants Noirs, qui ramènent avec eux des esclaves, ne vont pas s'en vanter ; mais le fait n'en est pas moins exact, et j'en ai eu des preuves certaines. Ainsi, dans mon domicile, je voyais souvent venir un négrillon, couleur bronze antique, métis de Maure et de Négresse, qu'un riche traitant Noir, mon propriétaire, s'il vous plaît, avait ramené de l'escale de Podor au moment de la traite des gommes. Cet enfant, complètement nu, malgré ses treize ans, venait aider mon cuisinier à laver la vaisselle, et ses appointements consistaient en un morceau de biscuit de mer, qu'il déchirait avec des dents de jeune chien, et quelquefois un morceau de sucre. Quoique sa peau fût plus claire que celle d'un Capre et moins que celle d'un Mulâtre, il avait les muqueuses des lèvres et du gland couleur brun rouge très foncé. Voyant que j'avais l'air de m'intéresser un peu à cette créature, mon propriétaire me fit demander un jour si je n'avais pas envie de l'acheter. J'eus l'air d'acquiescer à cette proposition. Il me demanda trois cents francs, disant que c'était le remboursement de la guinée payée pour lui, et qu'il me le vendrait sous la condition expresse de laisser circoncire l'enfant et de ne jamais en faire un Chrétien.

On comprend aisément les motifs qui me firent refuser cette proposition. Croyant que je marchandais, il baissa le prix et, finalement, le fils du propriétaire, grand dadais de vingt ans, me proposa de troquer le négrillon contre un fusil de chasse à percussion centrale, à double canon de rechange, rayé, mon compagnon fidèle depuis quinze ans. Je gardai mon fusil et ne voulus point du négrillon.

Caractères moraux du Noir. — Je dirai seulement

quelques mots des caractères moraux, communs à toute
la race noire du Sénégal.

Il est certain que le Noir est encore plus différent moralement du Blanc que par la couleur de la peau. Les
observateurs superficiels lui reprochent sa paresse, son
apathie, son insouciance, son imprévoyance. Le Noir est
un grand enfant, qui ne prend aucun souci de l'avenir.
Quand la récolte est bonne, il mange et il boit sans pen-
ser à mettre quoi que ce soit en réserve, pas même du
grain pour la semence des *lougans* (terres cultivables).
Si la récolte prochaine manque, il meurt de faim. Mais
le Noir est honnête, probe; il a de la reconnaissance et
le souvenir des bienfaits reçus. Il oublie même souvent
les mauvais traitements. Pendant une maladie qui me
tint quinze jours alité, mon jeune boy Sarrakholais pui-
sait à même dans le sac des pièces de cent sous, pour les
besoins de la maison. Il était mon factotum : cuisinier,
palefrenier, valet de chambre. Il me rendait compte des
dépenses faites dans la journée et prenait lui-même
l'argent au fur et à mesure des besoins. J'inscrivais hors
de sa présence les dépenses journalières sur un carnet, et
quand je fus guéri, le compte était exact. Seulement, mon
gaillard m'avait mangé quatre kilogrammes de sucre en
quelques jours. En Cochinchine, mon sac aurait été enlevé par le boy Annamite dès le premier jour et peut-être
même, si j'avais été seul comme au Sénégal, ayant dans
mon tiroir une somme assez forte, aurais-je été empoisonné par le voleur désireux de s'assurer l'impunité.

Opinion du Noir sur le Toubab civilisé. — Le Noir
(et j'entends par là non pas le Noir ignorant, mais le
traitant ou le Sarrakholais qui s'est frotté, à Saint-Louis,
à notre civilisation), ne comprend pas un mot à notre
système de gouvernement. Pour lui, le gouvernement
Français est le mari de la République, qui est une femme

bien riche, qui commande à la France, sa propriété.
Quant aux soldats, ce sont les esclaves du gouvernement.
Allez donc faire goûter le système parlementaire à
de pareils gaillards! Mettez-leur dans la tête le service
obligatoire, et comment il se fait que, pour civiliser
problématiquement un Nègre, on envoie mourir de maladie le fils d'un paysan de la Normandie, ou d'un vigne-
ron du Bordelais, dans un pays malsain, ou le faire tuer
par un sujet de Behanzin au Dahomey! Cependant, le
Tirailleur Sénégalais conçoit la discipline à sa manière,
et on peut tout obtenir de lui, quand on sait le commander.

Les Noirs regardent avec de grands yeux toutes les
merveilles de la civilisation. Au début, cela les étonne,
mais ils s'y font, et, chose curieuse, ils ne cherchent pas à
se les expliquer. Ils ont tout dit, quand ils ont dit :
« C'est encore une invention du Toubab. » Le chemin
de fer du Sénégal, le télégraphe, le téléphone, les canons
rayés, la dynamite avec lesquelles on abat les murs de
leurs *tatas* (réduits fortifiés), rien de tout cela ne fait travailler leur obtuse cervelle. Le grand dadais, fils de mon
propriétaire, qui lisait et parlait le Français, me disait un
jour, quand je voulus lui prêter un Cours de Physique
élémentaire, pour l'instruire. « Les Blancs sont riches,
» ils savent et peuvent beaucoup, mais chacun son tour,
» et un jour viendra où le Noir en saura autant que le
» Toubab. »

Quelle que soit l'éducation que vous donniez au Noir,
vous ne changerez pas plus son esprit que si vous essayez
de changer la couleur de sa peau, et comme dit le proverbe, *à vouloir blanchir un Nègre le barbier perd son savon.*
Au point de vue moral, nous commettons une erreur
aussi forte en cherchant à faire entrer dans le cerveau
d'un Nègre nos idées d'Européens et de civilisés.

Le mousqueton de Karamoko. — On l'a bien vu pour les fils des principaux chefs élevés à Saint-Louis, à l'École des otages créée par Faidherbe. Une fois rentrés chez eux, ils se sont constamment montrés les ennemis les plus acharnés des Blancs. L'exemple de Karamoko, le fils de Samory, qui est venu à Paris où il a été reçu comme un fils de roi (singulière façon de rehausser notre prestige auprès des Noirs) nous en donne une preuve sans réplique. Il paraît qu'à son retour, son père lui envoya une escorte pour le recevoir avant l'entrée dans ses États. Karamoko revenait chargé de cadeaux du Gouvernement Français, notamment d'un mousqueton à répétition richement orné. Le chef de l'escorte, ayant osé sortir du rang, pour se présenter seul devant le fils du roi, Karamoko lui intima l'ordre de rentrer au plus vite à sa place, et comme le chef ne se pressait pas assez d'obéir, il lui envoya dans la tête une balle de son beau mousqueton. Après cela, il n'y a plus qu'à tirer l'échelle. Dans les derniers combats au Soudan de la colonne Archinard, Karamoko s'est montré notre ennemi le plus intraitable. Et cependant il n'a pas, comme les autres chefs Nègres, l'excuse de l'ignorance de notre puissance militaire. Il a vu tonner, au Camp de Châlons, des centaines de pièces de campagne et défiler une division de cuirassiers. Mon opinion au sujet du caractère des Noirs est absolument corroborée par celle du docteur Lota *(Deux ans entre Sénégal et Niger)*.

Coutumes diverses et superstitions communes aux divers peuples du Sénégal. — Je ne me propose pas de décrire les diverses coutumes des divers peuples du Sénégal. Je me bornerai à signaler, en quelques lignes, les coutumes et superstitions communes, la circoncision des garçons, la façon d'ensevelir les morts en leur tournant la face vers l'Orient, le salut de la main sur le cœur

quand on vient de serrer la main à quelqu'un, le chapelet musulman qui sert de contenance, comme l'éven-
tail de l'Espagnole.

Il est certain que le Mahométisme, imposé par la
force, n'a pris de racine réelle que chez les peuples d'o-
rigine Sémitique. Quant au véritable Noir fétichiste,
provenant de la race Mandinghe, c'est à peine si la religion de Mahomet a pu entamer son épaisse cervelle, et,
lors même qu'il est converti, il n'en conserve pas moins
sa superstition.

Lorsqu'un Noir est malade, tout en faisant des sacrifices aux génies, cela n'empêche pas ses parents ou
amis d'avoir foi dans les prières et les amulettes des
marabouts; on consulte en même temps un sorcier fétichiste qui ouvre un malheureux poulet pour en examiner
le foie, tout comme les augures de Rome.

Amulettes musulmanes et grigris fétichistes. —
Quand un Musulman est malade, on écrit sur des plan-
chettes spéciales de bois des versets du Coran, puis on
les lave et on fait boire cette eau au malade, ou bien on lui
attache autour de la partie malade un ou plusieurs sachets
contenant quelques feuilles de papier sur lesquelles on
trace quelques versets du Coran. C'est une médication à
la portée de tout le monde. Quant aux fétichistes, ils ont
foi aveugle dans les grigris qui leur sont vendus par les
sorciers pour préserver de la maladie, de la pauvreté, pour
être heureux en ménage et surtout contre la terrible
balle du Toubab, ou le couteau d'un ennemi. C'est à
peine si une bonne blessure arrive à les détromper, et si
par hasard ils n'ont qu'une contusion ou blessure sans
gravité, ils auront désormais une foi aveugle. C'est
dans la classe des forgerons que se recrutent les sorciers
vendeurs de grigris, et, pour épouvanter le bon populaire, ils s'accoutrent d'un costume bizarre fabriqué avec

des lanières d'écorce, une grosse calebasse creuse sur la tête, et se promènent la nuit dans le village en poussant des hurlements sinistres.

CHAPITRE. IV

tat social de la femme. — Les voyageurs
en train express représentent la femme Noire
comme une sorte de bête domestique, obéis-
sant et travaillant pour le mari, dont elle
est la propriété puisqu'il l'a achetée et qu'il peut en posséder plusieurs. Pour un observateur impartial qui va au
fond des choses, cette coutume du mari d'acheter sa où
ses femmes ne constitue pas pour celles-ci une infériorité
sociale. Quand on pénètre dans les mœurs des Noirs, on
s'aperçoit que la position de la femme n'est point aussi
malheureuse qu'on le dit, et qu'elle jouit d'une liberté
relative. Prenons comme type le ménage du Noir à Saint-
Louis. Le mari va chercher du bois, cultive quelques
parcelles de terre, pêche ou chasse. Les traitants indigènes, aux ordres des négociants Européens, remontent
le fleuve pour faire le commerce. C'est une caste assez
élevée et qui obtient vite une position fortunée. Dans
l'intérieur du Sénégal, l'homme court le pays, ou bien
reste accroupi sur une natte au seuil de sa porte, et égrène

son chapelet, s'il est musulman fidèle; quelquefois il coud les vêtements, travail peu fatigant qu'il a su se réserver. Pendant ce temps, la femme vaque à tous les gros ouvrages : c'est elle qui cultive, fait les récoltes, soigne les animaux, pile et prépare le couscous. Cette opération de piler le mil constitue un travail très pénible et oblige la femme à se lever au milieu de la nuit, car il faut plusieurs heures de battage pour faire du grain de mil, gros et consistant comme un grain de maïs, une farine grossière. L'après-midi le travail recommence. C'est en vain qu'on a essayé à Saint-Louis d'introduire les moulins à eau pour le broyage du mil : les Nègres s'y sont toujours refusés, disant que leurs femmes n'auraient plus rien à faire si elles ne pilaient pas.

Somme toute, l'état social de la Négresse n'est pas pire que chez beaucoup de peuples civilisés, même en France, où dans certaines régions les paysannes travaillent à la terre comme les hommes. Si, quand le mari rentre de la guerre, de la chasse ou du pillage, il ne trouve pas tout en ordre dans l'intérieur du ménage, il crie, rudoie et quelquefois cogne un peu la femme; pense-t-on que dans beaucoup de ménages du peuple cela ne se passe pas ainsi chez nous? Lisez l'*Assommoir* et la *Terre*, de Zola, et vous me direz si notre civilisation tant vantée est de beaucoup supérieure à celle du pauvre Noir. Les Nègres, hommes et femmes, aiment beaucoup leurs enfants, les rudoient rarement et ne les frappent presque jamais. Combien y a-t-il de parents civilisés en Europe qui puissent en dire autant?

Le mariage dans la race Noire. — Achat de la femme par le mari. — Le mari achète sa femme, chez tous les Noirs, musulmans comme fétichistes: c'est incontestable : et les Annamites donc! et tant d'autres peuples plus civilisés que les pauvres Noirs! Dans tous les cas, la

la jeune fille n'est pas appelée à se prononcer sur la demande dont elle est l'objet. C'est simplement une affaire
entre le futur mari et les parents. La dot se débat; elle
varie selon la richesse des deux partis; à Saint-Louis, des
pièces de guinée, des bestiaux, quelquefois de l'argent;
dans l'intérieur, un ou deux esclaves. Il suffit de donner
un acompte, en promettant de payer le surplus après la
cérémonie; les parents de la fiancée acceptent généralement. Dans l'intérieur, chez les Kassonkés, on peut
même retenir à l'avance une fillette toute jeune et donner
des arrhes, qui sont restituées fidèlement si les parents
ne livrent pas la fille quand elle est nubile; mais si c'est
le jeune homme qui refuse le mariage, tout est gardé par
les parents. Il n'y a qu'un cas de force majeure, c'est la
mauvaise conduite de la jeune fille; aussi, quand celle-
ci est nubile, vers l'âge de douze ans, on l'envoie à son
futur. Cette coutume du mariage, ou plutôt des fiançailles par consentement réciproque des parties inté-
ressées, existe aussi dans les villages Nègres du Ouolof,
autour de Saint-Louis.

**Vanité que met la femme Noire à être payée cher
par son mari.** — La Négresse ne considère pas du tout
comme un déshonneur d'avoir été payée à son père. Elle
tire au contraire vanité du prix élevé qu'on a donné pour
l'avoir. J'ai entendu à ce sujet une réponse typique de
l'une d'elles. Une famille Européenne, dont le mari, fonctionnaire de l'État, avait voyagé avec moi sur le transport,
était venue se loger, par économie, dans une petite
maison en briques, à la pointe Nord, près de la Mosquée.
La jeune femme Française, curieuse et bonne enfant,
avait lié connaissance avec les Noirs des environs, et pris
à son service une petite Négresse de douze ans. Au
bout de quelque temps la sœur de la Négresse, fille de
seize ans, aux formes splendides, vint annoncer son ma-

riage à la maîtresse de sa sœur. Elle épousait un traitant, jouissant d'un certain bien-être, et elle énumérait tous les beaux cadeaux offerts à son père pour sa dot. La dame lui dit d'un ton de reproche : « Comment, n'as-» tu pas honte de te vanter d'être achetée et payée à ton » père, comme si tu étais une bête? » Elle s'attira cette apostrophe de la Négresse piquée au vif : — « Tout ce que » mon fiancé offre à mon père pour me posséder, prouve » qu'il m'aime et fait cas de moi, tandis que toi et les » autres femmes de Toubabs, vos hommes vous trouvent » tellement laides, que vous êtes obligées d'acheter vos » maris, car sans l'argent que vous leur donnez, vous » n'en trouveriez pas. » Cette allusion à la dot des filles Européennes ne manque pas de sel, et la riposte était bonne.

Cérémonies du mariage. — Les cérémonies du mariage varient un peu selon les peuples, mais elles offrent en général le caractère d'une fête, plutôt que d'une cérémonie religieuse, même chez les Musulmans. Le mari commence par préparer la case, qui est vide. Le jour de la noce, la pudique fiancée, couverte d'un long voile épais, mais sans la moindre fleur d'oranger (différence avec la fiancée Européenne), est conduite par une matrone au domicile conjugal. Toutes les femmes amies de la famille lui font un cortège, portant sur la tête la corbeille de noces, qui se compose des ustensiles du futur ménage, tels que nattes, paniers, mortier, pilon, calebasse de couscous, mil, arachides, jarres en terre, etc., etc.

La fiancée entre dans la case, accompagnée de la matrone chargée de l'initier au doux mystère d'amour, pendant qu'au dehors le tam-tam retentit à coups redoublés. L'entrée de la case est absolument interdite aux hommes, mais les femmes du village viennent à tour de rôle visiter la fiancée, lui donner des conseils et la féliciter. Celle-ci, debout et toujours couverte de son voile, les écoute. Au dehors, le tam-tam fait fureur, et les griots chantent les exploits futurs et la grandeur du marié. A un moment donné, celui-ci entre dans la case, en expulse les femmes, ferme la porte, enlève le voile de la fiancée et ensuite... Le lecteur devine le reste.

A peine est-il entré, que le vacarme redouble, les tam-tams résonnent à crever, les vieux fusils à pierre, chargés à pleines poignées de poudre, partent avec des bruits de pièce de campagne, les femmes tapent des mains avec frénésie en chantant l'épithalame, et en sautant autour de la case, comme des Bacchantes. Les soupirs et les cris de la mariée sont couverts par ce bruit infernal, qui ne gêne en rien cependant les ébats du mari, au moins à ce que l'on m'a assuré.

Fidélité de la Négresse. — En général, la Négresse se montre fidèle à son mari, mais cette fidélité a lieu surtout vis-à-vis du Toubab, car elle craint de faire un Mulâtre, qui serait la preuve vivante de sa faute. C'est ainsi, en fait, que cela se passe à Saint-Louis, et il est plus facile d'obtenir les faveurs d'une jeune fille que d'une femme mariée. Bien souvent, par manière de plaisanterie, j'ai proposé le congrès aux femmes de mon voisinage, avec lesquelles je m'amusais à causer librement. « *Allah terré!* » « Dieu me tuerait! » s'écriaient-elles en rentrant précipitamment dans leurs cases.

Généralement, les Européens qui ne veulent pas ou ne peuvent pas trouver femme, en se procurant une bonne à tout faire, n'ont pour ressource que des prostituées de bas étage, véritables pierreuses de l'endroit, honnies et méprisées, comme des êtres immondes, par le reste de la population.

Les femmes de Tirailleurs. — La première chose que fait un Tirailleur, c'est de chercher à ramasser

quelques sous pour se procurer une femme; mais il
trouve difficilement son affaire à Saint-Louis, où il n'est
pas en odeur de sainteté, méprisé qu'il est par le traitant
Yolof, musulman fanatique. Il épouse quelquefois la
veuve d'un copain qui vient de mourir, et le plus généralement se procure une femme dans les expéditions de
l'intérieur, à la mode des Romains. Ce sont les captives,
femmes ou filles des vaincus, qui fournissent la majeure
partie des femmes des Tirailleurs. Le livre du colonel Frey, auquel je renvoie le lecteur, donne à ce
sujet des indications précises. J'ai vu, à Saint-Louis, des
femmes provenant de tous les coins de la Sénégambie et
du Haut-Soudan. Tout cela faisait bon ménage ensemble.

Leur peu de fidélité. — Les femmes de Tirailleurs
m'ont paru être moins fidèles que les autres Négresses.
Mais ceci tient évidemment à leur milieu social. Les
Tirailleurs à Saint-Louis reçoivent une solde fixe et ne
sont pas nourris. Les célibataires prennent pension,
moyennant finance, dans un ménage, et souvent même
couchent dans la case. On conçoit que cette promiscuité
favorise le laisser-aller des mœurs. Aussi la femme du
Tirailleur est-elle considérée avec autant de mépris par
une Négresse Yolof de Saint-Louis, qu'une cantinière
par la femme d'un banquier, en Europe.

Qualités de la femme du Tirailleur. — Cependant
cette femme possède des qualités extraordinaires. Sans
elle, il serait absolument impossible de faire opérer les
colonnes dans l'intérieur. Le Tirailleur, en effet, ne
porte pas de sac, jamais l'autorité militaire n'a pu le
décider à porter l'as de carreau de nos fantassins. En
expédition, son chargement consiste en une musette
de toile à voile renfermant des vivres, et une toile de
tente-abri, roulée en sautoir de gauche à droite, dans
laquelle sont placés quelques paquets de cartouches de

réserve. Il garnit ses deux cartouchières du devant et met le restant des munitions dans une poche à cartouches sur le derrière. Sur le côté est une peau de bouc pleine d'eau. La femme et les enfants suivent le Tirailleur en expédition. Le linge, les vivres, les ustensiles de ménage, les provisions de bouche, tout cela est entassé dans d'énormes paniers ronds que les Négresses portent sur sa tête; le poids souvent monte à plus de cinquante kilogrammes, et avec cela, les malheureuses font l'étape. Les enfants vont à pied, les tout petits portés à califourchon sur la croupe de leur mère. A l'arrivée, elles font des huttes de feuillage, lavent le linge, font cuire le couscous. Quand le mari est de service de garde, les galants ont beau jeu.

Si la femme de Tirailleur a la cuisse légère, elle a aussi le cœur sur le main. Demandez n'importe quoi à une Négresse, elle vous le donnera si elle l'a, lors même qu'elle devrait s'en priver. Mais aussi, comme elle a acquis des droits à votre reconnaissance, elle vous demandera souvent son *dimanche* (1). Heureusement elle se contente de peu, et une piécette d'argent la satisfait. Le Noir, en général, a comme un besoin inné de recevoir des cadeaux, et, riche ou pauvre, le moindre présent lui fait toujours plaisir.

La polygamie. — La polygamie existe chez tous les Noirs; mais, en général, les pauvres se contentent d'une femme. Les traitants riches de Saint-Louis peuvent en avoir jusqu'à six : une pour chaque jour de la semaine, repos le dimanche. Seuls, les marabouts et les grands chefs peuvent en avoir un nombre presque illimité, mais je dois dire qu'ils n'en abusent pas.

La maîtresse suprême de la case. — La maîtresse

---

(1) Expression de troupier : demander son dimanche, se faire donner une gratification.

suprême de la case est toujours la première femme
épousée ; les autres sont considérées comme des ser-
vantes : à rapprocher cette coutume de l'histoire d'Agar et
de Sarah, les deux femmes d'Abraham. Mais s'il y a du
tapage, de la discorde dans la case entre les femmes, le
mari les met d'accord en tapant dessus, avec une rare
impartialité. Tout homme peut prendre comme femme
une captive, et tant qu'elle reste stérile, il peut la vendre
ou la céder. Si elle a des enfants, elle acquiert des droits
légitimes et devient partie intégrante de la famille.

La jalousie, inconnue à la Négresse. — Toutes
les Négresses, à quelque race qu'elles appartiennent, ont
un caractère commun : c'est le peu de jalousie qu'elles
montrent à l'égard de leur seigneur et maître. Et ceci est
évidemment un résultat du droit du mari à posséder
plusieurs femmes. La même Négresse, qui se vantait
auprès de Mme D*** du haut prix mis par son mari à
l'obtention de sa main, vint quelques mois après lui faire
une visite et lui annoncer qu'elle était dans une position
intéressante; elle lui demanda un service. Son mari, se
disposant à partir pour le Haut-Fleuve, manquait d'argent
pour acheter une deuxième femme et elle venait emprunter deux cents francs dans ce but. Cet argent était
destiné à servir d'acompte, le mariage devant se faire
avant le départ du traitant, qui certainement, au retour,
rapporterait de quoi rembourser le prêt et payer intégra-
lement le prix de la deuxième femme. A cette demande
naïve, la petite Mme D*** resta suffoquée, et s'écria :
« Comment, malheureuse, tu viens emprunter de l'ar-
» gent pour que ton mari achète une autre femme? mais
» tu n'es donc pas jalouse? — Jalouse, qu'est-ce que
» c'est que cela? » dit la Négresse. — « Mais », reprend
la Blanche, « c'est d'être la seule femme, la seule maî-
» tresse chez toi, la seule enfin à partager le lit de ton

» mari. — Ah ! cela m'est bien égal, » riposta l'autre;
« je trouve que mon mari est trop souvent après moi,
» et qu'il me fatigue trop. Quand nous serons deux, la
» besogne sera moins lourde. Quand nous serons trois,
» il y en aura une qui se reposera, et quand nous serons
» quatre, en dehors du soin de nos enfants, nous pour-
» rons ne rien faire et causer entre nous. Si le mari
» nous bat, nous nous défendrons mieux. » Le fait est
que la femme Noire, si le mari commun la moleste à
tort, est défendue par les autres femmes. Il ne fait pas
bon la pousser à bout, si elle a raison, car le lourd pilon
à mil est entre ses mains une arme redoutable. Dans ce
cas, le mari n'a qu'une chose à faire : filer doux ou sortir
vivement de la case.

Divorce. — Quand la femme est trop maltraitée, elle
est libre, en restituant la dot, de quitter son mari et
même d'en prendre un autre. Ce procédé sommaire de
divorce n'est pas conforme à la morale civilisée, mais il
a le mérite rare de rendre les relations habituelles entre
époux plus affectueuses qu'on ne pourrait le croire d'abord.
Les enfants ne gênent pas dans cette séparation à
l'amiable, car ils suivent la mère, et le nouveau mari
prend à la fois la poule et les poussins.

Quant à l'esclave, maîtresse transitoire, tant qu'elle
n'a pas d'enfants de son maître, elle ne jouit d'aucun
droit. Gardée, tant qu'elle est jeune et jolie, vendue
quand elle a cessé de plaire, tel est son lot.

CHAPITRE V

Étude particulière des organes génitaux chez la race Noire d'Afrique. — Signes de la virginité chez la petite fille. — La circoncision.

E reporte ici une partie des observations médicales faites à la Guyane sur les petites Négresses, observations qui concordent parfaitement, à peu de différence près, avec celles du Sénégal.

Hymen. — L'hymen existe dans la race Noire comme dans la race Blanche. Mais il est bien moins développé et constitue une barrière moins efficace contre le coït, surtout quand il est effectué avec un pénis comme celui du Blanc, moins étoffé que celui du Noir adulte. Je parle ici de la race Noire pure. Chez les peuples d'origine Sémitique, comme le Sarrakholais, l'hymen est plus résistant. D'après Tardieu, chez la Française vierge, l'hymen offre une telle consistance, qu'il n'admet pas le bout du doigt indicateur. Chez la petite Négresse, au contraire, on peut généralement faire entrer le doigt indicateur sans détruire l'hymen. Chez elle, la vulve est moins ouverte à la partie supérieure, mais peu ou point fermée à la partie inférieure. Quant à son ouverture, elle est rarement dirigée en avant : elle l'est plutôt obliquement, de haut en bas.

Grandes et petites lèvres. — Chez la Négresse, les petites lèvres prennent de bonne heure un développe-

29

ment exagéré et dépassent de beaucoup les grandes. Est-ce un effet des manœuvres et des tiraillements, ou bien est-ce un signe particulier à la race ? Je ne puis le préciser, mais cet allongement exagéré coïncide avec la nubilité, et, chez les peuples fétichistes, l'excision est une règle générale.

Clitoris. — Le clitoris des petites Négresses est sensiblement plus développé. Après la nubilité, il grossit beaucoup.

Fourchette et Fosse naviculaire. — La saillie de la fourchette est moins considérable que chez l'Européenne.

Circoncision des jeunes Filles. — Cette circoncision est particulière aux peuples fétichistes et consiste dans l'excision des petites lèvres. Cette opération n'est nullement religieuse : elle est simplement hygiénique. Il est à remarquer que chez ces peuples c'est le forgeron-chirurgien qui circoncit les garçons, et que c'est sa femme qui circoncit les filles. L'instrument employé dans les deux cas est un couteau en fer, mal aiguisé, produisant plutôt l'effet d'une scie que d'un instrument de chirurgie. Mais si cette opération n'est pas une cérémonie religieuse, elle donne lieu à une fête assez curieuse, qui met en liesse toute la population du village ; on revêt, ce jour-là, ses plus beaux habits et on se réunit sur la place au son du tam-tam des Griots.

Fête de la circoncision des Filles. — Au bruit d'une musique infernale composée de tam-tams, de divers instruments et des chants des Griots, les jeunes filles à opérer, superbement habillées et parées de leurs plus beaux bijoux de famille, font le tour du village, et reviennent sur la place, où commence un bal qui dure près de vingt-quatre heures. Quand elles sont exténuées et tombent de fatigue, elles sont emportées par les vieilles matrones dans la case où l'on doit les circoncire. L'excision a lieu au point du jour, et les femmes du village se rendent seules aux cases du forgeron et de son épouse, l'opératrice. Voici comment celle-ci pratique : l'opérée est assise sur un bloc en bois de cinquante centimètres de hauteur environ, placé à quelque distance du mur de la case. En s'asseyant, elle écarte fortement les cuisses, le buste cambré en arrière, la tête presque horizontale touchant le mur. Les bras, rejetés en arrière, s'appuient contre un petit banc placé le long du mur. Cette position fait entr'ouvrir la vulve et saillir les petites lèvres. La matrone s'accroupit en face de la jeune fille, saisit, de la main gauche, d'abord la lèvre droite et l'incise d'un coup bref, puis elle fait la même opération à la gauche. L'hémorrhagie est arrêtée par l'application d'un cataplasme dont la base est formée de boue ferrugineuse de forgeron, délayée avec de l'eau contenant un peu d'alun. Cet emplâtre a une action styptique en même temps que cicatrisante. L'opérée doit rester une semaine sans sortir de la case. Pendant les trois ou quatre semaines qui suivent, on voit, tous les matins, un troupeau de filles sortir des cases, en boitant, un bâton à la main, pour aller au fleuve faire leurs ablutions. Enfin un beau soir, elles enlèvent le pansement et vont gambader à la bamboula.

La Négresse nubile. — C'est encore bien plus aux Négresses du Sénégal qu'à celles de la Guyane que l'on peut appliquer l'épithète de vastes. En raison des dimensions de la vulve et du vagin, et du peu de sensibilité nerveuse de la Négresse, l'accouchement est facile et sans grandes douleurs. Chez la Négresse adulte, la vulve est placée très bas et descend presque verticalement ainsi que le vagin, à cause de sa longueur, qui est plus considérable que chez l'Européenne. Le clitoris est assez

prononcé et souvent de la grosseur du petit doigt d'un
adulte. Le pubis est proéminent et recouvert de quelques poils raides et durs. Les Négresses les rasent elles-
mêmes avec un cul de bouteille cassée.

L'organe génital du Nègre. — Suivant la loi habituelle, dont nous retrouvons ici la confirmation, l'organe génital du mâle est en rapport exact, comme
dimension, avec l'ampleur de l'organe femelle. Et, de
fait, à l'exception de l'Arabe, qui peut presque rivaliser
avec lui, le Noir du Sénégal dispose, parmi toutes les
autres races humaines, de l'appareil génital le plus considérable. Il est encore plus développé que celui du Noir
de la Guyane.

**La Circoncision, cause probable de la grosseur
du pénis du Nègre.** — Sans hésitation, j'attribue la
grosseur du pénis à l'opération de la circoncision. Il est
indubitable que l'enlèvement de la partie de la peau et de la
muqueuse préputiale, qui comprime et encapuchonne le
gland, en l'empêchant de sortir souvent dans l'érection,
est une gêne pour le libre développement de l'organe
chez le jeune garçon. On sait qu'à l'époque de la puberté,
chez l'Européen, il se produit en quelques mois des
changements considérables dans l'organe génital. Les
testicules grossissent très vite et la verge se développe
rapidement. Mais chez beaucoup de jeunes gens, par
suite de l'étroitesse de l'extrémité libre du prépuce,
il y a phimosis complet, surtout chez les pubères qui ne
sont pas adonnés à la masturbation. Il m'est souvent
arrivé, dans mes visites sanitaires à la caserne, de constater chez beaucoup de jeunes soldats Français une
forme nettement tronconique de la verge, qui allait en
diminuant graduellement de la racine au gland. Celui-ci,
recouvert en entier du prépuce, décalottait difficilement

en état de flaccidité, et plus difficilement encore en érection. D'autres fois, si le phimosis incomplet laissait sortir le gland en partie, la brièveté du frein du prépuce courbait le gland et l'empêchait de prendre sa position et sa forme normales. C'est là le phimosis, qui est assez commun dans toutes les races Européennes, et dont on ne peut se débarrasser que par une circoncision plus ou moins complète, que, d'ailleurs, beaucoup refusent, à moins qu'il n'y ait nécessité absolue. Prenons maintenant le jeune négrillon de treize à quatorze ans, que l'on circoncit au moment de la puberté.

Effet de la Circoncision sur la grosseur du pénis du pubère. — On a enlevé un bourrelet assez étendu de chair et de peau, et la rétraction ramène la peau du pénis en arrière de la couronne du gland, à un ou deux centimètres au moins ; quand le pénis se développera, le gland, n'étant gêné en rien, prendra sa grosseur normale. La cicatrisation, aidée par la réparation de la perte de peau et de muqueuse enlevées, fait que la partie la plus large de la verge correspond à la cicatrice circulaire, consécutive à l'opération. Quoique le gland soit très développé, il reste encore d'un diamètre légèrement inférieur à cette partie du pénis qui, dans son ensemble, ressemble assez à un gros poisson à museau rond et à queue courte. On comprend maintenant pourquoi les Noirs de la Guyane nomment leur verge un poisson.

Le Nègre est bien l'homme-étalon, et rien ne saurait donner une meilleure idée (comme couleur et grosseur) de l'organe d'un Nègre en érection, que la verge d'un petit âne d'Afrique. L'absence du poil du pubis, que les Nègres épilent, complète cette ressemblance. Elle ne se borne pas cependant à la couleur et au volume, car la verge du Noir, quoique en complète érection, est encore molle comme celle de l'âne et donne, à la main qui la

presse (je l'ai déjà dit), la sensation d'un tube en caoutchouc à parois épaisses, plein de liquide. Dans l'état de
flaccidité, la verge du Nègre conserve encore une grosseur et une consistance plus grande que chez l'Européen, dont l'organe se ratatine et devient mou et
flasque. Les **dimensions** moyennes du pénis m'ont paru,
en général, de dix-neuf à vingt centimètres de longueur
sur cinq centimètres de diamètre. Excepté chez les
jeunes pubères, rarement le pénis descend au-dessous
de seize centimètres sur quatre et demi. J'ai pu prendre
ces dimensions chez les Tirailleurs, où l'on rencontre
des spécimens de la plupart des races du Sénégal et du
Haut-Niger. Il m'est arrivé souvent de trouver des pénis
de vingt-quatre à vingt-cinq centimètres sur cinq et
demi, et une fois, chez un Bambara de vingt ans à peine,
un organe monstrueux de vingt-neuf centimètres de
long sur six et demi de diamètre au bourrelet circulaire
de la circoncision.

**Opinion de Mantegazza sur la grosseur des or-
ganes génitaux des Nègres.** — J'ai trouvé dans Mantegazza *(L'Amour dans l'Humanité)* la confirmation absolue de ce que je viens de dire : « Les observations sur
les formes et les dimensions des organes génitaux dans
les diverses races sont encore peu nombreuses ; il est
pourtant démontré que les Nègres ont généralement le
membre viril plus volumineux que les autres peuples,
et j'ai moi-même vérifié ce fait pendant les quelques
années où j'exerçais la médecine dans l'Amérique méridionale. A ce volume des parties génitales chez le mâle,
correspond une plus grande largeur du vagin chez les
Négresses. Falkenstein a trouvé que les Nègres du
Loango ont le pénis très gros, et que leurs femmes nous
reprochent l'exiguïté du nôtre. Il combat l'idée singulière de Topinard, d'après lequel ce serait dans l'état de

flaccidité que l'on pourrait constater cet énorme volume, le pénis se réduisant au contraire dans l'érection. Falkenstein a aussi observé que chez les Négresses de Loango, comme chez nous, le début de la menstruation présente de grandes différences individuelles..»

Mais je ne suis plus d'accord avec Mantegazza quand il discute les avantages et les inconvénients de la circoncision.

Opinion de Mantegazza sur la Circoncision. — « Les historiens du Judaïsme ont exagéré la valeur hygiénique de la circoncision. Il est vrai que les circoncis sont un peu moins disposés à la masturbation et aux maladies vénériennes, mais la circoncision est surtout une marque distinctive et une mutilation cruelle de l'organe protecteur du gland et d'un instrument de volupté. C'est une sanglante protestation contre la fraternité universelle, et si le Christ fut circoncis, il protesta sur la croix contre tous les signes qui séparent les hommes. Dimerbroek dit que le prépuce augmente pour la femme la volupté dans l'accouplement. C'est pourquoi, en Orient, elles préfèrent les non-circoncis. Je n'oserai pas l'affirmer, parce que, lorsque le membre est en érection, la verge circoncise et la verge non-circoncise sont semblables. De toute façon, ce serait à la femme de résoudre ce délicat problème, car personne n'a jamais dit son opinion à ce sujet. Je sais seulement que, chez les peuples civilisés, la circoncision est une absurdité, et moi, qui ne suis aucunement antisémite, qui ai beaucoup d'estime pour les Israélites, je crie et je crierai toujours aux Juifs : Ne vous mutilez pas, n'imprimez pas sur vos corps cette marque odieuse qui vous distingue des autres hommes. Tant que vous le ferez, vous ne pourrez prétendre à être nos égaux. Car c'est vous-mêmes qui, du premier jour de votre vie, vous

proclamez, par le fer, une race distincte qui ne veut ni
ne peut se mêler à la nôtre. »

Je suis, pour mon compte, d'un avis radicalement
opposé à celui de Mantegazza, et je vais développer en
détail mon opinion.

Avantages incontestables de la Circoncision — Il
est de fait que la circoncision offre des avantages sérieux,
sans présenter d'inconvénients réels. La douleur de l'opération en est le principal ennui. Mais une fois l'opération
faite, le gland restant toujours à découvert et frottant
contre les vêtements, sa muqueuse se dessèche, durcit et se
tanne. Les glandes sébacées de la couronne se tarissent
et leur sécrétion désagréable disparaît presque entièrement. Il est certain que la sensibilité générale de l'appareil s'émousse et que le coït, pour arriver à l'éjaculation,
demande un temps plus long. Mais s'il est plus long, le
résultat est le même pour l'homme, et la femme y trouve
avantage. Je crois que peu de femmes me démentiront.

L'immense avantage que je trouve à la circoncision, c'est
la suppression à peu près complète de toutes les maladies
que le phimosis développé entraîne à sa suite, directement
ou indirectement : balanites, posthites, phlegmons du
pénis, etc. Un pénis à gland sec, et dont la peau est un
peu tannée, est infiniment moins susceptible de contracter
la syphilis qu'un gland encapuchoné par un phimosis, à
peau fine et délicate, à frein qui le bride. La moindre
écorchure dans un vagin porteur de plaques muqueuses
donne la contagion.

J'espère que le lecteur sera de mon avis et donnera tort
à Mantegazza.

Suppression de la masturbation chez les circoncis.
— Un autre avantage indiscutable et non moins précieux
de la circoncision, c'est qu'elle supprime presque radicalement chez le pubère le vice de la masturbation. J'ai

en effet remarqué que le petit négrillon qui se masturbe avant la circoncision, ne se masturbe plus après. Il n'éprouve jamais ces titillations continuelles que ressent l'Européen pourvu (malheureusement pour lui) d'un phimosis complet, à tel point que s'il ne prend pas des soins journaliers de propreté, le gland, entouré d'une couche nauséabonde de smegma sébacé, reste, ainsi que le méat urinaire, dans un état d'irritation morbide.

L'Arabe et le Nègre sont à l'abri de tout cela. La circoncision est chez eux une nécessité de premier ordre, et c'est pourquoi le fétichiste, qui exècre le musulman, est circoncis comme lui. Chez le négrillon impubère, la verge, presque aussi forte que celle d'un Hindou (homme-lièvre), est pourvue d'un prépuce très allongé et très proéminent. D'ailleurs l'enfant contracte de bonne heure l'habitude de tirailler par le prépuce la verge qui, à ce petit jeu incessamment répété, finit par s'allonger. Cette pratique provient chez eux d'une tradition, et ces jeunes polissons mettent une sorte de gloriole à posséder un long anneau préputial, le jour de la circoncision. C'est bien le cas de le dire, où diable l'amour-propre va-t-il se nicher ?

Fête de la Circoncision chez les Fétichistes. — La circoncision, chez le Musulman, est presque une cérémonie religieuse, tandis que nous avons vu que le mariage n'en était pas une. Par contre, chez le Fétichiste, c'est une fête célébrée avec éclat et qui n'a encore aucun caractère religieux. J'emprunte à l'auteur d'un livre très intéressant (Bechet, *Cinq années dans le Haut-Soudan*) la description de la fête de la circoncision dans un village Malinké :

« Nous devons assister aujourd'hui à une grande fête. C'est demain la circoncision des jeunes garçons du village de Makadiambougou, et les virtuoses les plus renom-

30

més viennent prêter leur concours à cette solennité.
L'orchestre se compose de huit balafours, cinq koras, une
vingtaine de guitares, des flûtes, des tambourins et des
tam-tams, en un mot, tout ce qu'on a pu rassembler de
musiciens et d'instruments ; il y a également des chœurs
de femmes et de jeunes filles.

« Les fréquentes libations de *dolo* (bière de mil), faites
depuis le matin, ne sont pas étrangères à l'ardeur musicale et chorégraphique que chacun déploie déjà en attendant le commencement de la solennité. Le prix du *gouro*
a doublé, et ce précieux aphrodisiaque commence à manquer sur le marché, tellement les habitants du village en
ont fait de grandes provisions. Vers trois heures de
l'après-midi, nous voyons se diriger du côté du Fort une
foule nombreuse. Ce sont les jeunes héros de la fête
qui, accompagnés des Griots, viennent en grande pompe
saluer le Commandant et tâcher d'obtenir de lui quelques
générosités. Les futurs circoncis sont au nombre d'une
trentaine, de douze à quatorze ans. Ils sont en grand
boubou de fête, couverts des bijoux et des amulettes de
leurs familles respectives. Leur figure est rayonnante :
tout ce que l'on chante autour d'eux pour les encourager
à supporter vaillamment la brutale opération, les grise
et les excite.

» D'une voix criarde et éraillée qu'il fait sortir de la
gorge, le chef des Griots leur dit : « Demain vous serez
» purs, demain vous serez des hommes. Vous pourrez faire
» la guerre. Les cavaliers de Samory fuiront devant vous. »
Les femmes et les jeunes filles reprennent en chœur
presque textuellement les mêmes paroles : puis les Griots
continuent tous ensemble : « Un Malinké n'a pas peur
» de laisser couler son sang. » Les jeunes filles : « Les fils
» de Malinké n'ont pas peur du couteau. » Les Griots :
« Demain toutes les femmes seront contentes de vous. »

Et pendant toute la durée de la fête, on leur chante sur tous les tons et sur tous les airs de semblables litanies.

» Je passe sous silence les détails concernant l'opération elle-même. Armés d'un sabre, les héros de la journée viennent l'un après l'autre, en piétinant, danser devant nous un pas guerrier, qui consiste à mimer des parades et des gestes menaçants contre un ennemi imaginaire, pendant que, d'une main encore inhabile, ils essayent de faire tournoyer la lame brillante autour de leur tête ; ils ont des inflexions des jambes qui donnent à leur corps souple et jeune un mouvement de gauche à droite excessivement gracieux. Puis, à leur tour, les femmes et les jeunes filles dansent en faisant rouler la tête sur les épaules avec une telle vigueur que la nuque vient toucher le dos, ce qui produit sur les spectateurs une impression des plus désagréables.

» Les chants et les danses continuent toute la nuit : mais, désireux d'assister à la cérémonie qui n'a lieu qu'au lever du soleil, nous ne faisons acte de présence au tamtam du soir que pendant une demi-heure. L'interprète nous dit que la circoncision se fait publiquement, et qu'à part les femmes tout le monde peut y assister ; qu'en général les Noirs n'aiment pas la présence des Blancs, mais que, cependant, pour le Commandant et les officiers du Fort, cette exclusion n'existe pas. Depuis bientôt trois ans que je suis dans le pays, j'assiste pour la première fois à cette cérémonie bien curieuse à différents points de vue. Ici je ne parlerai que du courage vraiment étonnant dont ces enfants font preuve. L'instrument dont se sert le forgeron-chirurgien est un mauvais couteau en fer du pays, aiguisé à la lime et passé sur un caillou ; les patients chantent, les bras en l'air, et sourient aux spectateurs enthousiasmés qui déchargent leurs fusils en poussant des cris sauvages. Lorsque l'opération est terminée, on assied l'enfant dans le sable chaud, où il est enterré jusqu'à la ceinture. Il est ensuite cloîtré pendant un mois dans une case, d'où il ne doit sortir que complètement guéri. »

Je vais compléter ce récit, en donnant les détails de l'opération elle-même.

Je tiens ces détails d'un de mes collègues qui a été témoin de l'opération. Le forgeron-chirurgien est pourvu d'une petite plaque en cuivre jaune d'une épaisseur de deux à trois millimètres, percée d'un trou au diamètre d'un peu plus d'un centimètre. Il enfile dans le trou le prépuce de l'enfant et, avec la main gauche, le tire en avant de manière à le faire déborder de la quantité nécessaire (variable selon la longueur du prépuce et la grosseur de la verge), tandis que la main droite arrête la pointe du gland, de l'autre côté de la plaque. Il a soin ensuite, avec le pouce et l'index de la main droite, de retirer un peu la peau du gland vers la base de la verge, pendant que le bourrelet préputial est maintenu en place. Cela fait, il saisit son couteau qu'il tenait entre ses dents, et d'un seul coup tranche net la partie du prépuce en avant de la plaque. Celle-ci retirée, le chirurgien-forgeron aspire avec ses lèvres le sang qui sort de la plaie, retire doucement en arrière la peau de la verge pour découvrir le gland et lave la plaie avec une eau contenant une essence résineuse (probablement un suc extrait d'une térébenthine) qui a la propriété d'arrêter le sang. Le prépuce enlevé est mis comme bourre avec un morceau de chiffon, dans un vieux fusil chargé à moitié canon, et on tire le coup en l'air au milieu des cris de fête. L'opération se termine comme je l'ai déjà dit pour les jeunes filles, et le pansement journalier de la plaie se fait avec de la boue ferrugineuse, qui est un sédatif et un cicatrisant.

CHAPITRE VI

Danses érotiques des Noirs du Sénégal. — L'*Anamalis fobil* et la *bamboula* des Yolofs. — La danse du ventre chez les Landoumans du Rio-Nunez. — Danse obscène du massacre des blessés et muti-lation des morts sur le champ de bataille. — Le gourou, ou noix de kola, aphrodisiaque des Noirs.

ous les peuples du Sénégal ont une danse qui leur est particulière. Chez les Bambaras du Haut-Niger, c'est une danse de caractère, sorte de pas guerrier mimé par les hommes armés. Mais chez la plupart des autres peuples, la danse a un caractère érotique. Celle qui a le plus de cachet est la fameuse danse des Yolofs du Oualou, qu'on désigne plus généralement sous le nom générique de *bamboula*.

L'Anamalis fobil, bamboula des Yolofs. — Elle se danse couramment dans les rues de Saint-Louis et dans les faubourgs nègres de la ville à la clarté de la chaste Phœbé (lors de la pleine lune), dont les rayons brillants permettent de ne pas perdre un seul détail. Dès la tombée de la nuit on entend les coups de tam-tam qui appellent sur la place la population Nègre. Le début est calme, les tam-tams résonnent avec peu d'entrain, danseurs et dan-seuses esquissent timidement quelques pas, et puis ren-trent dans les rangs des spectateurs. Peu à peu on s'échauffe, les danses deviennent plus audacieuses et plus risquées, le tam-tam accentue la cadence, la foule bat des mains en poussant des cris obscènes et surtout le fameux *anamalis fobil*, et le paroxysme lubrique atteint son apogée. Loti, dans le *Roman d'un Spahi*, donne la description de cette danse. On me permettra de la lui emprunter :

« *Anamalis fobil !* hurlaient les Griots, en frappant sur leur tam-tam, l'œil enflammé, les muscles tendus, le torse ruisselant de sueur. Et tout le monde répétait en frappant des mains avec frénésie : *anamalis fobil ! anamalis fobil !* la traduction en brûlerait ces pages. *Anamalis fobil !* les premiers mots, la dominante et le refrain d'un chant endiablé, ivre d'ardeur et de licence, le chant des bamboulas du printemps ! *Anamalis fobil !* hurlement de désir effréné, de sève Noire surchauffée au soleil et d'hystérie terrible, alleluia d'amour Nègre, hymne de séduction !

» Aux bamboulas du printemps, les jeunes garçons se mêlaient aux jeunes filles qui venaient de prendre en grande pompe leur costume nubile, et sur un rhythme fou, sur des notes enragées, ils chantaient tous, en dansant sur le sable : *Anamalis fobil !... Bamboula !* Un Griot qui passe frappe quelques coups sur son tam-tam. C'est le rappel, et on se rassemble autour de lui. Des femmes accourent, qui se rangent en cercle serré, et entonnent un de ces chants obscènes qui les passionnent. L'une d'elles, la première venue, se détache de la foule et s'élance au milieu, dans le cercle vide où résonne le tambour ; elle danse avec un bruit de grigris et de verroterie ; son pas, lent au début, est accompagné de gestes terriblement licencieux ; il s'accélère bientôt jusqu'à la frénésie ; on dirait les trémoussements d'un singe fou, les contorsions d'une possédée.

» A bout de forces, elle se retire haletante, épuisée, avec des luisants de sueur sur sa peau noire ; ses compagnes l'accueillent par des applaudissements ou des huées, puis

une autre prend sa place, et ainsi de suite, jusqu'à ce que
toutes y aient passé. »

Écrivant pour tous un ouvrage littéraire, l'auteur n'a
pu tout dire, et a dû se tenir dans la plus grande réserve.
N'étant pas arrêté par les mêmes raisons, je dirai que
anamalis fobil... veut dire *danse du canard amoureux.* Le
danseur, dans ses ébats, simule le coït du gros canard
d'Inde dont la verge, en forme de tire-bouchon, nécessite
une manœuvre spéciale pour son introduction dans le
cloaque de la femelle. De son côté, la femme trousse son
pagne ou son boubou, et agite convulsivement la partie
inférieure du corps dans un mouvement de déhanche-
ment incroyable des reins ; elle montre et cache alternativement la vulve à son partenaire, par un balancement
régulier, d'avant en arrière, imprimé à tout le corps. La
vue d'un Toubab ne gêne en rien la rage érotique de la
danseuse, qui au contraire redouble ses trémoussements
tout en lui adressant des paroles obscènes, surtout si la
danseuse est une vieille femme. Ce sont celles-là qui
sont les plus enragées, comme le fait remarquer Loti :
« Les vieilles femmes se distinguent par une indécence
plus cynique et plus enragée. L'enfant que souvent elles
portent, attaché sur leur dos, affreusement ballotté,
pousse des cris perçants ; mais les Négresses ont perdu,
en pareil cas, jusqu'au sentiment maternel, et rien ne les
arrête plus ».

J'ai dit que l'*anamalis fobil* se danse tranquillement
dans les rues et sur les places de Saint-Louis, sous l'œil
paternel de l'autorité. Du moins il en était ainsi encore,
il y a à peine une dizaine d'années.

Danse du ventre des Landoumans et du Rio-Nunez.
— Les Kassonkés et les Sarrakholais ont également une
danse lascive, mais d'un caractère érotique moins pro-

noncé que celui de la danse Yolof. Dans le Rio-Nunez, les Landoumans ont une danse assez analogue à la danse du ventre des Arabes. Cette danse est exécutée par la femme seule. Elle consiste en une série de pas tantôt en avant et en arrière, tantôt sur le côté, complétée par un trémoussement général du bassin qui simule les mouvements de la femme dans le coït normal. Les danses Arabes de l'Exposition de 1889 en donnaient une idée assez exacte, quoique moins accentuée.

Danse obscène du massacre des Blancs et mutilation des morts. — Aucun des auteurs qui ont écrit sur le Sénégal n'a parlé des actes atroces qui se passent chez certains peuples de l'intérieur, notamment les Toucouleurs et les Malinkés, après un combat où l'Européen a été vaincu ou repoussé, et a laissé ses morts et blessés sur le champ de bataille. Ceux-ci sont mutilés atrocement par les vieilles femmes qui viennent dépouiller les cadavres. Pour les morts, l'inconvénient n'est pas grand, mais les malheureux blessés expirent dans d'horribles souffrances. Cette opération a été effleurée très délicatement dans le *Roman d'un Spahi*, le livre le plus vrai que nous ayons sur le Sénégal. Fatou-Gaye, la maîtresse de Jean le spahi, tué dans une embuscade, avec l'avant-garde de son escadron, va à la recherche du cadavre de son amant, qu'elle trouve enfin. La description est saisissante : « Fatou-Gaye s'était arrêtée, tremblante, terrifiée. Elle l'avait reconnu, lui, là-bas, étendu avec les bras raidis et la bouche ouverte au soleil, et elle récitait je ne sais quelle invocation du rite païen, en touchant les grigris pendus à son cou noir. Elle resta là longtemps à parler tout bas, avec des yeux hagards, dont le blanc s'était injecté de taches rouges. Elle voyait de loin venir de vieilles femmes de la tribu ennemie qui se dirigeaient vers les morts, et se doutait de

31

quelque chose d'horrible. Les vieilles Négresses, hideuses
et luisantes sous le soleil torride, traînant une âcre sen-
teur de soumaré, s'approchèrent du jeune homme avec
un cliquetis de grigris et de verroteries ; elles le remuè-
rent du pied, avec des rires, des attouchements obscènes, des paroles burlesques qui semblaient des cris
de singe ; elles violaient ces morts avec une bouffonnerie
macabre... »

Complétons ces quelques lignes par le récit exact de ce
qui se passe ; je tiens ces détails de personnes dignes de
foi. Les vieilles Négresses, à l'aide d'un mauvais couteau
mal aiguisé, coupent les organes de la génération aux
malheureux Toubabs, pendant que les jeunes dansent,
en montrant leur vulve, un pas de caractère, dans le
genre de celui de l'*anamalis fobil*, insultant à la détresse
du malheureux qui possède quelquefois encore la connaissance, et lui disent : « Toubab, regarde ce χον : tu ne
» pourras plus en jouir. » La mutilation opérée, les vieilles
enfoncent la verge du patient dans sa bouche et le laissent
périr misérablement. Les morts sont traités de même,
mais on conçoit que cette opération, en somme, les touche peu. Il est de tradition, chez les officiers qui font colonne dans le Sénégal, de réserver toujours pour eux-
mêmes la sixième cartouche du revolver, afin de ne pas
tomber vivants entre les mains de ces mégères diabo-
liques. Il est également recommandé aux jeunes soldats
blancs de lutter jusqu'à la dernière goutte de leur sang,
et, coûte que coûte, de ne jamais abandonner le champ
de l'action, sans ordre. L'enlèvement des blessés est de
rigueur. Les Tirailleurs indigènes savent fort bien le sort
qui les attend en cas de revers, et se battent avec la plus
grande énergie, car ils ne sont pas plus épargnés que
les Blancs. Les Romains luttaient *pro aris et focis ;* si le

sujet n'était pas si grave, on pourrait dire qu'au Sénégal on lutte *pro mentula et coleis.*

Le gourou ou noix de kola, aphrodisiaque des Noirs. — Les Noirs ne connaissent qu'un seul aphrodisiaque. C'est le *gourou* ou noix de kola, qui est une sorte de gros marron ressemblant beaucoup à un marron d'Inde, et non à une noix, comme son nom semblerait l'indiquer ; ce fruit provient des rivières du Sud. Les Noirs du Sénégal et du Soudan mâchent ce gourou avec délices, quoiqu'il ait un goût âcre et soit astringent. Il produit sur le Noir une sorte d'excitation nerveuse générale, qui augmente sensiblement toutes les facultés physiques, et naturellement le sens génésique. Un Nègre qui mâche quelques noix de gourou pourra rester vingt-quatre heures sans manger, marcher ou danser presque sans interruption ; aussi, dans les grandes bamboulas des fêtes, le gourou est-il très employé. C'est un fruit précieux, quand on veut se livrer à une fatigue exceptionnelle (amoureuse ou autre), mais il ne faudrait pas en abuser. Le kola est entré dans la thérapeutique Européenne et se donne pour relever les forces abattues et stimuler l'organisme entier. Il contient de la caféine et de la théobromine en plus grande quantité que les cafés et les thés les meilleurs ; il a une action directe, immédiate et certaine sur le cœur et la circulation, qu'il régularise et tonifie. C'est un médicament précieux, actif, énergique et anti-déperditeur de premier ordre. Il m'a rendu de très grands services dans les colonnes du Fouta-Toro et j'en mâchais de temps en temps pour relever mes forces.

CHAPITRE VII

Formes de l'amour chez la race Nègre. — Sensibilité générale de cette race. — Dédain de la Négresse pour le Blanc. — Forme habituelle du coït. — Durée prolongée du coït chez la race Nègre. — La circoncision est une puissante cause de retard dans l'éjaculalation. — Peu d'importance des signes de la virginité chez la Négresse. — Défloration des Négrillonnes par les Toubabs. — Subterfuges amoureux en Europe.

ormes de l'amour chez la race Nègre. — Je dois d'abord détruire un préjugé assez commun, d'après lequel la Négresse serait une femme chaude et passionnée pour les plaisirs de l'amour. Il n'en est rien, sauf au point de vue de l'amour normal. J'avais déjà remarqué à la Guyane que la Négresse pure n'avait guère pour le Blanc qu'un amour de tête, et que la femme réellement passionnée était la Mulâtresse et surtout la Quarteronne. Mes observations au Sénégal concordent fort exactement avec celles de la Guyane, et je vais en donner les raisons physiologiques.

Le système nerveux du Noir est beaucoup moins développé que celui du Blanc. Il supporte des blessures et des mutilations extraordinaires, qui tueraient un Blanc, et c'est une loi aussi vieille que le monde. En se civilisant, les peuples deviennent de plus en plus affinés, et aussi beaucoup plus nerveux. Est-ce un avantage ou un inconvénient? La question est discutable. Le Nègre à qui on vient de couper une cuisse n'a pas la fièvre trauma-

tique qui emporte tant de Parisiens, après une pareille opération. Sans le chloroforme, il y a certaines petites femmes,
véritables paquets de nerfs, qu'il serait impossible d'ac-
coucher. La Négresse, au contraire, après l'accouchement,
ne souffre que fort peu et reprend son labeur habituel, tandis que la femme civilisée est obligée de rester couchée
des semaines entières. On conçoit qu'avec un appareil
génital aussi vaste et aussi peu sensible nerveusement, la
Négresse soit loin d'être une femme passionnée. Elle est
à peu près insensible à des caresses qui feraient pâmer
une Blanche. J'ai connu un jeune officier très intelligent,
qui avait le goût Lesbien. Son tempérament un peu
froid avait besoin, pour s'exciter, de caresser avec la langue les parties génitales extérieures de la femme : à ce
prix seulement il obtenait l'érection. Il gagna un jour, à
ce petit jeu, un chancre sublingual, pour lequel il me
demanda mes soins. Interrogé avec discrétion, il m'a-
voua ses habitudes et me déclara franchement que les
Négresses étaient très froides et qu'elles étaient très longues à ressentir l'effet des manœuvres Lesbiennes.

Dédain de la Négresse pour le Blanc. — Il résulte
de cette organisation caractéristique de la femme Noire :
ampleur de la vulve et du vagin coïncidant avec un système
nerveux peu sensible, que la Négresse ne peut pas aimer
le Blanc, lequel est généralement impuissant à lui procurer la sensation voluptueuse. Elle trouve au Toubab
deux irrémédiables défauts pour elle : d'abord l'exiguïté
de son pénis, car, à part de rares exceptions, l'Européen
est un homme-lièvre par rapport au Nègre ; ensuite la
rapidité avec laquelle il accomplit le coït. L'éjaculation du
Blanc a lieu avant que la Négresse ait éprouvé la moindre
sensation. On ne connaît pas, au Sénégal, l'usage de l'o-
pium, qui retarde l'éjaculation ; aussi la Négresse com-
pare-t-elle le Toubab à un coq, tandis qu'elle assimile

le Nègre au chien. Cette comparaison, que j'ai recueillie de la bouche même d'une vieille entremetteuse Noire, ne manque pas de vérité.

Forme habituelle du coït. — Il est de fait que pour une femme constituée comme la Négresse, le coït du Nègre est préférable à celui du Blanc. Elle trouve dans son mâle de quoi la satisfaire : grosseur du pénis proportionnée à l'ampleur de son vagin, et durée suffisante du coït. Aucun préliminaire d'amour des deux côtés, aucune de ces mignardises dont parle Ambroise Paré. L'acte s'accomplit dans le vase naturel et à la mode classique de l'accouplement humain : la femme renversée sur le dos et l'homme entre ses cuisses.

J'ai vu cependant mettre une fois en usage, par un Malinké de Kita, une position particulière, usitée, à ce qu'il paraît, dans son pays. Ce Malinké, fétichiste, était un grand diable, qui buvait de l'absinthe presque pure et qui venait souvent chez mon cuisinier, une de ses connaissances, habitant avec sa femme une case près de ma maison. Ce fut par le plus grand des hasards, qu'allant dans cette case, je surpris le Malinké en conversation criminelle avec la femme. Il faut dire que cette femme était une captive Malinkée de race, devenue par la fortune de la guerre, la femme de mon cuisinier, Nègre des Antilles, ancien matelot d'un transport de l'État, et qui avait fait ensuite trois ans de service dans les Tirailleurs. Il fut fort heureux pour la coupable que ce ne fût pas le mari qui les surprît, car le couteau de cuisine aurait pu jouer un vilain rôle. Ils étaient tellement occupés, qu'ils ne m'entendirent pas entrer dans la case et me permirent, à leur insu et sans préméditation aucune de ma part, de me rendre un compte fort net de la position prise. La voici dans toute a simplicité : la femme était accroupie sur ses jarrets, la tête basse appuyée contre le mur de la case, les mains posées sur les genoux. L'homme, placé en arrière entre ses cuisses, le corps penché en avant et tenant la femme par les hanches, accomplissait l'acte dans le vase naturel, quoique dans une position *a retro*. D'après les aveux des coupables (si coupables il y a), cette position se prend au dehors, quand on a un tronc d'arbre pour s'appuyer et point de natte pour se coucher dessus. Qu'il prenne cette position incommode ou toute autre, il faut au Noir un temps bien plus considérable pour éjaculer qu'au Blanc. J'estime en moyenne au triple, si ce n'est plus, le temps que met le Nègre pour terminer le coït, et je n'exagère pas. Les causes en sont naturelles. C'est d'abord une sensibilité générale de l'appareil génital moindre chez le Noir que chez le Blanc, par la même raison que les parties de la génération de la Négresse sont douées d'une sensibilité moins raffinée que chez les Blanches. Il serait anormal et contraire aux lois de la physiologie que le Noir accomplît l'acte vénérien avec autant de rapidité que l'Européen, puisque la femme de sa race éprouve des sensations plus lentes. La Nature est une bonne mère et fait bien ce qu'elle fait.

Dans le *Jardin parfumé* du cheikh Nefzaoui, l'histoire de Zohra nous donne une preuve que le sagace écrivain Arabe avait fait la même remarque que moi, sur la lenteur de l'éjaculation chez le Noir (1). Cependant l'Arabe circoncis est déjà plus lent que l'Européen ; *a fortiori* le Noir circoncis, cette cause venant s'ajouter à celle d'un système nerveux moins facile à ébranler.

La circoncision est une puissante cause de retard

(1) On trouvera cette histoire *in extenso*, à la suite du présent chapitre.

dans l'éjaculation. — Cela se comprend facilement.
Toutes les verges circoncises que j'ai pu examiner
comme médecin des Tirailleurs, et c'est par centaines
que j'en ai eu l'occasion dans les visites médicales régle-
mentaires, présentent un caractère commun que j'ai déjà
signalé. La sécrétion des glandes sébacées situées autour
de la couronne du gland est tarie ; ces glandes sont atro-
phiées et à peine visibles à la loupe. Chez le Nègre de la
Guyane incirconcis, j'avais déjà trouvé un moindre développement de ces glandes et une sécrétion plus faible,
coïncidant, chez la Négresse, avec une sécheresse assez
accentuée de la muqueuse vaginale. J'avais remarqué combien peu de ces femmes étaient atteintes de flueurs blanches. Cette règle s'applique également aux Sénégalaises.

Pour en revenir au Noir du Sénégal, la muqueuse du
gland, toujours à l'air libre, comme celle de l'Arabe, se
dessèche, durcit et prend une consistance qui se rapproche
de celle de la peau ordinaire. On conçoit que pour obtenir
l'éjaculation, il faille au Noir un frottement longtemps
prolongé dans un vase large et lubréfié. Aussi le Noir a-
t-il le pouvoir de faire durer le coït longtemps avant l'é-
jaculation, de la retarder même à son gré, en ralentis-
sant la cadence amoureuse ; il peut accomplir ainsi des
exploits qui rendraient fourbu un Européen.

Dans l'histoire de Zohra, le Nègre Mimoun reçoit
comme épreuve d'avoir à besogner la suivante Mouna
(celle qui satisfait les désirs), que personne ne pouvait
rassasier du coït. Le lecteur verra dans le texte de l'auteur
Arabe, la manière dont Mimoun s'acquitta de sa dure
besogne et réussit à vaincre Mouna. En faisant la part de
l'exagération Orientale, il est certain qu'un Nègre bien
nourri et circoncis peut besogner une femme pendant
presque toute une nuit en n'éjaculant que cinq ou six
fois.

Je ne crois pas qu'il y ait beaucoup d'Européens capables de ce tour de force amoureux.

Peu d'importance des signes de la virginité chez les Nègres. — Les Nègres du Sénégal n'attachent pas, comme les Arabes, une importance considérable à la présence des signes réels de la virginité chez les jeunes filles. J'ai dit plus haut que le mari achète sa femme et que le mariage est une fête, et non une cérémonie religieuse. Il est bien rare que la non existence des preuves matérielles de la virginité donne lieu à une réclamation de la part du mari. Les cas où la jeune femme est renvoyée à ses parents sont peu communs, car la moitié de la dot est retenue par le père de la jeune fille, à titre de dommages-intérêts. D'ailleurs la grosseur du membre viril du Nègre lui rend difficile la certitude d'une tricherie. La fiancée Noire, le soir de ses noces, est experte dans l'art de simuler les luttes d'une virginité expirante, et il est de haut goût, chez elles, de se laisser presque violenter. Ce sont les moins innocentes qui sont souvent les plus habiles à ce jeu-là. Aussi, dans presque tout le Sénégal, l'Européen amateur de virginité trouve-t-il facilement à se satisfaire, pour peu qu'il veuille y mettre le prix. A Saint-Louis, certaines matrones mal famées leur procurent des petites filles qui portent le nom significatif de *pas percées*. Il y en a depuis l'âge de huit ou neuf ans jusqu'à la nubilité. Il est même plus facile de se procurer une jeune fille avant sa nubilité qu'après, à cause de la certitude de ne pas avoir de fruit. Le prix est à la portée de toutes les bourses, selon qualité, et on peut avoir une négrillonne garantie *pas percée* (de la catégorie des domestiques esclaves) pour la modique somme de dix à vingt francs. Bien entendu, la vénérable matrone empoche pour ses honoraires la moitié de la somme.

Défloraison des Négrillonnes par le Toubab. —

Les *pas percées* le sont bien une fois qu'elles ont eu affaire à un Toubab ; mais par suite de l'ampleur de leur partie génitale, la défloraison, chez elles, n'offre pas le même caractère de gravité que pour de petites Françaises non encore nubiles. Je n'ai jamais constaté chez une petite Négresse, déflorée par un Blanc, les cas d'inflammation vulvaire que l'on signale chez nous comme les conséquences d'un coït prématuré, avant que les parties n'aient pris un développement suffisant. J'ai trouvé quelquefois seulement un peu d'irritation, mais jamais d'érosions ni d'ulcérations. Cela tient non seulement à la moindre étroitesse, mais aussi à une sensibilité nerveuse bien moins grande chez la Négrillonne. Par exemple, quand celle-ci continue à pratiquer le coït avec le Toubab, la vulve finit par présenter la déformation caractéristique. Si le lecteur veut bien se souvenir que l'Européen, au-dessous de la dimension ordinaire comme pénis, se trouve dans le cas d'un petit garçon par rapport à la Négresse de dix à douze ans, il n'est pas difficile de croire que la Négresse déflorée par lui puisse recevoir, en son entier, la verge du Blanc, dont les dimensions sont bien au-dessous de celles du Noir adulte.

Si le coït se répète souvent, le vagin s'élargit et se laisse distendre, ce qui facilite de plus en plus l'immission. Par contre, quand la fille aura affaire plus tard à son mari Nègre, une lotion astringente (la myrrhe et l'alun sont très employés dans ce but) rendra à cette nouvelle fiancée du Roi de Garbe une pseudo-virginité. Le mari trompé, n'ayant pas les connaissances anatomiques nécessaires pour s'assurer de l'existence réelle des signes de la virginité, éprouvera une gêne sensible dans le coït, et sera loin de soupçonner la fraude. D'ailleurs, les choses ne se passent-elles pas de même en Europe ? Combien de filles déflorées se marient sans que l'époux se doute de rien, quoiqu'il n'ait pas les mêmes raisons physiques que le Noir pour conserver un bandeau sur les yeux ! Serait-ce à cet état particulier de cécité amoureuse que les Grecs et les Romains faisaient allusion, quand ils représentaient l'amour avec un bandeau sur les yeux ? On serait tenté de le croire.

Subterfuges amoureux en Europe. — Mantegazza leur consacre quelques lignes bien curieuses : « En Europe, les jeunes filles même peu vertueuses, et qui ont étudié les formes variées de la flirtation, se marient le plus souvent vierges. Dans le cas contraire, il ne manque pas de moyens pour simuler une fausse virginité, qui est vendue plus d'une fois par des entremetteuses expertes et intelligentes. Ainsi, peu avant d'aller au lit nuptial, la jeune fille se fait couler dans le vagin quelques gouttes de sang des plumes de pigeon : elle choisit encore pour ses noces le dernier jour de la menstruation. Une éponge, habilement placée, laisse reparaître le sang au moment de la catastrophe, lorsqu'un *aïe !* opportun annonce au mari crédule que le temple est violé pour la première fois et que le voile du *sanctus sanctorum* a réellement été déchiré par lui. Ajoutez à cela des injections si astringentes qu'elles peuvent donner au moment voulu, à la prostituée la plus déchirée par mille clients, une étroitesse de diamètre supérieure à celle d'une véritable vierge. »

APPENDICE

Histoire de Zohra

Le *Jardin parfumé* du cheikh Nefzaoui contient, sur ce sujet, une historiette que l'on trouvera ici avec plaisir.

Un roi avait sept filles, remarquables par leur beauté
et leurs perfections. Elles furent demandées en mariage
par les rois de l'époque, mais elles refusèrent constamment de se marier. Elles paraissaient dédaigner les
hommes et faire leur société de jeunes filles ou femmes
de leur âge. Zohra, qui était la plus jeune, était aussi
celle de toutes qui avait l'esprit le plus développé et le
jugement le plus sûr.

Elle aimait passionnément la chasse, et, un jour qu'elle
courait la campagne, elle rencontra sur la route, accompagné d'une vingtaine de serviteurs, un cavalier, Abou
el Heïdja, qui, à sa vue, fut saisi d'un violent amour. Il
n'eut de cesse qu'il n'eût satisfait sa passion.

De tous les amis d'Abou el Heïdja, Abou el Heïloukh
était celui qu'il affectionnait le plus. Ce jeune homme,
Abou el Heïdja et le nègre Mimoun, passaient tous trois
pour les hommes les plus forts et les plus intrépides
de leur temps. Il résolurent, en s'adjoignant le serviteur
d'Abou el Heïloukh, de pénétrer de force dans le palais
de Zohra. Ils y réussirent, après avoir traversé un long
souterrain. Le palais leur parut être une merveille.
L'ameublement était magnifique. Ce n'était partout que
lits et coussins, riches candélabres, tapis somptueux et
tables couvertes de mets, de fruits et de boissons.

« Ils attendirent dans une chambre jusqu'à la tombée de
la nuit. A ce moment, une porte dérobée s'ouvrit pour
donner passage à une négresse qui portait un flambeau et qui
alluma tous les lustres et les candélabres, arrangea les lits,
disposa les couverts, garnit les tables de toutes espèces de
mets, aligna les coupes, avança les bouteilles et enfin par-
fuma l'air des odeurs les plus suaves.

» Peu après parurent les vierges. Leur démarche respirait
à la fois l'indifférence et la langueur. Elles s'assirent sur les
divans, et la négresse leur présenta la nourriture et la bois-

son; elles mangèrent, burent et chantèrent d'une voix mélodieuse.

» Lorsqu'ils les virent étourdies par le vin, les quatre hommes sortirent de leur cachette, ayant le sabre à la main et le brandissant sur la tête des vierges.

— « Quels sont, » s'écria Zohra, « ces gens qui envahissent notre demeure à la faveur de l'obscurité de la nuit ?... Que voulez-vous ? — Le coït! » répondirent-ils. « — Avec laquelle ? » reprit Zohra. — « Avec toi, ô prunelle de mes yeux! « dit alors Abou el Heïdja en s'avançant. — « Qui es-tu donc ? — Je suis Abou el Heïdja. — Mais d'où me connais-tu ? — C'est moi qui t'ai rencontrée à la chasse en tel endroit. »

» Sur cette réponse, Zohra garda le silence et se mit à réfléchir au moyen qu'elle pourrait bien employer pour se débarrasser de ces importuns.

» Or, parmi les vierges qui se trouvaient là, il y en avait plusieurs qui étaient barrées et que personne n'avait pu parvenir à déflorer; il y avait aussi une femme nommée Mouna, que personne ne pouvait rassasier du coït. Zohra pensa alors en elle-même : « Un stratagème peut seul me délivrer de » ces gens. Au moyen de ces femmes, je vais leur imposer » des conditions qu'il leur sera impossible de réaliser, et je » les éconduirai ainsi. » Puis, s'adressant à Abou el Heïdja, elle lui dit : « Tu ne me posséderas que si vous remplissez » les conditions qu'il me plaira de vous imposer. » Les quatre cavaliers s'empressèrent de les accepter d'avance. Alors, mettant sa main dans celle d'Abou el Heïdja, elle lui dit : « En ce qui te concerne, je t'impose la tâche de déflorer » quatre-vingts vierges sans éjaculer. Telle est ma volonté ! » Il répondit : — « J'accepte. »

» Elle le fit alors entrer dans une chambre où se trouvaient plusieurs espèces de lits, et lui envoya successivement les quatre-vingts vierges. Abou el Heïdja les déflora toutes, dans une seule nuit, sans que son membre laissât échapper la moindre goutte de sperme. Une vigueur aussi extraordinaire remplit d'étonnement Zohra, ainsi que tous ceux qui étaient présents.

» La princesse, se tournant alors vers le nègre Mimoun, demanda : — « Et celui-là, quel est son nom ? » Ils répondirent : — « Mimoun ! — Pour ce qui est de toi, » lui dit-elle en lui indiquant Mouna, « tu vas besogner cette » femme pendant cinquante jours de suite, sans te reposer ; » tu pourras, si tu le veux, ne pas éjaculer ; mais dans le cas » où l'excès de la fatigue te forcerait à t'arrêter, tu n'aurais » pas rempli tes obligations. » Tous se récrièrent sur la dureté d'une pareille condition, mais le nègre Mimoun protesta, disant : — « J'accepte la condition, et je m'en tirerai » à mon honneur ! » Ce nègre avait, en effet, une passion insatiable pour le coït. Zohra lui ordonna alors d'entrer dans la chambre de Mouna, avec celle-ci, à laquelle elle recommanda de l'avertir dès qu'elle s'apercevrait de la moindre trace de fatigue chez le nègre.

— « Et toi, quel est ton nom ? dit-elle en s'adressant à l'ami d'Abou el Heïdja. — « Abou el Heïloukh, » répondit-il. — « Eh bien ! Abou el Heïloukh, j'exige de toi que tu » restes devant ces femmes et jeunes filles pendant trente » jours consécutifs, sans que pendant ce temps ton membre » cesse d'être en érection, le jour comme la nuit ! »

» Enfin elle dit au quatrième : — « Quel est ton nom ? » — Felah, » fut sa réponse. — « Eh bien, Felah, » termina-t-elle, « tu seras à notre disposition pour tous les services » que nous aurons à réclamer de toi. »

» Toutefois Zohra, voulant ne leur laisser aucun motif d'excuse et ne pas leur donner sujet de l'accuser de mauvaise foi, les avait consultés préalablement sur le régime qu'ils désiraient suivre pendant le temps de leur épreuve. Abou el Heïdja avait demandé comme unique boisson, à l'exclusion de l'eau, du lait de chamelle avec du miel, et, comme nourriture, des pois chiches cuits avec de la viande et une grande quantité d'oignons, et c'est à l'aide de cette alimentation qu'il avait pu accomplir, avec la permission de Dieu !... son remarquable exploit. Abou el Heïloukh exiga comme nourriture de l'oignon cuit avec de la viande, et comme boisson le jus qu'il faisait exprimer d'oignons préalablement pilés et qu'il mélangeait avec du miel. Mimoun, de son côté, demanda des jaunes d'œufs et du pain.

» Cependant Abou el Heïdja réclama à Zohra la faveur de la bésogner, s'appuyant sur ce fait qu'il avait rempli son engagement. Elle lui répondit : — « Oh! c'est impossible! la » clause à laquelle tu as satisfait est inséparable de celles dont » l'accomplissement est exigé de tes compagnons. Que le » traité reçoive en entier son exécution, et tu me verras » fidèle à ma promesse! Mais qu'un seul d'entre vous manque » à sa tâche, et vous serez tous mes prisonniers par la volonté » de Dieu! » Devant cette fermeté, Abou el Heïdja se résigna à s'asseoir au milieu des femmes et des jeunes filles, avec lesquelles il se mit à manger et à boire, en attendant le terme de l'épreuve de ses compagnons.

» Au début, Zohra, qui avait la conviction qu'ils seraient bientôt tous à sa merci, était d'une amabilité et d'une prévenance qui augmentaient chaque jour, en même temps que sa joie. Mais, lorsqu'arriva le vingtième jour, elle commença à donner des marques de tristesse, et au trentième elle ne put plus retenir ses larmes. C'était, en effet, le terme de l'épreuve imposée à Abou el Heïloukh, qui, s'en étant tiré à son avantage, prit place à côté de son ami, au milieu des femmes et des jeunes filles qui continuaient à manger tranquillement et à boire abondamment.

» Dès lors la princesse, qui n'avait plus d'espoir que dans le nègre Mimoun, compta que celui-ci se fatiguerait et ne pourrait arriver au bout de l'épreuve. Elle envoyait chaque jour prendre des nouvelles près de Mouna, qui répondait que la vigueur du nègre allait toujours en s'accroissant, et elle se désespérait, voyant déjà Abou el Heïdja et ses compagnons sortir vainqueurs de leur entreprise. Un jour, elle leur dit : — « J'ai envoyé prendre des nouvelles du nègre, et Mouna » m'a fait savoir qu'il était épuisé de fatigue. « A ces paroles, Abou el Heïdja s'écria : « Par Dieu! s'il ne mène pas sa » tâche à bonne fin, et même s'il ne dépasse pas de dix jours

» le délai convenu, il ne mourra que de la plus vilaine mort ! »

» Mais le zélé serviteur n'eut pas, pendant cinquante jours, un seul instant d'arrêt dans son travail de copulation, et fournit, en sus, les dix jours que lui avait imposés son maître. Mouna, de son côté, en éprouvait une grande satisfaction, parce qu'elle avait enfin apaisé son ardeur pour le coït. Mimoun, ayant subi victorieusement son épreuve, put donc venir s'asseoir avec ses compagnons.

» Abou el Heïdja dit alors à Zohra : — « Vois ! nous avons » satisfait à toutes les conditions que tu nous as imposées ! » C'est à toi maintenant de m'accorder la faveur qui devait, » suivant nos conditions, être le prix de notre réussite. — » C'est trop juste ! » répondit la princesse, et elle s'abandonna à lui. Il la trouva l'excellente des excellentes.

» Quant au nègre Mimoun, il épousa Mouna. Abou el Heïloukh choisit, parmi toutes, celles des jeunes filles à laquelle il trouva le plus d'attraits.

» Ils restèrent tous dans ce palais, se livrant à la bonne chère et à tous les plaisirs, jusqu'au moment où la mort vint mettre un terme à leur heureuse existence et dissoudre leur réunion : que Dieu leur fasse miséricorde, ainsi qu'à tous les Musulmans ! Amen !

(*Le Jardin parfumé* du cheikh Nefzaoui, édition Liseux, chap. XXI.)

CHAPITRE VIII

Perversions de l'amour dans la race Noire. — La Négresse n'est ni Sodomite, ni Lesbienne. — Rareté de la masturbation et de la pédérastie chez le Noir. — Une Messaline Noire. — Goût du Noir pour la femme Blanche. — Une Messaline Blanche. — Viol d'une femme Blanche par un Noir.

 a Négresse n'est ni Sodomite ni Lesbienne. — Après les explications qui précèdent sur le peu de sensibilité génitale de la Négresse, on ne trouvera pas étrange de remarquer chez elle peu de ces cas de perversion érotique, qui sont si fréquents chez les peuples Asiatiques. Déjà la Négresse n'est pas Lesbienne, quoique son clitoris soit bien développé. Elle n'est pas davantage Sodomite, et a au contraire une profonde aversion pour ce goût dépravé. La raison en est peut-être en ce que, pratiqué avec la verge d'un Nègre, le coït anal serait un véritable supplice, une sorte d'empalement. Je n'ai trouvé de traces de Sodomie que chez les pierreuses Noires de Saint-Louis, adonnées à la plus basse prostitution. Je citerai notamment une de ces femmes, encore jeune, qui présentait un développement notable des fesses avec un profond infundibulum, un sphincter complètement relâché, avec un orifice d'une dilatation considérable admettant sans douleur trois doigts. Cette femme avouait que c'étaient des Blancs (était-ce bien sûr ?) qui se livraient sur elle à la Sodomie, et qu'avant de se laisser faire, elle exigeait

33

d'avance une bouteille de sangara, dont elle buvait au point de tomber ivre-morte, de sorte qu'elle ne ressentait rien ou à peu près.

Rareté de la masturbation et de la pédérastie chez le Noir. — Le Noir libre n'est ni Sodomite ni pédéraste. Il se masturbe même très peu. D'ailleurs, le frottement de la main sur la muqueuse peu sensible du gland circoncis, exige un temps encore plus considérable que le coït pour aboutir à l'éjaculation. Le Négrillon incirconcis se masturbe en se tirant tout le prépuce, qu'il allonge considérablement. Mais une fois circoncis, il considèrerait presque comme une honte de se masturber, car il ne manque pas de femmes pour ses besoins sexuels. Il n'en est plus de même de l'esclave qui, circoncis ou non, a moins de facilités pour accomplir le coït que le Noir libre, et il se passe entre esclaves ce qui se passe dans toutes les agglomérations humaines où manque l'élément féminin. Il y a alors échange de procédés pédérastiques réciproques et alternance du passif et de l'actif. C'est du moins ce qui ressort de l'examen médical de deux jeunes Tirailleurs Bambaras provenant du poste de Kita, où ils avaient été mis en liberté après la capture d'une bande d'esclaves sur des dioulas Sarrakholais. On les avait engagés de bonne heure, quoique n'ayant pas encore vingt ans. Ils m'avouèrent qu'entre captifs et esclaves, les pratiques pédérastiques avaient cours, tant qu'ils ne pouvaient se procurer des femmes, mais qu'ils les cessaient dès qu'ils en avaient à leur disposition. Ces deux Tirailleurs, véritables Castor et Pollux Nègres, continuèrent ensemble leurs pratiques contre nature, jusqu'au jour où ils prirent, à Saint-Louis, une femme en commun, femme divorcée d'un Tirailleur en expédition dans l'intérieur.

Une Messaline Noire. — C'était une virago d'une trentaine d'années, un des plus beaux spécimens de la femelle Noire. Venue toute jeune à Saint-Louis, elle ne se rappelait pas le lieu de sa naissance, mais, d'après la forme de son corps, j'ai toujours pensé que c'était une Bambara. Elle était de taille moyenne, trapue, avec des fesses énormes : une véritable Callipyge Noire. Sur son buste pointaient horizontalement deux seins piriformes, gros comme une pastèque, qui ne tombaient pas (elle n'avait jamais été mère), mais qui dardaient deux bouts noirs de la grosseur du pouce. Son ventre, rond comme une grosse citrouille, montrait une vulve proéminente, et le pubis saillant était recouvert d'une toison drue et piquante comme les poils d'une brosse. Le clitoris, de la grosseur du petit doigt, entrait facilement en érection au moindre attouchement. C'était une des rares Négresses avouant éprouver du plaisir par la masturbation manuelle ou buccale. La vulve était largement ouverte, permettant l'introduction facile de quatre doigts réunis. Les grandes et petites lèvres étaient très développées. Elle n'avait point subi l'excision, ayant été amenée très jeune à Saint-Louis, et la femme du traitant dont elle était la domestique à vie (lisez esclave), l'avait prostituée de bonne heure à des Blancs. Comme la Quartilla de Pétrone, elle ne se rappelait pas avoir été vierge.

Pour le moment, elle partageait ses faveurs entre ses deux maris et plusieurs autres, à en croire la chronique. Comme c'était ma blanchisseuse et qu'elle ne crachait point sur un verre de sangara, elle me racontait les péripéties de ses campagnes dans l'intérieur, et comment, en bonne fille compatissante qu'elle était, elle avait une fois satisfait, pendant une nuit, dans un petit poste de l'intérieur, les désirs du sergent Toubab et des quinze tirailleurs composant la garnison du poste. Si j'ai parlé de cette femme en détail, c'est qu'elle constitue pour moi une véritable exception de lasciveté féminine, assez rare chez la Négresse. Elle méritait bien le nom de Messaline.

Goût du Noir pour la femme Blanche. — Si la Négresse a généralement peu de goût pour le Toubab, on n'en saurait dire autant du Noir pour la Blanche. C'est un raffinement de haut goût érotique pour un Nègre, lorsqu'il peut avoir affaire à une *diggen Toubab*, et c'est un caprice que bien peu ont l'occasion de se payer. Les Créoles de Saint-Louis montrent pour le Nègre la même répugnance que celles des Antilles et de la Guyane. Quant aux femmes Françaises, elles sont en bien petit nombre dans les colonies ; ce sont généralement des femmes d'officiers, de fonctionnaires, et leur condition sociale les met généralement à l'abri de pareilles incartades. Peut-être quelqu'une d'entre elles, d'un tempérament lascif, aurait-elle la fantaisie de s'assurer si le Noir est bâti autrement que le Blanc, si la crainte d'un produit coloré ne venait amortir les feux de sa concupiscence : *Timor fructus nigri, initium prudentiæ.* Je n'ai eu connaissance que des écarts d'une seule femme Blanche, se prostituant à des Nègres ; mais c'était une hystérique.

Une Messaline Blanche. — Cette malheureuse avait rendu malade son mari par l'excès du coït. Je fus obligé de l'envoyer à l'hôpital pour qu'il pût avoir un peu de répit. Restée seule dans un petit logement, non loin du quartier Nègre de la pointe du Nord, elle ne tarda pas à mener la conduite la plus scandaleuse. Dans le milieu de la journée, aux heures les plus chaudes, où l'on est certain de ne voir dans la rue ni Blanc, ni Créole, elle se mettait, moitié nue, à sa fenêtre, et appelait par signes les Nègres qui passaient dans la rue. Il en vint d'abord un, puis deux, puis trois, etc., enfin des groupes entiers, qui assouvissaient à tour de rôle sur elle leur passion

bestiale. Ils ne s'étaient jamais vus à pareille fête ! Le
scandale fut si grand, qu'il vint aux oreilles du mari, et
il obtint de l'Autorité la permission de faire enfermer sa
femme à l'hôpital : malade, elle l'était, car ses orgies
érotiques lui avaient causé une grave affection de
l'utérus.

Viol d'une Blanche par un Nègre. — Une Française dont j'ai parlé plus haut, Mme D***, fut victime
d'un horrible attentat. Pendant l'épidémie de fièvre
jaune, elle avait perdu son mari et son fils. Je lui donnai
mes soins et je n'avais pu, malgré tous mes efforts,
quand elle tomba malade à son tour, la faire entrer à
l'hôpital, qui était encombré. Sa maison et la mienne
étaient en plein quartier Nègre. Elle n'avait pour l'assister que des Négresses, dont les soins étaient plus
bienveillants qu'utiles. Je n'eus, un soir, aucun espoir
de la sauver, et je diagnostiquai sa mort dans le courant
de la nuit. Je prévins une Négresse, sa voisine et sa servante, de lui donner les soins habituels, mais de la laisser
tranquille si elle ne demandait rien.

Obligé, par mon service de garde, de passer la nuit à
l'hôpital, je ne pus en revenir que le lendemain matin.
Mme D*** était morte. La Négresse, la croyant trépassée
vers trois heures du matin, l'avait quittée, après l'avoir
recouverte d'un drap, lorsqu'en revenant le matin à sept
heures, un peu avant moi, elle avait trouvé le drap par
terre, et le corps de Mme D*** gisant en travers du lit, la
chemise enlevée. La Négresse prétendait avoir fermé la
porte pour empêcher les animaux d'entrer, mais une
fenêtre s'était trouvée ouverte ; la maison n'était qu'un
rez-de-chaussée. Je vis, au premier coup d'œil, que le
visage de la morte présentait une expression de souf-
france et d'horreur toute particulière. Le corps portait
sur les seins des marques de morsures et de larges ecchy-

moses. Le bout du sein gauche était presque complètement arraché. Les plus graves désordres se montraient
du côté des organes génitaux. Ceux-ci étaient bien conformés, le clitoris normal, mais la vulve était largement
ouverte. Les grandes lèvres, écartées, montraient le vagin
béant. On ne distinguait plus aucune trace des caroncules
myrtiformes, de la fourchette, de la fosse naviculaire, du
vestibule. L'entrée du vagin, distendue au point d'admettre la main d'un enfant, occupait sa place, mais la
muqueuse de ce conduit était pendante, telle qu'on l'ob-
serve chez les femmes qui ont eu un grand nombre
d'enfants, ou qui ont fréquemment usé du coït. Le doigt
rencontrait des caillots de sang, qui obstruaient le fond
du vagin, et l'on sentait que le museau de tanche n'était
pas résistant comme à l'habitude et se laissait refouler.
On aurait dit que tout l'appareil génital avait été four-
gonné avec un pilon en bois dur. Pour moi, cela ne
faisait aucun doute : Mme D*** avait été violée avant sa
mort. La Négresse servante avait dû partir de bonne
heure pour ne pas assister à son agonie, et un rôdeur
Toucouleur (peut-être même plusieurs, si ce n'est même
des voisins) s'était introduit dans la chambre de cette
malheureuse et livré sur elle aux derniers outrages.
Il est probable que la pauvre femme, ainsi marty-
risée, avait dû reprendre ses sens avant de mourir ; on
le devinait à l'expression de son visage. La maison de
Mme D*** était un peu écartée et près du bord du fleuve.
Les voisins n'avaient rien entendu, leurs chiens n'ayant
pas aboyé, ou du moins pas plus que d'habitude. Aussi
l'enquête ne prouva rien, et, au milieu du désarroi général où la fièvre jaune plongeait la colonie entière de
Saint-Louis, la fin tragique de Mme D*** passa inaperçue.

Ruse d'un Nègre pour posséder une Blanche. —
J'avais, comme boy, à mon service, un jeune Sarrakho-

lais nommé Demba, âgé de seize ans, nubile, par conséquent, et ce qui ne gâtait rien, un des plus beaux spécimens de sa race. C'était le fils d'un laptot qui l'avait
amené tout jeune à Saint-Louis, vers sa dixième année.
Il avait servi à douze ans, comme domestique, chez un
officier de spahis. Cet officier, qui avait longtemps résidé
en Algérie, était l'ami intime d'un fonctionnaire, venu
comme lui d'Alger, où il avait épousé une Algérienne
de race Espagnole.

L'intimité des deux amis était poussée à ce point, que
l'officier, qui habitait une maison voisine de celle du
fonctionnaire (il y avait même une terrasse commune
par laquelle on pouvait communiquer d'une maison à
l'autre), était constamment chez le fonctionnaire. La
femme de ce dernier, au tempérament ardent et aux passions vives, était, on l'a déjà deviné, la maîtresse de l'officier, et quand son mari était parti pour son bureau, elle
allait, par la terrasse, dans la chambre de son amant.
Le Négrillon Demba servait de messager galant et, pendant l'absence du mari, guettait, sur la porte, son retour
intempestif. Il arriva un jour que, le mari venant de
partir, et la dame ne faisant que d'entrer chez l'officier,
celui-ci fut interrompu dans son tête à tête par une
affaire imprévue de service exigeant sa présence immédiate au quartier. Le Négrillon, qui était un fort joli
garçon, avec des yeux de gazelle et un corps de la forme
d'un Faune antique, mais déjà homme par les dimensions de son appareil génital, quoique non encore pubère, osa pénétrer dans la chambre où la dame se dépi-
tait d'avoir vu partir son amant. Je ne puis décrire ici
tout au long la scène réaliste par laquelle Demba montra
à la dame, preuves en main, qu'il brûlait d'amour pour
elle et qu'il était de taille à satisfaire son désir. Je me
contente de dire que le plaisir de la dame fut d'autant

plus complet, que le Négrillon, en état de suppléer son maître comme dimensions de pénis, étant encore impubère, et ne sécrétant pas de sperme, le congrès durait interminablement sans danger de fruit, double avantage de plaisir et de sécurité.

Je tiens l'histoire du Négrillon lui-même. Ce jeune drôle, aussi intelligent que dépourvu de scrupules, me raconta aussi l'historiette suivante :

Défloration d'une petite Blanche par un Noir. — Il racontait qu'ayant à peine dix ans, quand il était venu à Saint-Louis, son père, laptot au service d'un négociant Européen de Saint-Louis, l'avait placé d'abord chez celui-ci en qualité de boy. Ce négociant avait épousé une Signare (créole de couleur) de Gorée, et en avait une petite fille à peu près de l'âge du jeune Nègre, mais qui était nubile, car, d'après le petit Négrillon, elle faisait du sang *(sic)*. Toujours est-il que les parents ne se méfiant pas de lui et ne surveillant pas assez leur fille, celle-ci, avec la lasciveté naturelle des femmes de couleur, prit le Négrillon pour amant ; elle se levait la nuit pour le retrouver dans le magasin. Les ébats amoureux avaient lieu dans l'ombre et le mystère. Cette intrigue dura un an, mais fut découverte par des traces de sang menstruel que l'on trouva un beau matin sur des sacs de farine, lit d'amour improvisé. Le Négrillon fut mis à la porte à coups de pied, et la jeune fille envoyée dans un pensionnat de Bordeaux pour y compléter une éducation si bien commencée.

CHAPITRE IX

Différences entre les organes de la génération des diverses races
du Sénégal.

UTANT que je puis en juger par un certain
nombre d'observations, quoique toutes les
races du Sénégal présentent, dans leurs organes génitaux, des caractères communs, il
n'en est pas moins exact de dire que l'on trouve cependant entre elles quelques différences.

Chez les peuples qui ont une origine Sémitique, la
verge est moins développée à l'état de flaccidité, et l'écart
avec l'état d'érection, plus considérable que chez le Noir de
race pure, comme l'Ouolof. J'ai dit qu'il y avait infiltra-
tion de la race Sémite chez les Peuhls et les Sarrakholais.

Chez le Peuhl, le pénis est relativement moins gros
que chez le Noir pur, mais les testicules sont plus développés. Par sa conformation, la verge ressemble
beaucoup à celle du Mulâtre. D'ailleurs, il y a des Peulhs
qui diffèrent peu, comme couleur générale, de certains
Mulâtres. Cependant la teinte ordinaire du corps est
d'un brun rougeâtre, tandis que le Mulâtre est plutôt
brun jaune. Les muqueuses des lèvres, du gland et de la
vulve, chez le Peuhl, sont un peu plus foncées que chez
le métis du Noir et du Blanc.

Chez le Sarrakholais, qui, d'après le docteur Lota,
serait un croisement du Peulh avec la race Noire pure,

l'organe mâle de la génération n'est pas sensiblement moins gros que celui du Ouolof, dont il présente les caractères de grosseur à l'état de flaccidité. Mais quand le Sarrakholais a une teinte générale de peau d'un brun rougeâtre, analogue à celle du chocolat cuit, on trouve chez lui la muqueuse des lèvres, du gland et de la vulve un peu plus claire que celle de la peau de la verge, et d'une teinte se rapprochant beaucoup de celle du Capre de la Guyane.

Les autres races, Ouolof, Kassonké, Malinké, Toucouleur, Bambara, etc., etc., présentent le caractère commun donné comme type de la race, c'est-à-dire le pénis presque aussi gros à l'état de flaccidité que dans l'érection, et les muqueuses externes de la même couleur noire que la peau. C'est chez les Malinkés de Kita que j'ai trouvé les pénis les plus développés, et notamment la dimension maximum de près de trente centimètres de longueur sur un diamètre dépassant six centimètres. C'était un redoutable appareil, et, sauf la longueur moindre, se rapprochant plutôt de la verge d'un âne que de celle d'un homme. Le malheureux Tirailleur, porteur de ce pal, ne trouvait pas de Négresse assez vaste pour le recevoir avec plaisir, et il était pour la gent féminine un objet de terreur.

QUATRIÈME PARTIE

OCÉANIE

NOUVELLE - CALÉDONIE
NOUVELLES-HÉBRIDES — TAHITI

CHAPITRE PREMIER

Mon séjour en Nouvelle-Calédonie. — Caractères anthropologiques du Canaque Néo-Calédonien. — La Popinée Canaque. — Degré d'avilissement de la Popinée. — Les organes génitaux de la race Canaque. — Circoncision des pubères. — La vierge Canaque. — Division de la race Canaque en tribus indépendantes et ennemies. — Le manou de l'homme. — Pudeur bizarre du Canaque. — Ceinture de la Popinée. — Quelques lignes sur les mœurs et coutumes. — Rôle du Chef dans l'état social. — Habitations. — Nourriture. — Le four Canaque. — Superstitions et croyances. — Le Sorcier-médecin (Takata).

on séjour en Nouvelle-Calédonie. — J'arrivai à la Nouvelle-Calédonie au moment où la féroce insurrection des indigènes, commencée en 1878, venait de finir. Elle avait coûté deux ans de luttes à la Colonie. Les souve-

nirs en étaient présents à tous les esprits, et j'ai pu recueillir nombre de renseignements de la bouche de témoins oculaires, dignes de foi.

Afin de ne pas allonger ce travail outre mesure, je passerai sous silence ce qui concerne les Européens en Nouvelle-Calédonie, sauf les pensionnaires de la Transportation, qui ont des mœurs spéciales.

Caractères anthropologiques du Canaque Néo-Calédonien. — La Nouvelle-Calédonie a été colonisée par le Nègre Mélanésien, d'abord, et a reçu ensuite un apport d'une race supérieure, la race Maorie. Selon l'infusion plus ou moins grande du sang Maori, variable selon les tribus, le teint varie sensiblement du noir fuligineux au chocolat et au bronze Florentin sombre, à reflets cuivrés. C'est sur la côte orientale que l'on trouve surtout les tribus de couleur claire. Le Canaque est donc plutôt un métis de Nègre qu'un Nègre véritable, et, lors même que son teint est le plus foncé, il est impossible de le confondre avec le Nègre d'Afrique. En effet, sa tête diffère notablement de celle de l'Africain. Elle est asymétrique, l'angle facial est plus ouvert, le front est découvert, haut, étroit et convexe. Le crâne est aplati en travers, surtout à la région temporale. Il est recouvert d'une chevelure laineuse plus raide et moins frisée que celle du Nègre et qui se tient souvent hérissée, ce que ne fait jamais la toison du premier. Les yeux sont largement ouverts, mais la conjonctive, souvent injectée de filets de sang, donne au regard une expression farouche. Les pommettes sont légèrement saillantes, la mâchoire prognathe. Les lèvres sont assez grosses et renversées, la bouche largement fendue, les dents bien alignées et superbes. Le Canaque a presque toujours des moustaches, et souvent une barbe bien fournie, ce qui est rarement le cas de l'Africain. La

couleur des cheveux et des poils est noir foncé, mais
on trouve souvent des sujets qui ont cheveux et barbe
d'un beau roux de cuivre, aussi franc et aussi net que
chez un Européen.

C'est surtout par l'exactitude de proportions et la ré-
gularité des formes du corps que brille le Néo-Calédonien.
Cette race est généralement élancée et svelte ; jamais
l'embonpoint de l'Européen ne vient vulgariser ses formes.
Les bras et les jambes ne sont pas d'une longueur dispro-
portionnée comme chez le Nègre. Les muscles, fondus
dans la chair pendant la jeunesse, ressortent en saillie
vigoureuse dans l'âge viril ; ceux des bras sont souvent
aussi développés que chez un robuste Européen ; ceux
des cuisses et des jambes le sont moins, mais ils sont secs
et nerveux. Le Canaque est infatigable à la marche, alors
surtout que le plaisir ou la passion l'anime.

La Popinée Canaque. — C'est le nom que l'on donne,
en Nouvelle-Calédonie, à la plus belle moitié du genre
humain, qui est, dans ce pays, la plus laide incontestablement. Il existe, en effet, une différence frappante entre
les deux sexes, sous le rapport de la beauté ; on a presque
envie de se demander si le Canaque mâle n'a pas le droit
de considérer une semblable compagne comme beaucoup
au-dessous de lui, ou si c'est au contraire le degré d'avilissement dans lequel vit la femme qui l'enlaidit ainsi.
La chevelure des femmes est courte et crêpue, en forme
de bombe, comme la chenille du casque d'un Bavarois.
Quand elle est jeune fillette, on peut encore jeter un
regard sur la Popinée. Les seins, de forme ogivale, sont
durs et, quoique en général svelte, ses formes sont assez
arrondies et sa peau fine et douce. Mais cette fugitive
floraison n'a que la durée d'un éclair, et la Popinée se
flétrit bientôt sous la rude existence qui lui est faite par
la vie sauvage. La peau se sèche, les cicatrices dont elle

se couvre en signe de deuil, la rendent repoussante et la maternité l'achève. L'allaitement développe beaucoup le sein qui s'allonge et tombe naturellement, quoique la pratique de l'incision sous-cutanée lui soit inconnue. Le bouton du sein est noir et gros. L'allaitement terminé, le sein reste flasque et ridé, tombant comme une mamelle de chèvre. Le ventre présente plusieurs rides parallèles, et la peau pend sur le pubis comme un vieux tablier de cuisine. Une vieille Popinée Canaque est un objet de dégoût, tandis que le mâle, même âgé, conserve toujours une certaine prestance. Un jeune Canaque de vingt ans est au contraire un magnifique spécimen de la race et ressemble à un bronze antique,

Degré d'avilissement de la Popinée. — Tous les jours, la malheureuse Popinée travaille comme une bête de somme. Elle fait toutes les corvées de l'escouade (j'emploie à dessein ce mot), de la culture, de la guerre. En marche, elle porte les provisions, les ustensiles culinaires, les outils. On la voit marcher indéfiniment, ployant sous le faix ; si elle faiblit, un bon coup de manche de casse-tête lui rend des forces. La nuit, si l'ânesse à quatre pattes peut dormir sur sa litière, la Popinée ne le peut pas. Il faut qu'elle satisfasse les passions de l'escouade et, quand elle est enceinte, elle continue ce double métier à peine interrompu par l'accouchement.

La taille moyenne des femmes est bien inférieure à celle des hommes, et il existe à ce point de vue entre les deux sexes à peu près le même rapport que dans notre race. Les femmes allaitent leurs enfants pendant fort longtemps, de trois à cinq ans. L'oppression sous laquelle elles gémissent, l'excès de travaux qu'on leur impose, les privations qui sont souvent leur lot, épuisent rapidement la vigueur de leur constitution.

Les organes génitaux de la race Canaque. — Les

organes génitaux de l'homme sont bien proportionnés, mais beaucoup moins développés que ceux du Nègre. Ils se rapprochent davantage de la moyenne des Européens du Midi, comme forme et dimension dans les divers états de flaccidité et d'érection, quoique un peu supérieurs. Le pénis en érection a de quatorze à dix-huit centimètres de longueur sur trois et demi à cinq de diamètre, rarement plus. Une seule fois, j'ai trouvé un pénis de dix-neuf centimètres. Cette dimension est très fréquente, au contraire, chez le Nègre d'Afrique. La moyenne paraît être de seize centimètres sur quatre. Les testicules sont aussi développés en longueur que chez l'Européen, mais m'ont paru un peu plus plats. C'est également par la couleur de la muqueuse des lèvres, du gland et de la vulve, que le Canaque se rapproche de l'Européen. Chez les sujets à peau d'un noir fuligineux, cette muqueuse n'est jamais noire comme celle du Nègre. Elle est d'un rouge assez vif, assombrie par une pointe de sépia. Chez ceux qui ont la peau couleur bronze Florentin (ce sont alors des Maoris presque purs), la muqueuse est d'un rouge vif atténué par de la terre de Sienne claire, couleur presque de brique rouge.

Si le lecteur veut bien s'en souvenir, il faut aller jusqu'au Quarteron (trois quarts de Blanc), pour trouver une teinte de muqueuse encore moins claire et moins vive que celle du Canaque. Je reviendrai sur cette question quand je comparerai l'organe du Nègre d'Afrique à celui du Noir Mélanésien d'Australie. On peut dire que sur l'homme de couleur, métis du Noir et du Blanc, la muqueuse du gland est plus foncée que la peau du pénis. C'est absolument tout le contraire chez le Canaque, et ce caractère anthropologique le rapproche de l'Italien du Midi, du Sicilien, par exemple, qui a souvent la peau du pénis et du scrotum très brune et le gland rouge vif. Le pubis est ombragé par un poil noir et frisé, roux chez les individus de cette couleur, et assez abondant.

Circoncision des pubères. — En général, chez le garçon impubère, le prépuce est assez long. Au moment de la puberté, dans certaines tribus, en général chez celles qui ont la peau la plus foncée et qui habitent la côte occidentale (telle est la tribu de Koné), on fait subir aux jeunes pubères qui ont le phimosis et dont le gland ne se décalotte pas facilement, une sorte de demi-circoncision. Le chirurgien-sorcier de la tribu fend la partie supérieure du prépuce avec une pointe de quartz aiguisée et polie, sur une longueur de deux à trois centimètres, jusqu'à la couronne du gland.

Cette opération, bien moins douloureuse que la circoncision complète du Nègre, produit presque le même effet, et le gland, même à l'état de flaccidité, reste complètement dégagé. Le prépuce, ainsi divisé, est entouré de feuilles de *bourao,* enduites du suc de certaines herbes que mâche le chirurgien-sorcier, et qui le font vite cicatriser, tout en le rétractant en arrière du gland. Mais, au moment de l'érection, le prépuce opéré de la sorte présente une espèce de crête double (en forme d'oreilles de chien coupées) qui fait une saillie disgracieuse au-dessus du pénis. Ce serait une gêne pour le coït, si les Canaques étaient des gens délicats. Cette pseudo-circoncision est une simple mesure d'hygiène et nullement une coutume religieuse.

La vierge Canaque. — Tant qu'elle est fillette, les organes de la jeune Canaque sont assez peu développés, et lorsqu'elle est pubère, le mont de Vénus, peu proéminent, est fourni d'un poil assez rare, quoique l'épilation soit une pratique inconnue. En général, le clitoris est normal, la vulve et le vagin sont d'un développement proportionné à la grosseur des organes mâles, plus inclinés d'avant en arrière que chez l'Européenne, mais bien moins que chez la Négresse d'Afrique. Quand l'hymen existe, il a habituellement la forme annulaire. Mais il n'existe pas toujours, car l'enfant est souvent déflorée de très bonne heure. Une fois femme, la nécessité de se donner à plusieurs hommes déforme vite les organes génitaux. Il n'y a en effet qu'une Popinée pour cinq ou six Canaques et, dans certaines tribus, il y a même huit ou neuf hommes pour une femme. C'est là l'unique cause de la polyandrie, et l'on conçoit que la malheureuse Popinée, entre une bonne demi-douzaine de maris qui la font travailler le jour à coups de manche de casse-tête et la nuit l'empêchent de dormir à coups de cet instrument de labour que nos pères appelaient *le doigt sans ongle*, n'a guère de repos et de tranquillité. Généralement, après deux enfants, la Popinée est épuisée. Aussi la dépopulation de la Nouvelle-Calédonie marche à grands pas, surtout depuis la guerre de 1878, qui a détruit presque toutes les tribus de la côte Ouest, à l'exception de celles de Koné et de quelques autres sans importance.

Division de la race Canaque en tribus indépendantes et ennemies — Les peuplements successifs de l'île par migrations successives du Noir, venant de l'Ouest, et du Maori, venant de l'Est, la forme allongée de l'île qui ressemble à une chaîne de montagnes émergeant de l'eau, et séparant complètement les deux côtes Est et Ouest, la division des bassins des rivières par de nombreux contreforts d'accès assez difficile, tout a concouru à séparer la race Néo-Calédonienne en une série de tribus souvent ennemies. Néanmoins, le fond du langage est commun, et les mœurs sont les mêmes. Une tribu est constituée par plusieurs villages, dont les chefs relèvent du chef de la tribu. C'est une véritable féodalité organisée comme les clans de l'ancienne Écosse.

35

Le manou de l'homme. — L'habillement du Canaque est d'une simplicité primitive. L'homme se coiffe la tête d'un mouchoir noué en turban avec sa fronde, et l'embellit souvent de plumes et de verdure. Il se pare le corps avec des colliers en poil de roussette, des bracelets de coquillage aux bras et aux jambes. Le lobe de l'oreille est souvent percé d'un trou, dans lequel on met un rond de bois gros comme un bouchon. Le ventre est serré avec une ceinture de cuir et de corde, et le comble du *high-life* consiste à se frotter la poitrine avec un mélange de suie et d'huile de coco. Mais le véritable costume du Canaque est le *manou*, accoutrement en étoffe de couleur voyante, rouge généralement. Voici en quoi le manou consiste. Je ne sais plus quel est le vaudevilliste Parisien qui a fait dire à un officier de marine revenant de la Nouvelle-Calédonie, qu'avec une paire de gants on pourrait habiller dix Canaques. Il aurait fallu pour cela des doigts de gant au-dessus de la moyenne. Un autre boulevardier non moins plaisant a dit que rien ne ressemblait plus à un Canaque qu'un monsieur allant en soirée dans le grand monde, car tous deux portaient *des habits à queue*. Je demande pardon au lecteur de cet affreux jeu de mots, mais il est typique.

L'habit unique s'appelle le manou, que le Français a traduit par le mot moineau. Pour fabriquer son manou, le Canaque prend un mouchoir de coton de couleur vive, l'enroule, l'entortille autour de sa verge, de manière à lui faire un capuchon conique dont la pointe tombe jusqu'au genou, puis il passe les deux bouts opposés au-dessous des bourses et les attache sur le pubis à la base de la verge. On conçoit le singulier effet que produit ce bizarre accoutrement, quand on le voit pour la première fois. On s'y fait vite, même les dames Européennes de la brousse. Dans les sauts et bonds que fait le Canaque en dansant le *pilou-pilou*, sa danse nationale, le manou saute et se balance dans tous les sens comme un battant de cloche, ce qui est d'un comique irrésistible. Quand deux chefs se rencontrent, c'est une marque de courtoisie et de haut goût que d'échanger les manous de l'un à l'autre, échange de bons procédés qui en vaut un autre. Le Canaque se trouve de la sorte aussi bien et aussi décemment habillé qu'un Européen en caleçon de bain ou en chemise. C'est lui faire une grave injure que de saisir le bout de son manou, et de le lui dérouler : vous risquez de recevoir un bon coup de casse-tête. Il m'était très difficile d'obtenir qu'un Canaque quittât son manou et me montrât ses organes génitaux. Il ne le faisait jamais en public, mais toujours dans une case, à l'abri des regards indiscrets. Il pousse même le scrupule à ce point qu'il est choqué de voir un Européen prendre un bain tout nu. J'en sais quelque chose. Je voulus un beau matin prendre un bain dans la rivière de Thio et, me voyant seul dans la brousse, loin de tout sergent de ville civilisé pouvant me dresser procès-verbal pour manque de caleçon, je me mis à l'eau dans le costume de notre père Adam. J'en sortis en présence d'un groupe de Canaques réunis sur la rive pendant mon bain. Ma nudité les choqua extrêmement, et ils me montrèrent du doigt en se moquant de moi.

Un Père de la Mission nous a certifié l'authenticité de l'historiette suivante : des matelots se baignaient tout nus près d'un village, sans se douter combien ils scandalisaient les habitants. Tout à coup, ils poussent des cris, se sentant pris par les parties génitales. C'étaient des plongeurs Canaques qui étaient venus coiffer leurs verges avec un cornet de feuille enroulée.

Pudeur bizarre du Canaque. — Le Canaque pousse plus loin la pudibonderie. L'Européen civilisé urine contre un mur, souvent en se cachant à peine, quand il

n'a pas une colonne Rambuteau à sa disposition ; jamais
je n'ai vu un Canaque uriner en public. Il va se cacher,
s'accroupir dans un buisson ou derrière une case pour
ôter son manou, qui le gênerait pour l'opération. A ce
point de vue, le Néo-Calédonien pourrait rendre des
points à un Anglais.

Ceinture des femmes. — Le costume des femmes est
aussi rudimentaire que celui des hommes. Il consiste en
une simple ceinture qui entoure les reins et cache à peine
les fesses.

Quelques lignes sur les mœurs et coutumes. —
Je serai très bref sur ce qui ne concerne pas directement
l'amour.

Rôle du Chef dans l'état social. — Le Chef de tribu
est un monarque omnipotent, monarque de droit divin,
par hérédité. La loi salique est en vigueur dans toute l'île.
Le chef est une sorte de Dieu, un fétiche. Les hommes
se courbent à son approche. Les femmes sont encore
plus indignes de contempler sa face vénérée. Pour se présenter devant lui, elles commencent au moins à cent pas
de distance à marcher à quatre pattes, et pour compléter
la ressemblance avec un animal, on ajoute à leur ceinture
un paquet de filasse qui pend par derrière comme une
queue de cheval.

Le Chef a une sorte de Conseil suprême composé des
guerriers les plus renommés et des vieillards, gens pru-
dents et avisés. On décide en conseil la paix et la guerre ;
les cultures et récoltes qui se font en commun. Le Grand
Chef de droit divin a une sorte de Maire du Palais qu'on
nomme le Chef de Guerre : il forme les guerriers à la tac-
tique militaire et les conduit au combat pendant que le
Grand Chef reste prudemment sous sa tente, à l'abri des
coups. A la mort du Grand Chef, tout le monde, dans
la tribu, prend le deuil, qui consiste, pour les femmes, à

se blanchir le haut du corps à la chaux et à se barbouiller le visage de noir avec une raie blanche sur l'arête du nez et les sourcils peints en blanc. On conçoit que cette mascarade funèbre enlaidisse les jeunes et rende les vieilles Popinées horribles. Avant l'occupation Française, on assommait à coups de casse-tête les plus grasses femmes du chef défunt, et on les mangeait dans un *pilou-pilou* funèbre célébré en son honneur.

Habitation. — La case Canaque a la forme d'une ruche d'abeilles, n'ayant comme ouverture qu'une porte basse et étroite. Au centre de la ruche brûle incessamment un feu sur lequel on jette de la bourre de coco, pour chasser les moustiques, véritable fléau de ce pays. Il est impossible à un Européen de rester dans ces cases, à cause de la vermine et de la puanteur. Le Chef a une case plus élevée que les autres, ainsi que la case-palais du Conseil des Anciens. Au sommet, on plante un fétiche, homme ou femme, taillé grossièrement avec ses parties génitales démesurées. Le tout est couronné par une immense girouette de quatre ou six mètres de flèche, avec une étoile, symbole de la puissance du Chef.

Nourriture. — La nourriture du Néo-Calédonien est presque exclusivement végétale (taro, igname, patates, fruits). Les tribus de la côte y ajoutent le poisson, qui est une grande ressource. Avant l'arrivée des Européens, à part quelques oiseaux, la chauve-souris roussette, le rat et le chien, il n'y avait point d'animaux. L'introduction du porc et de la volaille a été un bienfait pour les Canaques, car ces animaux ne demandent presque pas de soins.

Le four Canaque. — Pour faire rôtir un poisson ou un cochon, le Canaque n'a pas besoin d'une broche, d'une rôtissoire ou d'une poêle. Le cuisinier sauvage allume un grand feu et fait rougir dedans des pierres dures, puis creuse un trou ovale en terre, de la dimension du rôti, où il met les pierres rouges. Il dépose sur les pierres le poisson ou le cochon, bien enveloppé, avec des aromates, dans des feuilles de bananier. Par-dessus, il met des feuilles de miaouli mouillées, puis il recouvre le tout de terre et laisse cuire dans cette chaleur concentrée. La vapeur s'empare de l'arome âcre du miaouli, semblable à celui du laurier, et le rôti a un fumet délicieux. C'est de cette manière que l'anthropophage fait cuire son dîner.

Superstitions et croyances. — Le Canaque a une vague idée de l'immortalité d'un esprit, qui survivra au corps et ira dans un autre monde, véritable paradis à la mode de Mahomet, où l'on dansera de formidables *pilous-pilous*, en se gavant d'ignames à plein bedon, chacun ayant des femmes à volonté. Il croit aussi aux esprits ou mânes de ses aïeux, des étrangers, qui interviennent en bien ou en mal dans ce monde et sont la cause des événements favorables ou défavorables. Parmi ces esprits des morts, ceux des chefs ont le plus grand pouvoir : aussi leur adresse-t-on des prières publiques pour faire pousser la récolte des ignames ou rendre la pêche fructueuse. On conçoit combien l'autorité du Chef doit être incontestée parmi ses sujets.

Le sorcier-médecin (Takata). — Le *Takata* est à la fois le sorcier, le médecin et le bouffon du Chef qu'il amuse ; interprète des Génies, auxquels il est censé parler, il soigne en même temps toute la tribu, il est également envoûteur et jeteur de sorts, comme nos sorciers du Moyen-Age. Pour faire mourir un ennemi, on s'adresse au Takata, qui fabrique une statuette, la porte au cimetière et l'enterre avec toutes sortes d'invocations aux esprits des morts. Veut-il faire chavirer la pirogue d'un ennemi ? il enterre une petite pirogue. Veut-il nouer l'aiguillette à un rival trop aimé? le Takata fabrique un Priape monstrueux sur lequel le demandeur urine en prononçant des paroles mystérieuses que lui apprend le sorcier, etc. Le charme opère, si l'on peut glisser, pendant son sommeil, l'image du Priape entre les jambes de l'ennemi. Pour faire manquer la pêche à ceux d'une tribu voisine, une jeune fille se dépouille de sa ceinture sur la grève. Si un seul des hommes a des désirs érotiques, la pêche est ratée. Cela se passe surtout sur la côte Est.

CHAPITRE II

aractères moraux du Canaque. — Le Canaque est un grand enfant, et il a les mauvais instincts de l'enfant, féroce, cruel et sans pitié ; mais c'est un homme doué comme nous du sens moral. Il se distingue par une obéissance fanatique au Chef. Celui-ci peut tout lui commander, il obéira. Il ne se croit nullement inférieur à l'homme civilisé et ne le craint pas. D'ailleurs, le colon avec qui il peut se comparer ne brille guère par la moralité. Le Canaque trouve que notre civilisation est trop compliquée, et il plaint sincèrement le Blanc de ne pouvoir vivre sans tout notre appareil administratif. Il ne nous envie que deux choses : l'alcool et nos armes à feu perfectionnées. Il est foncièrement honnête, et diffère en cela prodigieusement de l'Annamite, voleur comme une pie. Vous pouvez laisser à sa portée les choses qu'il aime le plus, les vivres, la viande, le vin, l'eau-de-vie même : il ne touchera à rien. Abandonnez sur un débarcadère les vivres destinés à un poste Européen, que le Canaque aidera, au besoin, à descendre des embarcations : il ne s'emparera de rien. Il est généreux. Donnez à un Canaque une bouteille d'eau-de-vie ou un bon morceau à manger : il partagera avec ses compagnons. Il est fier et ressent vivement l'injure. Malgré les déprédations des bestiaux des colons qui dévoraient ses plantations de taro et d'ignames, le Canaque ne se serait jamais révolté, sans la malheureuse idée qu'eurent les gendarmes de la Poya d'arrêter treize chefs de tribus et de leur mettre les menottes. Le lendemain, les treize tribus se mirent en pleine insurrection.

Causes de l'Insurrection de 1878. — L'insurrection des Canaques, commencée par le meurtre des gendarmes de la Poya, continua par le pillage et l'incendie des habitations des colons. Elle devint une guerre de races. Ce fut un jeune Canaque élevé chez les gendarmes, qui conduisit ses compatriotes à l'attaque et à la destruction de la gendarmerie. Plus loin, j'apprécierai le rôle joué par certains autres Canaques élevés au milieu des Européens.

Bravoure du Canaque. — Ses armes. — Cette insurrection montra toute la bravoure du Canaque, qui, avec les armes primitives de la barbarie, osa attaquer le civilisé muni des engins les plus perfectionnés.

L'arme principale du Canaque est le *tamio*, petite hachette assez longuement emmanchée, ou le casse-tête à bec d'oiseau. C'est l'arme du combat de près. Pour engager le combat de loin, il a la fronde qui lance des pierres ovoïdes polies, puis trois ou quatre sagaies en bois mince et flexible, qu'il lance à quinze ou vingt pas, comme le légionnaire Romain lançait son pilum, et, dans le corps à corps, il emploie le *tamio* ou le casse-tête. Avec ces armes préhistoriques, il ne craignit pas d'attaquer des soldats braves, armés de Chassepots, et

36

des colons munis de fusils Lefaucheux ou de carabines anglaises Snyders à tabatière. Les Chassepots et les Snyders que les Canaques prirent au début de l'insurrection devinrent entre leurs mains des armes terribles. Si les tribus du Nord et de l'Est, au lieu de se déclarer pour nous, s'étaient soulevées, tous les Européens de l'intérieur étaient massacrés et Nouméa bloqué. Il aurait fallu une expédition formidable venue de la métropole pour dégager les Européens restants.

Malgré l'appui prêté par les tribus restées fidèles, il a fallu près de deux ans pour réduire l'insurrection. C'est dans le livre du commandant Rivière qu'il faut lire le récit des combats et des marches des colonnes.

Attaque du poste de la Foa. — J'ai avancé que le seul fait de la rébellion du Canaque, si mal armé, était l'indice de sa bravoure. Un exemple en est donné par le commandant Rivière, quand il raconte l'attaque en plein jour du poste de la Foa, défendu par une palissade et un blockaus bien garnis de fusil à tir rapide. Il a fallu à ces hommes, que nous nommons sauvages, une audace étonnante. L'attaque, d'ailleurs, faillit réussir, et elle avait été habilement menée. Pendant deux heures, les Canaques attaquèrent la palissade et le blockaus à coups de fronde, malgré le feu nourri des fusils à tir rapide.

Mort héroïque de seize guerriers. — Je citerai un seul fait que je tiens d'un officier ayant fait partie des colonnes expéditionnaires lancées contre les Canaques. L'insurrection était vaincue, et l'on traquait les débris des tribus pour les déporter à l'Ile des Pins. Une tribu (celle des grands Farinos) se trouva cernée par une colonne, avec l'aide des guerriers de la tribu alliée de Kondi. Le Chef rebelle assembla tous ses guerriers et leur montra l'impossibilité de continuer la lutte ; pour sauver la vie des enfants et des vieillards, il fallait se soumettre et rendre les armes. Seize guerriers répondirent qu'ils préféraient la mort à l'esclavage. Et ils luttèrent à seize, jusqu'à leur dernier souffle, contre plus de cent Canaques qui les accablaient à coup de sagaies et de frondes. C'est pour moi aussi beau que Léonidas aux Thermopyles.

Férocité du Canaque. — On ne peut nier cependant que, malgré sa bravoure, le Canaque ne soit féroce, et sa férocité se double de ruse. Tous les colons massacrés l'ont été par des Canaques qu'ils croyaient leurs amis, et frappés par derrière, au moment où ils s'y attendaient le moins. Le Canaque s'introduisait amicalement dans les maisons des colons et d'un ton mielleux demandait un morceau de biscuit, une feuille de tabac, un coup de tafia; quand la victime désignée se tournait ou se baissait pour donner l'objet demandé, le tamio lui fracassait la nuque. Beaucoup de colons, apprenant le massacre de leurs voisins, voulaient se réunir armés de leurs fusils, mais les Canaques, leurs amis, qui étaient chargés par leurs chefs de les assommer, les rassuraient en leur disant de ne rien craindre, qu'ils les garderaient et les protégeraient. Les malheureux, hommes, femmes et enfants, tombèrent sous les casse-têtes de leurs prétendus défenseurs. Ce massacre général des Blancs fut dirigé avec ordre et méthode. Si l'insurrection avait été générale, pas un colon ne serait resté vivant. On cite deux cas seulement où le Canaque a eu pitié du Blanc et l'a prévenu qu'il l'égorgerait s'il ne partait pas. Maintenant, il faut dire, à la décharge du Canaque, qu'il était accablé et molesté par le colon, qui ravageait ses plantations avec ses troupeaux, le faisait travailler sans merci, l'injuriait, et souvent même le frappait. Je n'excuse pas la conduite du Canaque, je constate simplement ce qui s'est passé. Le plus grand massacre eut lieu dans la partie de l'Ile où les Blancs étaient les plus mêlés aux indigènes, et ils ont été frappés par ces indigènes qui venaient chez eux à toute heure.

Anthropophagie. — Ses causes. — La nourriture du Canaque, presque entièrement végétale, surtout chez les tribus de l'Intérieur qui n'ont pas les ressources de la pêche, n'est pas suffisante pour donner de la vigueur et une résistance soutenue à la fatigue. Le Canaque mange énormément. Il absorbe, dans un seul repas, des quantités d'aliments qui seraient extraordinaires pour un Européen, mais ce sont des aliments sucrés et féculents, aliments respiratoires, riches en carbone, pauvres d'azote. Il manque d'aliments plastiques et sanguifiables. Il est dans le cas d'une machine à vapeur que l'on bourrerait de coke, sans mettre de l'eau dans la chaudière. Dans les expéditions, les auxiliaires, quoique moins chargés de fardeau que nos soldats, étaient épuisés de fatigue, tandis que les Européens pouvaient tenir encore la campagne. Il fallait leur donner du biscuit et du lard.

N'en déplaise aux végétariens, le régime végétal est un non-sens. Il sera impossible d'obtenir d'un végétarien le labeur assidu et les fatigues que peut supporter un mangeur de viande. *Rien de rien*, dit le proverbe ; pour faire du muscle, il faut de la chair. Le Canaque n'ayant, en Nouvelle-Calédonie, ni volaille, ni porc, rien que des *notous* (pigeon gros comme une poule), mangeait son ennemi vaincu, et, par atavisme, ce goût dépravé s'est continué dans la race après l'introduction du cochon et du bétail. Le plus beau cadeau qu'on puisse faire à un Canaque qui vient vous voir, c'est, après un fusil, un quartier de bœuf à demi salé. Toussenel, dans sa *Zoologie passionnelle*, a bien caractérisé l'anthropophagie : « L'anthropophagie est une des maladies de l'enfance de la première humanité, que la misère explique, qu'elle ne justifie pas. Plaignons le cannibale, et ne l'injurions pas trop, nous autres civilisés, qui massacrons des millions d'hommes. Le mal n'est pas tant de faire rôtir son ennemi, que de le tuer quand il ne veut pas mourir. »

Le Pilou-Pilou. — Le *Pilou-Pilou* occupe une part considérable dans l'existence du Canaque. Rien ne se fait sans un pilou-pilou, à la fois danse de guerre, de victoire, d'amour et de fête. Chaque tribu a son pilou-pilou particulier, présentant quelques variantes avec les autres. Il serait trop long de les décrire ici. Voici, en général, comment ils se passent.

Le Pilou-Pilou de guerre. — Seuls, les guerriers y prennent part. Ils sont en tenue de guerre, peints en noir, avec, çà et là, sur le corps, des marques blanches qui leur donnent un aspect diabolique, la sagaie et le tamio à la main. On allume un grand feu autour duquel les guerriers font cercle. Après des grognements répétés et une sorte de sifflement aigu qui produit un bruit sinistre, ils brandissent leurs armes, sautent en grinçant les dents et faisant des grimaces atroces. Puis la bande des guerriers se sépare en deux cercles, qui tournent avec des rugissements de fauve et des cris rauques et gutturaux. Enfin, les deux bandes s'élancent avec des cris sauvages l'une sur l'autre, simulent un combat acharné. J'ai assisté, à Koné, à un pilou-pilou de ce genre, et je n'ai pu m'empêcher de frissonner, quoique je fusse couvert par la personne du chef assis auprès de moi.

Le Pilou-Pilou érotique. — Les femmes prennent part à ce pilou-pilou, destiné à célébrer les jeux de l'amour, mais elles ne se mêlent pas avec les hommes. Elles forment un petit cercle concentrique à celui des hommes, dansent sur place, les pieds fixés au sol, et, sur un rythme lent et cadencé, balancent leurs hanches en

avant et en arrière par un mouvement d'une souplesse
extrême, interrompu par moments par un soubresaut
lascif. C'est la mimique du mouvement de la femme
dans le coït. Les hommes tournent en rond tout autour,
sautant, bondissant, s'accroupissant et lançant leur ventre
en avant, au moment où ils se relèvent, pour simuler le
mouvement du pénis dans le coït.

Le Pilou-Pilou des anthropophages. — Quoique le
Canaque ait aujourd'hui de la volaille et du porc, il n'en a
pas moins conservé le goût atavique de la chair humaine.
On m'assurait, pendant mon séjour en Nouvelle-Calédonie, que dans la tribu de Canala, de temps en temps,
on mangeait dans un pilou-pilou monstre des captives
provenant des tribus insurgées en 1878. Je ne puis cer-
tifier le fait, ne l'ayant point vu, mais je puis donner ici
des extraits d'auteurs sérieux qui prouvent la persistance
de cette épouvantable perversion humaine. C'est d'abord
le massacre de l'*Alcmène*. La chaloupe de ce bâtiment
allait à terre faire de l'eau. On avait mis, pour la forme,
trois mousquetons au fond de la chaloupe. Il descendit
à terre quatorze Blancs dont deux officiers, et il resta
pour garder la chaloupe le quartier-maître et deux matelots. Aux cris poussés dans la brousse, ces derniers
comprirent qu'on égorgeait leurs camarades. Ils essayè-
rent de gagner à la nage l'*Alcmène*, mais, rattrapés par
les Canaques, ils furent ramenés à terre, liés, et assis-
tèrent au dépeçage de leurs infortunés camarades, qui
furent cuits et mangés dans un pilou-pilou monstre.

L'insurrection de 1868, la première, avait débuté par
le massacre d'un sergent et de huit hommes, envoyés
dans une tribu pour ramener de force une corvée qui
devait construire la route de Nouméa. Les soldats,
accueillis amicalement, formèrent leurs fusils en fais-
ceaux, et se dispersèrent. Ils furent alors en un clin d'œil

abattus et dépecés. On envoya leurs membres aux tribus voisines pour faire alliance avec elles. Celles qui acceptèrent (au nombre de trois) ces gigots nouveau genre, se déclarèrent contre nous. Il fallut dix-huit mois pour réduire ces quatre tribus.

Un témoin oculaire de l'insurrection de 1878, Paul Branda, qui donne dans ses *Lettres d'un Marin* des détails inédits et fort intéressants sur cette insurrection, raconte plusieurs faits d'anthropophagie. « Pendant les préparatifs du massacre, » dit-il, « les Canaques entourèrent un capitaine, commandant de Cercle, nommé Chausson, colosse prodigieusement gras ; ils dansèrent un pilou-pilou, chantant en chœur : « *Nous mangerons* » *Chausson !* » Puis chaque guerrier venait à son tour agiter devant lui ses armes ; l'un disait : « Chausson, je » te mangerai les mains » ; l'autre : « Chausson, je te » mangerai les pieds, » chacun jetant son dévolu sur un morceau du succulent capitaine. L'excellent homme, qui entendait la langue du pays, riait de tout son cœur, en disant : « Sont-ils drôles, ces Canaques! » Vingt-quatre heures après, la tribu tout entière courait aux armes, aux cris de : « Allons manger Chausson ! » Par chance, le naïf Commandant de Cercle, appelé ce jour-là à Nouméa, se dérobait au goût trop prononcé de ses administrés pour sa personne. »

Je citerai encore, du même auteur, le massacre de la Poya. « Les insurgés ont surpris une embarcation montée par onze hommes, chargée de vivres et de cartouches. Un retard inexplicable dans l'envoi des munitions inspira bientôt les plus vives inquiétudes sur le sort de la chaloupe qui les portait ; un canot armé en guerre reçut donc l'ordre de se mettre à sa recherche. Nos marins troublèrent bientôt l'horrible fête, par laquelle les Canaques célébraient leur triomphe. L'approche du festin fut signalée par des troncs d'homme en décomposition, échoués dans les herbes de la rivière. Les têtes avaient été coupées pour la gloire, les membres pour la gourmandise.

» Dans une clairière, à l'ombre des grands arbres, près de la limpide rivière de la Poya, aux bords ornés de pandanus, des chaises et des fauteuils pris aux habitations saccagées formaient le cercle. Au centre, une tête en putréfaction jouait le rôle de pièce montée. Çà et là, gisaient des ossements humains, consciencieusement grattés, surtout des tibias. Le maître d'équipage dit : « C'est pour faire des flûtes. » Dans des paniers pendus aux branches, on trouva des tranches de viande grillée, arrimées avec soin, d'odeur appétissante ; un ancien charcutier la reconnut pour du porc, un boucher pour du bœuf : un auxiliaire Canaque dit : « Ça ? tayo blanc. » Il se fit un grand silence ; la terreur et l'horreur pesaient sur tous. Ces viandes grillées, pieusement réunies aux ossements épars, reçurent les honneurs funèbres. On a bien fait. Cela n'en semble pas moins étrange d'honorer militairement des restes de cuisine. »

Plus loin, le même auteur ajoute : « Nos alliés ne se gênent plus ; ils mangent l'ennemi devant nos soldats. Le besoin absolu de leurs services nous oblige de fermer les yeux. Le chef de Koné est venu présenter au colonel quatre oreilles gauches : « Tiens ! » lui dit le colonel, « tu les as fait cuire ? — Oui, » répond le chef, « pour » les conserver. » Après avoir touché la prime, *il partit en les croquant.* »

L'administration payait dix francs par tête de Canaque rebelle. Les transportés Arabes, qui étaient nos meilleurs éclaireurs, apportaient les oreilles pour toucher la prime. Accusés de rapporter des oreilles de femmes, ils n'apportèrent plus désormais que les pénis et les testicules des Canaques tués, trouvant la tête trop embarrassante pour l'apporter à cheval.

La part du Chef dans les festins de chair humaine. — Enfin, je terminerai ce qui est relatif à l'anthropophagie en disant quelle est la part du Chef dans le festin.

Autrefois, bien avant l'arrivée des Français, quand la lutte pour l'existence était fréquente entre les tribus, les chefs vainqueurs, à l'aide d'un instrument qu'il m'a été impossible de voir et dont j'ignore la forme, arrachaient les parties génitales, le cœur et les yeux du chef vaincu. Ces féroces guerriers ne se contentaient pas de faire cuire leurs ennemis dans le four Canaque : ils se plaisaient à dévorer sur le champ de bataille même les organes arrachés, tout crus et saignants. Ils croyaient acquérir ainsi la vue perçante, la bravoure et la virilité de leurs adversaires. Cette coutume n'est plus aujourd'hui qu'une tradition. D'après certains voyageurs, elle aurait existé également chez les Maoris de la Nouvelle-Zélande.

La prime de l'Administration Française. — Sans doute, ces coutumes sont atroces, mais il faut prendre en considération le degré de civilisation du Canaque. Que dirons-nous des procédés de l'Administration Française pendant l'insurrection ? Je n'invente pas, je cite encore Branda :

« Donc nous avons trouvé des alliés aux conditions suivantes : tout le butin, les femmes, dix francs par tête coupée !

» Le Canaque s'acharne sur les cadavres, les mutile, mais ne savoure pas, comme l'Indien, la douleur de l'ennemi. En revanche, j'ai entendu des Européens se plaindre très sérieusement de l'incapacité d'officiers, qui n'avaient pas arraché des renseignements par la torture à des prisonniers. »

CHAPITRE III

Formes de l'amour dans la race Canaque. — La Popinée, propriété
du Chef. — Le mariage Canaque. — La polyandrie. — Condition de la Popinée. — Le *Casser-bois* Canaque, forme habituelle
du coït. — Accouchement. — Déformations vulvaires produites
par le coït répété des Popinées Canaques. — Punition originale
de l'adultère. — Une Putiphar et un Joseph Canaques. — Goût du
Canaque pour la femme blanche. — Le grand Chef Ataï et
Mme F***.

a Popinée, propriété du Chef. — Toute
fille de la tribu naît propriété du Chef, qui
ne cesse d'avoir droit sur elle qu'au moment
où il la donne à ses guerriers. Avant cela, il
les vend, il les loue et même les mange, si tel est son
plaisir. Le Chef de Koné ne voulait pas vendre de
femmes aux Européens, mais il les louait. Le Chef de
Canala, Kaké, moins exclusif, en a, dit-on, vendu à certains colons. On m'a assuré qu'il y a à peine une dizaine
d'années, on voyait encore, dans plusieurs tribus de l'intérieur, des pilous-pilous où l'on mangeait des filles captives, provenant de tribus rebelles. J'ai déjà dit que la
malheureuse Popinée Canaque était chargée des travaux
de la cuisine et de satisfaire à tous les besoins de l'escouade; il me reste à expliquer la chose.

Le mariage Canaque. — La polyandrie. — Par le
fait, le mariage Canaque n'existe pas. Le Chef donne
des femmes à ceux de ses guerriers dont il est con-
tent : c'est en cela que consiste toute la cérémonie du

mariage. Mais, comme le nombre des femmes est très inférieur à celui des hommes, il en résulte qu'une seule femme est la propriété de plusieurs maris. C'est ce groupe de maris, ayant une femme commune, que j'ai désigné sous le nom d'*escouade*. Ils habitent ensemble une case, avec l'épouse commune.

Condition de la Popinée. — Tous les jours, la Popinée travaille comme une véritable bête de somme et, la nuit, elle a à satisfaire les désirs de ses mâles. Comment font ceux-ci pour avoir chacun leur part du gâteau conjugal? je n'ai pu obtenir là-dessus de renseignements précis. Ces Messieurs prennent-ils un jour spécial pour visiter Madame, comme les gandins Parisiens qui entretiennent à quatre ou à huit une cocotte? ou bien, les plus forts et les plus vigoureux se font-ils la part du lion, ne laissant à leurs associés que les débris du festin, quand ils sont complètement rassasiés? Je n'ai pu avoir là-dessus de détails exacts. Il est probable que l'amour, ce sentiment si noble du cœur humain, n'est pour rien dans les ménages Canaques. La pauvre Popinée subit les approches des mâles, quand ceux-ci sont en rut. La grossesse n'est point un empêchement; l'allaitement non plus, prolongé pendant trois ou quatre années.

Le Casser-bois Canaque. — On conçoit qu'il ne faille pas demander au Canaque beaucoup de ménagements pour la femelle commune, d'autant plus que la Popinée est réellement laide à faire peur. Aussi, l'amour se fait-il sans aucune préparation préliminaire. Le Canaque en rut allonge la femme sur le dos sur un paquet de broussailles et d'herbe qui lui sert de litière (le mot peint fort bien ma pensée), et la besogne tout bonnement dans la position classique de l'humanité entière. On appelle cet acte, *casser bois*. Peut-être ce nom vient-il de ce que les Canaques font quelquefois l'amour dans la brousse, au milieu des buissons. Après une journée de fatigue, il arrive souvent que la malheureuse Popinée est obligée, toute la nuit, de supporter les assauts amoureux de son escouade de maris.

Accouchement. — L'accouchement a lieu sans aucune sorte de cérémonies. Les voisines aident l'accouchée. Après un jour ou deux de repos, la femme reprend le travail commun. Quant au labeur amoureux, c'est à peine si on donne aux organes génitaux le temps de se raffermir et de se rétablir des désordres causés par l'accouchement. Il y a toujours un des maris plus impatient que les autres, qui n'a pas le temps d'attendre. Et souvent, au risque d'estropier la femme, il recommence le coït avec elle. Aussi, à ce petit jeu, la femme exténuée met rarement au monde plus de deux enfants et quoique mariée à vingt ou vingt-cinq ans au plus, elle est vite usée ; à trente ans, c'est une créature décrépite qui fait horreur à voir.

Déformations vulvaires, suite du coït répété. — Ce coït incessant et sans relâche produit, chez la Popinée Canaque, des déformations vulvaires très caractéristiques. En général, les Popinées de vingt-cinq à trente ans, ayant mis au monde un ou deux enfants, présentent à l'examen médical les mêmes symptômes que les vieilles prostituées Européennes au bout de plusieurs années de stage dans les couvents d'amour. Mes observations concordent parfaitement avec celles du docteur Charpy, dont je reproduis ici les conclusions publiées dans les *Annales de dermatologie et de syphiligraphie*, en 1871-72 :

« De toutes les beautés de la femme publique » dit-il, « celle qui parfois décline la première, c'est la beauté de ses organes génitaux. La prostituée a encore ses seins fermes, ses flancs sans coutures, et c'est à peine si la veille ou l'orgie commencent à la dépouiller de ses cheveux, que déjà son appareil de relation par excellence, mécaniquement délabré, a subi les outrages irréparables du travail et de l'usure. »

Ces déformations, qui résultent, pour le D⟨r⟩ Charpy, de plus de huit cents observations recueillies chez des prostituées de tout âge, consistent dans une hypertrophie, et parfois dans une atrophie des grandes et des petites lèvres; dans l'aspect ridé, dans la coloration brunâtre des petites lèvres : elles consistent dans l'apparition très fréquente sur ces organes d'éruptions acnéique ou herpétique, dans l'élongation du clitoris et dans le refoulement en haut du méat urinaire, refoulement dû, en partie, à la saillie du bulbe vaginal, par suite du développement de son tissu érectile, à la procidence de la partie vaginale et en partie au gonflement des follicules qui entourent l'entrée de ce méat. A ces déformations, s'ajoutent l'évasement de l'orifice vaginal, par suite de la perte de l'élasticité des tissus et de la tonicité du muscle constricteur; l'épaississement de la muqueuse de l'orifice vaginal qui est jaunâtre, comme tannée; un état fongueux du canal de l'urètre avec inflammation chronique des follicules situés à la partie antérieure et inférieure de ce canal, résultant du frottement et par suite des urétrites anciennes. Comme conséquence, la muqueuse se tuméfie, se détache et vient faire saillie à l'extérieur sous forme d'une masse fongueuse, violacée, facilement ulcérée.

Je n'ajouterai que quelques mots pour compléter ce tableau, dont tous les traits peuvent s'appliquer à la Popinée Canaque épuisée par le coït incessant avec plusieurs hommes. J'ai trouvé chez quelques-unes, ayant déjà eu deux enfants, et âgées de vingt-cinq à trente ans, une vulve et un vagin énormément dilatés, à tel point qu'on pouvait introduire sans difficulté un spéculum du

plus grand modèle. Je n'exagère pas en disant que le vagin pouvait recevoir un pénis de la grosseur d'une demi-
bouteille de champagne. J'attribue cette déformation à
ce que, très peu de temps après l'accouchement, et quand
les parties génitales n'ont point encore eu le temps de
revenir à leur état normal, la femme est obligée de subir
à nouveau les approches du mâle. Le vagin, n'ayant pu
reprendre sa consistance normale, reste dilaté par un
effet absolument mécanique.

Punition originale de l'adultère. — On pourrait croire qu'avec le métier incessant de vendeuse ou
plutôt de procureuse d'amour qu'elle fait presque chaque
nuit, la Popinée, rassasiée des plaisirs du coït, ne commet
jamais le délit d'adultère. Ce serait compter sans la fantaisie et le caprice du cerveau féminin. L'adultère existe,
et il est puni d'une manière originale, qui est, je crois,
unique dans le monde entier.

Quand une femme est convaincue d'adultère, le Chef
la condamne à périr de la même manière qu'elle a commis la faute. Je m'explique. La femme est attachée dans
une case, de telle façon qu'elle ne puisse bouger. Ses
mains sont liées derrière le dos, ses jambes repliées
contre ses cuisses, et, à l'aide d'un lien qui passe autour
de la cuisse et de la jambe, lien qu'on attache ensuite à celui
des bras et des mains, la femme, jetée sur le dos, écarte
les cuisses et montre béante l'ouverture de la vulve. La
description n'est peut-être pas très nette : il faudrait une
photographie pour bien montrer et préciser la position.
Mais je ne connais pas de photographe qui ait pu prendre
une pareille épreuve, car je raconte d'après les confidences de Kaké, le Chef de Canala. Ainsi mise dans l'impuissance de bouger, la femme est livrée aux jeunes guerriers de la tribu, qui entrent à tour de rôle dans la case.
Les hommes dansent le pilou-pilou, en attendant leur

tour. L'opération ou plutôt l'exécution amoureuse continue sans relâche ni trêve, jusqu'à la mort de la victime, dont on conçoit les souffrances horribles. D'après Kaké, une femme arrive presque à la centaine d'assauts avant d'expirer.

Une Putiphar et un Joseph Canaques. — Branda raconte d'une manière très imagée, l'histoire d'une Putiphar Canaque :

« Le fils du terrible Bouarate est venu se plaindre au chef d'arrondissement du viol d'une de ses épouses par six de ses sujets. Signe du temps! on perd le respect des souverains, même en Nouvelle-Calédonie. Qui eût osé toucher une épouse du noble seigneur Bouarate? En d'autre temps, le noble seigneur, au lieu de venir pleurnicher près de l'autorité Française, eût fait assommer le délinquant d'un coup de casse-tête et l'aurait mangé, sauf, suivant le cas, à manger ensuite l'épouse infidèle. Philippe, plus débonnaire, après d'ailleurs s'être fait payer l'amende autant qu'il a pu, a demandé la condamnation des coupables aux travaux forcés pour huit jours. Du reste, il résulte de l'enquête que, s'il y a eu viol, c'est celui des six jouvenceaux par la Messaline de Hienghen. J'ai assisté à l'interrogatoire de l'un des accusés, un beau jeune homme de seize à dix-sept ans, à peau fine, et relativement claire, au visage modeste, aux yeux fort doux. Apollon adolescent, il se défendit avec énergie de cet acte d'irrévérence envers son chef : la dame avait été la vraie coupable; lui n'avait été que l'instrument passif. Toutes les fois qu'il rencontrait Mme Philippe, celle-ci, lui lançait de terribles œillades et lui demandait du feu pour allumer sa pipe, lui mettait la main sur l'épaule, le caressait... Lui ne voulait rien comprendre. Enfin, elle s'expliqua plus catégoriquement et invita le bel enfant à venir avec elle dans la brousse *casser bois*.

» Le Joseph Calédonien répondit à Mme Putiphar par un refus formel. Malheureusement, un jour la dame (toujours sous le prétexte d'allumer sa pipe) saisit Joseph par le pan de son manteau : j'entends le manteau Calédonien, qui se remplace avantageusement, les jours de pluie, par une feuille roulée en cornet et maintenue par un brin d'herbe. Ce manteau s'appelle *moineau* dans le pays. La suprême élégance est de porter un très grand manteau. L'infortuné jeune homme, saisi par le pan de son moineau, n'osa s'enfuir dans un état de honteuse nudité. La jeune femme l'entraîna dans le bocage, et le dépouilla elle-même de son manteau. »

Goût du Canaque pour la femme Blanche. — La femme Européenne, si modeste que soit son costume et si médiocre que soit sa beauté, semble une déesse descendue de l'Olympe à côté de l'horrible Popinée, véritable caricature de la femme. On conçoit *a priori* que le Canaque trouve peu d'occasions de satisfaire sa fringale amoureuse, car il est fort désireux de *casser bois* avec une femme blanche. Autrefois, il l'eût savourée avec délices, dans un pilou-pilou ; aujourd'hui, plus modeste il se contenterait de ses faveurs. Malheureusement pour lui, les femmes et filles des colons, généralement de race Anglaise, tout au moins par leur mères venues d'Australie, sont de mœurs pures, et à part de très rares exceptions, le Canaque est considéré par la femme blanche comme un animal à deux pattes indigne de son attention. Cependant, je tiens d'un vieux colon qui avait longtemps habité dans la Poya et avait sauvé sa vie de l'insurrection, qu'il avait essayé à plusieurs reprises d'élever de jeunes Canaques achetés au chef des Farinos, et que ces garçons, devenus pubères, étaient une gêne et se trouvaient tout le temps dans les jupes des femmes et des filles ; que, pour ce motif, il avait été obligé de les renvoyer pour prendre à leur place des engagés Néo-Hébridais. Ce fut d'ailleurs ce qui lui sauva la vie ainsi qu'à sa famille. Il arma ses Néo-Hébridais avec quatre ou cinq vieux fusils qu'il avait dans sa ferme, et les Canaques, le voyant sur ses gardes, n'osèrent pas l'attaquer.

Le grand Chef Ataï et Madame F***. — Le commandant Rivière donne de curieux détails sur l'amour d'Ataï, le grand chef de la révolte, pour madame F***, la veuve d'un capitaine d'artillerie, qui exploitait une concession.

« Mme F*** plut à Ataï le grand promoteur de la révolte. Il était son voisin et venait souvent la voir. Il lui apportait des fruits et elle lui offrait du café, du pain et du vin. Il fumait sa pipe sous la véranda, pendant qu'elle s'occupait à quelque ouvrage de femme, et ils causaient. Dans ces jours de cérémonie, il avait une tunique d'officier d'infanterie, avec des galons d'or et un képi comme la plupart des chefs, mais le plus ordinairement il était nu. D'ailleurs cette nudité d'un rouge noir, un peu cuivré, à laquelle elles sont très habituées dans la brousse, ne choque plus les femmes. Ataï était grand, très fortement constitué, et très intelligent; mais il avait quarante-cinq ans, ce qui n'est plus la jeunesse pour un Canaque, la tête grosse, le sommet du crâne chauve et les oreilles pendantes et largement percées à la mode du pays. Il s'éprit de Mme F*** et, un beau jour, il lui proposa tout à coup et fort tranquillement de l'épouser. Mme F*** demeura stupéfaite et refusa. Ataï, à plusieurs reprises, revint à sa proposition et ne fut pas plus heureux. Son dépit fut peut-être quelque chose dans sa révolte. Il y a presque toujours une raison féminine qui détermine les grands projets. J'ai dit plusieurs fois à Mme F*** qu'elle aurait dû se dévouer et qu'elle aurait empêché l'insurrection. Elle n'y a pas contredit, mais elle

38

a ajouté qu'elle n'aurait pu s'y résoudre, à ce point qu'elle préférait à ce mariage tous les hasards que pourrait courir la colonie. »

CHAPITRE IV

Perversions de l'amour dans la race Canaque.

**erversion des Popinées**. — La malheureuse Popinée n'est pas une pervertie dans le sens strict du mot ; elle subit les approches de l'homme, mais ne connaît rien des épices de Vénus. Elle ignore complètement l'art de l'agenouillée, art dans lequel la Congaï est si experte. Elle n'est pas non plus Sodomite. Il est vrai que toute règle comporte des exceptions, mais je n'en ai trouvé que fort peu. Je ne puis dire si la Néo-Calédonienne éprouve, pour le culte de la Vénus à rebours, l'aversion de la Négresse du Sénégal, le nombre de Popinées qu'il m'a été donné d'interroger (avec beaucoup de difficultés) étant insuffisant pour me permettre de tirer une règle générale des quelques observations que j'ai pu faire.

Pédérastie des pubères Canaques. — Le Canaque devient pubère vers l'âge de treize à quatorze ans. Il ne peut devenir guerrier qu'à un certain âge, vers la vingtième année généralement, après une série d'épreuves qui le consacrent homme fait. Le Chef alors lui donne sa part d'une Popinée. Jusque-là, la femme est pour lui le fruit défendu. Les filles appartiennent au Chef, comme on l'a vu, et le couroux du Chef est une chose terrible. Cependant, par ci par là, le pubère accroche quelque fillette et lui effeuille sa rose.

Quant aux femmes en possession d'une escouade de

maris, il ne fait guère bon s'y frotter, car on s'expose
à recevoir un coup de casse-tête; et puis, une femme surveillée par tant de maris à la fois n'est pas toujours facile
à aborder. Cependant, le sens génital a des droits impérieux, de quinze à vingt ans; aussi les jeunes pubères
Canaques, élevés et instruits ensemble, suivent l'exemple des Grecs du bataillon sacré de Thèbes, et, faute de
femmes, se consolent entre eux. Le peintre Cabrion, des
Mystères de Paris, dirait « qu'ils font commerce d'amitié
et autres. » Il arrive alors ce qui est fatal dans des agglomérations humaines à qui le sens moral manque, et le
sens moral du Canaque n'est pas celui du civilisé.

D'ailleurs, il faut l'avouer à la honte de notre civilisation : malgré la surveillance la plus attentive, la pédérastie
trouve un asile discret dans nos grands établissements
scolaires. Si l'on fouillait dans le passé des malheureux
que la pédérastie a fini par conduire en police correction-
nelle, on trouverait fort probablement une enfance vi-
cieuse et dépravée. Pour ma part, j'ai connu quelques-uns
de mes amis de collège atteints de ce vice. Je n'ai pas
voulu, par un sentiment de réserve, parler des déborde-
ments de l'un d'eux, officier au service de la Marine, qui
s'était laissé donner en Cochinchine une réputation déplorable, à cause de son goût trop peu dissimulé pour
les garçons. Je dois le dire, il avait déjà ce vice comme
élève pensionnaire au collège de T..., et l'âge viril n'a-
vait fait que redoubler la perversion de son enfance.

**Caractère symptomatique de la pédérastie du
Canaque.** — Le caractère symptomatique de la pédérastie du Canaque est donné par cette règle : il se sert
d'un homme faute d'une femme, et, quand il a une
femme, abandonne ce vice. Ce n'est donc pas une passion
morbide comme chez le vieux civilisé de l'Extrême-
Orient, qui cultive l'amour de l'homme concurremment

avec celui de la femme, et passe de l'actif au passif, avec
la plus grande facilité. Chez le Canaque, c'est tout simplement un échange de bons procédés, et ces procédés
sont simples et naturels, si l'on peut appliquer de telles
expressions à un acte contre nature. Je veux dire que le
coït anal se pratique bestialement, sans aucun de ces raffinements de volupté dans lesquels les Chinois et surtout
les Annamites sont si experts. Je m'arrête sur ce sujet
scabreux.

A quel âge les pubères Canaques commencent-ils à
se livrer à cette perversion? D'après quelques confidences,
la chose se passerait comme dans nos établissements civilisés. Je dis *nos*, il faudrait mettre plutôt *les*, car la pédérastie est universelle en Europe, et elle a pris pied partout. Impubères, les jeunes Canaques se masturbent entre
eux ; devenus pubères, après l'opération de la demi-circoncision, ils prennent alors seulement l'habitude du
coït anal, à l'âge où la verge n'a pas encore tout son développement. Tous les jeunes pédérastes pubères que j'ai
pu visiter portaient l'empreinte des doubles signes actifs
et passifs.

**Cruautés et mutilations érotiques commises par
le Canaque lors de l'insurrection.** — J'ai expliqué
avec quelques détails, la férocité innée du Canaque. Il
ne torture jamais son ennemi vivant, mais il s'acharne
sur les cadavres, et les mutile érotiquement après avoir
assouvi, sur les corps encore pantelants, sa luxure brutale. J'ai dit le goût que le Canaque éprouve pour la
femme blanche. Ne pouvant la posséder en vie, il l'a
tuée pendant l'insurrection, et son cadavre lui a servi de
jouet érotique.

Viol des femmes Blanches décapitées. — Il est
avéré par des témoignages nombreux que les malheureuses femmes et filles de colon, tuées pendant l'insur-

rection : ont été décapitées, puis violées. Plusieurs ont été
mangées : sinon le corps entier, du moins, les membres
et les seins. Les corps que l'on a pu retrouver portaient
les marques évidentes de mutilations érotiques d'une fantaisie extravagante.

Quand la guerre est déclarée et que les hostilités commencent, il est ordonné aux guerriers de s'éloigner des
femmes. Le coït leur est défendu ; mais violer des femmes
blanches décapitées, ce n'est pas enfreindre la défense.
Le lecteur croira peut-être que j'exagère ; je demande la
permission de lui mettre sous les yeux quelques cita-
tions à l'appui de ce que j'ai avancé. Voyons d'abord le
récit des massacres de la Foa et de la Fonwari, par le
commandant Rivière :

« Les assassinats et les incendies par les Canaques
continuent dans la brousse. Les chariots en font preuve.
L'un est chargé de blessés, l'autre de seize morts. La
plupart des blessés sont évanouis, les autres gémissent
ou délirent. Les blessures, presques toutes au crâne ou
à la nuque, sont de profondes entailles de coups de
hache ou de becs d'oiseau. Tous ces gens-là ont été
frappés par derrière, au moment où ils ne s'y attendaient pas, par des Canaques qu'ils connaissaient. Avec
les morts les sauvages se sont exaltés et divertis à des
raffinements de cruauté ou de luxure. Des membres
manquent, séparés du tronc par la hache. Ailleurs, il y a
des *ablations par le couteau ou même par les dents*, ou des
obstructions monstrueuses ou dérisoires par des tampons
de bois. »

Malgré la réserve voulue de l'auteur, le lecteur
comprendra la nature des ablations et des obstructions.

L'Arabe Béchir. — J'ai connu, peu de temps après
la fin de l'insurrection, un des transportés Arabes ayant
fait le métier d'éclaireur contre les Canaques. Cet Arabe,

nommé Béchir, dont la conduite fut héroïque, avait été
témoin oculaire des massacres de Bouloupari. Il avait
demandé, comme unique récompense, d'être renvoyé
en Algérie et passait son temps à écrire des placets où
il racontait naïvement sa belle conduite. D'un de ces
placets j'extrais les lignes suivantes, qui sont d'ailleurs
également reproduites dans les *Lettres d'un Marin* :

« J'arrivai à Bouloupari. D'abord je me dirigeai vers
la Gendarmerie; il y avait quatre chevaux attachés à l'é-
curie. Près d'une voiture à fourrage, deux condamnés
gisaient, baignés dans leur sang. J'allai ensuite au kiosque, où les gendarmes prennent d'habitude leur repas. A
dix mètres du kiosque, le cuisinier, à plat ventre, frappé
d'un coup de hache à la nuque, tenait dans ses mains
crispés un plat brisé en deux. Quatre gendarmes avaient
trouvé la mort au moment où ils sortaient du kiosque,
sans doute pour courir aux armes. Au télégraphe, près
de l'employé étendu sur la route, la face tournée vers le
ciel, veillait allongé son petit chien noir. Derrière le télégraphe, la maison Kleich; le mari, la tête fendue, la
femme nue, meurtrie, avec *une bouteille cassée introduite
dans le ventre.*

» Toujours à cheval, car je craignais d'être pris vivant,
j'entrai dans le camp des transportés, assommés pêle-mêle,
au moment de la sieste : deux d'entre eux avaient encore
le râle de l'agonie. A la case des surveillants, l'incendie
m'empêcha de compter les victimes. Chez les Mostini,
tous morts : Mlle Mostini violentée, déchirée, *le bas ventre
ouvert jusqu'au nombril.* Sa jeune sœur avait été frappée
au moment où elle se réfugiait sous ce cadavre. Elle
avait subi la *même mutilation* que sa sœur. »

L'interprète Canaque Louis. — Le Canaque Louis,
interprète à bord d'un navire, et qui parlait fort bien
Français, joua un rôle important dans les massacres

de la Poya. Il s'y trouvait comme employé pour le
compte d'un négociant Européen. Tombé amoureux de
Mme V***, une blonde superbe, femme d'un colon de
race Anglaise, et ne pouvant obtenir qu'elle couronnât
sa flamme, il se décida à profiter du massacre des Blancs,
pour satisfaire sa passion et se rendit chez Mme V***, dont
il savait le mari absent, avec cinq autres Canaques. Ceux-
ci commencèrent par massacrer les enfants. Mme V***
saisit alors un fusil de chasse à deux coups chargé, et tua
deux des assassins. Alors l'interprète Louis lui fendit le
crâne. M. V*** qui survint à cheval sur ces entrefaites,
croyant qu'il ne pourrait lutter seul contre les meurtriers
de sa famille, n'eut pas le courage de la venger et s'enfuit
au grand galop. Le Canaque Louis satisfit alors sa passion lubrique sur le cadavre palpitant de la pauvre femme,
puis les Canaques dépecèrent la victime, comme un animal de boucherie, la firent rôtir au four Canaque, et
Louis mangea pour sa part le cœur et un bras. Ces faits
étaient de notoriété publique à Oubatche, où Louis fût
fusillé; ils m'ont été racontés par un colon qui assista à
l'exécution de l'interprète.

CHAPITRE V

a raison de ce chapitre. — Je termine ce
qui est relatif à la Nouvelle-Calédonie en di-
sant quelques mots de la transportation, afin
de compléter l'étude déjà faite sur le même
sujet à la Guyane. J'ai dit que les bons ex-forçats, mou-
rant comme des mouches dans la colonie insalubre de la
Guyane, les philanthropes humanitaires eurent l'ingé-
nieuse idée de les envoyer en Nouvelle-Calédonie, un des
climats les plus sains du globe, un des rares pays tropicaux
où l'Européen peut travailler sans danger au soleil. Je ne
discuterai pas ici l'avenir de ce genre de colonisation ; je
me contente d'étudier les mœurs spéciales de ces peu
intéressants personnages.

Le Pénitencier de l'île Nou. — C'est dans l'île Nou,
à l'entrée de la rade de Nouméa, que se trouve le Pénitencier central, renfermant de trois à quatre mille condamnés. Aux environs de Nouméa et sur certains points
de la Colonie, on trouve des camps de transportés, employés aux travaux en dehors du Pénitencier de l'île Nou,

39

qui renferme les ateliers centraux. La Direction de l'administration pénitentiaire est à Nouméa. C'est à elle qu'il faut s'adresser pour obtenir les transportés, qu'elle prête aux habitants moyennant finances. Tous ne jouissent pas de cette faveur et, seuls l'obtiennent les transportés dits de la première catégorie qui, par leur docilité et leur moralité relative, méritent les faveurs de l'Administration.

Le transporté, garçon de famille. — C'est dans cette classe, sinon la plus coupable, du moins, à mes yeux, la plus hypocrite, que l'on prend les *garçons de famille*, qui jouent, dans le ménage des civils et fonctionnaires de la Pénitentiaire, le rôle de l'ordonnance dans le ménage militaire. Le commandant Rivière, dans ses *Souvenirs de la Nouvelle-Calédonie*, décrit d'un style sentimental et beaucoup trop flatteur, à mon avis, la corporation des garçons de famille. Il fait de ce déclassé, non un être marqué du sceau de l'infamie, mais un collaborateur précieux, une sorte de commensal auquel on s'habitue. Ne lui en déplaise, je crois qu'il faut bien en rabattre. Ceux qui emploient les garçons de famille, le font parce que la pauvreté de leur bourse les empêche de prendre d'autres domestiques. Un engagé Néo-Hébridais est autrement sûr et fidèle qu'un transporté de la première catégorie. *La caque sent toujours le hareng*, dit, non sans raison, le vieux proverbe. Si le garçon de famille n'ose pas vous voler, le jour où vous le renvoyez, il devient un indicateur précieux pour ses copains évadés de l'île Nou, qui volent presque impunément à Nouméa. Quand ce bon garçon saura où est votre argent, il fera part de sa découverte à ses amis et connaissances, et, une belle nuit, quand vous rentrerez chez vous, vous vous apercevrez que vous avez été dévalisé. Non seulement l'argent, mais aussi les vêtements civils et les armes, deviennent la proie du voleur qui, ainsi outillé, peut se dissimuler dans la banlieue de Nouméa, et au besoin se défendre contre les Canaques de la police indigène, toujours à la piste des transportés évadés.

Le libéré. — Quand le transporté, condamné à huit ans ou plus de travaux forcés, a subi sa peine, il est astreint, pour une pareille durée, à la résidence fixe. Il devient alors *Monsieur le Libéré*, et c'est sur lui que tombe la manne inépuisable des faveurs de l'administration pénitentiaire, cette excellente Mère Gigogne qui n'oublie pas ses petits enfants. Il a été créé, pour Messieurs les Libérés, une véritable colonie, ou plutôt un phalanstère, dans la vallée de Bourail, la plus belle, la plus vaste, et la plus fertile de toutes les vallées de l'île. Le commandant Rivière l'a vue et décrite, dans son ouvrage, à travers le prisme enchanteur de son imagination de romancier. Je renvoie à son ouvrage déjà cité, le lecteur curieux de connaître son opinion. La mienne est radicalement différente, et le tableau de l'existence du libéré concessionnaire, tracé par le commandant Rivière, est, d'après moi, très erroné. Il fait de ces ex-forçats des anges de repentir. Je me permets d'affirmer tout le contraire et de résumer ici l'opinion générale de tous les colons de la Nouvelle-Calédonie. Il n'est d'abord au pouvoir d'aucun règlement au monde, qu'il soit ou non pénitentiaire, de changer la nature humaine quand elle est viciée. En bonne justice, que peut-on attendre de l'association d'un voleur ou d'un assassin avec une fille condamnée pour infanticide, ou tout au moins une voleuse, ou prostituée, gibier de prison centrale ?

Le couvent de Bourail. — Parlons d'abord du fameux couvent de Bourail, dont les pensionnaires seraient des agneaux de douceur et de docilité, au dire du commandant Rivière. C'est dans cet établissement que l'on parque (et le mot n'est pas trop fort) tout ce lot de femmes envoyées de France, et que l'on extrait des prisons centrales pour en faire de futures mères de famille. A leur arrivée à Nouméa, sur des bâtiments à vapeur (généralement de la Compagnie des Chargeurs-Réunis du Havre), on les envoie directement au couvent de Bourail, où elles se remettent des fatigues de la traversée et font une pieuse retraite, en attendant que l'excellente Administration leur donne un époux selon leur cœur. Le lecteur peut aisément s'imaginer combien de semblables nymphes doivent s'amuser, en récitant le chapelet et en tricotant des bas, ou fabriquant des layettes. La première chose qu'elles réclament à cor et à cris, c'est la liberté de la concession, avec un mâle à la clef. Comme aux Grecques de la *Belle Hélène*, il leur faut de l'amour, n'en fût-il plus au monde.

Lesbiennes et fellatrices. — Elles continuent, dans le couvent, les habitudes de Lesbiennes et de fellatrices qu'elles ont apprises dans les couvents de France sur la porte desquels brille le n° **69** en gros caractères, car beaucoup en viennent. Les autres, qui ont fait le trottoir dans les grandes villes, ne valent pas mieux, si elles ne valent pis. Marmites de souteneurs, elles peuvent se donner la main avec les putains de bordel, et les deux ensemble font la paire. On comprend que, malgré leur bonne volonté, les sœurs de Saint-Joseph, qui ont la charge d'âmes de ce troupeau de brebis galeuses, ne peuvent pas être partout. Ah ! ces pauvres sœurs, pour gagner leur part de Paradis, elles ont l'Enfer sur la terre ! Malgré les moyens qu'elles ont de tromper les ennuis de la claustration qu'on leur impose, les internées veulent le grand air, la liberté, et sont disposées à épouser le premier venu qui les demandera pour le bon motif. Peu importe l'âge, la figure, le poil du Monsieur Libéré qui les demande. Il leur apporte la liberté au bout de son phallus : c'est tout ce qu'on lui veut.

Le poste militaire de Bourail. — Le couvent est situé à mi-côte d'un petit mamelon de cinquante mètres de hauteur, sur le sommet duquel est bâti le poste d'infanterie de Marine. Des palissades du poste, on plonge par-dessus les murs dans l'intérieur du couvent, et l'on peut presque correspondre verbalement. Ces dames mettaient littéralement sur les dents le personnel du poste. Malgré les rondes les plus strictes, et une punition de trente jours de prison du Commandant Militaire, toutes les nuits les soldats découchaient par escouades entières, pour escalader les murs du couvent. Ces dames leur envoyaient des cordes, quand les troupiers n'avaient pas d'échelle. La sœur tourière, qui avait dans sa poche la clef de la grande porte, et les pauvres nonnes, qui dormaient dans leurs petites cellules, ne se doutaient guère des scènes lubriques qui se passaient dans tous les coins du couvent. Rien n'y faisait. La conduite des militaires était si connue que, tandis que dans tous les autres postes de la Colonie, on ne relevait qu'une fois par an le personnel, il fallait relever celui de Bourail tous les trois mois. Généralement, tous les soldats avaient un mois de prison à faire en arrivant à Nouméa, pour escapades nocturnes.

Le calot du général. — Un jour, un général inspecteur des troupes descendait du poste, après sa revue. Les donzelles étaient aux fenêtres du dortoir, pour voir passer le cortège des autorités militaires. Au moment où le général passait sous les murs du couvent, il fut interpellé en ces termes, par une pensionnaire des sœurs : « Tu » sais, t'as beau avoir un beau calot brodé, t'as pas une » tête aussi chic que mon petit clairon du poste. » En fait de tête, on voit d'ici celle du général, qui eut le bon esprit de rire.

Je m'emmerde et je voudrais un homme. — Un gouverneur de la Colonie eut l'idée, pendant une tournée à Bourail, de visiter les dames du couvent. Après avoir passé en revue les pensionnaires, qui faisaient tous leurs efforts pour conserver un maintien digne, il s'arrêta devant une petite blondine, debout modestement dans un coin de la salle, les yeux pudiquement baissés et l'air triste et rêveur. Le Gouverneur, qui ne dédaignait pas de poser pour l'homme bienveillant et paternel, s'adressa à la jeune fille : « Et vous, mon en-
» fant, êtes-vous heureuse d'être si bien soignée par les
» bonnes sœurs? Que vous manque-t-il? » La réponse fut énergique et plus complète que celle de la Satin de Zola, dans *Nana :* — « Moi? Je m'emmerde et je voudrais
» un homme. » Le Gouverneur tourna les talons, et s'en alla sans souffler mot.

Mariage des libérés. — Quand le mariage est accordé, l'État, représenté dans cette circonstance par le Directeur du Pénitencier, marie les couples bien assortis. On a fait passer des transportés numérotés devant les recluses du couvent, rangées par ordre, et si le numéro 3, mâle, a distingué le numéro 5, femelle, par exemple, on leur ménage une entrevue, derrière les barreaux de la grille, sous l'œil béat de la bonne sœur.

Le mariage se fait tout de suite après. On a donné au concessionnaire un terrain, avec une maisonnette en briques bâtie dessus, des instruments aratoires, des grains pour ensemencer, une batterie de cuisine, les meubles les plus indispensables, et, pendant trente mois, il recevra les vivres de l'Administration : pain, vin, viande, café et tafia. Combien de bons paysans de France, qui n'ont jamais volé un centime, se contenteraient d'un pareil traitement ! Le mariage passé à la mairie et à l'église, on noce avec les voisins du couple, car un mariage ne va jamais sans une bonne noce. L'État, cependant, ne pousse pas la générosité jusqu'à en payer les frais. C'est la pudique fiancée qui se procure l'argent nécessaire. Elle a vendu, à l'avance, sa première nuit de noces à un amateur de vertus raccommodées. Les prix varient suivant la qualité de la chaste épouse. Ils se tiennent généralement dans les cinquante francs. A la fin du repas nuptial, c'est le mari qui vient conduire lui-même sa douce moitié chez l'acheteur, et, le lendemain matin, il vient la reprendre, heureuse et souriante, pour la reconduire au domicile légal. Je n'invente rien ; ce que je dis est connu de tous, en Nouvelle-Calédonie, sauf de l'Administration, qui ferme les yeux pour ne pas voir. Et c'est avec de pareils sujets que l'on veut coloniser sérieusement ! Le transporté égratigne à peine la terre, se contentant de semer des haricots, du maïs, des citrouilles, du tabac, labeurs peu pénibles. En fait de champ, il fait surtout rapporter le champ conjugal. L'État a fourni la pâtée journalière : la femme procure les douceurs indispensables à ce ménage assorti. On devine ce que doit être l'intérieur de ces couples. Les injures, les coups du mari pleuvent, quand la femme n'est pas d'un bon rapport financier, et qu'elle a la fantaisie de se payer des galants à l'œil. Il joue quelquefois du couteau ; et le tribunal militaire intervient. D'autres fois c'est, au contraire, la femme qui empoisonne son mari, ou qui lui fait faire son affaire par un de ses galants. Les enfants, quand il y en a (et il y en a peu, fort heureument) poussent à la diable au milieu de ces parents gangrenés, véritable graine de bagne et de lupanar !

Sodomie et pédérastie des transportés. — On ne sera pas étonné de trouver chez les transportés, hommes

et femmes, les vices de Sodome et de Gomorrhe dans
leur plus complet épanouissement. Les transportés, dans
le Pénitencier, pratiquent couramment la pédérastie, et
les libérés y ajoutent la Sodomie avec leurs femmes. On
n'est généralement pas condamné aux travaux forcés
pour des peccadilles, et le sens moral est déjà bien bas
quand on arrive au Pénitencier. Qu'on appelle le condamné forçat ou transporté, qu'on l'habille, comme
autrefois au bagne, avec un pantalon jaune, un habit
rouge et un bonnet vert, ou bien, que, comme à présent
au Pénitencier, on le revête d'un costume très propre,
en toile blanche, avec un coquet chapeau de paille, on
n'a pas changé le fond de sa nature. Par le seul fait de
la vie en commun, les mauvais deviennent pires, et
gâtent ceux qui ne sont pas encore complètement corrompus. Mettez des fruits gâtés dans un panier de fruits
sains, ils gâteront les autres ; *a fortiori*, quand vous
mettrez des fruits pourris avec des fruits déjà gâtés. Les
violents, ceux de la redoutable cinquième catégorie,
jouent du couteau et finissent par la guillotine. Les
veules et les lâches sont hypocrites, pour obtenir les
douceurs réservées à la première catégorie. Au fond, ils
ne valent pas mieux les uns que les autres. Les crimes
et les assassinats sont fréquents chez cette gent perverse.
Ils ont appris des Canaques l'usage de certaines solanées
vireuses, dont l'emploi est mortel, et qui poussent librement sur tout le territoire de la Colonie.

Amours infâmes. — J'ai dit que la pédérastie bat-
tait son plein dans la Transportation, milieu social où
elle peut épanouir librement sa redoutable pestilence.
J'en ai assez longuement parlé, à propos de la race Annamite, pour ne pas fatiguer de nouveau le lecteur par
des détails répugnants. Ce sont des sujets que j'ai dû
aborder dans le courant de cette œuvre, mais je crois

inutile d'y revenir à nouveau. Je dirai simplement, que, par analogie avec ce qui se passe chez les Chinois de Saïgon, il se forme, entre transportés et libérés, des couples unis par les liens d'un amour infâme. Des deux conjoints, l'un joue le rôle passif : c'est la femme ; l'autre, le mari, a le rôle actif. Il y a *rarement inversion de rôles*, et c'est par ce caractère que la pédérastie des transportés diffère de celle des Annamites et des Canaques. Généralement, dans le couple, il y a un vieux et un jeune, et, détail bizarre, c'est presque toujours le vieux qui fait la femme. Le plus jeune et le plus robuste est le plus souvent le mari. C'est une règle qui souffre cependant des exceptions. Les jalousies et les haines féminines pâlissent à côté des horribles passions excitées dans le cœur de ces monstrueux amants. La vengeance d'un amour trompé (il est triste de profaner le mot amour appliqué à de telles aberrations) pousse le délaissé à se servir du couteau. S'il ne s'en sent pas le courage, il cherche un nouvel amant, qui puisse le venger des dédains de l'ancien. On voit alors se dérouler, devant les Conseils de Guerre, des récits de scènes horribles, car les assassinats sont souvent commis avec des aggravations atroces et accompagnés de mutilations érotiques. Le transporté de race blanche devient aussi féroce que le Canaque, et n'a pas, comme lui, l'excuse d'être un sauvage. Je m'arrête ici, jugeant inutile de fatiguer l'attention du lecteur par le récit de pareilles turpitudes.

CHAPITRE VI

Avertissement de l'Auteur. — Caractères anthropologiques de la
race des Nouvelles-Hébrides. — Son croisement avec la race
Maori-Polynésienne. — Caractères de la race Mélanésienne pure.
— Elle est autochtone en Australie. — Importance anthropologique de l'appareil génital pour déterminer la race d'origine. —
— L'organe génital du Nègre d'Afrique et de ses croisements
avec le Blanc. — L'organe génital du Mélanésien comparé à
celui du Nègre d'Afrique.

vertissement de l'Auteur. — Je n'ai pas eu
la bonne fortune de faire un voyage aux Nou-
velles-Hébrides, mais j'ai étudié cette race à
Nouméa, où beaucoup de Néo-Hébridais
étaient, en 188., engagés chez les colons. D'autre part,
j'ai connu plusieurs *Coprah-makers* (trafiquants de noix de
coco) ayant fait un séjour dans ces îles, et revenus en
Nouvelle-Calédonie pour rétablir leur santé épuisée par
la fièvre paludéenne. Parmi eux, j'ai retrouvé un de mes
vieux condisciples de collège, ancien maître de la Marine,
qui était venu s'échouer dans ce pays, après une série
d'aventures, et qui a fini par y laisser ses os. Je puis
donc donner de confiance les renseignements inédits
qu'il m'a fournis. J'ai recueilli également de précieux
renseignements dans un ouvrage dû à un ancien adminis-
trateur de la Compagnie Française des Nouvelles-Hébrides, M. Imhaus.

**Caractères anthropologiques de la race Néo-Hébri-
daise.** — Le Néo-Hébridais est un Noir Mélanésien de

race presque pure dans la plupart des îles. Dans quelques-unes il s'est croisé, comme le Canaque de la Nouvelle-Calédonie, avec la race Maori-Polynésienne ; mais c'est la minorité. Aussi, en général, le Néo-Hébridais est plus foncé, moins vigoureux et moins beau que le Néo-Calédonien. Je fais remarquer que l'Indigène de Loyalty est de race Maori, sinon presque pure, du moins peu croisée avec la race Mélanésienne, et que son état de civilisation est plus avancé que celui du Néo-Calédonien. J'applique la même remarque aux Néo-Hébridais, encore au-dessous du Néo-Calédonien. Dans tous ces peuples, le degré de civilisation peut se mesurer presque à la couleur plus ou moins claire de la peau, qui est l'indice d'une infusion plus ou moins grande de sang Maori.

En parlant de Tahiti, je ferai une étude spéciale de la race dite Maori. Pour le moment, je me contente de dire, que l'on a pu prendre sur le fait, aux Nouvelles-Hébrides, l'influence du croisement des deux races.

Croisement des deux races Polynésienne et Mélanésienne. — M. Imhaus rapporte à ce sujet un exemple frappant :

« Dans le petit îlot de Mélé, près de Sandwich, l'intrusion du Maori ne remonte pas à plus de trente ans environ, ce qui permet d'en surprendre sur le vif la marche et les effets. L'incident qui y a donné lieu est le naufrage d'un bateau rapatriant des Canaques Maoris aux Samoa. L'équipage fut massacré et mangé ; mais les Maoris, plus braves et plus vigoureux que leurs compagnons, échappèrent aux ennemis et se réfugièrent dans un coin désert de l'île. Là ils s'organisèrent et, grâce aux divisions intestines des Néo-Hébridais, ils ne tardèrent pas à s'en faire redouter. Ils enlevèrent des femmes à leurs voisins, formèrent une tribu puissante, et seraient maintenant à la veille de dominer tout le pays, s'ils n'avaient rencontré les Blancs sur leur chemin. » Cet exemple, de date toute récente, montre bien comment la population croisée de Cana et d'Aoba peut aujourd'hui se trouver si différente de celle des autres îles, où la race Mélanésienne continue à régner sans mélange.

Caractères de la race Mélanésienne. — Au premier abord, le Mélanésien Océanien, venu d'Australie et qui a peuplé, le premier, la Nouvelle-Calédonie, les Loyalty et les Nouvelles-Hébrides, ressemble beaucoup au Nègre Africain. Même coloration noir foncé de la peau, même toison laineuse sur le crâne élevé et déprimé, nez épaté, grosses lèvres, face aplatie, angle facial peu ouvert. Mais là s'arrête la ressemblance. D'abord, je fais remarquer qu'en général, les races Nègres Africaines sont autrement robustes et belles physiquement que la race Mélanésienne, la plus dégradée de toutes, et qui occupe incontestablement le dernier rang dans l'échelle de l'humanité. Le Néo-Hébridais pur Mélanésien, est toujours ce qu'il était au temps de Forster, un des compagnons de Cook, en 1774, qui a étudié de près les Indigènes de Mallicolo. « Petits et mal proportionnés, les membres grêles, le ventre ballonné, le visage plat, les cheveux gros, crépus et courts, ces sauvages sont hideux ; ils rappellent plutôt le singe que l'homme. » Les savants de cabinet, qui voyagent les pieds fourrés dans la chancelière de leur bureau, ont discuté longuement et gravement pour savoir si le Nègre d'Australie est venu d'Afrique ou si, au contraire, c'est le Nègre d'Afrique qui est venu d'Australie. Ils n'ont jamais réfléchi à la distance qui sépare les deux points les plus rapprochés de l'Australie et de la Côte de Mozambique, distance qui comporte soixante-dix degrés de longitude, c'est-à-dire le cinquième de la circonférence équatoriale, quelque chose comme huit mille kilomètres, un peu plus de quatre mille cinq cents milles marins. Et pour franchir cette énorme distance, les émigrants n'auraient disposé que de mauvaises pirogues, sans eau, sans vivres, presque sans voilure et sans boussole. L'absurdité d'une pareille hypothèse est flagrante, quand on songe qu'il a fallu au génial Christophe Colomb la boussole, la foi dans l'avenir et trois caravelles pontées, montées par les plus hardis marins d'Espagne, pour franchir la distance de Palos à San-Lucaye, qui est moindre que celle de l'Afrique à l'Australie. Non, le Nègre d'Afrique et le Nègre d'Australie sont deux races entièrement séparées.

La race Mélanésienne d'Australie est autochtone. — Faut-il se rallier à l'hypothèse de la science moderne, d'après laquelle l'Australie aurait eu sa génération particulière et croire que la race Mélanésienne y est autochtone ? C'est là la théorie de Darwin, qui admet que l'évolution naturelle a fait apparaître l'homme simultanément ou successivement sur plusieurs points du Globe. Il est un point aujourd'hui admis par la science : c'est que le continent Australien, le dernier découvert par la civilisation Européenne, est au contraire le premier en date paru au-dessus des eaux, d'après toutes les données géologiques, et les caractères de sa faune et de sa flore. Aurait-il reçu la première race humaine, ce qui donnerait du même coup la clef de son infériorité cérébrale par rapport aux autres ? Je ne me charge pas de résoudre la question, et je laisse à d'autres le problème à élucider.

Je vais essayer de prouver ici, par la différence des caractères anthropologiques, que le Noir d'Australie ne descend pas du Nègre d'Afrique. Il en diffère moins que des autres races, jaune, blanche et rouge, mais c'est tout.

Importance anthropologique de l'organe génital pour déterminer la race d'origine. — Je reviens sur une question déjà traitée. Par une pudeur mal pla-

cée, les anthropologistes ont généralement négligé
de porter leurs investigations sur l'appareil génital mâle.
A part ce point, ils nous ont donné les détails les
plus étendus sur l'angle facial, le prognathisme de la
mâchoire, etc., etc. Comme le Normand de Falaise, ils
ont oublié d'allumer la chandelle de leur lanterne. Il est
évident, pour moi, que l'organe génital donne la clef de
la filiation de la race pure, car, dans les croisements
divers de cette race, c'est le caractère anthropologique de
la plus vigoureuse physiquement qui subsiste le plus longtemps et il est le dernier à disparaître. Et c'est logique.
L'organe génital assure la continuité de la race. C'est
l'organe le plus important, le dernier venu, et le premier
disparu. Il dure à peine la moitié de l'existence humaine.
C'est donc le caractère anthropologique auquel on devait,
avant tous les autres, s'attacher de préférence, et je n'ai
pas trouvé plus déshonorant de mesurer la longueur,
la grosseur et la dureté d'érection du pénis d'un Nègre,
d'un Annamite, que l'acte d'un chirurgien qui sonde un
urètre ou fait une opération sur un testicule. Il n'y a
pas de fausse pudeur en matière médicale.

**L'appareil génital des races de couleur. — Produit
du croisement du Nègre et du Blanc.** — Quoique cette
question ait été étudiée à fond à la Guyane, je la reprends
et je la résume ici pour la facilité de la comparaison. C'est
cette persistance du caractère de l'organe génital du Nègre
dans ses croisements, qui m'a démontré toute l'importance du caractère. Ainsi le Capre, qui est encore un
quart de Blanc, est presque un Noir par son organe génital, et il diffère plus du Blanc que le Quarteron, quart de
Noir, ne diffère du Noir. Le Mulâtre (demi-Blanc et
demi-Noir), est génésiquement plus près du Noir que du
Blanc. Or, en prenant les deux points de départ extrêmes,
le Blanc et le Noir, et comparant les deux organes géni-

taux, j'ai montré les différences radicales qui les séparaient comme forme, couleur, grosseur, dans les états de flaccidité et d'érection. Le Capre est donc, à ce point de vue, presque un Noir, le Mulâtre, plus près du Noir que du Blanc ; il faut venir jusqu'au Quarteron pour que l'appareil génital du Blanc regagne le terrain perdu. Mais, j'ai soin de faire remarquer que le Quarteron, qui n'a plus qu'un quart de sang noir, a beau avoir souvent des cheveux presque blonds, une peau plus claire quelquefois que celle d'un Européen du Midi, le simple examen des organes génitaux décèle l'homme de couleur. Le pénis est toujours proportionnellement plus développé que chez le Blanc pur, la différence entre la flaccidité et l'érection moins considérable ; enfin la muqueuse du gland n'a jamais cette couleur rouge ou rose particulière à l'Européen de race blanche sans mélange.

L'influence de l'organe génital du Noir se fait encore sentir chez le Misti (qui n'a cependant qu'un huitième de sang noir) et se reconnaît à un gland couleur rouge brun un peu assombri, et un scrotum bien plus foncé que la peau du corps. J'attribue cette curieuse persistance à ce fait que le croisement des deux races a lieu dans les pays tropicaux, à climats malsains, pour lesquels la race nègre a été créée spécialement. Si un croisement analogue se faisait en Sibérie, entre Russes et Nègres, peut-être l'inverse se produirait-il, et la race blanche primerait-elle la race noire !

Comparaison de l'organe génital du Mélanésien avec celui du Nègre d'Afrique. — C'est avec l'appui de ces données que je repousse l'hypothèse qui donne aux deux races Nègres d'Afrique et d'Australie la même provenance ethnologique. Et voici pourquoi. Chez le Noir Mélanésien, quelle que soit la teinte foncée de sa peau, qui est souvent aussi noire qu'une paire de bottes passées au cirage Nubian, on ne trouve jamais la muqueuse du gland *noire* comme celle du Nègre d'Afrique. Cette muqueuse est au contraire d'un rouge violacé assez vif, qu'on obtiendrait par un mélange de carmin, de vermillon et de brun Van Dyck, avec teinte neutre dans les ombres.

Cette couleur assez vive tranche violemment sur le fond sombre de la peau du pénis et du scrotum. On dirait un pénis de Nègre dont on aurait écorché la muqueuse du gland. Quant à l'appareil génital, il est, chez le Mélanésien, moins développé que chez le Nègre d'Afrique. Les dimensions du pénis sont à peu près celles (comme moyenne et maximum) données pour le Néo-Calédonien ; mais le gland a une forme plus obtuse, et il y a des cas de phimosis, quand la circoncision n'a pas été faite. Les testicules m'ont paru un peu moins développés. Le pubis est ombragé de poils assez drus et frisés. A l'état de flaccidité, le pénis est encore assez volumineux, mais la différence avec l'état d'érection est très sensible, ce qui n'existe pas chez le Nègre d'Afrique. Ces différences fondamentales entre les organes génitaux du Nègre d'Australie et celui d'Afrique, sont pour moi une preuve sans réplique que le premier est autochtone en Australie, pays qui est le berceau de sa race. De là, il s'est répandu jusqu'en Nouvelle-Calédonie, puis aux Nouvelles-Hébrides, où, plus tard, la race Noire s'est croisée avec la Maori-Polynésienne.

Organe génital de la Néo-Hébridaise. — L'organe génital de la Néo-Hébridaise est naturellement établi à la demande de l'organe mâle. Il offre très peu de différence (sauf une coloration plus foncée de peau et de muqueuses) avec celui de la Néo-Calédonienne. Je renvoie en conséquence le lecteur à ce que j'ai dit de cette dernière.

CHAPITRE VII

Quelques mots sur les mœurs, coutumes, etc., des Néo-Hébridais.
— Costume. — Le manou. — La ceinture des femmes. —
— Tatouage. — Habitations. — Nourriture. — Armes et ustensiles. — Le tam-tam, le pilou-pilou. — Danse érotique. — Le
kawa.

uelques mots sur les mœurs, coutu-
mes, etc. — Avant d'étudier le Néo-Hébri-
dais en contact avec le Blanc, il est bon de
jeter un coup d'œil rapide sur les mœurs et
coutumes de ce peuple. Commençons par dire que
l'idiome varie d'une île à l'autre, dans tout le groupe.

Costume.— Le manou du Néo-Hébridais. — Comme
celui du Néo-Calédonien, le costume, réduit à sa plus
simple expression, ne comporte chez l'homme qu'un
manou. Mais ce manou a une forme différente. Le Néo-
Calédonien fait pendre le sien entre les cuisses jusqu'au
genou. Le Néo-Hébridais, au contraire, le redresse verticalement et en passe l'extrémité supérieure dans une
ceinture de fibres d'aloès dont il ne se sépare jamais. A
Santo et Aoba, au lieu d'un manou, les hommes portent
un petit pagne en écorce de dix à douze centimètres au
plus (juste de quoi cacher les parties en entier), qui
s'échappe d'une étroite ceinture. Mais, dans les autres
îles, c'est le manou vertical qui est employé, et il présente cette bizarrerie de faire saillir les deux testicules
en relief, par suite du relèvement de la partie inférieure
du scrotum, et de les laisser exposés à la vue.

41

La ceinture des femmes. — Dans toutes les îles, les femmes sont complètement nues au-dessus de la ceinture. Celles d'Aoba ont un pagne tressé; dans les autres îles, ce sont des fibres de coco tressées, formant une couronne enfilée dans une corde passée autour des reins, qui compose tout leur costume. Cette sorte de petite jupe ne couvre que le bas-ventre et les fesses. A Tana, les jupes descendent jusqu'à terre et ressemblent à une vieille crinoline aplatie.

Tatouage. — Le tatouage est fort peu usité, et se borne à quelques raies bleues sur le visage et quelques coutures sur le corps. Mais l'Indigène se bariole partout, principalement sur le visage, avec des peintures rouges et blanches, pour se donner un aspect terrible dans le combat.

Habitation, Nourriture. — Je dirai simplement que la case ressemble beaucoup à celle du Néo-Calédonien et que, comme ce dernier, le Néo-Hébridais use d'une nourriture presque exclusivement végétale. Cependant l'introduction de la volaille et du porc, par Cook, améliore cette alimentation. Sur la côte, les tribus ont la ressource de la pêche. Le Néo-Hébridais harponne le poisson avec la sagaie.

Armes et ustensiles. — Les ustensiles se réduisent à quelques plats grossiers de bois et de bambous, et le mobilier à quelques nattes posées sur le sol. Comme armes, le Néo-Hébridais connaît le casse-tête, de forme arrondie, avec des saillies pointues tout autour, des sagaies de trois mètres de long, garnies, au bout, d'éclats d'os et terminés par des tibias humains, et des arcs lançant des flèches garnies d'os humains. Flèches et sagaies sont souvent empoisonnées par un enduit gluant, tiré du suc de certaines plantes. Les Blancs, qui commercent (le plus souvent à coups de fusil) avec les Indigènes,

·redoutent beaucoup les blessures de ces armes empoisonnées. Aussi leur ont-ils vendu tout un lot de vieux
fusils à piston et à balle ronde. Ils ont été moins pru-
dents, en leur cédant des armes à tir rapide, le *Snider*,
fusil à tabatière (comme celui de notre garde mobile
en 1870). Ce sont les capitaines de navires Anglais qui
ont commis cette faute. Aussi, maintenant, les quelques
Blancs qui habitent les îles ne se maintiennent-ils que
par la crainte qu'inspirent leurs carabines Américaines
à seize coups.

Le tam-tam, le pilou-pilou. — Sur la petite place du
milieu de chaque village, on voit, fichés en terre,
d'énormes troncs d'arbres creux, ayant la forme de têtes
et de bustes humains, avec un énorme phallus. C'est le
tam-tam Néo-Hébridais qui rend, quand on tape dessus
avec un gros bâton, un son sourd de grosse caisse. A
son appel, on se rassemble, après la récolte des ignames
et des taros, pour un pilou-pilou interminable, qui ressemble beaucoup à celui du Néo-Calédonien. Pendant
deux ou trois jours on mange, on boit, on crie, en
tapant à tour de bras le tam-tam, et en soufflant dans
des mirlitons en bambou. Ces danses échevelées simulent
tantôt la guerre, tantôt l'amour.

Danse érotique. — Les femmes se contentent de
danser ou plutôt de s'agiter comme des Bacchantes au
milieu du cercle que forme la ronde des hommes, mais
elles ne se mêlent pas directement à eux. La danse érotique simule l'accomplissement du coït. Les hommes,
en sautant, saisissent leur manou, qu'ils décrochent de
la ceinture, et l'agitent avec la main droite, de haut en
bas, comme un goupillon; avec la main gauche ils
simulent l'action de saisir une femme entre les bras.
Puis le corps a un double balancement d'avant en arrière,
sur les jarrets et les reins, pendant que la main droite

maintient la verge horizontale, simulant ainsi le coït a *retro* sur une femme accroupie. Le visage exprime en même temps la sensation voluptueuse du coït. D'après le *coprah-maker* Français, de qui je tiens ces détails, le réalisme est poussé si loin que certains danseurs se masturbent, pour mieux simuler la nature. On n'a pu me dire si la masturbation est poussée au point d'amener l'éjaculation ; je ne le pense pas cependant.

Les femmes montrent, pendant ce temps, leurs parties génitales aux hommes pour mieux les exciter, et sautent comme des chèvres en rut. Le tout se fait au milieu de chants plaintifs, interrompus de temps à autre par des cris aigus et des hurlements féroces.

Le kawa. — Tout le monde s'échauffe en buvant le kawa, breuvage tiré d'une racine mâchée à l'avance par les femmes, qui crachent jus et salive dans des bassins en bois, où tout fermente. Ce produit, peu ragoûtant pour un Européen, procure une ivresse aussi violente que l'alcool.

CHAPITRE VIII

E ne puis donner les renseignements ci-dessous que sous quelques réserves, car, dans une partie de ce chapitre spécial, j'ai dû me contenter de renseignements four-nis par des engagés Néo-Hébridais, hommes et femmes, venus en Nouvelle-Calédonie.

La Popinée Néo-Hébridaise. — La condition so-ciale de la Popinée Néo-Hébridaise diffère peu de celle de la Néo-Calédonienne. Fille, elle est sous l'absolue domination de son père; femme, elle ne fait que changer de maître. Elle est considérée comme très inférieure à l'homme, et n'a pas le droit de manger en même temps que lui, mais seulement après. Son mari a le droit de la battre, de la tuer, sans que personne pense à le désap-prouver et à le punir. Il ne tient aucun compte d'elle, ne lui confie aucun secret, et s'offusque quand un étranger blanc offre à la malheureuse un aliment ou une boisson. Elle a cependant un avantage sur sa voisine Néo-Calé-donienne : c'est de ne pas être obligée de se livrer à plusieurs hommes à la fois. La polyandrie, amenée par la disproportion du nombre des femmes, est une rareté

aux Nouvelles-Hébrides. Chaque femme n'a généralement qu'un mari, et même les chefs de tribu sont
polygames.

Mariage. — Le mariage se fait selon certaines cérémonies sans aucun caractère religieux, et qui n'ont
d'autre but que de bien marquer la possession de la
femme par le mari. C'est dans les pilous-pilous que le
jeune homme distingue sa future femme. Il ne s'inquiète
pas de l'état de son cœur, mais fait sa déclaration au
père de la fille. Si celui-ci ne s'y oppose pas, on demande
l'autorisation du chef de la tribu, auquel le fiancé doit
soumettre sa demande. Quand le consentement est
accordé, la fille doit obéir.

Il y a encore une autre manière de se procurer des
femmes. Quand deux tribus voisines sont en paix, deux
jeunes gens de chacune des tribus peuvent échanger
entre eux leurs sœurs, avec l'assentiment du père. Mais
alors le chef de chaque tribu a droit à un cadeau du Canaque de l'autre tribu. Dans ce cas aussi, le consentement de la fille n'est pas nécessaire. Si une fille ou
femme n'a pas de parents mâles, c'est le chef de la tribu
qui l'accorde en mariage, et souvent la prend pour lui.

Quand une femme est trop maltraitée par son mari,
elle peut se mettre sous la protection d'un autre homme,
pour être ensuite sa femme. Dans ce cas spécial très rare,
la femme devient l'objet d'un combat entre les deux
hommes, combat en champ clos, à coups de casse-tête,
analogue au tournoi de deux chevaliers du Moyen-Age.
Si le protecteur de la femme est vaincu, son mari l'as-
somme généralement et les deux corps font les frais d'un
pilou-pilou qui leur sert de cérémonie funèbre.

Quand un chef vient à mourir, s'il avait plusieurs
femmes, le nouveau chef choisit à sa guise dans le sérail
du mort; celles qui ne lui plaisent pas sont pendues ou

assommées, et font les frais du festin dans le pilou-pilou donné en l'honneur des funérailles du chef.

Sacrifice des veuves dans les îles de Tanna et d'Anatom. — A Tanna, on étrangle fréquemment la femme après la mort du mari ; cette habitude n'existe plus que dans les tribus de l'intérieur. Elle aurait été importée, paraît-il, de l'île d'Anatom, où elle est encore en vigueur, car les femmes portent autour du cou, dès leur naissance, une corde leur rappelant sans cesse le sort fatal qui leur est réservé. Voici la façon dont s'opère cette strangulation : deux jeunes gens profitent du sommeil de la femme pour fixer en terre deux morceaux de bois sur lesquels ils fixent la corde, de sorte que le cou reste comprimé jusqu'à ce que mort s'ensuive.

Adultère. — Dans certaines îles, le mari outragé a droit de vie et de mort sur la femme et sur l'amant. Mais celui-ci se défend généralement, et la possession de la femme est le prix du combat relaté plus haut. Dans d'autres îles, au contraire, le mari trafique de sa femme, même avec les Blancs.

Formes du coït. — On conçoit que chez un peuple d'une civilisation aussi rudimentaire, les formes du coït ne soient pas des plus raffinées. Il paraît cependant, d'après mes interrogations, qu'il y a quelques différences entre les diverses tribus.

Le Néo-Hébridais, presque noir, *ne casse pas du bois*, comme le Néo-Calédonien. Il se livre au coït dans l'ombre et le mystère de sa case. La position habituelle employée serait la position classique sur une natte, la femme dessous et l'homme dessus. Cependant, on m'a signalé une position *a retro*, la femme accroupie, la tête basse, les cuisses un peu ployées, écartées légèrement, les mains prenant appui sur les jarrets et le cou-de-pied. Cette position présente ainsi, dans un grand écartement, la vulve et le vagin. L'homme, simplement debout entre les jambes, opère d'une manière naturelle. Cette deuxième position se prend au dehors, entre amants, pour échapper à la surveillance du mari jaloux. La femme peut se dissimuler dans un buisson, pendant que l'homme, debout, a les mains libres et peut surveiller les environs. Il est prêt à la défense, et peut faire emploi de ses armes, si le cocu trouble-fête vient gêner les ébats amoureux.

A part ces deux positions, le Canaque noir ne connaît aucune des épices de Vénus. Dans les îles où le sang Polynésien a sensiblement amélioré la race Mélanésienne, il paraît que quelquefois l'homme s'assied sur une natte, le dos appuyé contre le mur; la femme s'enfourche sur lui, en lui faisant face, et fait à peu près seule le travail amoureux, en élevant et baissant alternativement le corps.

La Popinée en contact avec l'Européen. — Mais la Popinée engagée à Nouméa se civilise vite au contact de l'Européen, surtout quand elle est jeune et généralement gentille. Elle apprend vite une foule de choses qu'elle ignorait dans son pays. Elle devient facilement une agenouillée, et même au delà. L'ivrognerie est son péché mignon, et, si on lui paie à boire, elle n'a rien à vous refuser. A ce sujet, que le lecteur me permette une historiette :

La Popinée du capitaine L***. — M. L*** était un capitaine au long cours, ayant fait le trafic des engagés des Nouvelles-Hébrides. Il avait chez lui un jeune garçon de dix-huit ans et une Popinée (sa sœur, à ce qu'il paraît) d'une vingtaine d'années. La maison voisine de celle de M. L** était habitée par le Docteur qui faisait le service à l'infanterie de Marine, excellent homme, d'une bonté proverbiale. C'était son ordonnance qui était le maître chez lui, un grand gaillard de près de six pieds, mulâtre des Antilles, vicieux et corrompu comme il est rare d'en rencontrer. Ma petite case n'était pas loin, et mon Canaque Néo-Calédonien allait quelquefois voisiner avec l'ordonnance de mon collègue. Un petit mur de deux mètres à peine de hauteur séparait les cours de la maison du Docteur et de celle de M. L***. Toutes les nuits le Mulâtre montait sur une poutre placée le long du mur, saisissait la Popinée qui grimpait sur un tas de pierres, et la faisait passer de l'autre côté. Puis il l'amenait dans sa chambre au rez de-chaussée qui communiquait avec l'étage supérieur où couchait le Docteur, par un escalier donnant sur l'autre côté de la maison. Mon Canaque assistait souvent aux ébats amoureux du couple et y entrait même pour sa part. Plus tard, cela ne suffit pas. L'ordonnance du Docteur en était venu à tenir un lupanar clandestin, à l'usage de ses camarades de la caserne, pourvu que ceux-ci consentissent à financer. Enfin, un soir, le tapage fut tel que le Docteur, qui d'habitude rentrait après minuit, étant revenu un peu fatigué et s'étant couché à huit heures, sans que son ordonnance l'eût entendu rentrer, fut réveillé une heure après par un sabbat abominable. Il descendit précipitamment et, par la fenêtre de la chambre, aperçut une femme allongée toute nue sur un matelas au milieu de la chambre, entourée d'un groupe de soldats, se livrant ensemble aux plaisirs de l'amour. À peine l'eut-on entrevu que le groupe se rompit précipitamment ; l'unique bougie qui éclairait la situation vola d'un coup de poing par terre ; et, en un clin d'œil, tout le monde avait disparu, sauf la femme et l'ordonnance. Celui-ci, gris comme un Polonais, était couché sous la femme et servait de base et de support au groupe humain.

J'ai dit que mon Canaque se trouvait dans le groupe.

42

L'ordonnance avoua sa présence et prétendit que, pendant qu'il faisait l'amour dans une position anormale, le Canaque avait pénétré dans la chambre par la fenêtre entr'ouverte et, profitant de l'état commun d'ivresse où il se trouvait avec la Popinée, aurait pris celle-ci par derrière, sodomitiquement. La vérité, avouée par mon Canaque, c'est que pendant qu'il se livrait à cette opération, il y avait encore en mouvement deux autres Européens dépravés, dont l'un n'était autre que le caporal d'infirmerie, un enfant de la bonne ville de Marseille.

L'affaire n'eut pas de suite; ce bon Docteur ne voulut pas porter plainte au Colonel, de crainte du ridicule, et se contenta de renvoyer l'ordonnance et de faire changer le caporal-infirmier sous un prétexte quelconque. Je fis conduire un soir la Popinée chez moi par un Canaque, et je constatai sur elle des traces indéniables de pratiques Sodomitiques.

Sodomie. — La Popinée Néo-Hébridaise n'éprouve pas, comme la Négresse d'Afrique, l'horreur du vice de Sodomie. Celle dont je viens de raconter l'histoire n'était pas la seule et, quand je donnais mes soins aux femmes engagées, il m'arrivait assez souvent d'en trouver présentant les signes de la Sodomie invétérée.

Pédérastie. — Les jeunes engagés Néo-Hébridais trouvent difficilement, à Nouméa, l'occasion de satisfaire leurs passions amoureuses. Les femmes de leur race leur préfèrent le Blanc, qui leur rapporte profit et plaisir. Quant aux femmes de race blanche, autant chercher une aiguille dans une botte de foin. Le jeune Néo-Hébridais, sans un sou vaillant, n'a pas l'espoir d'être aimé pour lui-même, car il est un objet de dégoût, même pour la libérée ou pour la femme d'ancien transporté, qui ne brille pas cependant par la délicatesse des sentiments. Cet état de choses amène forcément la pédérastie entre les engagés, comme il l'amène chez le Néo-Calédonien. Mais ce n'est pas là une dépravation mentale morbide, comme celle de l'Annamite, prêt à se prêter à toutes les turpitudes érotiques. Il m'a paru (ce que je ne puis cependant affirmer d'une manière absolue) que l'acte contre nature se consommait cependant, sans aucune des lubricités raffinées de l'Extrême-Orient. Le Néo-Hébridais applique le vieux proverbe : *Faute de grives, on mange des merles*. Et il mange le merle simplement rôti, sans aucune sauce ni même une simple barde de lard pour graisser l'animal. Il satisfait simplement sa fringale amoureuse, à charge de revanche. Il est loin de s'en vanter, et l'on parvient très difficilement à lui faire avouer la vérité. Je n'ai jamais pu avoir de confidences que moyennant l'appât de quelque monnaie blanche, et la promesse du secret absolu.

Bestialité avec une chèvre. — Je termine en signalant un cas de bestialité d'un Néo-Hébridais avec une chèvre. Sur la demande du patron de cet engagé, Corydon nouveau modèle, j'examinai l'animal et le coupable, qui ne pouvait nier, ayant été surpris par son maître. La chèvre présentait un infundibulum anal fort accentué, très semblable à celui des pédérastes passifs de profession. L'anus, très dilaté, admettait deux doigts ; or, dans son état normal, l'anus de la chèvre est fort resserré, cet animal faisant de petites crottes. Les parties génitales de l'homme présentaient tous les caractères de la Sodomie active. La verge, normale comme longueur (quatorze à quinze centimètres en érection) était très grosse à la base, où elle avait près de cinq centimètres ; mais elle allait en s'amincissant progressivement jusqu'au gland, dont le diamètre à la couronne était à peine la moitié de celui de

la base et qui se trouvait étranglé par un phimosis assez
prononcé. Il était terminé en pointe, et sa couronne fort
peu accentuée. On aurait dit un pénis d'animal, plutôt
que celui d'un homme. Les testicules étaient développés et prouvaient que l'homme se livrait souvent au
coït. Lui ayant expressément demandé s'il n'avait jamais
essayé l'entrée par la voie naturelle quand la chèvre était
en rut, j'obtins la réponse suivante en langage *Biche-la-
Mar*, qui est le sabir de la Polynésie : « *Me have no,
belong, me queue too large.* » (Je n'ai pas pu, ma queue était
trop grosse.) Cette réponse, dénuée d'artifice et naïvement cynique, me convainquit, en effet, de l'impossibilité pour un organe humain, à cause de sa grande dissem-
blance avec l'organe génital du bouc, d'entrer dans la
vulve longue mais étroite d'une chèvre.

Hypospadias artificiel des indigènes de Santo. —
J'ai trouvé un indigène de Santo porteur d'un hypospadias
artificiel, pratiqué à l'époque de la puberté par le Takata.
A l'aide d'un morceau de quartz bien aiguisé, on fend
l'urètre depuis le gland jusqu'à la racine des bourses,
après avoir attaché le pénis sur une planchette d'écorce.
On met sur la blessure une bande d'écorce fine, après
avoir recouvert la plaie avec des herbes mâchées par le
Takata. Cette opération bizarre force ceux qui ont été
mutilés à s'accroupir pour uriner. Dans l'érection le
membre devient large et plat, et au moment de l'éjaculation, le sperme sort en bavant et se répand sur les
bourses. L'indigène qui présentait cette curieuse mutilation me disait qu'il n'était pas le seul et qu'il arrivait
assez fréquemment qu'elle fût faite par le Takata aux
sujets désignés par le Chef. Il n'a pu m'expliquer la
cause de cette singulière coutume.

Ce qui est positif, c'est qu'elle provient de l'Australie,
berceau d'origine de la race Néo-Hébridaise, où elle est

connue et pratiquée dans les parties centrale et occidentale.

Les indigènes de Santo sont des Mélanésiens presque
purs.

CHAPITRE IX

ix semaines à Tahiti. — En quittant la Nouvelle-Calédonie pour rentrer en France, j'obtins, comme faveur inespérée, de ne pas embarquer sur le transport à voiles et de revenir, au contraire, par Tahiti et l'Amérique, à mes frais ; l'État me remboursa seulement ce qu'aurait coûté mon passage à bord du transport. Mais je tenais à ne pas perdre l'occasion unique de visiter cette fameuse Nouvelle-Cythère, si célébrée par les anciens navigateurs. Je pus, grâce à la bienveillance de l'administration de la Marine, rester six semaines à Papeete, la capitale de Tahiti.

Un de mes collègues, M. le docteur S***, dans la Colonie depuis trois ans, me servit de pilote et, grâce à l'obligeance avec laquelle il mit ses notes à ma disposition, ainsi qu'aux renseignements de toute sorte qu'il put me procurer, mon voyage à Tahiti ne fut pas stérile.

Le panorama de Tahiti au lever du soleil. — Le trois-mâts à voiles qui m'avait transporté de Nouméa à Papeete eut l'heureuse fortune, pour moi, d'arriver en vue de l'île dans la nuit et de n'entrer en rade que dans la matinée. J'eus ainsi l'inoubliable spectacle d'un lever de soleil, à quelques milles seulement de la côte de Tahiti.

Au moment où les ombres de la nuit font place aux clartés indécises de l'aube, la Nouvelle-Cythère surgit aux regards et dresse fièrement son énorme silhouette pyramidale, masse gigantesque d'une teinte uniforme bleu sombre, couronnée par le mont *Orohena*, d'une altitude de deux mille trois cents mètres environ. Les grandes vallées de l'île forment de profondes obscurités qui se creusent sur le flanc des montagnes, dont les sommets s'éclaircissent peu à peu. La vive lumière du jour se répand rapidement, et l'œil ravi assiste à des effets de couleurs inouïs, jusqu'à ce que l'astre du jour, s'élevant comme un disque d'or flamboyant derrière les montagnes, en fasse étinceler les sommets comme des pointes de diamant.

La brièveté de l'aube, qui, sous les tropiques, ne précède le jour que de quelques minutes, donne l'illusion d'une toile de spectacle qui se déroulerait lentement. *Moorea*, l'île sœur de Tahiti, élevant dans l'azur du ciel ses pics hardis, présente un dernier plan du tableau d'une délicieuse teinte gris rosé. L'œil, habitué au paysage rude de la Nouvelle-Calédonie, à ses monts arides, se repose agréablement sur la riche verdure de Tahiti. Au-delà de la ceinture de récifs, au bord de sa jolie petite rade, Papeete, la capitale de l'île, s'étend paresseusement comme un lézard au soleil. C'est à peine si on voit de la mer l'église et quelques maisons sur le rivage : tout est masqué sous une végétation luxuriante. Et je faisais mentalement la comparaison entre ce site pittoresque et Saint-Louis du Sénégal : l'un, nid coquet de verdure, l'autre, sombre et triste cité, aux murs blancs.

Une barque me dépose à terre. Quelques rues étroites, plantées d'arbres formant berceau de verdure sur la tête du passant, petites maisons basses, à toits de tuiles rouges, entourées de jardins remplis de fleurs et de

verdures, voilà Papeete. C'est dans cette délicieuse petite
cité que je devais passer quelques semaines dont le souvenir fait encore palpiter mon cœur. Et cependant,
Tahiti n'est plus la Nouvelle-Cythère de Bougainville, le
paradis de l'amour.

**Caractères anthropologiques de la race Maorie Tahi-
tienne.** — La race Maorie Tahitienne est un produit du
croisement des trois races, blanche, jaune et noire (la Mélanésienne), les deux premières dominant sensiblement
sur la troisième. Son teint tire généralement sur le blanc
rougeâtre, et va du chocolat brun clair, la teinte la plus
foncée, jusqu'à la teinte chaude, légèrement olivâtre des
Espagnols de l'Andalousie. De fait, Lecteur, si vous
n'avez jamais vu de Vahiné (femme de Tahiti), rien ne
saurait vous en donner une meilleure idée que l'Anda-
louse au sein bruni d'Alfred de Musset. La teinte presque
blanche est l'apanage des familles de Chefs, qui se sont
moins mésalliés avec la race Noire venue évidemment
d'Australie. En 1767, le navigateur Vallis trouva à Ma-
ravai des Chefs presque blancs et à chevelure rousse. En
général, dans la race Maorie, le crâne est renflé au
niveau des bosses pariétales, et sa forme d'avant en
arrière ressemble à celle d'une carène de navire. La chevelure est noire, fine, abondante, parfois bouclée, mais
jamais laineuse. Elle ombrage un front bombé et des
yeux légèrement obliques et toujours très grands, respi-
rant la fierté chez l'homme, la volupté chez la femme.
Des pommettes quelque peu saillantes, un nez quelquefois épaté, une bouche large, avec des lèvres sensuelles,
d'un rouge de rubis sombre, des dents magnifiques,
un menton peu accusé, couvert chez l'homme d'une
légère barbe noire, un cou long, des épaules et une poitrine larges, une taille fine, élancée, des membres bien
proportionnés avec des extrémités fines et longues,

forment chez l'homme un ensemble des plus imposants.

Beauté de la race Maorie. — Réellement le *Tané* (Tahitien), de vingt à vingt-cinq ans, est un homme superbe et, à mon avis, un des plus parfaits spécimens de la beauté humaine. Si les sculpteurs Grecs l'avaient connu, que de chefs-d'œuvre ils nous auraient donnés ! Un caractère assez commun chez les jeunes Tanés, c'est un développement quelquefois assez considérable des fesses, généralement arrondies, avec une forme un peu féminine, quoique le corps en entier présente l'aspect de la force unie à la grâce. La statue antique du Bacchus Indien peut servir de type pour beaucoup de Tanés. Remarquons que le nez épaté est un caractère artificiel, provenant de ce que les nourrices Tahitiennes avaient autrefois l'habitude d'écraser le cartilage du nez de leurs nourrissons. La jeune génération présente au contraire un nez aquilin de forme très régulière. Chez la Vahiné, la tête est plus petite que celle de l'homme ; les seins sont d'une magnifique courbe, légèrement ogivale, à bout petit et dardant droit en avant, d'un volume moyen. La taille est svelte, le ventre, les hanches et les fesses sont d'une belle proportion arrondie, les cuisses fournies et grasses, le mollet superbe. Par leur aspect général, certaines Vahinés de dix-huit à vingt ans me rappelaient la Vénus antique d'Arles.

A qui donner la palme de la Beauté ? Si le Tané appelle le regard par une beauté majestueuse, tout en restant gracieuse, qui le fait ressembler au Bacchus Indien, la Vahiné attire le voyageur par un charme langoureux, et il se dégage de ses yeux noirs de gazelle un regard velouté, à la fois doux et hardi, une grâce séductrice, qui promet toutes les voluptés. Une Vahiné de seize ans, quittant son bain, pourrait servir de modèle pour une Vénus sortant de l'onde avec sa longue chevelure éparse sur ses épaules et, comme un manteau royal, tombant souvent plus bas que le buste. Le pubis est ombragé d'un poil doux, assez fourni, noir, châtain foncé et quelquefois roux, car il y a des rousses dorées chez les Vahinés.

Le portrait de Rarahu. — Je me suis efforcé de décrire de mon mieux le genre de beauté de la race Tahitienne, mais je reconnais l'impuissance de ma plume et j'emprunte le secours de celle de Pierre Loti. Le portrait de sa maîtresse, la petite Rarahu, est un bijou d'une finesse exquise, et le lecteur me saura gré, sans doute, de le reproduire ici :

« Rarahu était une petite créature qui ne ressemblait à aucune autre, bien qu'elle fût un type accompli de cette race Maorie qui peuple les archipels Polynésiens et passe pour être une des plus belles du monde : race distincte et mystérieuse dont la provenance est inconnue. Rarahu avait des yeux d'un noir roux, pleins d'une langueur exotique, d'une douceur câline, comme celle des jeunes chats quand on les caresse ; ses cils étaient si longs, si noirs, qu'on les eût pris pour des plumes peintes. Son nez était court et fin, comme celui de certaines figures Arabes ; sa bouche, un peu plus épaisse, un peu plus fendue que le type classique, avait des coins profonds, d'un contour délicieux. En riant, elle découvrait jusqu'au fond des dents un peu larges, blanches comme de l'émail blanc, dents que les années n'avaient pas eu le temps de beaucoup polir, et qui conservaient encore les stries légères de l'enfance. Ses cheveux, parfumés au santal, étaient longs, droits, un peu rudes ; ils tombaient en masses lourdes sur de rondes épaules nues. Une même teinte fauve, tirant sur le rouge-brique, celle des terres cuites claires de la vieille Étrurie, était répandue sur tout son corps, depuis le haut de son front jusqu'au bout de ses pieds.

» Rarahu était de petite taille, admirablement prise, admirablement proportionnée : sa poitrine était pure et polie, ses bras avaient une perfection antique. Autour de ses chevilles, de légers tatouages bleus, simulant des bracelets ; sur la lèvre inférieure, trois petites raies bleues transversales, imperceptibles, comme les femmes des Marquises ; et, sur le front, un tatouage plus pâle, dessinant un diadème. Ce qui surtout en elle caractérisait sa race, c'était le rapprochement excessif de ses yeux à fleur de tête comme tous les yeux Maoris ; dans les moments où elle était rieuse et gaie, ce regard donnait à sa figure d'enfant une figure maligne de jeune ouistiti ; alors qu'elle était sérieuse ou triste, il y avait quelque chose en elle qui ne pouvait mieux se définir que par ces deux mots : une grâce Polynésienne. »

CHAPITRE X

Mœurs et coutumes des Tahitiens. — État social des anciens Tahitiens. — La religion et les prêtres. — Provenance de la race Tahitienne. — La langue. — L'Arii Tahitien est un Aryen comme le Grec antique. — Rôle du prêtre dans la civilisation Tahitienne. Le Maraé. — Sacrifices humains. — Fin de la civilisation Tahitienne. — Habitations. — Bains. — Nourriture. — Amuraa. — Festins publics. — Costumes.

 UOIQUE ce chapitre ne se rapporte qu'indirectement aux choses de l'amour, il m'a semblé qu'il n'était cependant pas inutile; mais je serai bref.

État social des anciens Tahitiens. — La dynastie des Pomaré a établi par la force son autorité sur Tahiti et les îles voisines. A la découverte de Tahiti, un seul chef, Oammo, mari de la reine Obéréa, possédait le *maro rouge,* insigne du pouvoir royal. Le gouvernement était théocratique, la race royale descendant du Dieu-Roi Hiro. Au-dessous, les princes de sang royal; sous les princes, les seigneurs, divisés en deux catégories, classées selon l'ordre de prééminence en Arii (chef principaux), et Raatira : les premiers ayant à peu près tous les pouvoirs, et, les seconds, des honneurs stériles.

Le Manahuné. — Au-dessous, se trouvait le *Manahuné* (homme du peuple), qui ne possédait rien en propre. Son héritage était grevé de certaines redevances; mais il pouvait néanmoins le transmettre intact à ses enfants, comme une sorte d'usufruit permanent. Il pouvait entrer dans la secte des Arioïs, dont je parle plus loin en détail.

La religion et ses prêtres. — La religion jouait un rôle important, chez les anciens Tahitiens. En face de la royauté et de la noblesse se dressait la caste sacrée des prêtres, jouissant de prérogatives considérables. Sans entrer dans de trop longues considérations, je dirai seulement que l'ancienne religion des Tahitiens ressemblait à la religion des Grecs et présentait les mêmes caractères. Même panthéisme, même anthropomorphisme des dieux inférieurs, même divination des Forces de la Nature. Le créateur du Monde, c'est Taoroa, qui l'organise par une genèse admirable de simplicité et d'énergie. L'homme doit mourir, mais la matière est éternelle. Les Divinités sont de deux ordres : les Atouas, Dieux supérieurs, président aux actions des hommes, sans avoir à en juger la moralité. L'énumération en serait trop longue, mais on retrouve, dans les Dieux Tahitiens, un *Esculape,* un *Hercule,* un *Mars,* un *Mercure,* un *Apollon,* etc. Au-dessous de ces Dieux supérieurs, il y a des Dieux inférieurs qu'on peut comparer aux Naïades, Nymphes, Dryades, Faunes, etc., de l'ancienne Mythologie Grecque. Les Dieux pouvaient revêtir la forme humaine, pour satisfaire leurs passions, tout comme le Jupiter Grec. Enfin, tout à fait au dernier rang des Dieux, on trouvait les Oromatouas, Dieux domestiques ou Dieux lares, absolument identiques aux Dieux lares et pénates des Romains. Cette ressemblance de la religion Tahitienne avec la religion des anciens Grecs, semblerait indiquer une origine commune.

J'ai dit, plus haut, que la race Tahitienne était un produit de trois races : blanche, jaune et noire ; la première est presque pure chez les rois, les princes et les Arii.

Chez les Raatira, c'est la race jaune qui domine. Or, les
Raatira sont les plus anciens conquérants sur les autochtones; ils ont été soumis à leur tour par les Arii,
qui, en leur laissant les honneurs stériles, leur ont enlevé, en réalité, tout le pouvoir. Au-dessous, le peuple;
le Manahuné a plus de sang noir que les nobles, quoique
ce sang noir ait été grandement amélioré par un apport
de sang jaune et d'un peu de sang blanc.

Provenance de la race Tahitienne. — Ceci étant
donné, l'anthropologie, la religion et la langue vont
nous dévoiler le secret de la provenance de la race
Maorie.

Langue Tahitienne. — La langue Tahitienne, à
la fois douce, sonore et harmonieuse, rappelle par sa
grammaire, son élégance et son accentuation, la langue
Grecque, quoique moins perfectionnée qu'elle. Outre le
singulier et le pluriel, le Maori possède, comme le Grec,
le duel, inconnu aux langues Européennes. Si la langue
Maori est inférieure à la langue Grecque, elle ne craint
pas la comparaison avec les langues Européennes. La
langue d'un peuple est la caractéristique de son état de
civilisation. Nous pouvons donc comparer la civilisation
Tahitienne à la civilisation des anciens Grecs, et, par le
rapprochement des langues et des religions, leur assigner
une origine commune.

Il est aisé, en conséquence, de retrouver la provenance
de la race Tahitienne. L'autochtone est le Noir Mélanésien d'Australie; il a été conquis, à une époque reculée,
par des hommes de race jaune, venus évidemment de la
Malaisie. Ceux-ci se mésallièrent en partie avec le peuple
conquis, et formèrent la première race de Nobles, celle
des Raatira. Enfin, le Blanc, le dernier conquérant, est
venu, fondant, comme le Normand en Angleterre, une
hiérarchie supérieure, une caste fermée, celle des Arii,

imposant sa religion et sa langue aux vaincus. Seulement, cette langue s'est corrompue, par son mélange avec celle du peuple conquis, comme le Français n'est qu'une corruption du Latin, et comme l'Anglais un mélange de Saxon et du vieux Français de la conquête.

La parenté étroite du Maori avec l'ancien Grec étant établie, la souche originaire des deux races est donc commune.

L'Arii Tahitien est un Aryen comme le Grec antique. — La civilisation Grecque est la fille de la civilisation Hindoue, et l'Inde est bien le berceau du monde civilisé. C'est par la philologie et la religion, que l'on prouve cette assertion. Les noms des Dieux de la mythologie Grecque sont en effet du *Sanscrit* presque pur, et ne sont que la traduction des épithètes données aux dieux Hindous : *Hercule*, en Sanscrit, *Hora-Kala* : héros des combats ; *Jupiter*, en Sanscrit, *Zu-pitri* : père du ciel, ou *Zeus-pitri*, devenu le *Zeus* des Grecs et le *Jéhovah* des Hébreux ; *Pallas*, en Sanscrit, *Pala-sa* : la Déesse qui protège ; *Minerve*, en Sanscrit, *Ma-nara-va* : qui soutient les forts ; *Bellone*, en Sanscrit, *Bala-na* : force guerrière ; *Neptune*, en Sanscrit, *Na-patana* : qui maîtrise la fureur des flots ; *Mars*, Dieu de la guerre ; en Sanscrit, *Mri* : qui donne la mort ; *Pluton*, Dieu des enfers, en Sanscrit, *Plushta* : qui frappe par le feu ; *Oreste*, célèbre par ses fureurs, en Sanscrit, *O-rahsata* : voué au malheur ; *Pylade*, son ami, en Sanscrit, *Pa-la-da* : qui console par son amitié ; *Centaure*, en Sanscrit, *Ken-tura* : homme-cheval. Je m'arrête, la mythologie tout entière y passerait.

Prenons les noms des peuples de race Aryenne, dont l'étymologie prouve les migrations. Les *Hellènes*, les anciens Grecs, en Sanscrit, *Hela-na* : guerriers adorateurs d'*Héla*, la Lune. En langue Tahitienne, la lune s'appelle

Hina ! Les *Italiens,* nom qui vient d'*Italus,* fils du héros Troyen, en Sanscrit, *Itala :* hommes de basse caste ; les *Celtes,* premiers conquérants de l'Europe presque entière, en Sanscrit, *Kalla-ta :* les chefs envahissants ; les *Gaulois,* nos aïeux, en Sanscrit, *Ga-la-ta :* peuple qui marche en conquérant ; les *Belges,* en Sanscrit, *Ba-la-ja :* enfants des forts ; les *Scandinaves,* en Sanscrit, *Skanda-nava :* adorateurs de Skanda, dieu des combats ; les *Alemanni* (Allemands), en Sanscrit, *Alamanu :* les hommes libres ; enfin l'Irlande, que les poètes appellent la verte Érin, en Sanscrit, *Erin :* rochers entourés d'eau salée.

Je suis persuadé qu'on trouverait dans la langue Tahitienne beaucoup de mots provenant du Sanscrit, et que le Blanc Arii, l'envahisseur de l'île de Tahiti, qui a conquis et peuplé ensuite les autres grandes îles de la Polynésie, la Nouvelle-Zélande, les îles Hawaï, etc., est un *Aryen* de race pure, frère de l'Aryen qui a conquis l'Inde et l'Europe.

Rôle du prêtre dans la civilisation Tahitienne. — La caste des prêtres, comme celle des Brahmanes de l'Inde et des bonzes du Cambodge, se dressait fièrement en face des rois et des grands. Aucun peuple au monde, pas même le peuple Romain, n'avait accordé aux Ministres de leurs Dieux une importance plus considérable. Paix ou guerre, rien des actes politiques et de la vie civile n'échappait à leur intervention. La personne du prêtre (*Faaoura-Pouré*) était sacrée ; l'autorité sacerdotale héréditaire, comme chez les Brahmes de l'Inde : leur pouvoir allait jusqu'au droit de vie et de mort. C'étaient les gardiens des légendes, les historiens de la nation. Au-dessous des prêtres, se trouvait toute une hiérarchie analogue aux diacres et sous-diacres des catholiques, et les Tiis, inspirés des divinités inférieures, jouant le rôle d'exorcistes et de sorciers.

Je parlerai des Arioïs dans le Chapitre des perversions de l'amour.

Le maraé. — Le *maraé,* temple sacré, offre des ressemblances avec les autels des druides Gaulois, de même que l'on peut faire un rapprochement curieux entre le rôle analogue du Faaoura-Pouré et du druide, dans leurs sociétés respectives. Il consistait en un parallélogramme terminé, à l'une de ses extrémités, par une pyramide de pierre entourée d'arbres sacrés. Une espèce de plateforme en bois, montée sur quatre pieds, formait le *fata,* ou autel : là, on offrait la victime ou l'on déposait le cadavre des chefs. Dans le maraé, on voyait, taillées par le ciseau inexpérimenté de la sculpture Tahitienne, les *toos,* images des Atouas.

Sacrifices humains. — Pour gagner la faveur divine, on avait recours, assez souvent, aux victimes humaines offertes en offrande. Doux jusque dans l'horreur de ces sacrifices, les Tahitiens tuaient à l'improviste les malheureuses victimes désignées par les prêtres. A l'époque où l'anthropophagie régnait, on mangeait les victimes, et l'œil était le morceau favori du Roi, d'où le nom d'*Aïmata* (mange-œil) qu'ont porté plusieurs personnes de souche royale. Cook assista à un sacrifice humain. Mais ils ont cessé dès le commencement du siècle, et depuis qu'en 1820 Pomaré II abjura la religion de ses pères, la vieille religion Tahitienne est bien morte, comme la race Maorie est en train de mourir.

Fin de la civilisation Tahitienne. — Toute cette organisation féodale a disparu, sous l'influence de la civilisation Européenne, représentée par le fanatisme religieux des missionnaires Anglais. Le code pénal et religieux de Pomaré II a été rédigé par des Anglais ayant la prétention d'imposer des mœurs et des coutumes

44

Britanniques à un peuple dont la civilisation est si différente de celle de la pudibonde Albion. C'était renouveler le mariage de la froide carpe Saxonne avec le lascif lapin Maori. Le résultat obtenu peut se résumer en deux mots : *hypocrisie* et *ivrognerie*. C'est surtout dans le Chapitre relatif à l'amour dans la race Tahitienne, que je pourrai apprécier l'influence du prêtre Anglican, importateur de Bibles, mais aussi trafiquant de gin. Ajoutons-y le *small* et le *large pox* (la petite et la grosse vérole), dont l'Européen a fait cadeau aux Maoris.

A l'époque où j'arrivai à Tahiti, la vieille reine Pomaré était morte, laissant le trône à son second fils, qui prit le nom de Pomaré V. En haine de sa femme, métisse Anglaise, Pomaré V a cédé ses droits royaux à la France, et, de pays de protectorat, Tahiti est devenu une colonie Française. C'est avec infiniment de raison que Loti a pu dire qu'à dater de la mort de la reine Pomaré, a commencé la fin de Tahiti, au point de vue des coutumes, de la couleur locale, des charmes et de l'étrangeté de cette île, que le navigateur Français Bougainville avait surnommée la *Nouvelle-Cythère*.

Habitation. — Le Maori n'habite pas une infecte case, comme le Canaque de la Nouvelle-Calédonie ou des Hébrides. La maison est une vaste case rectangulaire, véritable cage aérienne, avec murailles de bambous garnies de nattes, le comble surmonté d'une toiture en feuilles de pendanus ou de cocotier, débordant en forme de véranda. La case est au milieu d'un vaste enclos, propriété de la famille, à l'ombre de cocotiers, d'arbres à pain et de manguiers. L'intérieur est de la propreté la plus exquise.

Bains. — D'ailleurs, la race Maorie est d'une propreté raffinée et pourrait donner des leçons aux civilisés

Européens. Le bain froid d'eau douce est chaque jour une nécessité pour lui, et, dès les ombres du soir, on peut voir, dans tous les petits bassins des ruisselets, si nombreux dans les vallons, des couples s'ébattre joyeusement. C'est encore à Loti que j'aurai recours, pour dépeindre la grâce et le charme des bains des Tahitiennes :

« En tournant à droite dans les broussailles, quand on avait suivi, depuis une demi-heure, le chemin d'Apiré, on trouvait un large bassin naturel, creusé dans le roc vif. Dans ce bassin, le ruisseau de Fataoua se précipitait en cascade et versait une eau courante d'une exquise fraîcheur. Là, tout le jour il y avait société nombreuse ; sur l'herbe, on trouvait étendues les belles jeunes femmes de Papeete, qui passaient les chaudes journées tropicales à causer, chanter, dormir, ou bien encore à nager et à plonger comme des dorades agiles. Elles allaient à l'eau vêtues de leur tunique de mousseline, et la gardaient pour dormir, toute mouillée sur leur corps, comme autrefois les Naïades. Là, venaient souvent chercher fortune les marins de passage. »

Nourriture. — La nourriture du Tahitien est variée. Le fond en est constitué par du poisson, qui est souvent mangé cru avec du *taioro,* sauce composée de coco râpé, fermenté avec de l'eau de mer bouillie jusqu'à saturation. Il y a, dans cette alimentation, deux puissants aphrodisiaques : le phosphore et le sel marin. Le Maori y ajoute de la volaille, et, dans les grandes occasions, du cochon. Comme légumes, il a l'igname, le taro et la patate douce. Il a aussi le fruit de l'arbre à pain, qui croît partout, et le *feï,* banane sauvage qu'on a seulement la peine d'aller chercher dans la montagne. Comme fruits de dessert, il possède toutes les variétés de fruits tropicaux : oranges, bananes, mangues, ananas, etc., qui croissent à l'état sauvage. Dans cette île bénie du ciel, l'homme n'a qu'à se laisser vivre. Je prie le Lecteur de remarquer la richesse de cette alimentation, aussi abondante que variée, qui a sa part d'influence sur la vigueur amoureuse du Tahitien, comme on le verra plus loin.

Festins publics des Tahitiens. — Tous les samedis, après la récolte du *feï* dans la montagne, les voisins et amis s'assemblent en agapes fraternelles. Outre ces repas privés, on célèbre, à certaines époques de l'année, dans chaque district, de grands banquets publics nommés *amuraa*. Ce sont de véritables noces de Gamache qui peuvent soutenir la comparaison avec nos plus grands festins de gala. Je ne sais plus quel auteur disait qu'il avait vu réunir dans un seul village, pour un de ces festins, cinq cents couverts de ruolz. Tout le monde est à l'ouvrage. On entasse ignames, taros, feïs, mayori, des barriques de poisson; on massacre les porcs par bandes et les volailles par centaines, et tout cela se rôtit au grand air, devant d'énormes brasiers.

Costume. — Le Maori Tahirien est beau, sous son costume simple et artistique, qui consiste en une chemise ou veste de coton blanc, tombant librement par dessus un *pareo,* large pièce de cotonnade à grands dessins et à couleurs voyantes, drapée autour des reins jusqu'à mi-jambe, et qui remplace l'affreux pantalon civilisé introduit par les Anglais. Sous ce costume, le jeune Tané porte la tête haute, la poitrine en avant, avec une désinvolture mâle et fière.

Les Vahinès portent la gaule, robe longue et sans taille, serrée sous les seins comme la robe Directoire. Elles se coiffent d'un léger chapeau de paille rond, en bambou tressé; les cheveux tombent librement sur les épaules, souvent jusqu'aux cuisses, ou sont tressés en deux longues nattes à la Suissesse, descendant sur le dos.

Tané et Vahiné ignorent l'usage du soulier, cet instrument de torture des civilisés, et l'on admire la finesse
de leur pied, cambré comme celui des Andalouses. Les
Vahinés portent cette simple toilette avec aisance et distinction, elles charment l'œil par leur démarche souple
et coquette. Les jours de fête et les soirs de *upa–upa*, le
chapeau est remplacé par le *reva-reva*, nœuds de ruban
transparents d'une teinte jaune vert, que fournit le cœur
du cocotier. La Vahiné met dans ses cheveux le *tiare miri*,
superbe fleur blanche dont l'odeur est plus suave que
celle de la fleur d'oranger. Parfois, elle se parfume la
chevelure avec de la poudre de santal, et se couronne la
tête de verdure entrelacée de fleurs. Ainsi parée, la
brune fille de Tahiti charme le regard et embrase les
sens. A moins d'avoir les qualités requises pour être
gardien de sérail, il n'est guère possible à un Européen
de résister aux séductions de la Vahiné.

CHAPITRE XI

**aractères moraux des Tahitiens.** — J'ai
parlé de la beauté de la race Tahitienne. —
J'aurais pu parler aussi de sa force physique,
car le Tané est un athlète aussi vigoureux que
beau. Les boxeurs anglais de Cook furent battus à plate
couture par les Tahitiens ; Cook l'avoue lui-même, et
cependant on sait que la race Anglo-Saxonne est, de
toutes les races Européennes, celle chez laquelle tous les
genres de sport sont le plus en honneur, et principalement
la boxe. Avec une force physique aussi grande, le Tahitien est doux, bon. Sa douceur lui avait fait abolir l'anthropophagie, avant la découverte de l'île, et on épar-
gnait aux victimes des sacrifices humains les angoisses et
les douleurs avant la mort, qu'ils recevaient par surprise.

L'ancien Tahitien était belliqueux et guerrier. La civilisation Européene l'a rendu pacifique ; mais rien n'a
transformé son caractère léger. Le Tahitien est un véritable enfant, rieur et capricieux, pleurant et boudant
sans raison. Tête folle, mais cœur brûlant. Il a le caractère gai et sans-souci du lazzarone Napolitain, mais ne
joue pas comme lui du couteau. Le soleil, le beau temps,

le rendent gai et joyeux ; le mauvais temps le rend triste et songeur. Il est accessible à toutes les rêveries de l'imagination. La froide religion protestante n'a pu lui enlever sa croyance aux superstitions, le seul reste de la religion de ses aïeux ; il redoute la solitude des grands bois, l'obscurité de la nuit, car il craint d'y apercevoir des *Tupa-pan*, esprits et ombres des morts. Si ses peines sont courtes et vives, sa gaîté est folle et communicative. Avant tout et par-dessus tout, le Maori Tahitien aime le plaisir.

Mariages. — Détail qui a sa valeur, le prêtre Tahitien, dont l'influence était autrefois si considérable, n'est jamais intervenu dans le mariage, qui est toujours resté, à la Nouvelle-Cythère, la manifestation de la volonté formelle des conjoints, sans aucune consécration religieuse. Cook décrit cependant les cérémonies du mariage Tahitien, comme on le verra plus loin, quand je parlerai des anciennes mœurs.

Rôle de la femme dans la race Maorie. — Si le Tané n'achète pas sa femme, celle-ci cependant n'était pas son égale chez les anciens Tahitiens. A table, elle ne mangeait pas avec son mari, elle ne pouvait pas être prêtre ; l'accès des *Maraé* lui était interdit. Cependant les filles de race royale pouvaient hériter de la couronne. La loi Salique n'a jamais été en vigueur à Tahiti; bien loin de là, la descendance se transmet par les femmes, les Tahitiens estimant, non sans raison, que si l'on est certain d'être sorti des flancs d'une femme, on ne l'est jamais de son générateur mâle, et le fameux axiome du droit Romain : *Pater is est quem nuptiæ demonstrant,* n'a jamais trouvé d'application à Tahiti.

Naissances. — **Le tabou.** — La mère de l'enfant nouveau-né devenait *tabou.* Elle ne devait rien toucher de ses mains pendant un laps de deux mois, et c'étaient d'autres femmes qui lui donnaient la becquée. Dans cette circonstance, le *tabou* avait comme conséquence d'interdire la reprise du coït avant que les organes de la génération de la femme fussent revenus à leur état normal. J'ai montré, chez la Canaque Néo-Calédonienne, les graves désordres résultant d'un coït trop tôt recommencé après la parturition.

Enfants adoptifs. — La race Maorie-Polynésienne est à peu près la seule race humaine chez laquelle l'enfant, dans l'ancienne législation, appartenait rarement à ses générateurs. L'adoption des enfants était extrêmement commune chez les anciens Tahïtiens, et elle n'a pas encore disparu des mœurs. C'est une des coutumes les plus originales de cette race. Entre le *Metua* (père naturel) et le *Metua Faaanu* (père adoptif) il y a un échange incessant d'enfants à la mamelle, et cet échange établit entre les deux familles un quasi-lien de parenté.

Chants. — **L'Hyménée**. — J'ai entendu pour la première fois l'hyménée dans les salons du Gouvernement, à Papeete. L'hyménée se chantait dans les jardins. Le chœur se composait de soixante-dix à quatre-vingts personnes assises à la Turque sur plusieurs rangs, les femmes devant. Une chanteuse entonne, d'une voix de gorge suraiguë, une phrase musicale sur un rythme vif et bizarre ; les femmes répètent sur un ton assez grave, les hommes font la basse, pendant qu'un certain nombre de ces derniers, balançant leur torse, font entendre de véritables rugissements.

· L'ensemble est parfait, et les voix d'une justesse étonnante. Quelle différence avec les cris et les hurlements de bête fauve du pilou-pilou Néo-Calédonien ! Toutes les parties concourent à une véritable harmonie. C'est une musique étrange, mais c'est une musique. Les Maoris chantent comme devaient le faire les anciens

Grecs, sur le théâtre de Sophocle et d'Euripide. Il faut entendre l'hyménée, pour bien comprendre son originalité, par un soir de beau clair de lune, illuminant les groupes de danseuses entraînées par la *upa-upa*.

La upa-upa. — C'est généralement le soir d'un jour de fête, et après les délices d'un joyeux festin, que l'on danse la *upa-upa*. Cette danse lascive fait apparaître sous son vrai jour le caractère du Tahitien. Danse nationale, elle n'a rien qui lui ressemble dans aucun pays du monde. Elle s'exécute la nuit, aux rayons de la lune, la *Hina*, l'ancienne divinité féminine des Tahitiens, éclairant de ses rayons d'argent l'assemblée, sous un ciel transparent où les étoiles de la Croix du Sud brillent comme des diamants. Là, sous l'ombre des arbres, et sur le vert tapis d'un moelleux gazon, danseurs et danseuses s'agitent, en proie à une joie infinie. En vain la pudibonderie Britannique a cherché à réprimer la licence de la upa-upa. La jeune reine Pomaré, dans la fleur de ses seize ans, à qui les Révérends Anglais voulaient interdire la upu-upa, répondit en organisant une upa-upa monstre à l'île Mooréa, et devant son peuple, simplement vêtue d'une dentelle transparente, offerte par les Révérends, et qui dessinait les formes de son corps royal, esquissa une danse des plus lascives.

J'ai recours une fois de plus à la plume de Loti, pour faire comprendre au lecteur le caractère de cette danse : « Chaque soir, c'était comme un vertige. Quand la nuit tombait, les Tahitiennes se paraient de fleurs éclatantes : les coups précipités du tam-tam les appelaient à la upa-upa, et toutes accouraient, les cheveux dénoués, le torse à peine couvert d'une tunique de mousseline, et les danses affolées et lascives duraient souvent jusqu'au matin. Les Tahitiennes battaient des mains et accompagnaient le tam-tam d'un chant en chœur, rapide et frénétique. Chacune d'elles à son tour exécutait une figure. Le pas et la musique, lents au début, s'accéléraient bientôt jusqu'au délire, et, quand la danseuse épuisée s'arrêtait brusquemment sur un grand coup de tambour, une autre s'élançait à sa place, qui la surpassait en impudeur et en frénésie. Les filles de Pomotou formaient d'autres groupes plus sauvages et rivalisaient avec celles de Tahiti. Coiffées d'extravagantes couronnes de datura, ébouriffées comme des folles, elles dansaient sur un rythme plus saccadé et plus bizarre, mais d'une manière si charmante aussi, que, entre les deux, on ne savait ce que l'on préférait. »

Aujourd'hui, à Papeete, la upa-upa a perdu une partie de son caractère et elle est presque devenue une contrefaçon du chahut de Bullier. Mais elle a conservé dans l'Intérieur son véritable caractère, et voici comment la décrit le voyageur Desfontaines, qui, plus heureux que moi, a pu faire le tour de l'île :

« Après le déjeuner, un certain nombre de jeunes Tahitiennes, couronnées de roses, et les cheveux dénoués, viennent former le cercle sous les arbres et s'assoient à la façon orientale sur la verdure. L'une d'elles est en possession d'un accordéon ; nous allons assister à une upa-upa, sorte de danse lascive accompagnée de chants, dont l'expression originale est d'un si puissant effet. A peine l'accordéon attaque-t-il ses premières notes, que les chants se font entendre, toujours aussi vifs et aussi rapides ; à ce moment, le visage des danseuses, d'un seul coup, semble s'illuminer ; dans leurs yeux, dans leur sourire, passe un je ne sais quoi d'inexprimable, qui les éclaire d'un rayon en quelque sorte divin : elles paraissent ne plus appartenir à la terre. La tête inclinée et légèrement rejetée en arrière, le torse roulant sur lui-même,

les coudes frappant le corps en cadence avec des mouvements qui ressemblent à des frémissements, à de légers
battements d'ailes, les membres inférieurs se relevant
et s'abaissant tour à tour selon le rythme : telles elles se
présentent à nous. Et quand elles ont fini leur couplet,
qui se termine toujours sur une note dernière longuement
prolongée, elles arrêtent leur danse et, subitement, rede-
viennent froides : on ne croirait plus que ce sont les mêmes
femmes. Alors l'une d'elles, se tournant vers moi avec
le plus parfait dédain, et un ton de commandement qui
n'admettait pas de réplique : « *Farani* » (Français) « *apporte de la bière* ». La femme de ce pays est un animal
sauvage trop charmant pour qu'on refuse d'accéder à
ses caprices : je m'empresse d'offrir des bouteilles. Sans
perdre de temps, elles se passent successivement à la
ronde un verre, qu'elles remplissent de rhum et de bière,
et l'avalent d'un seul trait. Puis, se transformant de
nouveau en créatures idéales, elles recommencent un
autre couplet qui s'achève de la même manière par un
brusque arrêt et une seconde demande : « *Farani, encore
» de la bière.* » Chants et danses alternent ainsi avec les
libations sans le moindre intervalle. L'excitation arrive
à son comble. Au milieu des jardins de cocotiers, ces
jeunes beautés aux toilettes claires, avec leurs couronnes
de roses sur leurs magnifiques cheveux noirs, res-
remblent à des Nymphes en leurs ébats voluptueux,
dans l'exubérance d'une griserie d'amour. Voici l'heure
de disparaître, l'orgie va bientôt commencer. Quittons
ces lieux : il vaut mieux emporter, sans l'altérer, le souvenir de cette inoubliable vision. »

**Maladies. — Disparition rapide de la race Maorie
pure. —** Avant la découverte de l'île, les principales
maladies étaient les douleurs rhumatismales provenant
souvent de l'abus des bains froids, et l'éléphantiasis, ca-

deau de la race noire. Par contre, depuis que la soi-disant
civilisation moderne a pris pied dans l'île, le gin, les deux
véroles, et surtout la phtisie, ont fait des ravages inouïs.
La famille royale de Pomaré, composée de colosses,
comme force et beauté, a disparu presque tout entière.
Du temps de Cook, l'île comptait plus de cent mille
habitants ; aujourd'hui, il n'y en a pas dix mille. Si le
contact de la race Blanche débarrassera à bref délai l'humanité des antropophages de la Nouvelle-Calédonie et
des Nouvelles-Hébrides, ce sera un bienfait ; mais il est
permis de déplorer la disparition de cette douce et bonne
race Maorie. Elle vivait si heureuse dans son paradis ter-
restre, avant l'arrivée des Européens ! Un travail insi-
gnifiant, aucune peine morale, l'amour libre et le plaisir
sous toutes ses formes. Que lui avons-nous donné en
échange ? L'alcool, la vérole et la phtisie, redoutable
trinité que nous lui avons révélée, sans compter l'ivrognerie et l'hypocrisie. D'ici à quelques années, à part de
rares exceptions, il ne restera plus de Tahitiens de race
pure dans la Nouvelle-Cythère. Que sera la race métis,
croisement de l'Européen avec la Vahiné ? Aura-t-elle
les qualités morales du père, et les qualités physiques de
la race Maorie ? C'est une question que seul l'avenir
résoudra.

CHAPITRE XII

'amour est la principale occupation de
cette race. — Le doux farniente dans lequel
hommes et femmes passent leur journée, la
facilité d'une existence à peu près exempte
de soucis matériels, les charges de famille presque inconnues à ce peuple, dernier représentant de l'âge d'or de
l'humanité, lui laissent tout le loisir nécessaire pour
consacrer ses nuits à l'amour.

Avant d'étudier le Tahitien actuel, jetons un regard
en arrière sur les mœurs de la Nouvelle-Cythère à
l'époque de sa découverte par les navigateurs Européens.

**Mœurs des anciens habitants de la Nouvelle-
Cythère.** — Pour bien comprendre l'influence du *cant*
et de la pudibonderie Britanniques sur les mœurs actuelles
des Tahitiens, il faut nous reporter aux mœurs libres et
naïvement cyniques de leurs aïeux à l'époque de la
découverte de l'île. Ce qui frappa surtout les navigateurs

du XVIIIᵉ siècle, c'est la liberté avec laquelle les choses
de l'amour se passaient au grand jour, au lieu de rester
dans l'ombre et le mystère. De là à déclarer, comme ils
le firent, que les Tahitiens n'étaient pas jaloux de leurs
femmes, puisqu'ils les offraient aux étrangers, et que
leurs femmes n'avaient pas conservé cet instinct naturel
de pudeur qu'on retrouve presque partout, il n'y avait
qu'un pas. Les Tahitiens, après avoir entendu le service
divin Anglican, voulurent montrer à Cook une cérémonie
d'un genre tout nouveau pour le cant Britannique.

Offrandes publiques à Vénus. — « Un jeune
homme de six pieds, et une jeune fille de onze à douze
ans, sacrifièrent à Vénus devant plusieurs de nos gens et
un grand nombre de naturels du pays, sans attacher aucune idée d'indécence à leur action, et ne s'y livrant au
contraire que pour se conformer aux usages du pays.
Parmi les spectateurs, il y avait plusieurs femmes d'un
rang distingué et en particulier *Obéréa,* souveraine de
l'île, qui, à proprement parler, présidait à la cérémonie,
car elle donnait à la jeune fille des instructions sur la
manière dont elle devait jouer son rôle : mais, quoique
la fille fût jeune, elle ne paraissait pas en avoir besoin. »

Voici ce que dit de son côté Bougainville, qui a donné
à Tahiti le nom gracieux de Nouvelle-Cythère : « Chaque
jour, nos gens se promenaient dans le pays sans armes,
seuls ou par petites bandes ; on les invitait à entrer dans
les maisons ; on leur y donnait à manger. Mais ce n'est
pas à une collation légère que se bornait la civilité des
maîtres de maison : ils leur offraient des jeunes filles.
La case se remplissait à l'instant d'une foule curieuse
d'hommes et de femmes, qui faisaient un cercle autour
de l'autel et de la jeune victime du devoir hospitalier ;
la terre se jonchait de feuillages et de fleurs, et des musiciens chantaient, aux accords de la flûte, un hymne de

jouissance. Vénus est ici la déesse de l'hospitalité; son culte n'y admet point de mystère, et chaque jouissance est une fête pour la nation; ils étaient surpris de l'embarras qu'on témoignait de notre côté. »

On remarquera la différence dont le fait est raconté par les deux célèbres navigateurs. L'Anglais Cook mentionne l'offrande à Vénus, sans faire intervenir les siens; Bougainville, plus franc, avoue que les Français témoignaient quelque embarras de se voir donner ainsi en spectacle, mais il ne cherche point, par une fausse pudeur, à nier que quelques matelots (probablement des Provençaux, race paillarde et primesautière) se soient livrés à de pareils ébats, *coram populo*.

Reprenons le récit de Cook : « On ne peut pas supposer que ces peuples estiment beaucoup la chasteté : les hommes offrent aux étrangers leurs sœurs ou leurs filles, par civilité ou en forme de récompense, et l'infidélité conjugale, même dans la femme, n'est punie que par quelques paroles dures ou par quelques coups légers. Ils portent la licence des mœurs et la lubricité à un point que les autres nations, dont on a parlé depuis le commencement du monde jusqu'à présent, n'avaient pas encore atteint et qu'il est impossible de concevoir. »

Cook écrivait les lignes précédentes lors de son premier voyage; lors du second, il se montre moins sévère dans son opinion sur le libertinage des Tahitiens :

« Cependant, » dit-il, « ceux qui ont représenté toutes les femmes de Tahiti et des Iles de la Société, comme prêtes à accorder les dernières faveurs à tous ceux qui veulent les payer, ont été très injustes envers elles; c'est une erreur. Il est aussi difficile dans ce pays que dans aucun autre d'avoir des privautés avec les femmes mariées d'un certain rang et avec celles qui ne le sont pas, si on en excepte toutefois les filles du peuple ; et même parmi ces dernières, il y en a beaucoup qui sont chastes. Il est très vrai qu'il y a des prostituées, comme partout ailleurs ; le nombre en est peut-être encore plus grand, et telles étaient les femmes qui venaient à bord de nos vaisseaux ou dans le camp que nous avions sur la côte. En les voyant fréquenter indifféremment les femmes chastes et les femmes de premier rang, on est d'abord porté à croire qu'elles ont toutes la même conduite, et qu'il n'y a entre elles d'autre différence que celle du prix. Il faut avouer qu'une prostituée ne leur paraît pas commettre des crimes assez noirs pour perdre l'estime et la société de ses compatriotes. »

La danse lascive Timorodée. — « Parmi les divertissements de ces insulaires, il y a ici une danse appelée *Timorodée*, exécutée par des jeunes filles toutes les fois qu'elles sont au nombre de huit ou dix. Cette danse est composée de postures et de gestes extrêmement lascifs, auxquels on accoutume les enfants, dès les premières années ; elle est accompagnée d'ailleurs de paroles qui expriment clairement la lubricité. Les Tahitiens observent la mesure avec autant d'exactitude que nos meilleures danseuses sur les théâtres d'Europe. Ces amusements, permis à une jeune fille, lui sont interdits dès le moment qu'étant devenue femme, elle peut mettre en pratique les leçons et réaliser les symboles de la danse. »

Le mariage chez les Tahitiens. — « Il paraît », dit Cook, « que le mariage à Tahiti n'est qu'une convention entre l'homme et la femme dont les prêtres ne se mêlent point : cependant les mariés observent quelques cérémonies. Le nouvel époux s'assied à côté de sa femme ; il prend sa main qu'il met dans la sienne. Il est accompagné de dix à douze personnes, dont la plupart sont des femmes, qui chantent sur un ton de récitatif : les époux font de courtes réponses ; ensuite, on leur présente des aliments dont le mari offre une partie à sa nouvelle épouse, qui lui en offre d'autres à son tour. Cette action est accompagnée de certaines paroles, et ils finissent par aller se baigner dans la rivière. Dès que l'hymen est contracté, ils en tiennent assez bien les conditions ; mais les parties se séparent quelquefois d'un commun accord, et, dans ce cas, le divorce se fait avec aussi peu d'appareil que le mariage. »

Circoncision et tatouage. — « Les prêtres n'ont imposé aucune taxe sur leurs ouailles pour les cérémonies nuptiales ; mais ils se sont approprié deux autres cérémonies dont ils retirent des avantages considérables. L'une est la circoncision et l'autre le tatouage : ce peuple a adopté la circoncision sans autres motifs que ceux de la propreté. Cette opération, à proprement parler, ne doit pas être appelée circoncision, parce qu'ils ne font pas au prépuce une amputation circulaire ; ils le fendent seulement à travers la partie supérieure pour empêcher qu'il ne recouvre le gland. »

Secte des Arrioys (La femme en commun). — « Un nombre très considérable de Tahitiens des deux sexes forment des sociétés singulières, où toutes les femmes sont communes à tous les hommes ; cet arrangement met dans leurs plaisirs une variété perpétuelle dont ils ont tellement besoin, que le même homme et la même femme n'habitent guère plus de deux ou trois jours ensemble. Ces sociétés sont distinguées sous le nom d'*Arrioy* : ceux qui en font partie ont des assemblées auxquelles les autres insulaires n'assistent point : les hommes s'y divertissent par des combats de lutte, et les femmes y dansent la *Timorodée*, afin d'exciter en elles des désirs qu'elles satisfont souvent sur-le-champ comme on nous l'a raconté. Ce n'est rien encore : si une de ces

46

femmes devient enceinte, ce qui arrive plus rarement
que si chacune habitait avec un seul homme, l'enfant
est étouffé au moment de sa naissance, afin qu'il n'em-
barrasse point le père et qu'il n'interrompe pas la mère
dans les plaisirs de son abominable prostitution. Quelquefois il arrive cependant que la mère ressent pour son
enfant la tendresse que la nature inspire à tous les animaux pour leur progéniture, et elle surmonte alors, par
instinct, la passion qui l'avait entraînée dans cette société. Dans ce cas-là même, on ne lui permet pas de
sauver la vie de son enfant, à moins qu'elle ne trouve
un homme qui l'adopte comme étant de lui; elle pré-
vient alors le meurtre, mais l'homme et la femme étant
censés, par cet acte, s'être donnés exclusivement l'un à
l'autre, ils sont chassés de la communauté, et perdent
pour l'avenir tout droit aux privilèges et aux plaisirs des
Arrioys.

» Il ne faudrait pas attribuer à un peuple, sur de
légères preuves, une pratique si horrible et si étrange;
mais j'en ai d'assez convaincantes pour justifier le récit
que je viens de faire. Les Tahitiens, loin de regarder
comme un déshonneur d'être agrégés à cette société, en
tirent au contraire vanité comme d'une grande distinction.
Lorsqu'on nous a indiqué quelques personnes qui étaient
membres d'un Arrioy, nous leur avons fait des questions
sur cette matière, et nous avons reçu de leur propre bouche
les détails que je viens de rapporter. Plusieurs Indiens
nous ont avoué qu'ils étaient agrégés à ces exécrables
sociétés, et que plusieurs de leurs enfants avaient été
mis à mort. »

On voit, par ce qui précède, que depuis longtemps les
Tahitiens avaient trouvé la formule de la femme libre
dans l'amour libre, réclamée par certains philosophes
modernes. Il est raisonnable de supposer que la secte des

Arrioys a donné au chevalier Andréa de Nerciat, écrivain érotique du xviiie siècle, l'idée de sa fameuse *Société des Aphrodites*, où l'amour se faisait en commun et dont il place le siège à Paris.

La secte des Arrioys n'existe plus depuis longtemps à Tahiti, les missionnaires Anglicans en ayant fait décréter l'abolition par Pomaré II, lors de sa conversion au protestantisme.

La vie fortunée des Tahitiens. — La civilisation moderne n'a pu transformer la race Tahitienne. Si aujourd'hui le Tahitien ne fait plus publiquement l'amour comme ses ancêtres, l'amour n'en est pas moins resté son unique préoccupation. Il est simplement devenu plus hypocrite : au fond, il est resté le même. Les récits des voyageurs modernes sont affirmatifs sur ce point. Les peuples de race Saxonne et Sémitique font passer le *business* avant tout. Au contraire, l'amour est la principale occupation dans la race Tahitienne.

Voici comment Paul Branda, dans ses *Lettres d'un Marin*, dépeint la vie des Tahitiens :

« La nature a bien créé la Tahitienne pour le plaisir. Elle n'est point jolie, mais elle charme par ses molles attitudes, ses formes ravissantes ; elle sue la volupté par tous les pores. Or, nous n'avons pas été mis dans ce monde pour le plaisir, on s'en aperçoit assez : qui cherche le plaisir trouve la mort. Cette race artiste, gracieuse, fainéante, disparaîtra bientôt. Elle n'a plus place dans notre monde d'affaires, de science et de travail. Depuis cinq jours, je cours un peu partout. Je ne dirai pas que les Tahitiennes ne font rien, elles font probablement quelque chose ; je constate seulement ne l'avoir point vu. A la ville, elles flânent par les rues, rient et jouent entre elles ou avec les jeunes gens ; à la campagne elles se baignent, plongent, comme des

Naïades, leurs longs cheveux mouillés au bord de l'eau, fument des cigarettes dans des poses lascives, sur le gazon, à l'ombre des grands arbres, enfilent, pour s'en faire des couronnes, des fleurs jaunes de bouraos, ou de jaunes étoiles taillées dans les fruits d'or du pandanus. »

Le voyageur Chartier, dans son intéressant ouvrage sur Tahiti, nous retrace également la vie actuelle du Tahitien :

« Le Tahitien, bien qu'admirablement doué par la nature au point de vue des forces physiques et musculaires, se montre réfractaire à toute espèce de labeur. Ayant peu de besoins à satisfaire, il ne sent point la nécessité du travail ; d'ailleurs l'étranger ne refuse jamais à ses Vahinés le peu de luxe admis par leur état social. On ne saurait obtenir du Tahitien aucune exploitation agricole, aucun labeur commandé. Quant à son intelligence, non moins vive que son corps est robuste, il ne l'emploie guère qu'à gagner les bonnes grâces des Vahinés et à déjouer les ruses commerciales de l'Européen. Nous nous souvenons qu'un *midship* avait donné à un indigène, comme bague d'or, une bague en doublé, en échange de quelques services ; il avait compté sans le flair exquis du Tahitien qui, après avoir approché de ses narines l'objet suspect, refusa de se laisser tromper. Quant aux femmes, elles ont conservé jusqu'à ce jour cette molle oisiveté, ce sans-gêne olympique. La rêverie, la promenade, la sieste, la danse, le chant et le bain sont leurs principales occupations. »

La journée d'une Vahiné à Papeete. — Les Tahitiennes passent leur existence à jouer et à rire, comme les Nymphes de l'île de Calypso ; malheureusement elles y ajoutent les cartes, le tabac et la bière, produits de la civilisation Européenne.

« Le matin, c'est au marché que les Tahitiennes habitant Papeete et les environs, après avoir fait leurs provisions de poissons et de fruits, se rassemblent devant des tables où des Chinois leur vendent du thé, du café, du beurre, des gâteaux, etc. Puis elles rentrent chez elles pour y prendre leur repas principal, qui a lieu vers onze heures, et que les hommes ou les femmes âgées préparent. A peine est-il fini et les restes distribués aux animaux domestiques, errants en grand nombre autour des cases, qu'elles procèdent à leur toilette. Les nattes sont étendues, et elles se livrent à la sieste, inévitable sous le soleil des tropiques, et qui dure jusqu'à environ deux heures. Alors, toujours allongées, mais formant le cercle, les jeux de cartes, qui passionnent énormément les Tahitiennes, commencent; la cigarette roulée dans une longue feuille de pandanus, dont chaque Vahiné tire deux ou trois bouffées de fumée qu'elle rend lentement par le nez, passe de bouche en bouche. Celles qui ne se livrent pas aux émotions de l'écarté ou du poker se racontent les événements de la soirée précédente, en fredonnant des chants du pays, accompagnés par un accordéon ou des guimbardes. Le soir, lorsqu'il n'y a pas d'upa-upa ou de musique, c'est dans la rue de la Petite-Pologne, l'une des principales rues de la capitale et qui est le but commun de leurs promenades, qu'elles se donnent rendez-vous. Là, côte à côte, le chapeau canotier entouré de guirlandes de fleurs et de feuilles odorantes, posé sans façon sur le sommet de la tête, se tenant d'une main par le petit doigt et de l'autre relevant, non sans grâce, la traîne de leurs longues robes de mousseline blanche, rose ou bleue, elles vont et viennent, fredonnant des airs nationaux. Ainsi s'écoule, dans une fête perpétuelle, la jeunesse de la femme Tahitienne. Hélas ! le temps a promptement flétri cette fleur de beauté. Pauvre Vahiné! adieu la upa-upa, les hyménées, les longues rêveries! »

Jalousie du Tahitien actuel. — Le temps n'est
plus où les habitants de la Nouvelle-Cythère offraient
les femmes de leur famille à l'étranger Européen. Le
Tahitien actuel se montre aussi jaloux de sa femme qu'un
homme d'une autre race. Je parle de celui de l'intérieur,
et non de l'indigène de Papeete, corrompu par le
contact de l'Européen.

Le voyageur Desfontaines, déjà cité, donne, au sujet
des mœurs actuelles des Tahitiens, des détails curieux,
que je reproduis volontiers : « L'hospitalité est large
chez les Tahitiens; cependant ils ne vont pas jusqu'à
vous proposer leur femme, comme le racontent certains
voyageurs. Si, par hasard, ils se permettent de vous
offrir une femme, c'est celle de tout le monde. Leur
jalousie est vive, au contraire; pour ma part, j'ai pu la
constater à différentes reprises, et elle existe aussi bien
chez la femme que chez l'homme. Une nuit, je me
réveille au milieu de grands cris, je me précipite au
dehors : une jeune Tahitienne était traînée par les cheveux. J'interroge les personnes présentes, et voici ce
qu'on me raconte : l'amoureux avait fait des infidélités, et pour le punir, la jeune fille refusait de retourner avec son bien-aimé; alors ne pouvant se résigner à
cet abandon, il employait la violence, ce qui leur arrive
fréquemment. Une autre fois, j'apprenais qu'une femme
avait enfoncé profondément, dans la cuisse de son époux,
la branche la plus pointue de sa paire de ciseaux, parce
qu'il avait donné un coup de canif dans le contrat. Enfin,
moi-même j'ai failli être victime de cette jalousie féroce
et aveugle. Un jour, je demande sur la route un renseignement à une jolie femme. Tout à coup, un homme

sort du fourré et m'aperçoit causant avec sa tendre
moitié; saisissant une trique énorme, il bondit jusqu'à
moi : ses yeux lancent des flammes et sa bouche écume
de colère. Je crois ma dernière heure venue; mais fort
de mon innocence, je ne bronche pas et reste immobile,
les bras croisés. A un mètre de moi il s'arrête court et
abaisse son arme : alors des flots de paroles lui sortent de
la bouche, qui ne doivent pas être des compliments. Je
continue de le regarder, toujours dans ma position
immobile, et quand il a fini son petit discours, je le
prends par le bras et cherche à l'entraîner chez le *mutoï*,
le garde-champêtre de l'endroit; naturellement il
refuse.

» La menace du Tahitien, quand on touche à sa
femme, est terrible : il parle tout simplement de vous
harponner. Et je dois ajouter que l'indigène ne manque
jamais son coup. S'il vous vise, son harpon à trois
branches vous entrera dans le dos, et vous serez condamné à mourir au milieu des plus épouvantables
souffrances. La vérité m'oblige pourtant à dire que
pareil fait est excessivement rare. Mais si le Tahitien ne
vous offre pas sa femme, il vous offrira son lit le
meilleur; s'il n'en a qu'un, il n'hésitera pas un instant
à vous le céder et à s'étendre sur des nattes. »

L'hospitalité Tahitienne. — C'est dans la cordiale
hospitalité qu'il vous donne, que le caractère doux et
bon du Maori se montre sous son vrai jour. Nous em-
prunterons encore à Desfontaines le récit suivant. Il
avait été invité à déjeuner chez un chef de district, sur
la simple recommandation d'un Français de Papeete,
ami du Chef.

« Dans l'après-midi, je me disposais à prendre congé
de mes hôtes et l'on me regardait avec surprise préparer

mon léger bagage. Alors la fille de la maison, la belle Tara, s'approchant de moi : « Aïta » (non), me dit-elle, « toi faire dodo ici et rester avec nous. » C'était si gentiment demandé qu'il y aurait eu mauvaise grâce à refuser. Rien ne me pressait, et j'acceptai l'invitation. Après une jolie fin de journée passée sur la plage en compagnie de belles jeunes filles, avec qui je commence à parler Tahitien, à l'aide de mon petit dictionnaire, nous retournons à la case. Le tambour vient de se faire entendre et d'appeler à l'hyménée tous les gens du district. »

Je passe sous silence la description de l'hyménée et du dîner du voyageur.

« Mon dîner fini, je reviens m'allonger à plat ventre sur les nattes, les coudes appuyés sur un oreiller. Dans ce cercle de Tahitiens dont je fais maintenant partie, la cigarette Canaque passe de bouche en bouche. La belle Tara, qui a disparu un instant, arrive bientôt avec une superbe couronne ; elle s'avance majestueuse, fleurs au front, vêtue de son peignoir qui se déroule autour d'elle en longs plis flottants : on dirait une reine. Elle prend place à mes côtés sur les nattes et, dans ce milieu poétique où les exhalaisons des fleurs se mêlent aux senteurs du *monoï* (huile parfumée au santal), où mes yeux se reposent sur des visages souriants, où mon âme se trouve enlacée par les charmes captivants de cette amitié inattendue, je trouve un bonheur qui ne peut se raconter. Les petits enfants eux-mêmes, jolis comme des amours, ont perdu avec moi leur timidité ; ils acceptent mes caresses. Je leur apprends à envoyer des baisers, et c'est vraiment plaisir de les voir porter leur petite main à la bouche, puis les en écarter brusquement, ou bien procéder à la façon Australienne, c'est-à-dire cueillir leur baiser sur les lèvres, entre le pouce et l'index, et tourner

vers moi la paume de leur main en me la jetant mignon-
nement.

» L'heure du repas est arrivée et je vais me coucher. Le
matin, une bande sanglante sous la nuée noire, me
réveille de ses lueurs. Rien de plus beau que ce paysage
vu à travers les barreaux de cette case volière. Je me lève
avec le soleil et me prépare à partir; ils veulent me
retenir encore : mais ne voulant pas abuser de cette
cordiale hospitalité, je m'excuse, le temps me presse. Il
me faut, du moins, accepter l'invitation à déjeuner. Au
moment où je suis sur le point de prendre congé de mes
hôtes, la charmante Tara s'approche de moi avec une
bouteille de *monoï* en verse dans le creux de sa main, me
le fait sentir, me demande si son arome m'est agréable,
et, sur ma réponse affirmative, elle m'oint les cheveux
de cette huile parfumée. Puis tout le monde m'accom-
pagne jusque sur le seuil de la porte et me serre cordia-
lement la main. Je m'éloigne, un dernier *ia-orana* (bon-
jour) retentit à mes oreilles, je me retourne : la jeune et
gracieuse Tara m'envoie un dernier adieu. Je lui réponds
par un baiser. Les petites filles tiennent à me faire la
conduite et à porter mes bagages jusqu'au delà de la
rivière avoisinante : elles refusent absolument l'argent
que je leur offre en les quittant, et longtemps elles se
retournent pour me jeter des baisers. »

Le vrai caractère de la Vahiné. — La Vahiné
n'est pas seulement une splendide créature de plaisir :
sous une enveloppe charnelle aux sens passionnés, bat
un cœur ardent, susceptible d'affection vraie, et aussi capable d'aimer sincèrement qu'une Européenne. C'est ce
qui ressort du roman célèbre, le *Mariage de Loti*, point
de départ de la fortune littéraire de l'auteur. Ce roman est une œuvre vécue; on n'invente pas les peintures

47

si vraies des mœurs et du caractère Tahitien qui fourmil-
lent dans ce livre, remarquable ouvrage d'un psycho-
logue doublé d'un amoureux. Il sauvera certainement de
l'oubli la Vahiné Maorie, quand cette race aura disparu,
ce qui, hélas! ne tardera pas.

CHAPITRE XIII

L'amour et ses formes à Tahiti. — L'organe génital de la race
Maorie chez l'adulte et la pubère. — Puissance génitale du Tané.
— La mesure de cette puissance génitale 1º chez l'Européen ;
2º chez le Tané Maori. — Causes de la vigueur génitale du
Tané. — Libertinage précoce des enfants Tahitiens et ses résultats. — Défloration des petites filles Tahitiennes. — Formes
habituelles du coït dans la race Maorie.

'organe génital de la race Maorie chez
l'adulte et la pubère. — Les organes
génitaux du Tané adulte sont généralement
bien développés et m'ont paru supérieurs à
ceux de la moyenne des Européens du Midi, dont les
Tahitiens se rapprochent sensiblement par la couleur
générale de la peau, tout en étant d'une taille plus élevée,
plus robustes et d'un type plus beau.

Malgré la brièveté de mon séjour, j'ai pu examiner un
nombre suffisant de Vahinés et de Tanés, clientèle habituelle de mon ami le docteur S..., pour me former une
opinion.

La verge dépasse généralement seize centimètres de
longueur et quatre de diamètre. Les dimensions de dix-
huit à vingt centimètres sur quatre à cinq sont loin
d'être rares, mais il n'en est pas de même au delà. Celles
de vingt-deux centimètres sur cinq m'ont paru excep-
tionnelles. La moyenne m'a paru être de dix-huit sur

un peu plus de quatre. Or il résulte de nombreuses mensurations faites en France, que la moyenne serait de quatorze à quinze sur un peu moins de quatre centimètres de diamètre. Le Tané serait donc très sensiblement supérieur au civilisé. Il reste inférieur au Nègre d'Afrique, dont le pénis monstrueux dépasse généralement vingt-deux centimètres pour atteindre vingt-quatre à vingt-cinq, voire même trente centimètres, dimension qui est loin d'être rare ; c'est l'appareil d'un petit âne plutôt que celui d'une créature humaine.

Mais où le Tané se rapproche sensiblement du civilisé, c'est par la dureté de l'érection. Le pénis en état de flaccidité est un peu plus développé proportionnellement, mais l'érection est très dure, et chez un Tané de vingt ans la verge se redresse presque perpendiculairement, de façon à toucher l'abdomen. Cette érection est au contraire presque impossible chez le Nègre, dont la verge reste à demi-molle et prend au plus la position horizontale, différence que j'attribue à l'imperfection du système nerveux de l'organe chez le Nègre d'Afrique.

Le gland du Maori a une forme régulière et décalotte très facilement, car le prépuce, à l'état de flaccidité, ne le recouvre qu'en partie. Le gland est proportionnellement plus gros que la verge proprement dite, dont la forme est généralement cylindrique ; sa couleur est d'un beau rouge sombre, assourdi un peu par une pointe d'ocre et de sépia. C'est à peu près la seule différence de l'appareil du Tané avec celui d'un Européen du Midi, qui a souvent la peau plus brune que lui, mais dont le gland est rouge vif.

Depuis la conversion forcée au protestantisme, imposée à leurs sujets par la dynastie des Pomaré, et la disparition des anciens prêtres Tahitiens, la circoncision par la fente de la partie supérieure du prépuce n'existe plus. J'ai dit cependant que le gland est normal et régulier de forme. J'ajoute que le frein du filet de la verge ne bride pas le gland. D'autre part, chez les enfants au-dessous de dix ans, le prépuce est encore assez long et forme un bourrelet saillant en avant du gland. J'expliquerai plus loin les causes qui font que le Tané adulte jouit d'une partie des avantages de la circoncision, sans avoir cependant subi cette opération.

C'est sous le rapport de la grosseur des testicules que le Maori l'emporte sur toutes les autres races humaines. Ils sont toujours d'un développement proportionnel au pénis, tandis que c'est l'inverse chez le Nègre d'Afrique. Chez le Tané, leur forme est absolument celle d'un œuf de poule, dont il atteint souvent la grosseur.

Il est rare qu'un enfant ne soit pas pubère à douze ans ; à quinze ou seize ans, sa verge est déjà très développée, presque comme celle d'un Européen de vingt ans, et ses testicules sont de la grosseur d'un œuf de pigeon. Quoique le Tané soit peu barbu, son pubis est recouvert d'un poil doux et frisé, noir ou châtain foncé, assez abondant.

L'organe génital de la Vahiné. — Il se rapproche étonnamment, comme forme et dimensions, de celui de certaines Quarteronnes. Mais le mont de Vénus m'a paru plus développé et recouvert d'une toison plus abondante et un peu plus douce. En langage trivial, on dit d'une femme ainsi dotée qu'elle a un beau bonnet à poil. Naturellement, la vulve et le vagin ont la même coloration que le gland du mâle. Le clitoris est sensiblement développé chez la Vahiné ; sa dimension est de quatre à cinq centimètres, tandis que chez la Française il ne serait que de trois environ, d'après Martineau. Je reparlerai spécialement de cet organe, dans le Chapitre des perversions de l'amour à Tahiti.

La direction générale de la vulve et du vagin, de haut en bas et d'avant en arrière, diffère peu de celui de la femme Européenne, et elle est bien moins inclinée en arrière que celle de la Négresse ou de la métisse Néo-Hébridaise et Canaque. Certaines Vahinés m'ont présenté un mont de Vénus très développé, recouvert d'une belle toison douce et fine.

Puissance génitale du Tané. — Si je m'en rapporte aux confidences faites au Docteur S... par certaines Vahinés, confidences que j'ai de mon côté provoquées et recueillies, l'Européen est loin de briller, sous le rapport de la vigueur génitale, à côté du Tané. Dans ce parallèle peu flatteur pour l'homme civilisé, l'Anglais occuperait le dernier rang. Avant lui les Français et parmi ceux-ci, le Provençal, le Languedocien, ou le Gascon, occuperaient le premier rang, quoique encore bien au-dessous du Tané de vingt-cinq ans, parvenu à son plein développement de force amoureuse. Déjà l'examen de l'organe génital des Maoris nous donne un critérium de la vigueur génitale de cette race. Si le pénis n'atteint pas les dimensions monstrueuses de celui des Nègres, en revanche, les testicules, les seuls véritables organes de la génération, plus développés que ceux du Blanc, et surtout que ceux du Nègre, sont l'indice véritable de sa puissance virile.

Le savant physiologiste Mantegazza *(L'Amour dans l'Humanité)* attribue aux Nègres la palme de la vigueur génitale.

« Nous n'avons pas », dit-il, « de statistique qui donne un aperçu ethnographique sur la vigueur génitale des diverses races humaines. Mais nous pouvons affirmer, avec une rigueur presque scientifique, que les Nègres en général sont les plus puissants de tous, et que les peuples polygames, à cause du grand exercice de leurs organes génitaux, les ont plus vigoureux et plus prompts. Les Turcs, les Arabes, les Hindous, dépensent généralement moins de force intellectuelle, et, ayant dans leurs harems un riche assortiment de femmes, peuvent nous surpasser facilement dans les joutes amoureuses. »

N'en déplaise au savant Italien, je ne suis pas du tout de son opinion. Oui, le Nègre serait le plus puissant mâle humain, si l'on fait entrer en ligne de compte, le temps qui lui est nécessaire pour accomplir le coït, à telles enseignes qu'il fonctionne presque une nuit entière pour aboutir à une demi-douzaine au plus d'éjaculations. Les Turcs et les Arabes sont au-dessus des Nègres pour la quantité. Quant aux Hindous, nous les estimons bien inférieurs à la moyenne de la race Européenne. La physiologie a des lois immuables, et la somme de travail fournie par un organe est en rapport direct avec sa force. L'Hindou est lascif, moins cependant que l'Annamite et le Chinois ; mais son organe génital est au-dessous du médiocre. La lasciveté n'est pas un signe de puissance génitale, bien au contraire. Je parle au point de vue du coït et de sa fréquente répétition, car si nous examinons la question au point de vue de la fécondation de la femme, elle se présente sous une autre face. Dans ce cas, l'Asiatique de l'Extrême-Orient prendrait la première place, comme le plus grand fécondateur, quoique le plus chétivement outillé.

La mesure de la puissance génitale de la race Européenne. — Il est difficile de donner un critérium absolu de la puissance génitale d'une race, car, dans cette même race, elle varie extrêmement d'un individu à l'autre, et dépend plus particulièrement du tempérament et de la constitution individuelle. A ce sujet, on me pardonnera de citer de nouveau le physiologiste Man-

tegazza qui a fait de la question une étude spéciale dans
son *Hygiène de l'amour*.

« Dans ces *Éléments d'Hygiène*, » dit-il, « j'ai obéi
aux exigences statistiques de mes lecteurs, et j'ai donné,
moi aussi, mon règlement d'amour. J'ai écrit que, entre
vingt et trente ans, l'homme robuste peut impunément
sacrifier à Vénus trois ou quatre fois par semaine, que de
trente à quarante-cinq ans il doit suivre le précepte de
Luther :

> *In der woche zwier*
> *Macht des jahren hundert vier.*
> *Das schadet weder dir noch mir.*

Passé quarante-cinq ans je disais qu'un rapprochement
et même moins par semaine devait suffire, et je voulais
que dans la première puberté la mesure du plaisir fût la
même. Prenez ce règlement hygiénique pour ce qu'il
vaut et souvenez-vous que ces chiffres, trop élevés pour
beaucoup, ne le sont pas assez pour d'autres. Rien n'est
plus capricieux que le besoin d'aimer chez les différents
individus; après le cerveau, il n'y a rien de plus variable
que le testicule chez l'homme.

» Voici quelques faits que j'ai recueillis et qui peuvent
donner une idée des limites extrêmes de la puissance
chez les hommes de notre race. Un mouleur en plâtre,
aimait trois ou quatre fois par jour, même à cinquante
ans. J'ai connu un Romagnol de cinquante ans environ,
terreux, aux traits de satyre, d'une santé délabrée, qui
dans sa jeunesse approcha une fois dix-sept femmes en
un jour. Pendant des mois et des mois il put continuer
à le faire deux et trois fois par jour. Un jeune Argentin
vécut pendant un an avec une jeune femme et se livrait
au plaisir deux fois par jour. Une femme de Zurich fut
possédée par un seul homme dix-huit fois en une nuit.

Une dame de la Romagne subit quatorze fois en une nuit les caresses de son amant. Je connais un jeune homme qui aima quatorze fois dans une journée, et un autre dix fois, sans se fatiguer. Un jeune Anglais que j'ai connu s'enferma dans une chambre avec une belle jeune fille, en se munissant de vins généreux et d'aliments substantiels; il essaya de se tuer par excès d'amour. Après trois ou quatre jours d'accouplements continuels, il tomba malade mais ne mourut pas. L'un des plus vaillants généraux de notre armée, à quarante-neuf ans, pouvait encore posséder sa maîtresse cinq fois dans l'espace de trois heures. Il pouvait aussi, plusieurs jours de suite, sacrifier quotidiennement à l'amour. Quelques-uns de ces faits peuvent être exagérés, mais j'admets comme étant scientifiquement démontrée, la possibilité de dix et quatorze embrassements en un jour, sans préjudice pour la santé.

» D'un autre côté, je connais un homme parfaitement sain, dans toute la force de la virilité, qui, marié, ne sacrifie à l'amour que deux fois par an, et j'en connais beaucoup d'autres qui, pendant vingt et trente ans n'ont jamais aimé plus de deux fois par mois et ont pu, sans inconvénients, rester chastes des mois et des années.

Je suis du même avis que Mantegazza, et pose en principe qu'un homme qui peut exercer le coït une fois par jour ou, de temps à autre, six fois la nuit de vingt à trente-cinq ans, est au-dessus de la moyenne, car les φουτ-*six-coups*, comme disent les femmes, sont bien rares à notre époque d'énervement physique. Quant aux hommes qui vont à la douzaine en une nuit, et peuvent deux fois quotidiennement, ils ont été excessivement peu communs, et on les considère comme des phénomènes exceptionnels à toutes les époques, chez tous les peuples Euro-

48

péens. Lisez les monuments littéraires de nos bons aïeux, le *Cymbalum Mundi*, le *Moyen de parvenir*, les *Cent Nouvelles nouvelles*, etc.; dans tous vous trouverez des histoires ou contes d'amoureux arrivant à la douzaine, considérés par nos pères comme de riches exceptions à la règle générale.

La mesure de la puissance génitale du Tané Maori. — Il résulte pour moi des renseignements fournis par les Vahinés, renseignements que je n'ai pu naturellement contrôler *de visu*, que de vingt à quarante ans le Tané fait généralement l'amour soir et matin, sans aucune fatigue. Il peut, après un festin copieux et sous l'excitation de la lascive upa-upa, dépasser ce chiffre et atteindre facilement six et même huit. Certains sujets, plus spécialement taillés pour l'amour, arriveraient à compléter la dizaine et même la douzaine. Ils seraient, en raison de ces qualités amoureuses, très recherchés par les Vahinés.

Nous voilà loin des prescriptions des anciens législateurs, de Zoroastre, par exemple, qui limitait le devoir du mari à une seule fois en neuf jours, ou de Solon qui fixait le maximun à trois fois par mois. Il paraît que jusqu'à un âge très avancé, le Maori est capable d'accomplir l'acte vénérien dans la limite minimum ci-dessus.

Causes de la vigueur génitale du Tané. — L'existence oisive et paresseuse du Tané, qui ressemble à certains points au *farniente* du lazzarone Napolitain, est pour beaucoup dans cette qualité de bon coq toujours prêt au montoir, pour parler la langue de Montaigne. D'autre part, il a une nourriture que l'on croirait préparée par la nature pour lui venir en aide : sauce salée et poisson très phosphoré, c'est-à-dire les deux plus puissants aphrodisiaques. Ajoutons-y le glucose naturel des fruits tropicaux sucrés : on sait que le sucre est un réconfortant très efficace pour ceux qui abusent des plaisirs de l'amour. La volaille et le porc entretiennent la vigueur générale musculaire et la réparation des pertes que la sécrétion spermatique souvent renouvelée fait subir à l'organisme. Peu ou pas d'alcool, excitant factice, énervant de la force génitale. Donc le Tané, qui s'est reposé presque toute la journée après un travail physique qui a suffi à peine à dérouiller ses muscles de bronze, après deux copieux et succulents repas, se trouvant la nuit à côté d'une femme ravissante, l'esprit en repos, n'ayant pas, comme le civilisé, le souci du *business*, ne peut pas mieux employer son temps qu'à besogner sa femme, et il s'en acquitte merveilleusement.

Libertinage précoce des enfants Tahitiens et ses résultats. — Avec des parents aussi libres et aussi francs d'allures, et en vertu de l'atavisme de la race, que le bigotisme protestant peut bien rendre hypocrite, sans parvenir à la détruire, les beaux enfants de Tahiti, libres comme l'air et qui gambadent toute la journée, sous l'ombrage des grands arbres fruitiers, autour de la case des parents, jouent de bonne heure au petit mari et à la petite femme. Petits voisins et petites voisines forment des couples qui s'instruisent naturellement. Le Tané est précoce ; il est pubère à onze ou douze ans au plus tard. Déjà, à dix ans, il a commencé sa préparation à l'œuvre d'amour. Le prépuce de l'enfant Tahitien au-dessous d'une dizaine d'années, je l'ai plus haut fait remarquer, est assez long et cependant le Tané adulte a, en érection, le gland complètement découvert ; à l'état de flaccidité, il n'est qu'à moitié recalotté par le prépuce. Ceci mérite une explication et je suis en mesure de la donner, grâce aux confidences de quelques jeunes Tanés, qui m'ont fourni la confirmation d'un fait avancé par mon jeune boy Tahitien, Ta-ra.

Il paraît que chez les jeunes polissons Tahitiens, c'est une marque de quasi-déshonneur de ne pas faire sortir son gland dans l'érection, et que ceux qui ont l'infirmité du phimosis sont l'objet des railleries des Vahinés. Il est certain que l'ancienne circoncision, par la fente du prépuce, n'offrait que des avantages, sauf la forme en oreille de chien coupée de cette fente prolongée trop loin. La circoncision ayant disparu avec l'antique religion de Tahiti, on y supplée par l'artifice suivant. Le jeune polisson Tané saisit, entre le pouce et l'index, le bout du prépuce quand il veut uriner, et ménage simplement un petit pertuis pour le passage de l'urine; il en résulte que l'urine, ne trouvant pas de suite un libre épanchement, forme une poche qui distend le prépuce autour du gland. Cette opération répétée plusieurs fois par jour, distend mécaniquement le prépuce et agrandit l'ouverture, absolument comme le dilatateur Nélaton à trois branches, inventé dans ce but. Mais le procédé Tahitien présente, sur le dilatateur, l'avantage précieux d'opérer graduellement, sans douleur et sans accident, et cela à une époque où l'appareil génital est en voie de transformation radicale, au moment de la puberté. Au bout de quelques mois de cette manœuvre journalière, le gland est complètement libre, et même si le frein du gland est trop court, on l'incise avec un silex tranchant, et la petite plaie est pansée avec du coton, imbibé du suc d'une plante qui a les propriétés cicatrisantes de l'arnica. Cette petite opération n'offre aucun danger, car je me la suis faite moi-même à vingt-deux ans, pendant mes études de médecine, avec un coup de bistouri, et la plaie, pansée avec quelques brins de charpie trempée dans une eau blanche un peu forte, a été guérie en quatre ou cinq jours.

Dès que le gland sort librement, qu'il produise ou non du sperme, le jeune Tané commence le coït avec sa petite femme... Ce jeu coïncidant avec l'évolution des organes génitaux, au moment de la puberté, ceux-ci, excités plus qu'ils ne devraient l'être à ce moment, grossissent et se développent rapidement. C'est pour cela qu'un Tané de quinze à seize ans, qui fait l'amour depuis trois ou quatre ans, peut-être même cinq ou six, a les organes de la génération presque aussi forts que ceux d'un Européen de vingt ans. Hippocrate a d'ailleurs observé que les Scythes étaient impuissants et avaient de petites parties génitales, à cause de l'usage continuel de monter à cheval et parce qu'ils avaient des pantalons, de sorte qu'ils ne portent pas la main aux organes génitaux, et ceux-ci étant soutenus, leur propre poids ne contribuait pas à les allonger, comme chez les peuples de l'Orient, porteurs de robes, qui n'empêchent pas le libre développement des organes. Le médecin de Montpellier, Lallemant, dans ses *Commentaires d'Hippocrate*, affirme que chez les boulangers le fait de ne pas porter de culottes produit l'effet opposé à celui indiqué par Hippocrate : « *Sæpe audivimus pistores et cœteros quorum partes pudendæ subligaculis non obteguntur, sed liberius pendent, crassos et bene nutritos habere testes.* »

Les écrivains et les philosophes de l'Antiquité sont d'accord sur ce point avec le médecin de Cos. Platon nous dit en peu de mots : « Les parties du corps s'affaiblissent et se relâchent par le repos, et augmentent en force et en vigueur, lorsqu'elles exercent les fonctions qui leur sont propres. » Dans Aristophane, on trouve le petit pénis comme un attribut de jeunes gens qui ont conservé leur innocence, et le gros pénis comme signe de jeunesse corrompue. Galien confirme les observations de Platon et d'Aristophane. Il dit que les organes génitaux des athlètes, ainsi que ceux de tous les hommes obligés par leur profession à être chastes, sont d'ordinaire flétris et rétractés comme ceux des vieillards, et que le contraire existe chez ceux qui abusent des plaisirs de Vénus. Le grand médecin Arabe Avicenne émet une opinion analogue. Il a écrit deux chapitres spéciaux, l'un relatif aux procédés qui font grossir la verge : *De magnificantibus virgam* et l'autre relatif à ceux qui peuvent rétrécir la vulve : *De constringentibus vulvam*. Dans le premier il préconise des frictions (on pourrait dire des masturbations) avec diverses matières propres à retenir le sang que l'érection, due à la masturbation, amène à la verge. Si j'osais émettre mon avis après celui de ces grands philosophes et médecins, je pourrais dire que, d'après mes observations sur les jeunes conscrits, les garçons vigoureux, d'une force et d'un développement corporel au-dessus de la moyenne, ont les organes génitaux petits ; les gros pénis et les testicules volumineux se trouvent au contraire chez des sujets au corps maigre, aux muscles peu développés. L'organe génital, excité trop tôt, s'est nourri aux dépens du corps entier. Il y a du reste un vieux proverbe marin qui exprime crûment cette remarque : *Failli chien, belle queue.*

Défloration des petites filles Tahitiennes. — L'hymen existe dans la race Tahitienne comme dans toutes les races humaines ; seulement il disparaît très vite par suite du libertinage des enfants. A dix ans, la petite Tahitienne a déjà vu le loup. C'est d'abord un petit loup, celui du jeune voisin avec qui elle joue au mari et à la femme. Le petit frère vient-il à la rescousse, comme au Tonkin et en Cochinchine ? Je ne le pense pas, mais je dois dire que je n'ai pas eu le temps de vérifier ce point important au point de vue philosophique. Les quelques fillettes qu'il m'a été donné de voir avec

leur hymen intact avaient moins de dix ans. A douze
ans, une Vahiné peut recevoir, sans douleur ou sans ac-
cidents graves, un mâle de la dimension moyenne d'un
Européen, sinon comme longueur, tout au moins comme
grosseur. C'est le résultat du coït habituel avec des enfants du même âge, dont les verges sont en rapport avec
les dimensions de la vulve et du vagin. Il y a une dilatation lente et graduelle qui agrandit l'hymen, sans le
déchirer comme dans un coït brusque avec des organes
disproportionnés. L'orifice vulvaire s'agrandit chaque
jour un peu, presque sans déformations, et l'hymen
prend une forme annulaire constituée par un repli circulaire qui double les petites lèvres à l'entrée du vagin et
permet facilement l'introduction du doigt.

Cette défloration graduelle n'est pas un fait spécial à
la race Maorie, Mantegazza cite le fait suivant :

« J'ai vu de mes yeux, au Paraguay », dit-il, « des
enfants des deux sexes tout à fait nus jouer librement
entre eux, et je crois que plus d'une fois, par curiosité
et par amusement, ils essayent l'accouplement bien
avant la puberté, ce qui dilate peu à peu les parties génitales de la femme, d'où résulte probablement une défloration graduelle sans violence. »

Formes du coït dans la race Maorie. — Les
formes de l'amour sont simples chez les Indigènes de
l'Intérieur. Ils le font naturellement et sans préliminaires.
La Vahiné, lascive par tempérament, accepterait tous
ces préliminaires, car elle est très nerveuse et passionnée ;
mais le Tané, vigoureux, poussé par l'instinct génital,
va droit au but. Le coït est donc simple, le plus généralement dans la position classique, rarement *a retro*, par
suite de la position peu en arrière de la vulve. Il y aurait
cependant interversion des rôles et la femme chevau-
cherait l'homme. Cette position se prendrait quand la

Vahiné est enceinte, pour ne pas gâter le fruit. Il y a là un rapprochement curieux entre la femme Maorie et la race Annamite. En somme, Tanés et Vahinés répètent le coït naturel le plus souvent possible, sous l'impulsion d'un tempérament créé pour l'amour physique.

A Papeete, c'est une autre affaire. Il faut tenir compte de la corruption Européenne, plus hypocrite, mais tout aussi grande, si ce n'est plus, que celle des anciens Tahitiens. Cela nous conduit au chapitre des perversions de l'amour, où nous prenons sur le vif l'influence néfaste du civilisé.

CHAPITRE XIV

Perversions de l'amour chez les Tahitiens. — Le Tané. — Corruption de la Vahiné au contact de l'Européen. — Perversions sexuelles de la Vahiné. — Masturbation et Saphisme. — Influence de la race sur les perversions génésiques.

e Tané — Ce chapitre sera bref en ce qui concerne le Tané Maori. Dès sa puberté, il devient fidèle sectateur de la Vénus naturelle et l'adore avec ferveur jusqu'à la vieillesse. Il commence à faire l'amour dès qu'il trouve une petite Vahiné complaisante, sinon même une Vahiné nubile, qui veuille lui donner les premières leçons. Est-il, tout jeune, atteint du vice de la masturbation particulier à l'espèce humaine et à sa caricature, la race simiesque ? Je l'ignore ; mais du moment où il a eu affaire à sa première maîtresse, le Tané ne connaît plus que la femme. Qu'il y ait dans cette race, comme dans toutes, des Sodomites et des pédérastes, je l'admets ; mais ce sont de fort rares exceptions, et qui ne prouvent rien contre la moralité relative de la race Maorie. Le culte du *panier* et du *boy* Annamite n'a jamais existé à Tahiti, et, sous ce point de vue spécial, le Tané est moins dépravé que certains peuples Européens, les Italiens par exemple, où le *culo* a toujours compté de fervents sectateurs.

Corruption de la Vahiné au contact de l'Européen. — Les voyageurs Européens qui visitent à présent

49

Tahiti se répandent en plaintes amères sur le peu
de moralité et la vénalité de la Vahiné de Papeete,
Desfontaines s'est fait leur écho fidèle ; il reconnaît
d'ailleurs que si ce tableau de l'immoralité des Tahitiennes, « peint par les Français, en résidence à Papeete,
reproduit assez bien le caractère des Indigènes de la
capitale, il est *absolument faux* pour ceux de l'Intérieur. »

Et de quoi donc se plaint la race Européenne ? Ne
recueille-t-elle pas les fruits amers de ce qu'elle a semé ?
Les récits de Cook et de Bougainville nous ont montré
la race Tahitienne parvenue à un degré de civilisation
très avancé, digne d'être mis en parallèle avec celui des
anciens Grecs. La race Tahitienne était à ce moment à
l'apogée de son développement physique et moral. Les
Tahitiens étaient bons, doux, hospitaliers, au point
d'offrir leurs femmes, non pour de l'argent, mais pour
le plaisir de voir faire l'amour. Dans cette île fortunée,
la Vahiné donnait ses charmes, pour le plaisir qu'elle en
retirait, et jamais par esprit de lucre. N'est-ce pas l'Européen, avec sa prétendue civilisation supérieure, qui a
bouleversé ces mœurs, un peu cyniques, je le reconnais,
mais simples et naïves ? Il a donné au Tahitien des besoins factices en lui apportant l'alcool, et l'a empoisonné
moralement avec son or, comme il lui a pourri le sang
en lui transmettant la syphilis, absolument inconnue
avant la découverte de l'île. C'est l'Européen qui a rendu
la Vahiné ivrogne, intéressée et lascive pour de l'argent.
Le Tané est devenu, par la force des choses, maquereau
et souteneur. La Vahiné de Papeete est la digne émule
de la prostituée de Paris et de Londres, et elle n'a que
trop bien profité des leçons de l'Européen.

Toutes les turpitudes de la prostitution vénale se
trouvent maintenant à Papeete, je l'ai constaté *de visu*.
Les grand'mères des Vahinés actuelles étaient des ho-

rizontales. Leurs petites-filles sont devenues des age-
nouillées à la mode de Paris. Comment ne veut-on pas
que la Vahiné méprise l'Européen qui exige d'elle un
rôle aussi abject? Elle réserve son affection pour son
beau Tané, son amant de cœur qui, lui, au moins, ne
la bat pas, comme le souteneur de la Villette rossant sa
marmite quand elle ne lui rapporte pas assez de *galette*.
Dans sa déchéance morale, quoique devenu ivrogne et
souteneur, le Maori conserve encore le respect inné de
la femme. C'est là sa supériorité morale sur les êtres
immondes qui grouillent dans les bas-fonds des grandes
capitales Européennes. Il ne joue pas non plus du couteau pour faire son affaire à un pante et le barbotter
ensuite à son aise. Pauvre race Maorie, que le contact du
Blanc tue sans pouvoir altérer sa douceur et sa bonté !

Il est cependant un point sur lequel la Vahiné transige
difficilement. Les habitudes Sodomitiques lui sont à peu
près inconnues. On n'en saurait dire autant des femmes
publiques et galantes de notre vieille Europe : la lecture
des ouvrages de Tardieu et de Martineau nous éclaire
assez sur ce point. Chez beaucoup d'entre elles, c'est une
simple question de tarif. D'ailleurs, il faut l'avouer :
l'Europe, la fille aînée en civilisation de la vieille Asie,
n'a que fort peu à reprocher à sa mère, car elle est
maintenant aussi corrompue qu'elle ; seulement, c'est
plus caché.

Perversions sexuelles de la Vahiné. — Le contact
du Blanc perverti avec une femme d'une nature aussi
ardente et aussi passionnée pour l'amour physique que
la Vahiné, a trouvé dans celle-ci un terrain bien préparé.
La graine de luxure a germé : c'est d'abord dans les
formes du coït qu'elle s'est montrée.

Je ne sais quel est l'introducteur à Tahiti du *Manuel*

d'Érotologie classique de Forberg (1), mais, toutes les positions différentes du coït, indiquées par ce savant humaniste, sont connues et pratiquées par les Vahinés galantes. Il en est de même des trente-six postures attribuées à l'Arétin, à cause de ses *Sonnets luxurieux*, et sous le nom duquel elles circulent depuis trois cents ans. Il m'a été donné de voir un exemplaire de l'*Arétin Français*, qui passait de mains en mains et qui servait de bréviaire d'amour.

Mais le contact du Blanc a produit d'autres résultats plus désastreux. Il est la cause directe de l'introduction de deux vices inconnus aux anciennes Tahitiennes. Je veux parler de la masturbation et du Saphisme féminin, dont j'ai positivement reconnu l'existence chez un certain nombre de prostituées de Papeete. Ce renseignement m'avait d'ailleurs été fourni par mon collègue, le docteur S***.

Masturbation et Saphisme. — « La masturbation », dit Martineau, « consiste dans la friction de l'organe clitoridien. Cette friction résulte des manœuvres employées par la femme elle-même ou par une personne étrangère. La friction clitoridienne se produit le plus communément soit avec le doigt, soit avec le pénis, soit avec la langue. Dans ce dernier cas, il y a en même temps succion. C'est à cette variété de masturbation que j'ai donné le nom de *Saphisme*. Ce n'est pas tout : parfois la friction clitoridienne est produite à l'aide de corps étrangers. »

La masturbation des Vahinés a lieu surtout avec l'aide d'une autre personne, homme ou femme, et c'est le

---

(1) Paris, Liseux, 1882, 2 vol. petit in-8°, texte Latin et traduction littérale. — Imprimé à cent exemplaires et très rare ; il en existe des éditions Anglaises, plus faciles à trouver, mais sans le texte Latin.

Saphisme qui est le plus fréquemment employé. Les observations que j'ai pu faire coïncident parfaitement avec celles de l'éminent médecin de l'hôpital de Lourcine. J'ai pu, notamment, en vérifier l'exactitude chez une Vahiné de vingt et un ans environ, à peau plus foncée que la moyenne des Tahitiens. Maîtresse d'un Blanc, elle présentait les signes positifs d'un Saphisme répété tous les jours deux ou trois fois, avec une Vahiné de ses camarades. Le clitoris était gros, volumineux, le capuchon avec la forme en casque et le gland très turgescent presque de la grosseur du pouce. Sa couleur était lie de vin foncée.

Influence de la race sur les perversions génésiques. — Je crois inutile de donner d'autres observations, mais je dirai quelques mots des couples Saphiques qui se forment à Tahiti entre Vahinés ayant les mêmes goûts. Cette liaison anti-naturelle, qui tendrait à se répandre dans nos antipodes, comme, hélas! elle s'est répandue et progresse constamment dans la vieille Europe, est-elle, comme l'avance Moreau (de Tours), le résultat d'une aberration intellectuelle, d'un trouble psychique manifeste? Le docteur Moreau étendrait sa théorie à toutes les dépravations génésiques présentées par les femmes et par les hommes. Le sujet est beaucoup trop vaste pour être traité ici. Ce que je tiens simplement à faire ressortir, c'est l'influence de la race qui me paraît prédominante. Nous avons vu l'Asiatique de l'Extrême-Orient, Sodomite et pédéraste ; le Noir d'Afrique, simple dans ses goûts, sectateur de l'amour naturel ; le Noir, ou plutôt le métis Mélanésien des Nouvelles-Hébrides et son cousin à peau un peu plus claire que lui, pédéraste faute de femmes ; le Maori, simple amant de la Vénus naturelle, mais sa Vahiné pratiquant, depuis le contact de la Civilisation Européenne, les vices de

Lesbos. Enfin, brochant sur le tout, il est réservé à l'Européen de cultiver tous les genres de dépravation génésique.

Il y a là ample matière à un ouvrage que j'écrirai peut-être, quand j'aurai recueilli assez de documents pour sortir de l'ornière battue. Je pourrai alors discuter, pièces en main, les opinions des psychologues modernes, et rechercher quelle est la vraie influence de l'atavisme sur les dépravations génésiques, que, jusqu'à preuve du contraire, je regarde, avec Moreau (de Tours), comme une forme spéciale de la folie héréditaire.

FIN

✿✿✿✿✿✿✿✿✿✿✿✿✿✿

TABLE DES MATIÈRES

DEUXIÈME PARTIE

AMÉRIQUE

Guyane — Martinique

FIN DE LA TABLE

Paris. — Typ. Ch. Unsinger, 83, rue du Bac.

Paris. — Charles Unsinger, imprimeur, 83, rue du Bac.

ENFER
821

www.ingramcontent.com/pod-product-compliance
Lightning Source LLC
Chambersburg PA
CBHW050748030726
47505CB00002B/455